睡美人

下

[美] 斯蒂芬·金 Stephen King

[美] 欧文·金 Owen King /著

陈杰/译

SLEEPING BEAUTIES

STEPHEN KING & OWEN KING

湖南文艺出版社　博集天卷 CS-BOOKY

第二部分　死了就睡了

有点累没有关系，
等到死去的时候，
我就会睡觉了。

——瓦伦·泽万

门廊上的松软木板在莉拉脚下弯曲呻吟，一股强劲的春风摇着本来是她家前院的牛尾草地。这片牛尾草绿得让人不可思议，风声嘹亮动听。她朝来的方向看了一眼，看见树苗从特里梅因路破碎的路面钻了出来，它们像钟面上十二点和一点之间的指针一样彷徨地摇摆着。蓝色的天空笼罩着世界。在兰塞姆夫人家的车道上，她的巡逻车车门没有关上，车门上锈痕点点。四个轮胎都漏了气。

她是怎么来这儿的？

别介意，她告诉自己。这是个梦。随它去吧。

她走进房子，停下脚步看着很少使用的厨房的惨况：窗玻璃碎了，放开的窗帘在又一阵风的吹拂下卷起，四季和与四季相称的树叶飘落在霉斑遍布的桌子上。厨房里到处是股腐烂的气味。沿走廊前行的时候，她觉得这兴许是个时光旅行的梦。

客厅的房顶有块地方塌落了，地毯上散落着一些白色的石块。平板电视尽管仍然钉在墙上，却像被烘烤过一样弯曲变形。

尘土把玻璃拉门变得不那么透明了。莉拉拉开右边那扇门，门在沿着腐烂的门轨滑动时悲伤地呜咽着。

"贾里德，你在吗？"莉拉大声喊，"克林特，你在吗？"

昨晚他们都在这儿，坐在现如今翻倒在地的桌子旁。黄色的杂草长过了露台的边缘，在木板之间冒出来，家里夏天频繁的烧烤活动会用到的烤肉架已经被杂草吞没。

游泳池因为断电而呈现出鱼缸那种令人作呕的颜色，一只山猫在池水中露出头，牙间还咬着一只鸟。猫的眼睛很亮，牙齿很大，皮毛上水珠点点，扁平的鼻子上粘着一根白色的羽毛。

莉拉用指甲从上往下抓着面颊，感受着由此带来的疼痛，觉得（不那么情愿地觉得）到头来这也许不是一个梦。如果不是的话，那她睡了多久？

睡了很长时间。但并不美好。

山猫眨了眨眼，开始朝她划水过来。

我在哪儿？莉拉心想，然后她想到了，我在家呢！之后她又想回第一个问题：我到底在哪儿？

第一章

1

周五傍晚，灾难发生的第二天（至少在杜林是第二天，在世界上的其他一些地方，奥罗拉流感已经蔓延三天了），特里·库姆斯被烤熟的培根味和咖啡味弄醒了。特里的第一个清晰想法是：车轮酒吧还有任何液体吗？我是不是把连同洗碗水在内的整个酒馆的液体都喝下去了？他的第二个想法就比较正常了：上厕所跑一趟。他跑到厕所，正好把一喉咙污物都吐进了马桶。他在马桶边休息了几分钟，让在眼前晃动的厕所渐渐静止下来。眼前的物体静下来以后，他直起身子，找来些胃药，就着水龙头里的水吞下三粒药丸。回到卧室以后，他怔怔地看着床左边空着的地方，想起头部被膜包住的丽塔曾躺在那里，嘴里的白色细丝随着呼吸不断吸入吐出。

她醒了吗？事情结束了吗？泪水刺痛了特里的眼睛，只穿了条内裤的他跟跟跄跄地走进厨房。

弗兰克·吉尔里坐在桌子边，壮实的上身让桌子显得很小。这一幕不知怎的带有几分悲凉——阳光下小桌子旁坐着的巨人——不用说什么，特里已经知道了答案。两人的目光相遇。吉尔里面前摊着一本《国家地理》杂志。他把杂志放在一边。

"我刚刚在看有关密克罗尼西亚的文章。"弗兰克说，"那地方很有趣，野生动物很多，其中有很多已经濒临灭绝。也许你在等的是别的什么人。但不知你还记不记得，昨晚我借宿在你家，我们一起把你妻子搬到地下室去了。"

啊，现在他想起来了。他们把丽塔当成地毯一样一人一边扛下了楼，下楼时肩膀不停撞上旁边的扶手和墙。他们把丽塔放在一张沙发上，在她身上盖了条被子遮挡灰尘。丽塔这时无疑还在地下室里，和他们这些年准备放在院子里甩卖却一直没抽出时间卖的旧家具放在一起：酒吧椅，黄色的塑料椅子，录像机，戴安娜用过的婴儿床和旧柴火炉。

特里心灰意冷：他的下巴垂在胸前，连头都抬不起来。

桌子另一边没人坐的椅子前有一个盛着熏肉和烤面包的盘子，旁边放着一杯清咖啡和一瓶占边威士忌。特里不规则地吸了口气，坐回椅子上。

他咬了一口培根，想看看之后会发生什么。他的肚子叫了几声，胃里翻腾了一阵，但没有太大的反应。弗兰克默默地往特里的咖啡里倒了点威士忌。特里喝了口。之前他没意识到正在颤抖的双手这时平稳下来。

"我需要那个，谢谢你。"特里声音沙哑。

尽管不算亲密，但这些年来他和弗兰克·吉尔里经常会喝上两杯。特里知道弗兰克对待县动物检疫官的职位非常认真，也知道弗兰克有个画画天赋很高的女儿。他记得一次一个醉汉让弗兰克有气去朝上帝发，弗兰克让醉汉闭上他的臭嘴。尽管醉汉喝得很醉，却还是被弗兰克的语气震住了，接下来的整个晚上都不敢再说一句话。换句话说，在特里看来弗兰克是个正确过头的家伙，和那种你想使劲踢他屁股的人根本不是一回事。弗兰克的黑人身份当然也是特里和他保持距离的原因。尽管现在觉得和黑人交往没什么大不了的，但特里之前从没考虑过和黑人交朋友。

"别介意。"弗兰克说。他冷静直接的方式让特里感到安心。

"一切……"特里又喝了口兑酒的咖啡，"还那样吗？"

"你是跟昨天的情况比？没错。但这却意味着一切和昨天都不一样了。比如说，你现在是代理警长，几分钟之前局里刚呼叫找你。原先的警长已经不知去向了。"

弗兰克瞬间一肚子的烦恼。"天哪，莉拉失踪了吗？"

"要祝贺你一下吗？这次升职可够大的。请军乐队致礼。"

弗兰克的右边眉毛作弄人似的弯曲起来，两人都笑了，但特里很快就收起了笑容。

"嘿，"说着弗兰克抓起特里的手捏了捏，"冷静一点，可以吗？"

"我会冷静的，"特里吞了一口口水问，"还有多少女人醒着？"

"我不知道。情况很不妙，但我相信你能处理好的。"

特里并不相信。他喝着兑了酒的咖啡，咽下培根。坐在桌旁的弗兰克这时倒安静下来。

"我能处理好吗？"特里问，"我真能处理好吗？"

"你能处理好。"弗兰克·吉尔里的声音里没有半点疑惑，"但你需要得到所有能得到的帮助。"

"你想要我派你当代表吗？"这时特里突然意识到，除了莉拉，还有其他好几位警官呢！

弗兰克耸了耸肩。"我是县里的雇员，我是来这儿出力的，如果能给我这份嘉奖，那就再好不过了。"

特里又喝了口兑酒的咖啡，然后站起身。"我们走。"

2

奥罗拉病毒击倒了警察局四分之一的警察，但在弗兰克的帮助下，特里做出了周五早晨的轮值表。弗兰克还把西尔弗法官带到警局，让西尔弗法官见证了周五下午的新任警官宣誓仪式。唐·皮特斯是新任警官之一，另一个是年轻却热忱的高三学生埃里克·布拉斯。

在弗兰克的建议下，特里发布了晚上九点的宵禁令。他派出两人一组的小队在杜林的大街小巷张贴告示。他们还安定民心，打击破坏行为，并根据弗兰克的另一个提议统计沉睡女人的位置。在奥罗拉流感暴发前，弗兰克·吉尔里也许只是个抓狗的，但这时他凭借良好的组织能力成了一个执法者。发现可以依赖弗兰克以后，特里就紧紧靠在弗兰克身上了。

新组建的警察队伍很快抓来了十几个抢劫犯。这项工作不难，因为抢劫都在大摇大摆地进行，很少有人刻意隐瞒。他们也许起初会认为最多是被人训斥一番，但很快就知道法纪依然需要遵守。抢劫者中有个名叫罗杰·邓菲的无赖，邓菲是个清洁工，这时却没去上班。周日上午第一次巡视县城的时候，特里和弗兰克看见邓菲明目张胆地拿着从他兼职的克里斯特维尤疗养院中搜刮的一塑料袋项链和戒指。

"她们不需要这个了，"邓菲争辩道，"库姆斯警官，放过我这一次吧，我只是在挽救财物而已。"

弗兰克捏住清洁工的鼻子，他下手很重，几乎要把对方的鼻梁捏断。"库姆斯警长，从现在开始叫他库姆斯警长。"

"好吧！"邓菲大叫，"把手从我的鼻子上拿下来，让我叫他库姆斯总统都行。"

"把这些财物放回去，我们就不追究了。"看到弗兰克对他的决定点头称是，特里感到非常满意。

"好！照您说的办！"

"别跟我们打马虎眼，我们会检查的。"

在和弗兰克相处的头三天，特里意识到弗兰克点点上最大的好处就是他能领会特里所承受的巨大压力，这点其他人似乎都领会不到。他从来不向特里施压，在特里需要时却总能给出建议，同样重要的是，当特里情绪低迷、觉得一天永远看不到头、开始停滞不前的时候，弗兰克总会拿出包了皮饰的银质小酒瓶递给他——小酒瓶很酷，也许是黑人特有的物件。他一直坚定地站在特里左右。周一，奥罗拉流感暴发的第五天，特里站在杜林女子监狱门口时弗兰克同样在他身边。

3

周末，库姆斯代理警长几次试着说服克林特把埃薇·布莱克转到他的拘留室。有关杀了毒品贩子的那个女人的传言已经传开了：据说埃薇和别的女人不一样，还能和往常一样正常地睡着醒来。在警察局，莉妮·马尔斯（莉妮仍然逗留在警察局：姑娘，继续加油吧！）收到许多问询此事的电话，现在只要一听到问这个，她就会马上挂断电话。弗兰克说他们必须查明流言是不是真的，这件事必须优先解决。特里觉得弗兰克说得对，但诺克罗斯这个人很固执，这个烦人的家伙接电话都越来越不情愿了。

周一，各处的火已经灭了，但监狱边的乡间却仍然飘着一股烟灰缸的味道。天色灰蒙蒙的，空气非常湿，从周五上午开始就时断时续下着的雨这时下个不停。代理警长特里·库姆斯感觉像发了霉似的站在杜林女子监狱门外的对讲机和监控器前。

诺克罗斯仍然对西尔弗法官签发的埃薇·布莱克的移交指令置之不理。（弗兰克同样支持把埃薇·布莱克移交到警察局，他告诉法官，那个女人也许有对病毒免疫的特殊方法，这让他给老法官留下要在骚乱开始前把事态平息下来的强烈印象。）

"特里，奥斯卡·西尔弗在这件事上没有执法权。"医生的声音从听筒里传来，就像是从池塘底部冒出来的一样，"我知道他在我妻子的请求下签署了同意埃薇入狱的文件，但他无权签署让她出狱的指令。一旦把人送到这里进行评估，他的职权就结束了。现在你需要找个县法官。"

特里不知道莉拉看上去一直很现实的丈夫为何这么难侍候。"克林特，现在没别人了。维娜法官和刘易斯法官都已经睡着了。我们县有这么几个女法官真是太幸运了。"

"那你干脆打个电话到查尔斯顿，看任命的临时法官都有谁。"克林特说。他摆出快乐和解，甚至能做出一点点让步的姿态来。"但何必那么费事呢？埃薇·布莱克和别的女人一样都已经睡着了。"

这话像打中特里肚子的铅球一样沉重。他本不该去相信那些信口胡诌的话。与其询问关押在监狱里的女犯，特里也许更应该去问地下室旧沙发上在肮脏被子里木乃伊般睡着的老婆大人。

"她昨天下午就睡着了，"诺克罗斯说，"监狱里只有几个还没睡着的女犯。"

"那为什么不让我们见她？"弗兰克问。在特里和克林特此前的交流过程中弗兰克一直安静地站着。

这个问题很好。特里按着通话按钮把这个问题抛给了克林特。

"听着，我告诉你我们会怎么办，"克林特说，"我会给你的手机发张照片。但我不会让任何人进门，这是一级防范禁闭协定。我面前摊开着一本监狱长手册，上面写着：本州的有关部门可以自行决定实施或停止一级防范禁闭协定。请注意：上面写着州的有关部门。"

"可是——"特里的声音像二冲程发动机似的：可是——可是——可是——可是，一个劲地可是。

"我没别的选择，必须实施一级防范禁闭协定。你也看了新闻，有人正在到处焚烧包着膜的女人。我想你也认为这里的女犯会成为那些所谓的治安维持协会成员的主要目标。"

"哦，别来这套了。"弗兰克哼了一声，摇了摇头。警察局没找到任何一件制服可以扣住他的上身，因此弗兰克只能把衬衫敞穿在贴身汗衫外面。"在我听来他只是在打官腔。特里，你是代理警长，完全可以碾压一个医生，更别说一个精神科医生了。"

特里举起一只手表示明白。"克林特，你说的这些我都明白，我也知道你在担心什么。但你应该很了解我，不是吗？我和莉拉已经共事十多年了，在莉拉当上警长之前我们就是同事。你在我家吃过饭，我也在你家吃过饭。我对那些女人不会做任何事，因此请对我行个方便。"

"我正在试着……"

"你不知道这个周末我在县城周围铲除了多少垃圾。有个女人睡觉前没关炉子，烧掉了大半条格里利街。县城南面上百公顷的树林被付之一炬。有个高中生运动员想强奸睡着的女人，却被对方活活打死。一个家伙的头被搅拌机砸个粉碎。我想说，这样很傻。我们把条条框框放到一边去吧。我是代理警长，我们是朋友。让我看到她和其他女人一样睡着，我就不继续烦你了。"

栏杆另一边本应由警官驻守的保安岗亭这时没有人。岗亭后停车场远端再往后的第二道栏杆之后，监狱大楼阴森地耸立着。监狱前门的防弹玻璃后看不到任何动静，没有女犯在跑道上跑步，也没有女犯在花园里工作。特里想到深秋充满情调的公园，转而又想到公园里以后都没有了吃冰激凌和欢笑的孩子会是怎样的情形。他的女儿戴安娜已经长大了，但戴安娜小时候父女俩在公园里留下了数不清的欢快记忆。那是特里人生中最为快乐的一段时光。

老天，幸好他还能喝上一小口酒，弗兰克一直把那只很酷的小酒瓶带在身边。

"特里，看看你的手机。"对讲机的扬声器传出克林特的声音。

特里的口袋里响起一连串火车汽笛声，这是特里设置的手机铃声。他从口袋里拿出手机，看着克林特传来的照片。

一个穿着红色囚衣的女人躺在牢房的床铺上。女犯的胸袋上方有个身份识别号，身份识别号旁边放着张身份识别卡，卡上有张留着黑色长发的女人照片。女人皮肤微黑，露出欢快的笑容。身份卡上的名字是"埃薇·布莱克"，口袋上的身份识别号和制服上的身份识别号完全一样。女人的脸上盖着一层白色的膜。

特里把手机递给弗兰克，让他看手机里的照片。"你怎么看？这算是好消息吗？"

特里突然意识到，他这个代理警长是在向新来的下属寻求指点，情形本应完全反过来才对啊。

弗兰克看着照片说："这什么都证明不了。诺克罗斯可以让任何一个女人戴上布莱克的证件拍这张照片。"弗兰克把手机还给特里，"他不能不让我们进去。特里，你是执法者，他只是个该死的监狱精神科医生。要我说，他就是个滑头，一个可恶的滑头。我觉得他是在和我们打拖延战。"

当然，弗兰克说得没错。这张照片证明不了任何事。克林特为什么不允许他们至少见到那女人的真身，看看她睡着没有？在世界很快要失去一半人口的当下，那本监狱长手册真有那么重要吗？

"他为何要拖延时间呢？"

"我不知道。"弗兰克拿出扁平的小酒瓶，递给特里。特里谢过他，喝下一大口威士忌，把酒瓶放回弗兰克面前。弗兰克摇摇头说："就放你那儿吧。"

特里把小酒瓶放进口袋，按下对讲键。"克林特，我要见到她。让我进去亲眼看看，之后我们就可以各自把这一天的工作继续进行下去了。人们都在谈论她的事情，我得把议论平息下去。看不到她的话，也许会有我所控制不了的局面。"

4

克林特坐在岗亭里观察着主监视器上的两个人。岗亭的门敞开着，像是从未正常关上过。蒂格·墨菲警官把身子探了进来，奎格利警官和韦特莫尔警官站在岗亭外倾听。另一名警官斯科特·休斯正在一间空牢房里打瞌睡。瓦妮莎·兰普利警官在射杀了雷·登普斯特几个小时后打卡下班了——克林特没有勇气让她留下。（"医生，祝你好运。"瓦妮莎把头伸进他的办公室说，她脱了警服，身着便装，眼睛因为疲惫而布满血丝。克林特对她回以祝福，但瓦妮莎没说谢谢。）即便瓦妮莎现在没睡着，克林特也觉得她帮不上什么忙了。

克林特坚信自己可以拖上特里一段时间。让他担心的是和特里交流时递出小酒罐、不时给些建议的大块头男人。从监视器看上去，特里好像大块头男人的传声筒似的。克林特发现大块头男人不像别人那样会本能地看着对讲机，而是不断在观察周围，像是作案前踩点一样。

克林特按下对讲按钮，对着麦克风说："特里，老实说，我并不想把形势复杂化。对目前的事态，我感觉很糟。别再白费力了，我可以向你保证，现在我面前真有本监狱长手册。一级防范禁闭协定用大字写在戒严法令的最上方。"说着他拍了拍并没有书放着的电子操控板，"特里，我没有受过监狱长的培训，但我有手册做指导。"

"克林特，"克林特能听见特里愤怒的吐气声，"你到底怎么回事啊？真要让我把这该死的门弄倒吗？太荒唐了！莉拉会很失望，会非常非常失望的。她一定不相信竟会发生这种事情。"

"我知道你很泄气，我知道你甚至还没时间细细品味过去几天以来感受到的压力，但你意识到有个探头正在对着你，是吗？我刚看见你对着小酒瓶喝了一口，我们都知道你喝的不是果味饮料。恕我直言，我知道莉拉……"刚用过去时态把妻子的名字说出口，克林特就感到一阵揪心。为了让自己缓一下，克林特清了清嗓子，"我比你更了解莉拉，如果让莉拉知道她的代理工作时喝酒，她会相当失望的。请你换位思考一下，你会让一个没有管辖权、没有适当法律文书，又在喝着酒的警官进入监狱吗？"

他们看见特里气急败坏甩手拍了下大腿，离开对讲机，开始绕着圈子踱步。大块头男人抱住他的肩膀对他说话。

蒂格摇摇头笑了。"医生，你不该来监狱工作，应该到电视购物频道去赚大钱。你刚才对这家伙放了大招，现在他需要好好恢复一下。"

克林特转身看着站在身边的三位警官。"你们有人认识那个人吗？那个壮实的家伙是谁？"

比利·韦特莫尔认识。"那是县里的动物检疫官弗兰克·吉尔里。我侄女帮他看管过流浪狗，说他人不错，但有点神经质。"

"怎么神经质了？"

"他很厌恶不关心自己的宠物和虐待动物的人。传说他把一个虐待狗、猫还是别的什么动物的乡下人暴打了一顿，但我不敢说这一定是真的，高中生的话不能全信。"

克林特刚想让比利·韦特莫尔给侄女打个电话，但马上又想到那个侄女不太可能还醒着。监狱里现在剩下的女犯就三个了：安琪尔·菲茨罗伊、珍妮特·索利和埃薇·布莱克。他拍的是个体形和埃薇差不多的名叫万达·登克尔的女人。登克尔从周五晚上开始就一直在睡。准备时，他们让万达穿上带有埃薇身份识别号的衣服，把埃薇的身份识别卡钉在红色的囚服上。克林特看到仅剩的四位警官愿意加入他的行动，他既感激又吃惊。

他告诉他们，自从埃薇睡着后能醒来的事公开以后，不可避免地会有人——可能是警察——过来找她。他根本没想过让蒂格·墨菲、兰德·奎格利、比利·韦特莫尔和斯科特·休斯觉得埃薇——这个不可思议的女人——和其他女人的安全都取决于他克林特。他很有自信说服他们换一个角度看待事物，毕竟他做这行差不多有二十年了。但他从未尝试过这样做。克林特对杜林女子监狱剩余警官采取的策略更为简单一些：只是说他们不能把埃薇交给地方上的人。另外，他们不能对来讨要埃薇的人说实话，因为一旦知道埃薇与众不同，他们就会变得更加无情。埃薇到底是怎么回事——准确地说埃薇到底拥有何种免疫力——得由联邦政府派出的"知道自己在干吗的"科学家们来判断。尽管县里的相关方也许会想到类似的方案：找个医生对她进行检查，询问她的背景，对她这个似乎拥有独特身体构造的人进行一切可以想到的测试，但绝不能把埃薇交给他们。

可是，特里也许会说可是，提出心里的疑问。

但没有什么可是，她太珍贵了，不能冒险。如果把埃薇给错了人，使事情向错误的方向发展，如果有人控制不住脾气杀了她——也许只是因为单纯的挫败感，也许只是想找个替罪羊——这对他们的母亲、妻子和女儿们又会有什么好处呢？

别把埃薇当作一个采访对象，克林特告诉很少（非常少）的几个同盟。她不能也不会告诉任何人任何事。她似乎一点都不知道自己有何不同。另外，无论是否对奥罗拉病毒免疫，埃薇都是杀害两个制毒者的变态杀手。

"即便被爆了头，"兰德·奎格利满怀希望地问道，"仍然能研究她的身体和 DNA，不是吗？"而随后他赶忙补充道，"我只是说说而已。"

"兰德，我觉得能，"克林特说，"但你不觉得这并非最佳选择吗？也许保留她的脑子会更好。她的脑子也许会有用。"

兰德不得不承认。

为了做得更逼真，克林特一直在给疾病控制中心打电话。亚特兰大的那帮家伙一直不接——自从周四危机开始以后，前前后后打到那里的电话不是遇上忙音，就是电话录音——克林特只能把电话打到碰巧位于特里梅因路某处空房二楼的疾病控制中心分部：莉拉的手机号码，而贾里德和玛丽·帕克是分部仅有的两位科学家。

"又是我，西弗吉尼亚杜林女子监狱的诺克罗斯。"为了让剩下的警官听到，他一直带着微小的变化重复着相同的话。

"诺克罗斯先生，你儿子睡着了。"最近一个回合开始时玛丽说，"我可以杀了他吗？"

"不行，"克林特说，"布莱克仍然时睡时醒，她仍旧很危险。我们需要你们来人把她带走。"

周六早晨，帕克夫人和玛丽的妹妹就睡着了，玛丽出差的父亲仍然在想办法从波士顿回家。玛丽不愿一个人待在家，她把母亲和妹妹放上床，便出门来找贾里德了。克林特对贾里德和玛丽很诚实——把发生的大部分事情告诉了他们。当然，他也省略了一些事实。他告诉他们监狱里有个能正常入睡并醒来的女人，并让他们加入疾病控制中心的虚假通话，他说如果不表现出和某人通话的样子，就不能让狱警们相信马上会得到帮助，狱警们也许会放弃离开。克林特隐去的事都是有关埃薇的：她不可思议地知道许多她不可能知道的事情，还有她对克林特提出的交易。

"诺克罗斯先生，我的尿里现在都是咖啡因。快速移动胳膊的时候，我仿佛能看见胳膊移动的轨迹。这有什么意义吗？哦，也许没什么意义。但不管怎么样，我想这是我自己的超人故事，正在睡袋里熟睡的贾里德正好错过了故事的高潮部分。如果他再不马上醒过来，我就要朝他耳朵里吐痰了。"

克林特正好利用这段对话表现出越来越强烈的恼火情绪。"这的确很有趣，但我非常希望你们采取必要的行动，让我再重复一遍：我们要你们来把这个女人带走，立刻着手研究她为什么跟别人不同。明白了吗？直升机一上路就给我打电话。"

"你妻子很好，"玛丽说，她突然感觉没那么愉快了，"没什么变化。也就是说她还保持原样。正睡着……嗯……睡得很舒适。"

"谢谢你。"克林特说。

整个对话的逻辑并不牢靠，克林特不知道到底能相信比利、兰德、蒂格和斯科特多少，其中又有多少成分是警官们在噩梦般的危急情况中自己给自己找的安慰。

这出戏又有简单而明确的另一层目的：暗示保卫地盘的紧迫性。在克林特组建的"护卫小分队"眼中，监狱这一小片是他们的地盘，县里的任何人都无权在这风景点撒野。

这些因素能让他们在需要看管的女犯越来越少的情况下，至少在几天内维持监狱的运转。他们可以在熟悉的工作环境中找到安慰。五个男人在监狱的厨房里做饭，轮流在警官休息室的沙发上睡觉。这对比利、兰德、斯科特这些没结婚的小青年和比他们大二十岁、离婚没孩子的蒂格也许同样有帮助。在抱怨了一番以后，他们似乎认同了克林特——为了所有人的安全不要再打私人电话的坚持。相应地，他们唆使他做出了最为反感的抉择：在"紧急安全条例"的名义下，剪断了女犯们仅有的三部付费电话的听筒线，剥夺了她们可能在人生的最后几天和所爱的人通话的机会。

这个举措导致了周五下午的一场小规模骚动，六七个犯人对管理楼进行了冲击。骚动的影响不大，女人们都很疲惫，除了一个女犯拿了只装满旧电池的袜子以外，她们没有别的武器。四位警官很快压下了这场骚动。克林特的感觉很不好，但这场骚动也许会坚定警官们继续履职的决心。

克林特不知道这些警官还能工作多久。他只希望他们能工作到他成功劝说埃薇改变主意，劝说她以一种合理的方式进行合作为止——周二、周三、周四的早上或其他任何时候她满意时为止。

但这必须建立在她的说法可信的前提下，如果她说了假话……

那一切都没有意义了。但在目前的做法还有意义的时候，他们必须坚持下去。

克林特反常地觉得自己充满活力。发生了许多坏事，但至少他还能做些什么。这和选择放弃的莉拉有很大不同。

贾里德在兰塞姆夫人家的车道上找到了她。她让自己在巡逻车上睡着了。克林特告诉自己不要去责怪她。他怎么能责怪她呢？他是个医生，知道身体的极限。如果长时间不睡的话，人的身体会分崩离析，丧失对事情重要程度的判断力，甚至连真假都不知道，最后迷失自己。她会垮掉的。

但他不能垮掉。他要把事情做好，像奥罗拉病毒把她带走之前强势让她找出事情真相时那样把事情做好。他一直在试着解决夫妻间的危机，把妻子带回自己身边，把全家三口聚在一起。尝试是现在唯一可做的事情。

埃薇也许能结束这一切，也许能让莉拉醒来。她也许能让所有人都醒过来。克林特也许能让她说出昏睡症的原因。世界也许能回归正常。尽管克林特的医学知识十分丰富——这些知识告诉他埃薇只是个夸大妄想的疯女人——发生的这么多事却使他无法驳倒她的说法。无论是不是疯女人，她的确具有某种力量。她身上的割伤在不到一天的时间里神奇地痊愈了，还知道许多她不可能知道的事情。和地球上的其他女人不同，奥罗拉流感暴发后，她睡着以后还能正常地醒来。

大块头男人吉尔里把手指伸进门上的格栅，试着摇了摇门。接着他抱起胳膊，看着门上拳击手套大小的电子锁。

克林特看到了这一幕，他还观察到，特里走到一旁的路边用脚尖捅了捅地上的泥，对着小酒瓶猛喝了一口。他知道危机远没有真正解除，但至少暂时地消解了。

他按下通话按钮。"嘿，特里，我们算达成协议了吗？弗兰克，你是弗兰克对吗？很高兴见到你，你看到照片了吗？"

刚被任命的警官和代理警长没有回答克林特的问题，坐上警车离开了。这回是弗兰克开的车。

5

监狱和县城之间有条风景优美的岔道，弗兰克把车拐进岔道，停下车熄了火。"这里美不美？"他故作惊奇地低声说，"在这里，你会觉得世界还和上周一样。"

特里心想，弗兰克说得对，这里的风景的确很美。他们可以从这儿看到浑球山渡口和更远的景色——可现在不是欣赏乡村景色的时候啊！

"嗯，弗兰克，我想我们应该……"

"应该谈谈这件事吗？"弗兰克重重地点了点头，"我也这么想。我的主张非常简单，诺克罗斯也许的确是个精神科医生之类的家伙，但他的高等学位根本就是狗屎。他完全是在回避，而且他会一直这么回避下去的，直到我们拒绝接受。"

"我也这么想。"

特里还想着克林特指责他上班喝酒的事情。克林特也许是对的，特里愿意承认（如果仅仅是对自己），他已经快醉了。他不知所措，感觉自己完全不适合当警长。作为执法者，他顶多能当一个警官。

"库姆斯警长，我们需要结束这件事。不是为我们自己，而是为每一个人。我们需要接触到照片上的女人，我们需要割开她脸上的网，确认她就是身份识别卡上标识的那个女人。如果确实是同一个女人，我们可以转到第二个方案。"

"第二个方案是什么？"

弗兰克把手伸进口袋，拿出一包泡泡糖，剥掉其中一块的包装纸。"妈的我也一样不知道啊！"

"把那层膜割开很危险，"特里说，"已经有很多人死了。"

"很幸运，你的手下里有一位经认证的动物防疫专家。特里，我工作时对付过许多恶狗，有一次我还被电话叫去处理一头把自己用铁丝网包起来后变得气势汹汹的狗熊。对付这个埃薇·布莱克，我会用上最长的一根十英尺的套索，不锈钢带弹簧锁的那种。用套索套住她的脖子，然后再剪掉她脸上那层鬼东西。在她开始冲撞撕咬的时候紧拉住套索。她也许会失去知觉，但不会死。白色的膜会重新生长，看清她的面容以后，我们就让她继续睡吧。我们只求看上她一眼，飞快地看她一眼。"

"如果是她的话，所有的议论都将成为胡言乱语，每个人都会很失望，"特里说，"我也会很失望。"

"我也一样。"弗兰克想到娜娜，"可我们必须知道真相。你也这样想，难道不是吗？"

特里说："是的。"

"问题是，我们怎么能让诺克罗斯放我们进去？我们可以拉队人过来，也许我们之后必须这么做，但这是到万不得已的时候才能用的办法，不是吗？"

"是的。"纠集一个武装队的想法让特里有些反胃。在这种时势下，一个武装队很可能变成一群暴民。

"我们可以利用他老婆。"

"你说什么？"特里瞪着弗兰克，"拿莉拉当筹码吗？"

"跟他换人，"弗兰克说，"你把埃薇·布莱克给我们，我们把你老婆交给你。"

"他为什么要同意？"特里问，"他知道我们不会伤害她的。"看到弗兰克不回答，特里抓住他的肩膀。"弗兰克，我们永远不会伤害她。永远不会。你明白这点，不是吗？"

弗兰克甩开特里的手。"我当然明白。"他对特里笑了笑，"我是说吓唬吓唬他。他也许会信。据说，有人在查尔斯顿烧死了覆盖着膜的女人。我知道，这只是社交媒体上让人恐慌的流言而已。但许多人都信了。诺克罗斯也许觉得我们也会相信。另外，他还有个儿子，不是吗？"

"是的，他儿子叫贾里德，是个好孩子。"

"他也许会信。我们也许能让他打电话给他爸爸，让克林特把那个叫布莱克的女人交给我们。"

"因为我们要把他妈妈像昆虫灯上的蚊子那样烧死吗？"特里不敢相信自己竟会说出这种话。也难怪自己会在上班时喝点小酒了，看看现在自己被迫进行怎样的谈话吧。

弗兰克嚼着他的泡泡糖。

"我不喜欢这样，"特里说，"威胁烧死警长，我一点都不喜欢这样。"

"我也不喜欢。"弗兰克说，这是他的真心话，"但非常时期有时必须采取一些非常措施。"

"不行。"特里这时一点醉意都没有了，"即使有人找到了她，也完全不行。另外，就我们所知，她应该还醒着，穿着她的摇滚鞋正要离开城里！"

"离开她的丈夫儿子吗？在情况这么糟的情况下擅离职守吗？这么说恐怕连你自己都不信。"

"也许有组人最后会找到她，"特里说，"但那么利用她仍然不行。警察不威胁人，也不利用人质。"

弗兰克耸了耸肩。"知道你的意思了，这只是我的一个想法而已。"他转身面对着挡风玻璃，发动起四号巡逻车，把车开上高速公路，"应该有人去过诺克罗斯家找过她了是吗？"

"里德·巴罗斯和维恩·兰格尔昨天去了。她和贾里德都不在，家里一个人都没有。"

"孩子也不在吗？"弗兰克沉思地说，"兴许在什么地方照顾他妈妈吧。很可能是精神科医生的主意。必须承认，他一点都不笨！"

特里没有答话。他觉得再喝口酒是个坏主意，但又觉得喝一口也没什么大不了的。他把小酒瓶拿出口袋，问弗兰克是否要喝点。不过这只是对酒瓶主人的一点礼貌罢了。

弗兰克笑着摇了摇头。"谢了，但开车时不喝。"

五分钟后，当他们经过奥林匹亚餐厅（招牌上已经没有招揽过路人的鸡蛋饼了，上面写着：**为我们的女人祷告吧**）的时候，弗兰克突然想到那个精神病医生在对讲机里说的话，希克斯周五早上离开了监狱，现在我是这里唯一的管理人员了。

他用双手猛拍了下方向盘，巡逻车霎时间偏离了前进的方向。一直在打瞌睡的特里突然醒了过来。"怎么了？"

"没什么。"弗兰克说。

他在想着希克斯，想着希克斯究竟知道些什么，看见过什么。不过现在，他不会把这个想法告诉任何人。

"一切正常。警长，一切正常。"

6

埃薇最讨厌电子游戏里的蓝色星星了。各种颜色的三角形、星星和火焰小球像雨点一样从屏幕上坠下。玩家需要连起四个火焰小球才能爆掉一颗闪亮的蓝色星星。其他图形连在一起时也会闪耀和消失，可只有火焰小球才有足够的火力爆掉蓝色的星星。这个游戏的名字叫《新兴都市》，但埃薇不理解游戏为何会叫这个名字。

她正在打第十五关，快要弹尽粮绝了。一个粉红色的星星出现了，然后是一个黄色的三角，接着——谢天谢地——终于出现了一个火焰小球。埃薇试着把出现的小球拉到屏幕左侧，和已经连着的三个小球聚在一起爆掉阻挡在那里的闪亮蓝星。但屏幕上很快又出现了一个绿色的死亡三角，之前所做的一切努力都白费了。

"抱歉！游戏结束！" 屏幕上闪出一行信息。

埃薇呻吟一声，把希克斯的手机扔在铺位另一头。她希望和邪恶的死亡三角离得越远越好。但最终，埃薇还是会被这款游戏重新吸引。埃薇见过恐龙，通过一只迁徙鸽子的眼睛见识过美洲大陆的广阔森林，通过荒漠上的聚水槽潜入过克娄巴特拉女王的石棺，借甲虫的脚爱抚过死去女王的脸。一个聪颖的英国剧作家曾经根据埃薇写过一段不那么精确但非常有趣的演讲词。她是精灵们的产婆；她的身体只有郡吏手指上一颗玛瑙那么大；几匹蚂蚁大小的细马替她拖着车子；越过酣睡的人们的鼻梁；她的车辐是用蜘蛛的长脚做成的……[1]

作为一个会魔法的存在，《新兴都市》的第十五关不应该是埃薇无法逾越的终点。

---

[1] 摘自莎士比亚《罗密欧与朱丽叶》。

"珍妮特，你应该知道，许多人说自然是残酷而愚蠢的，但那个小玩意儿是一个极好的反证，证明有了科学技术情况会更糟。要我说，科学技术就是现实版的《新兴都市》。"

7

珍妮特快步走过附近的 A 区走廊。现在她看上去像是最可靠的人。珍妮特也是唯一可靠的人，但她只有在咨询出狱后职业的研讨上才会集中起注意力——如何把你的大多数成就体现在简历上，但这些成就是否有意义还得由雇用的人来决定。简历的抬头自然是她珍妮特。

剩余的警官在巡逻 B 区和 C 区的同时，还要留心监狱外的情况。于是诺克罗斯医生问珍妮特，是否能在他暂离工作岗位的时候替他盯着点另外两个犯人。

"当然可以，"珍妮特说，"我不忙，家具作坊的工作似乎已经取消了。"

珍妮特喜欢工作，工作能使她的心灵充实。

她拖着脚往前走。前方，三层防护板和饮丝网格外的清晨灰蒙蒙的。跑道上有积水，田径场看上去像沼泽一般。

"我向来都不喜欢电子游戏。"珍妮特说。她用了好一会儿才想出该怎么回答埃薇的问题。毕竟，她已经九十六个小时没睡了。

"亲爱的，这在很大程度上证明了你无与伦比的性格。"埃薇说。

隔壁牢房的安琪尔加入了谈话。"你说珍妮特性格好吗？瞎扯。知道吗？你不会不知道，她杀了她的丈夫，刺死了他。不像普通人那样用刀，而是用一把螺丝刀。珍妮特，是不是这样？"嘻哈歌手安琪尔消失了，乡巴佬安琪尔回来了。珍妮特知道她太累了，想不出怎么押韵。这非常好。总之，乡巴佬安琪尔少了一点烦人的东西，多了一点（珍妮特努力找寻着合适的词语）……多了一点真诚。

"安琪尔，我知道这个。为这我还要夸她呢！"

"希望她能让我杀了你，"安琪尔说，"我会用牙齿撕破你的画皮，我想我会的。"她嘟嘟囔囔地说，"我想我会的。"

"安琪尔，你想得到用手机的机会吗？珍妮特，如果我把手机通过托盘口给你，你能把它转交给安琪尔吗？"

传言说，单人牢房的美女不是女巫就是魔鬼。珍妮特看见蛾子成群地从她嘴里飞出。无论她究竟是什么人，埃薇对安琪尔的奚落似乎一点都不在意。

"我打赌能让你吞下这部手机。"安琪尔说。

"我打赌你做不到。"

"我就是能。"

珍妮特在墙上的窗户前停住脚步，用手抵着玻璃，身体靠在墙上。她不愿去想睡觉的事情，但就是止不住地去想。

梦里也同样会在监狱。珍妮特很多次梦到自己等着出狱，和现实生活中等待出狱一样令人烦躁。但睡觉和待在海滩边上的感觉一样，海浪每天晚上都会把海滩洗刷干净，把白天留下的脚印、篝火、沙堡、啤酒罐和残留的垃圾洗刷干净。带有冲洗作用的海浪会把人们留下的所有痕迹冲到大海深处。做梦也意味着梦到博比。在很坏的旧世界废墟上长出的森林里，博比遇到珍妮特，一切都变得那么美好。

雷会出现在她的梦里吗？既然会梦到达米安，梦见雷又有何奇怪呢？但睡觉长膜了以后会不会就不做梦了呢？

珍妮特记得以前有时睡醒后会觉得年轻而体力充沛。"我感到全身充满了活力！"博比小时候有时她会这样告诉博比。她无法想象自己现在还会有这种感觉，这样的感觉永远都不会再有了。

博比刚生下来的时候，晚上经常让她苦不堪言。"你想怎么样？"她会问他。他只是不停地哭。她觉得博比根本不知道自己要什么，他或许认为妈妈可能知道，并把一切都安排好。这是做母亲最伤人的地方，不能理解孩子的需要，没法把一切都安排好。

珍妮特很想知道自己能不能再睡觉了。如果和睡眠有关的骨头、肌肉或是肌腱都被打断了，那她该怎么办啊。她的眼睛很干，觉得自己的舌苔非常厚。她为何不就此放弃呢？

很简单。因为她还不想屈服。

她曾屈服于达米安，屈服于毒品，走上了别人认为她注定会走上的那条路。但这次她不想再屈服了。她不会让事情朝着他们期待的方向发展。

她想数到六十，但数到四十几的时候就乱了，她从一重新开始，这次数到了一百。她做到了！她成功地完成了任务！去看看录像吧！那个提议去看录像的家伙是谁？诺克罗斯医生也许会记得。

珍妮特正对着东面的那道墙上除虱区的浴室门。她左摇右晃地走向那道门。有个男人正伏在地上，捏着烟叶往卷烟纸里塞。珍妮特身后，安琪尔正在告诉埃薇，她会剥了她的皮，挖出她的眼睛，把她的眼睛和野韭菜炒了一起吃，野韭菜可以去除杂味。接下来，安琪尔说了更多的胡话，更多的方言，要么发怒，要么异常粗鲁。这时，除非珍妮特真的很专注——把每个人说的每句话都记下来——否则根本记不住她们的那些胡言乱语。听她们说话还不如听 800 免费电话里的录音呢！

"安琪尔，你应该很清楚，我觉得我不会拿《新兴都市》这款电子游戏和你一起玩。"埃薇说。珍妮特的身体左右摇晃着，眼睛盯着克威尔自动售货机旁布告牌上用不同颜色书写着的通知，布告牌上的字都辨认不清了，但珍妮特知道那是教堂各项仪式、戒酒互助会、手工课程的列表和遵守各项制度的提醒。在一张布告纸上，一个精灵般的女孩正在**我在品行良好服刑人员名单**这几个字上跳舞。珍妮特停下拖着的脚步，望向刚刚那个男人蹲伏的地方。可那里根本没有人。

"嘿，你去哪儿了？"

"珍妮特，你还好吗？"

"嗯，还好。"珍妮特回头看着埃薇的牢门。埃薇，那个奇怪的女人正站在铁栏后面，脸上一副悲哀的表情，一副知道希望不太可能实现的时候才会露出的落寞委屈的表情，毫无疑问，生活中充满着不太可能实现的梦想。埃薇的表情就和被猫抓过的还没哭的婴儿的表情一样。

"我刚还以为——我刚还以为我看见了什么人呢！"

"你开始出现幻觉了。长时间不睡觉的时候常常会出现幻觉。珍妮特，你应该去睡了。如果男人们过来的时候你在睡觉会更安全些。"

珍妮特摇了摇头。"我不想死。"

"你不会死。睡着以后你会在别的什么地方醒来。"埃薇的脸色瞬间亮了起来，"你会得到自由的。"

一涉及埃薇，珍妮特就不能清晰地思考问题。埃薇看似很疯，但不像杜林女子监狱里的其他人那么疯。有些疯子快要爆发的时候，你能从他们那里看到快要爆发的迹象，安琪尔就是这样。埃薇看上去完全是另外一回事，不光是因为飞蛾，埃薇看上去像是受到过神灵的启示一般。

"你对自由都知道些什么？"

"我对自由样样都知道，"埃薇说，"要我给你举个例子吗？"

"可以的话就举个例子吧。"珍妮特又看了一眼男人刚刚蹲着的地方。没人在那儿。没有一个人。

"你可以在被矿工铲平的山头下，地底深处的黑暗中，发现没有眼睛的生物，它们比你过去生活得自由得多。珍妮特，因为它们像自己希望的那样生活。它们在黑暗中得到了满足。可以活出自己想要的模样。"埃薇重复强调了最后一点，"它们可以活出自己想要的模样。"

珍妮特想象着自己在地球深处黑暗温暖之地的模样。矿藏像星星一样在珍妮特周围闪耀着光芒，她觉得渺小又安全。

珍妮特的面颊被什么东西挠得直痒痒。她睁开眼睛，摩挲着刚刚从皮肤上卷起的白色丝线，然后摇摇晃晃地站起来。珍妮特甚至没意识到自己刚刚闭了眼。墙壁在珍妮特前方不到半间房的地方——墙边立着告示板、淋浴门、克威尔售货机和水泥砖。珍妮特迈出一步，然后又迈出一步。

男人就站在那儿。他回来了，正在吸刚才卷的那支烟。珍妮特不打算看他。她不想屈服。她准备触摸一下墙，然后转身走到另一面墙边，她不打算屈服。珍妮特·索利还没准备好被白色的膜所遮盖。

再走一会儿，她想。再走一会儿，你瞧着吧。

所有巡逻车都被人开走了，因此唐跟搭档的小孩子只能开着唐的道奇公羊小卡车巡逻高中南面网格般的城郊街道。车上没有警察标志，这让唐颇为失望（唐打算之后再处理这件事，也许可以从五金店搞到些可以粘起来的字母），不过这辆车的挡泥板上有个电池驱动、缓缓旋转的灯泡，他又穿着一身狱警制服。小家伙自然没什么制服可穿，只在蓝衬衫上别了一枚警徽。但腰上挂着的格洛克手枪赋予了他需要的所有权威。

埃里克·布拉斯只有十七岁，按规定还有四年才能成为一名执法者。但唐觉得这孩子挺适合当警察。布拉斯曾经是一名获得过荣誉勋章的童子军，不过一年前他退出了童子军。（"那里都是些同性恋。"布拉斯说。唐回应道："小子，我明白你为什么要退出了。"）另外，这小子还很有趣。他发明了一种游戏来打发时间，叫《发现僵尸》，就是寻找还挣扎在睡眠边缘的女人。唐开车，负责路的左边，埃里克负责右边。发现老女人计五分，发现中年女子计十分，发现小女孩计十五分（周六街上的小女孩就很少，现在完全找不到了），妙龄女郎计二十分。布拉斯现在以八十对五十五领先，但当他们把车开上圣乔治路的时候，形势却发生了变化。

"两点钟发现了一位妙龄女郎，"唐说，"这样我就到七十五分了，已经接近你了。"

带枪执行守备任务的小子探出脖子，仔细查看身穿弹力短裤和运动胸罩、沿着人行道跌跌撞撞行走的年轻女子。女子低垂着头，满是汗水的头发结成一绺一绺的前后摇摆。也许她是想跑步，但最后只能一摇一摆地尽力快走。

"奶子和屁股都下垂得很厉害，"埃里克说，"如果这都算妙龄女郎，那我只能可怜你了。"

"整理好你的行装，我们开启一次罪恶之旅吧。"唐的话依旧没个完，"既然我们没能看到她的脸，那就给个十五分吧。"

"就十五分吧，"埃里克说，"朝她摁摁喇叭。"

车缓缓驶过蹒跚前行的女郎时，唐摁下了喇叭。女郎扬起头（事实上，她的脸还算标致，只是下陷的眼睛下有厚重的黑眼圈），然后跌倒了。她的左脚绊在右脚踝上，四肢摊开摔在人行道上。

"她倒下了！"埃里克大声喊，"这小妞倒下了！"他连忙扭过脖子回头看。"但她又起来了！还没开始数秒就起来了！"他嘟着嘴唇吹奏着电影《洛奇》的主题曲。

唐看着后视镜，发现女郎摇摇晃晃地站了起来。她两侧的膝盖被擦破了，鲜血沿着小腿往下流。唐以为女郎也许会朝他们竖中指——接班后他们曾朝一个姑娘摁了喇叭，那姑娘对他们竖起了中指——但这个快成僵尸的姑娘却根本没看他们，继续跟跟跄跄地朝城里走。

唐说："看到她的脸没有？"

"是个绝世美女。"说着埃里克朝唐竖起了手掌。

唐也举起手跟他击掌。

两人要巡逻几条街，他们要把有沉睡女子的房子的地址、沉睡女子的姓名以及证件号码记录下来。如果房子上锁了，他们可以破门而入，这在一开始很有趣。唐喜欢在不同的浴室用不同的肥皂洗手，另外，他早就想好好研究一下杜林女人们内衣抽屉里的内裤是什么样式和颜色了，终于有机会了。但很快他就厌烦了这种廉价的刺激，这和真正的探险有本质的区别。唐很快就对没有屁股填充的内裤失去了兴趣。做久了这种挨家挨户的查看以后，唐和搭档的高三学生感觉自己和户口调查员差不多。

"这是埃伦代尔路是吗？"说着唐把车开到路边。

"是的，长官，所有这三个街区都是埃伦代尔路。"

"搭档，我们走路吧。找到那些婊子，写下她们的名字。"但还没等唐打开驾驶室的车门，埃里克却抓住了他的胳膊。菜鸟把目光投向了埃伦代尔路和高中之间的一片废弃土地。

"长官，你想找点乐子吗？"

"我一直都很喜欢找乐子，"唐说，"我生来就喜欢找乐子。你想到了什么？"

"你烧过人吗？"

"包着膜的女人吗？没烧过。"不过他在新闻里看到过焚烧沉睡女人的手机视频，几个戴着曲棍球面具的家伙往一个沉睡女人的网状白膜上丢了根火柴。新闻里把这些家伙称为"喷火党"。镜头中，火焰像有汽油助燃的篝火一样迅速蔓延了，从镜头之外仿佛都能听到火焰蔓延的噼啪声。

"那你呢？"

"没烧过，"埃里克说，"但我听说她们被烧得非常惨。"

"你在想什么？"

"那里住着一个无家可归的老太婆。"埃里克说，"把那说成是种生活也未尝不可，但对她自己和其他任何人都没有好处。我们可以给她来个恶作剧。你知道的，我只是想看看火会烧成什么样而已。再说，也没人会怀念她这种人。"埃里克突然看上去有些不安。"当然，如果你不想……"

"我不知道自己是想还是不想。"唐说。他在说谎。毫无疑问，他很想干那么一次。光想想他就觉得有些亢奋。"我们去看看她，然后再做决定。之后我们再巡逻埃伦代尔路也不迟。"

他们下了皮卡，走向老埃茜筑巢的杂草丛生的废弃土地。唐有个之宝打火机，他从兜里拿出打火机，不断地打开合上，打开合上。

第二章

1

女人们把这地方称为"新据点",因为这里的确不再是杜林了——至少不再是她们认识的那个杜林了。之后,当她们意识到自己将长期滞留于此时,这里又被称为"我们的地盘"。

这个名字就此被确认下来。

2

女人们用打火机油点燃了从兰塞姆家地下室拿出的柴火,烤出的肉有很浓的火机油味道。但她们还是吃掉了莉拉用警用小手枪从腐臭游泳池里打来的山猫的整块小腿肉。

"我们都很变态。"头一天晚上莫莉一边舔着手指上的油,一边又抓起块猫肉说。在她看来,做个变态似乎并不糟。

"亲爱的,说得不错,"她奶奶说,"我也不管吃相好不好了。警长女士,请给我再来一块。"

女人们在兰塞姆夫人家的废墟里安营扎寨,莉拉担心食物中毒,所以她们没去吃储藏室里落满灰尘的罐头食品。在接下来的两周里,她们主要靠从附近林子里摘来的浆果和野生玉米的玉米穗维持生计。玉米穗很硬,又没什么味道,但至少咽得下去。五月,浆果和玉米还没完全成熟,但她们只能吃这些。

从这些现象中莉拉得出一个结论:她们现在所在的这个杜林相对于原来的杜林平移了一段时间。莉拉起初对这个结论很犹豫,后来却越来越坚定了。时间感觉上是一样的,其实并不一样。兰塞姆夫人说她在莫莉出现前已经独自待了好几天。旧世界（以前）的几个小时相当于新世界（现在）的好几天吗？也许还不止几天呢。

莉拉时常在入睡前的几分钟想到不同的时间流问题。她们睡的大多数地方都在天空底下——倒下的树木在一些房顶上砸出大洞，而其他的屋顶都被风给吹走了——莉拉一边看着天空中的星星，一边迷迷糊糊睡着了。星星还是以前那些星星，但它们闪耀的光芒比以前更刺眼了。星星闪耀出亮白的火花。这个没有男人的世界是真实的吗？这里是天堂还是炼狱？抑或是处在另一个时间流里的另一个世界？

更多的女人和女孩过来了，人数滚雪球般地增长。尽管不怎么想出头露面，莉拉却发现自己不知不觉成了管事的。这个安排似乎已经被大伙默认了。

课程委员会的多萝西·哈珀和她的三位朋友从原先是公寓大楼的一片灌木丛中出现了。她的三位朋友七十来岁，满头白发，个性开朗，自称是读书俱乐部的密友。她们围着莫莉叽叽喳喳地聊了起来，莫莉最喜欢和人聊天，对老人们的关注喜不自禁。贾妮丝·科茨沿着主街漫步走来，凌乱的卷曲头发里夹着片树叶，和她一起来的还有三个穿着红色囚服的女人。贾妮丝·科茨和三个之前被她看管的犯人——基蒂·麦克戴维、西莉亚·弗罗德和内尔·西格——穿过一片灌木林才好不容易离开了杜林女子监狱。

"女士们，下午好。"贾妮丝先拥抱了布兰奇·麦金太尔，然后又拥抱了莉拉，"请原谅我们的外表，我们刚刚才越狱过来。你们中间有谁在纺锤上弄伤了手指，把这里搞得这么乱啊？"

一些老建筑可以居住，或是还可以修补。另一些老建筑不是杂草丛生就是被摧毁了，有的被摧毁后长满了杂草。她们目瞪口呆地看着主街上的高中大楼，在原先的杜林，这座大楼就已经过时了，在新的杜林，这座建筑从中间垮塌，左右两个部分朝两侧倾斜，参差不齐的砖缝间的空隙露在外面。鸟儿停在从断裂的教室中耷拉着伸出来吊在半空的地板漆布上。原先包含市政厅和警察局办公室的行政大楼有一半已经塌了。马洛伊街上的一个排水口敞开着，一辆车翻了个底朝天，挡风玻璃淹没在咖啡色的污水里。

有个叫凯莉·罗林斯的女人加入了大部队，说她曾有做电工的经历。

科茨知道凯莉在假期学校学过布线和电压方面的知识。而且对于这位前监狱长来说，凯莉和她接受的教育都来自大墙之内，这不算太大的问题。毕竟，凯莉在现在这片明亮星辰下的新地盘没有犯过任何罪行。

凯莉设法重新启动了一台连接在一户富有医生家里的太阳能发电机，女人们用电炉烤兔肉，用医生的洛克–奥拉唱片机放旧唱片。

晚上她们就一起聊天。和莉拉在兰塞姆夫人家车道停着的巡逻车上醒来一样，女人们都在各自睡着的地方醒来了。其他一些女人记得醒来时在黑暗中，耳朵里只有风声和鸟声——也许还有来自远方的声音。太阳升起以后，这些女人纷纷从林中、浑球山山道及西拉文路现身。对莉拉而言，这般景象像是世界形成时的图景，她们的存在——和这个世界里的其他东西——又好像来自参与者的集体想象。

3

日复一日，夜复一夜。没人知道过了多久，但肯定有好几周了，接着又过了几个月。

一些女人组成了狩猎和采集组。她们组织了多项比赛——尤其是猎鹿和猎兔——还有采摘野果和蔬菜。还有女人们成立了种植组、建筑组、保健组和教孩子们读书的教育组。每天不同的女孩站在小学校前，鸣响一个牛铃，铃声可以传出好几英里。女人们和年纪稍大一些的女孩负责教书。

她们没有碰上病毒传染的情况，但遇到过许多例接触毒葛引起的皮疹，以及不少擦伤和割伤，甚至还碰上过几起废弃建筑引发的骨折事故——废弃建筑的锐利边角、变形部分和其中隐蔽的陷阱常常会让人受伤。入睡的时候莉拉有时会想，如果说这是个假想中的世界的话，那这个假想世界还真能让人流血呢！

在高中地下室放满董事会文件的各种形状的文件柜中，莉拉找到了一台可能从六十年代中期以后就无人问津的油印机。这台机器整齐地收在一个塑料筐里。几个之前的女犯手特别巧。她们用沼泽里的红浆果造出了墨水，协助莫莉创办了一份名叫《杜林大事记》的单页报纸。第一期的头条新闻是"学校重开"，莫莉在新闻里引用了莉拉·诺克罗斯的话："看到孩子们重回正轨真是太好了。"莫莉问莉拉要叫她杜林县警长还是简单地叫她治安官，莉拉说叫她"本地居民"就好了。

女人们常常开会。开始是一周一次，后来增加到两次，每次持续一两个小时。这些会议对生活在"我们的地盘"的女人们的健康和福祉非常有益，但这个会议的发端纯属偶然。第一批开会的是在旧世界中自称"周四读书俱乐部"的老太太们。在新世界里，她们聚集在还保存得非常好的古德威尔超市。除了书籍，她们还有许多可聊的。布兰奇、多萝西、玛格丽特和玛格丽特的姐姐盖尔坐在商店前的折叠椅上，谈论着她们怀念的一切。她们谈论的事物包括现磨咖啡、果汁、空调、电视、垃圾收集、网络，以及用充电后的手机给朋友打电话。但她们大多谈的是 她们对这一点都很认同——对男人们的怀念。年轻一些的女人们闻讯而至，并且受到欢迎。她们谈到生活中的缺失，谈到由儿子、兄弟、父亲、祖父……尤其是丈夫们的离场造成的空缺。

"我告诉你们一些事，"第一个夏天快结束时丽塔·库姆斯在一次会议上说——这时参会的已经有四十来个女人了，"对你们中的一些人来说这话有点太露骨了，但我不在乎。我怀念原先周五晚上的狂欢。特里在我们认识的一开始总是很快就缴枪了，但经过我的调教，他进步得很快。许多个夜晚，在他缴枪前我们能嬉戏两次，然后再大干一场。要问之后吗？当然会睡得和孩子似的。"

"你们用手指干吗？"一个女人的提问引发了哄堂大笑。

"当然！"丽塔答道。她的腮帮子红得跟苹果似的，但也在笑。"可亲爱的，那感觉完全不一样。"

她的话赢得了一阵发自内心的掌声，只有少数几个女人——比如说弗里茨·梅肖姆胆小如鼠的老婆坎迪——克制着没笑。

当然，会上总有人以各种方式提出两个关键性的问题——首先，她们是如何来到"我们的地盘"的？其次是她们为什么会来到这儿？

这是魔法，是出错的科学实验，还是某种上帝的意志？

她们的继续存在是奖赏还是惩罚？

为何是她们？

谈论这类话题时，基蒂·麦克戴维有说不完的话。基蒂对自己染上奥罗拉病毒的一刻记忆犹新，她记得那时看到了一个像女王似的黑色身影，看到蜘蛛网在女王的头发上飘扬，这一幕至今还盘桓在她脑海中。"我不知该怎么办，是祈求原谅还是做些其他的。"

"去他妈的，"贾妮丝·科茨说，"没有教皇在这儿发号施令，你想干什么就干什么，但我会继续尽最大努力好好过现在的生活。老实说，难道我们还知道什么改变现状的方法吗？"她的这番话赢得了女人们的一致好感。

到底发生了什么？这个问题被一次又一次地提出。但始终没有答案。

一次会议上（召开在贾妮丝·科茨把这类会议称为"思想碰撞"的至少三个月之后），有个新成员加入了，她悄悄地坐在了超市后面一个五十磅重的肥料包上。在激烈的讨论过程中，在谈到她们在联合包裹公司的运输事务所发现了九包能重复使用的卫生棉这一振奋人心的好消息时，新加入者像是丝毫没感觉一样始终低垂着头。

"月经的时候总算不用把剪碎的T恤塞进内裤了，"内尔·西格狂喜道，"哈利路亚！"

会议快结束时，话题和以往一样转移到她们怀念的事物上。这类谈论几乎总会引发对儿子和丈夫怀念的泪水，但大多数女人说她们至少觉得暂时没负担了，至少是负担轻了些。

"女士们，我们这就结束了吗？"布兰奇在这特别的一天发问道，"在重新工作前，谁有特别想说的事情吗？"

一只小手举了起来，手指上有多种颜色的粉笔灰。

"亲爱的，有话就告诉大家，"布兰奇说，"你是新来的吧？个头这么矮！你介意站起来说吗？"

"欢迎！"与会者一边转身看，一边异口同声地说。

娜娜·吉尔里站起身。她把双手放在袖口处又破又皱的衬衫上……可这仍旧是她最喜欢的一件衬衫。

"妈妈不知道我来这儿,"她说,"希望你们都别跟她讲。"

"亲爱的,"多萝西·哈珀说,"这里和赌场一样,我们开会时说到的事情只有开会的人知道。"

多萝西的话引来了一阵零星的笑声,但穿着褪色粉红 T 恤的小姑娘没笑。"我只想说我想念爸爸。我走进珀尔森理发店,找到了他用过的须后水——是黑色达卡牌的——我闻着香水哭了。"

除了几声抽噎以外,超市前方一片死寂。之后她们发现去过珀尔森理发店须后水架的不止娜娜一个。

"我想这就是我要说的全部了。"娜娜说,"我……只是想说我很想念爸爸。我希望可以再见到他。"

女人们为娜娜使劲鼓掌。

坐下以后,娜娜用手掌捂住脸。

4

"我们的地盘"不是乌托邦。有泪水,有为数不少的争吵,甚至在第一个夏天还发生了一起令所有人震惊的杀人后自杀的恶性事件,这起事件之所以让人震惊是因为发生得没有一点征兆。从之前的世界里过来的一个女犯莫拉·邓巴顿在勒死凯莉·罗林斯后结束了自己的生命。科茨找来莉拉探查究竟。

莫拉把自己吊死在后院秋千生锈横档上一个打结的套索里。凯莉被发现死在和爱人同住的房间的睡袋里,她脸色发青,睁开眼睛的巩膜里血丝交错,她是被勒死的,勒死以后身上又被捅了许多刀。莫拉留下了一张写在信封碎片上的字条。

这是个不同的世界，但我还跟以前一样。你们最好别跟我在一起。我无缘无故地杀了凯莉，她没有冒犯我，也没有做其他事情。我和在监狱时一样爱着她。我知道她对你们很有用，但我就是控制不住自己。我想到要杀了她，于是就杀了她。之后我就后悔了。——莫拉

"你怎么看？"莉拉问。

贾妮丝说："我觉得跟这里其他的一切一样是个难解的谜。单就被这个疯婆子杀了的人而言，我们非常不幸，她挑选的正巧是这里唯一能搞定电路的人。现在我抱住她的双脚，你爬上去把套索割了。"

科茨走到秋千边上，没有行礼便用胳膊抱住了莫拉的一双短腿。她回头朝莉拉看了看。"快来，别让我干等着。好一股尿骚味，她像是尿湿了自己的长裤。自杀真太他妈的有魅力了。"

她们把凶手和倒霉的死者一起埋在监狱垮掉的围墙外。这时是晴朗而酷热的夏季，沙蚤在草上飞来跳去。科茨对凯莉为社群所做的贡献以及莫拉令人不解的罪行说了几句，接着女孩们开始合唱《奇异恩典》，这歌声让莉拉落了泪。

莉拉从家里拿了一些贾里德和克林特的照片，有时也会参加女人们的集会，但随着时间的推移，儿子和丈夫的形象渐渐变得不那么真实了。晚上在帐篷里——气候温暖时她喜欢住在户外的帐篷里——她会打开手电筒，在手电筒的光线下看着丈夫和儿子的脸。贾里德会变成一个怎样的人？即便在最近的一些照片中，仍然能在贾里德脸颊的边角部分看到一些柔软之处。无从知晓儿子的近况让莉拉感到很受伤。

莉拉看着照片里丈夫的苦笑和灰白头发，想念着他，只是没有像想贾里德那么厉害。可怕的最后一天日夜对丈夫的怀疑让莉拉觉得很尴尬。谎言和无端的恐惧让她感到羞耻。但她发现，在回忆中她对丈夫的看法和以前不一样了。她想到克林特如何小心翼翼地把过去紧紧包住，又想到他如何用医生的权威建起了把她排除在外的一道墙。难道克林特觉得只有他能承受住这种痛苦吗？难道克林特觉得她那微弱的精神和意志力接受不了这

些过去吗？还是说这不过是一种伪装成力量的自负呢？她知道男人们接受的（当然主要是别的男人们）是独自承受痛苦的教育，但她同样知道婚姻能消除这种教育的一些影响。但克林特没能消除这种教育的影响，一直把痛苦埋藏在自己心里。

还有游泳池的事情，这件事让她很生气。当然还有多年前不打一声招呼就不做医生的事情。这些年来不打招呼就让她接受的小事就更多了。即便不和丈夫在同一个世界中，她还是觉得自己太"百依百顺"了。

猫头鹰在黑暗中嘶鸣，不知道经历了几代的野狗在愤怒地咆哮。莉拉拉上帐篷的拉链，月光穿过黄色的帆布洒进帐篷。回忆家里肥皂剧般的事件让她备感沮丧，想想他，又想想自己，来来回回。克林特关上了一扇门，莉拉则关上了另一扇。她想到自己过去鄙视别人婚姻的那些胡话——*太自大了，莉拉*——然后笑了。

5

监狱外的灌木丛长得更密了。莉拉沿着科茨和其他女人刚醒来时从灌木中开出的一条小道往前走，并从监狱南边墙上开的一个洞口进了监狱。什么东西爆炸了——莉拉猜测是厨房里用的燃气炉，像是小孩吹生日蜡烛似的把监狱大楼的水泥炸了个稀烂。走进大楼，她暗自希望能来到另一处地方—— 白色的海滩，铺有鹅卵石的大道，或者是石头山顶——但她看到的只是过去的牢房。墙面有一大半已经塌了，一些横闩门快从合页上脱落了。莉拉觉得那次爆炸一定相当可观。地板上长出杂草，天花板布满霉菌。

她走过毁掉的那一侧楼房，出现在被克林特称为"百老汇"的中央走廊。这里的景象比刚才稍微好一些。莉拉沿着走廊中间漆的红线朝前走。这里的门和栅栏都没上锁，监狱自助餐厅、图书室、岗亭等设施的被铁丝网加固的窗户蒙上了一层湿气。"百老汇"和前门的连接处显示了爆炸的另一些迹象：断裂的煤渣砖，肮脏的玻璃碎片以及监狱和入口区之间那扇朝内弯去的铁门。莉拉从这些垃圾边上绕了过去。

走过"百老汇"，她来到通向办公区的那扇门。门是打开的，里面的办公区覆盖全部墙面的毡毯上长出了蘑菇，空气里充斥着植物过度生长所带来的臭气。

最后她来到克林特的办公室。角落里的那扇窗被炸飞了，长势繁茂的灌木侵入办公室，枝叶上盛开着白色的鲜花。一只老鼠在破碎的沙发垫的填充物里翻找。老鼠瞪了莉拉一会儿，然后冲进一块破碎的墙体逃命去了。

丈夫办公桌后面霍克尼的那幅画有点歪了，莉拉把画像放正了。画上有一幢朴实的棕黄色建筑和几扇挂着窗帘的一模一样的窗户。大楼的第一层有两扇门。一扇是蓝色的，另一扇是红色的：即便回忆本身很单薄，但好的回忆能让心灵亮堂起来，因此霍克尼很喜欢用蓝和红这两种亮色。多年前把这幅画送给克林特时，莉拉心想克林特也许会指着这幅画对他的病人们说："看见了吗？没有任何东西朝你关上大门，通向健康快乐的大门倒多得是。"

讽刺的是，这幅被拿来用作比喻的画虽然依旧耀眼，但克林特已经在另一个世界了，贾里德已经在另一个世界了。他们也许死了，也许活着。霍克尼的画现在是这个世界中老鼠、霉菌和杂草的所有物。这是个破碎的世界，被人清空被人忘却，却是她们所在的世界。愿上帝拯救我们，拯救"我们的地盘"吧。莉拉离开办公室，沿着来时的路穿过死寂的监狱走向通往监狱外灌木丛的洞口。她只想快点出去。

6

这些月份，更多的女人陆陆续续从那个被詹姆斯·布朗[1]称为男人的、

---

[1] 美国著名歌手，被看作美国灵魂音乐的教父，是说唱、嘻哈和迪斯科等音乐类型的奠基人。下文提到的歌名为 *It's a Man's Man's Man's World*。

男人的、男人的世界现身。她们说在杜林入睡的时候，奥罗拉病毒仍然闹得很凶，那个世界的日子仅仅过去了两三天。新来者谈及的暴力、混乱和绝望在新地盘的先来者们看来很不真实，她们觉得另一个世界的问题根本无关紧要，这个世界的女人们有自己的困难和烦恼。她们担心的一个主要问题便是天气，夏天快过去了，过了秋天便是严酷的寒冬。

在图书馆拿来的施工手册的帮助下，在看似最不可能掌握电工技术的玛格达·杜布切克的监督下，她们终于完成了凯莉被疯狂的前女友勒死之前就开始的工程。玛格达是个工程承包商的妻子（也是替莉拉家维护游泳池的小伙子的母亲）。玛格达死去的丈夫在电工方面教了她很多。"我丈夫每天都把所做的事情告诉我：'听着，这根是火线，玛格达，这根是地线，每天都会这般说上一通。'他不知道我确实在听着，还以为自己是对一面不开窍的墙说话，可我确实听进去了。"玛格达说话时的调皮样让莉拉心碎地想到了安东，"至少前五百次我都听进去了。"

利用从几块废弃多年的太阳能板上收集到的能量，她们给一些高地上的房子架起一个电力供应有限的电网。

一般的车都不能用了。女人们不知道这个世界何时能开上车，但有些停着的车成色还很好，如果她们有足够时间找到汽油和并能用汽油发动起汽车的话，这些车就会很有用。一辆停放在完好车库里的车也许还能用，但车里的汽油却不知蒸发了还是漏了。女人们在乡村俱乐部的设备棚里找到了一些利用太阳能发电、保存完好的高尔夫球车。重新充电以后，高尔夫球车马上就启动了。女人们在清理掉大树和灌木丛的街道上来来回回地开起了高尔夫球车。

和古德威尔超市一样，奥林匹亚餐厅也保存得非常好，特里以前的妻子丽塔·库姆斯以以物易物的交易方式重开了这家餐厅，她用几个女人帮忙从库姆斯家地下室一起扛过来的便携式旧木炉给顾客们做饭吃。

"我总想亲手运营一家餐厅，"她告诉莉拉，"但特里不愿意让我上班。他说这会让他担心。特里永远都不明白做一件箱子里的瓷器是多么无聊。"

她说得轻飘飘的，但刻意避开了莉拉的目光，莉拉觉得丽塔很羞愧——为拥有自己的事业而羞愧。莉拉希望丽塔能扛过这一关，而且觉得丽塔肯定能扛过这一关。他们中的许多人感觉到了自己的改变，却又像逃学的孩子一样对这种改变带着一点点羞愧。尤其是玛格达和丽塔这些在新世界中突然感觉自己被需要、自己能发光发热的女人。随着一周一周的悄然流逝，女人们不光会谈到她们丢失了的事物，也会谈到一些她们不再错过的事情。

树叶和旧世界一样由绿变黄，又由黄变绿，但在莉拉看来，这些颜色比原先更为生动，也更为长久了。

感觉上像是十月末的一天，莉拉在兰塞姆夫人家的院子里采摘给学龄女孩雕刻用的南瓜。坐在树荫下长凳上的老埃茜看着她。长凳边是一辆堆满埃茜捡来物品的生锈的购物车，车里有收音机、手机、一堆衣服、一条狗链、一本二〇〇七年的挂历、一个没有标签但也许曾经装过枫蜜的瓶子以及三个娃娃，埃茜似乎想通过捡垃圾让新世界和旧世界的生活重合在一起似的。

老太太起先很沉静，有人靠近时会马上避让开，但随着时间的推移，至少在莉拉面前她放松了许多。有时她甚至会开口说话，不过莉拉觉得老太太壮年时也不大可能是个健谈者。

"情况已经比以前好多了，"埃茜有一次说，"至少我有了自己的屋子。"她兴味盎然地看着膝头的三个娃娃。"女孩们很喜欢那套房子。她们叫金格尔、平格尔和林格尔。"

莉拉趁此机会问她姓什么。

"以前姓过威尔考克斯，"埃茜说，"不过现在姓埃斯塔布鲁克。我和那个叫伊莱恩的女人一样重新姓了娘家姓。这地方比原先的地方要好，不仅是因为我姓回了娘家姓，有了自己的房子，更是因为这里的空气闻上去比原先甜美得多。"

但这一天，埃茜似乎有点变回之前的自己。当莉拉想和她说话时，她摇着头，朝莉拉做出开枪的动作，然后在购物车里翻找。她从购物车里拿出一个飞歌老式收音机，不断把收音机从一只手抛到另一只手。莉拉觉得这样也好，如果扔烫山芋的动作能让她内心平静下来的话，那就让她多扔一会儿吧。

莉拉准备停下工作去吃午饭的时候，贾妮丝·科茨骑了辆车过来了。"警长，"贾妮丝对莉拉说，"跟你说句话。"

"贾妮丝，我不再是警长了。你没看《杜林大事记》吗？我只是一位本地居民。"

科茨没有就这么算了。"就算你是居民吧，但你得知道现在有人失踪了。目前已经失踪了三个。人数这么多不可能是巧合，我们需要有人调查这件事。"

莉拉看着刚从藤上采下的南瓜。南瓜上面是橙黄色，下面却烂掉发黑了。她把南瓜咚的一声扔在肥沃的泥土地上。"找再开发委员会去谈，或者在下次会议上提出来。我已经退休了。"

"莉拉，"坐在自行车鞍上的科茨抱起粗壮的胳膊，"别跟我来这套。你没有退休，你只是感到消沉而已。"

科茨的话让莉拉想到了感觉这东西。男人们总是不愿讨论感觉，女人却总是乐此不疲。有时谈感觉会让人厌倦。但这时她突然对感觉有了令人吃惊的全新认识，觉得也许要重新评估一下她以往对克林特清心寡欲的厌恶。

"贾妮丝，对不起。"莉拉沿着成排种植的南瓜朝前走，"我做不到。"

"我也很消沉，"贾妮丝说，"我也许再也见不到女儿了。我每天醒来时和睡觉前都会想到她，每个该死的一天都会想她。我很怀念以往和兄弟们通电话时的情形。可我不会让这些事……"

两人身后传来一声轻叫和沉闷的"砰"的一声，莉拉回头看去。老埃茜刚才抛来抛去的收音机落在草丛上金格尔、平格尔和林格尔的身旁。娃娃用天使般的表情看着晴朗的天空。埃茜不见了。她原先待的地方只有一只棕色的飞蛾。飞蛾漫无目的地扑腾了一阵，然后向上飞起，朝烟味扩散的方向虚弱地飞走了。

第三章

1

"真他妈该死。"埃里克·布拉斯大叫。他坐在地上，抬头看着唐。"看到那个了吗？"

"我不仅在看，"唐看着在网球场上方舞动、正向高中校园飞去的一群蛾子说，"而且在闻。"

他把自己的打火机交给埃里克，既然是埃里克的主意（另外，如果被人发现，他还能合情合理地把责任全部推到那孩子身上），那就让埃里克自己去行动吧。埃里克蹲下来，打着之宝打火机，把火凑到垃圾棚边缘埃茜裹着白膜的身旁。膜突然间爆燃，就像里面包着的是火药，而不是个无家可归的疯婆子。空气里立时充满了一股硫黄的恶臭味，像是上帝在放屁。原本坐得笔直的老埃茜——尽管只能看到她的外形——似乎要向他们扭过身子。霎时间，她的五官变得异常清晰，如同照片底片一样黑白分明，唐看见她嘴唇分开，展现出怒骂的样子。但这影像很快就消失得无影无踪了。

火球上升到四英尺高，在空中旋转了一会儿。接着火球变成了飞蛾——几百只飞蛾。唐和埃里克既没看见残留的膜，也没看见烧剩的骨骼。老埃茜坐的地方也没留下太多火烧过的焦黑痕迹。

这和一般的火不同，唐心想。如果是一般的火，我们肯定会有灼热的感觉。

埃里克站起身。他脸色发白，眼神狂乱。"那是什么？刚刚发生了什么？"

"我什么都不知道。"唐说。

"那些叫喷火党还是什么的人……说过燃烧的膜会变成飞虫吗？"

"据我所知没有。但他们也许没说。"

"也许吧，"埃里克舔了舔嘴唇，"没道理她和别人不同啊！"

是的，老埃茜没道理和世上其他沉睡的女人不同。不过唐可以想出杜林发生的事与众不同的一个理由。杜林发生的事会与众不同是因为这里有个特别的女人，一个睡着以后不会长膜的女人，一个睡着以后可以正常醒来的女人。

"去埃伦代尔路吧，"唐说，"去数那些娘儿们。把她们的名字写下来。这里发生的事情……这种事永远都不会再发生。搭档，你说是吗？"

"是的，这是当然。"

"你不会再谈到这件事吧？"

"老天，当然不会。"

"很好。"

可我也许会谈到这件事，唐心想。不过当然不是和特里·库姆斯谈这件事。唐只用了几天，就知道特里几乎是个无用的废物。这种人只能做做名义上的首领。另外，特里似乎还有贪杯的毛病，这实在太可悲了。唐最反感控制不了自己欲望的人。被特里任命为副手的弗兰克·吉尔里……才是个真正会动脑筋的人，弗兰克对那个叫埃薇·布莱克的女人就特别有兴趣。弗兰克应该已经把她弄到手了，即使没有也快了。如果要找人谈这件事的话，那个人公是弗兰克。

但他得先考虑考虑。

非常仔细地考虑。

"唐？"

他们回到了卡车上。"小伙子，怎么了？"

"她看见我们了吗？她似乎看见我们了。"

"她没看见我们，"唐说，"她什么都没看见，只是原地爆炸了。高中生，别娘娘腔了。"

2

特里说他要回家思考下一步的行动。弗兰克很清楚代理警长的下一步行动是躺下把一切忘掉，但他告诉特里，这个主意很不错。他把特里送到家门口，然后开车回了警察局办公室。他在警察局办公室看到莉妮·马尔斯正抱着台笔记本电脑转圈踱步。莉妮的鼻孔边上有层白色的粉末。她的面颊呈猩红色，两眼凹陷无神，怀里的笔记本电脑发出十分熟悉的喧闹声。

"嘿，彼得。"

从前一天开始，莉妮就一直叫他彼得。弗兰克不想去纠正她。即便纠正了，她也只能记住一会儿，然后继续叫他彼得。短期记忆缺失是仍然醒着的女人共有的问题。她们的大脑前庭像热锅里的黄油一样融化了。"你在看什么？"

"视频网站上的短片，"莉妮没有慢下转圈的脚步，"我知道可以在办公桌上看，格特鲁德的电脑屏幕比我的笔记本电脑大，可一坐下我就犯困。走路会好些。"

"明白，有什么新情况吗？"弗兰克其实并不想知道又发生了什么事，反正发生的也不会是什么好事。

"你看半岛电视台的新闻了吗？所有的新闻网站都跟疯了似的，其中半岛电视台的新闻尤其让人不爽。整个中东都像在火上烤似的。石油，对了，准确说是油井。至少现在还没用到核武器。但肯定会有人扔上一个的，你不这么觉得吗？"

"这可不好说。莉妮，不知道你能不能为我查点东西。我试着用我的手机，但怎么都打不过去。我猜监狱的人对他们的个人信息都很谨慎。"

莉妮仍然在看像圣杯一样捧在胸前的笔记本电脑，只是步频加快了。她碰到一个椅子，差点摔倒，但她很快稳住脚步，继续朝前走。"什叶派正和逊尼派交火，伊斯兰国同什叶派和逊尼派都有交战。半岛电视台找了些评论员进行点评，他们似乎觉得这是没有了女人造成的。他们说失去要保护的女人以后，尽管保护人的意识还在，但犹太教或伊斯兰教的心理支撑却坍塌了，就好像所有事都是同一个原因引发的一样。即便女人都已经睡过去了，他们还说这些问题大体上是由女人造成的。你说这种人是不是疯子？在英国……"

别再跟我说世界其他地方发生的新闻了，弗兰克心想。他反复在莉妮面前拍手。"亲爱的，我要你为我干会儿活。能替我干活去吗？"

莉妮马上立正了。"当然可以。彼得，你要我去干什么？"

"特里让我去找劳伦斯·希克斯的地址。劳伦斯是女子监狱的副监狱长。你能找到他家的地址吗？"

"这点小事马上可以办好。为了应对监狱发生的危急情况，我这里有他们所有人的手机号码和家庭住址。"

但在莉妮目前的精神状态下，查找劳伦斯的家庭地址并不是一桩小事。莉妮在办公桌旁坐下，从电脑中调出一份文件，再从文件里退出，然后是第二份、第三份，莉妮像是自觉犯了错似的摇着头诅咒电脑。在此过程中，弗兰克一直在旁边耐心地等着。做着做着，莉妮开始昏昏欲睡，刚一打盹，弗兰克就看见一根白线旋转着钻出她的耳朵。弗兰克再次在莉妮面前拍起手来。"莉妮，集中起精神好不好？他的地址也许很重要。"

莉妮猛地抬起头。白线断裂开来，飘在空中，很快就消失不见了。莉妮对弗兰克呆滞地笑了笑。"明白。嘿，记得我们在库格林大学礼堂里列队跳舞，乐队一直在演奏《跑靴布吉曲》的那个晚上吗？"

弗兰克不知道她在说什么。"我当然记得。现在我想要劳伦斯·希克斯的地址。"

最后莉妮终于找到了希克斯的地址。在城南克拉伦斯巷六十四号，尽管离监狱非常远，但仍然在杜林县境内。

"莉妮，谢谢你。你最好喝点咖啡。"

"和哥伦比亚的咖啡相比，我想我更愿意喝哥伦比亚的行军散[1]。行军散的效果更好。愿上帝赐福于格里纳兄弟。"

电话响了，莉妮拿起话筒。"这里是警察局。"听了大约三秒，她很快就挂了电话。

"他们一直在问：'监狱里真的有个女人……'然后就唠叨个没完。我看上去像报纸吗？"她对弗兰克特别不开心地笑了笑，"我不知道为何还硬撑着不睡，现在我只是在苟延残喘而已。"

弗兰克弯下腰，用指尖摩挲着莉妮的肩膀。直到手指碰到莉妮的肩膀弗兰克才意识到自己在干什么。"再坚持下，奇迹也许就在前面等着你，

---

[1] 前文是玻利维亚行军散，应该是莉妮精神恍惚说错了。

但你要走到那儿才能看到奇迹的发生。"

莉妮哭了起来。"戴夫，谢谢你，你的话真是太体贴了。"

"我原本就是个体贴的男人。"弗兰克一直在尝试对女人体贴，但发现自己不是每次都能做到。从长远的角度来看，他觉得体贴起不了太大作用。弗兰克不喜欢假意的体贴，这不会给他带来多大的快慰。弗兰克不清楚伊莱恩是否知道，他一点都不喜欢发脾气。但他很清楚眼下的问题出在哪儿。有人必须在目前的形势下拿主意，在杜林，这个人便是他。

弗兰克离开了办公室，他知道下次看见莉妮·马尔斯的时候，她一定是被包在一层膜里。有些警察开始管这些被膜包着的女人叫臭婆娘，弗兰克不赞成这样叫，但他不会阻止。那是特里的活。

毕竟，特里才是警长。

3

回到四号警车的驾驶座以后，弗兰克用对讲机呼叫三号警车的里德·巴罗斯和维恩·兰格尔。维恩回话以后，弗兰克询问他们是否还在特里梅因路那片区域。

"是的，"维恩说，"我们的活干得很快，过了警长家以后就没多少沉睡的女人了。你真应该来看看这些'有房待售'的牌子，我想所谓的经济复苏一定没延伸到这么远的地方。"

"嗯。你们俩听着，特里说他想找到诺克罗斯警长和她的儿子。"

"他们家没人，"维恩说，"我们已经检查了他们家。我把这事跟特里说过了。我想他也许……"维恩一定在突然间意识到他说的话使用警用频段的人都能听到，"我想，他可能，可能有点工作过度了。"

"不，他已经知道了，"弗兰克说，"他想让你们把空房子也检查一遍。我记得离你们不远的地方似乎有条尚未完工的死路。如果找到了警长和她儿子，跟他们说声你好就继续干你们的活。不过之后请立刻跟我取得联系，听明白了吗？"

里德拿起麦克风。"弗兰克，我想莉拉如果睡了，她一定会躲在树林之类的地方。不然她就一定在家或是警察局。"

"听着，我只是在帮特里传话而已。"弗兰克自然不会告诉这两个家伙在他看来显而易见的事情：诺克罗斯医生已经先他一步下手了。如果他妻子仍然醒着的话，她一定会担负起控制目前局面的重任。如果莉拉已经睡着的话，医生一定会打电话给儿子，让他把母亲转移到安全一点的地方。这是弗兰克觉得诺克罗斯另外一处耍心眼的地方。但无论如何弗兰克都确信娘儿俩一定离家不远。

"那特里在哪儿？"里德问。

"我把他捎回家了。"弗兰克说。

"老天，"里德听上去似乎很生气，"弗兰克，我希望他能胜任这份工作。我真的这么希望。"

"这么说不好，"弗兰克说，"别忘了你在警用频段上。"

"收到。"里德说，"我们马上检查特里梅因路尽头的这些空房子。无论怎么说，那里都在我们的检查清单上。"

"很好，四号车已汇报完毕。"

弗兰克把麦克风放回架子，把车朝克拉伦斯巷驶去。他非常想知道莉拉·诺克罗斯和她儿子究竟在哪儿——他们也许可以利用，成为不流血解决目前形势的手段——但这在他看来是第二位的。现在他想找到些有关埃薇·布莱兑女士的答案。

4

第二声电话铃响起时贾里德接起电话。"这里是疾病控制中心杜林分部，我是流行病学家贾里德·诺克罗斯。"

"贾里，不用跟我来这套，"克林特说，"我一个人在办公室里。玛丽还好吗？”

"到现在为止还好。她正在后院遛弯呢！她说太阳能让她提起精神。"

克林特依稀有些担心，他告诉自己别太婆婆妈妈了。后院里有栅栏，有很多树，玛丽在那里应该没事。特里和他新任命的副手似乎不会派出无人机或直升机四处找人。

"爸爸，我觉得她坚持不了很久。我不知道她是如何坚持到现在的。"

"我也这么认为。"

"另外，我不知道妈妈为何要我们藏在这儿。这里是有些家具，可床实在是太硬了。"他停顿了下又说，"发生了这么多事，我是不是有点牢骚太多了？"

"人为了不被大事击垮，常常把注意力集中在一些小事上面，"克林特说，"贾里，你妈妈是对的。"

"你不是真的认为喷火党人会出现在杜林，是吗？"

克林特想起一本很早以前看到过的小说的名字——不会发生在这里。小说的主题是任何事情在任何地方都可能发生。但眼下，要他担心的不是喷火党人的事。

"有些事你还不知道，"克林特说，"但因为其他一些人已经知道了——或至少说是有所怀疑——我准备今天晚上告诉你。"在那之后也许就没有太多的机会了，克林特心想。"我会带你和玛丽去吃晚饭。我们去吃马车比萨和加双份蘑菇的双层汉堡怎么样？我想他们应该还在正常营业吧？"

"听上去很棒，"贾里德说，"要给你带干净衬衫吗？"

"要件蓝色的警察衬衫，"克林特说，"我不想再回次家。"

贾里德起先没有说话。正当克林特想问他是否还拿着手机时，贾里德说话了："告诉我你只是想得太多了。"

"到那儿再跟你解释。让玛丽一直醒着，告诉她隔着一层膜是吃不到比萨的。"

"我会告诉她的。"

"贾里德？"

"怎么了？"

"警察不再告诉我他们应对本地形势的策略了——现在他们不怎么中意我——但如果我是警察的话，我会对城里进行地毯式的搜查，对所有沉睡女人以及她们所在的方位有个基本的了解。特里也许没那么聪明，没有控制全局的眼光，不会想到这些，但我想和他一起工作的男人必定会想到。"

"好的……"

"如果他们出现在你那条街上，保持安静……对了，屋子里有什么放东西的地方吗？我是指除地下室之外。"

"我不太确定，我还没仔细检查过这幢房子，但我想应该有处阁楼。"

"如果在街上看到警察，你就把所有人都送到阁楼上去。"

"老天，你真要我这么干吗？老爹，你快把我吓坏了。我不知道是否要听你的话。为何不能让警察找到妈妈、兰塞姆夫人和莫莉呢？他们不会烧死她们的，对吧？"

"当然不是。但贾里德，让他们找到仍然会很危险。对你，对玛丽，尤其是对你妈妈会很危险。我前面已经说了，警察现在对我不是很高兴。这和我告诉你们的那个女人，那个与众不同的女人有关。现在我不想和你讨论细节，但你必须相信我。告诉我，你会把她们送上阁楼吗，会还是不会？"

"好吧，最好别发生那种情况，但到那时，我会把她们送上阁楼的。"

"很好，我爱你，我很快会过来的，希望能带着比萨过来。"

但首先，克林特心想，我得和埃薇·布莱克再打一回交道。

5

当克林特手臂里夹着从公共休息室拿来的折叠椅走到 A 区时，珍妮特正站在淋浴门和灭虱站旁边和一个不存在的人交谈。珍妮特看上去像是在做一桩复杂的毒品交易，她说她想要好家伙，想要小蓝片[1]，因为小蓝

---

[1] 羟考酮，临床被用作强效止痛药，大剂量连续使用会上瘾。

片能让达米安放松下来。埃薇在自己的牢房铁栏后面，带着看似同情的样子注视着一切……但埃薇是个心态失常的家伙，谁都说不准她到底在想些什么。这个时候，另一个心态失常的家伙安琪尔正坐在附近一间牢房的铺位上，把头低垂在双手上，头发遮住脸。她抬头看了眼克林特说："浑蛋，你来啦。"然后又低下头。

"我知道你是从哪儿搞过来的。"珍妮特对看不见的毒品贩子说，"我也知道你现在就能拿到手。他们不像午夜会关门的样子。给我行个方便行吗？请一定给我行个方便吧。我不想让达米安的情绪继续暴躁下去了，也不想让博比因为长牙而聒噪个没完。我实在受不了了。"

"珍妮特。"克林特说。

"是博比吗？"珍妮特对他眨眨眼，"哦……是诺克罗斯医生啊……"她的脸现在似乎瘦了点，好像所有肌肉已经入睡，等待执拗的脑子赶快跟上似的。这让克林特想起了一个老掉牙的玩笑。一匹马走进酒吧，酒保问："嘿，亲爱的，你的脸为什么那么长啊？"

克林特想向她解释为何命令狱警们关闭了付费电话，为没让她打电话询问儿子的安危进行道歉。但他此刻不知道珍妮特能否理解他的决定。即便珍妮特理解，克林特也不知道自己的解释会让她情绪缓解，还是更加沮丧。克林特突然发现自己荒谬地肩负起了监狱女犯们的生命，他的病人们的生命。克林特感觉自己没法完全肩负起这个使命。做这些事完全是因为埃薇——他突然意识到，无论埃薇是真疯还是装疯卖傻，他都为此而痛恨她。

"珍妮特，不管你说的是谁……"

"医生，别烦我，我必须这么做。"

"我要你到外面的运动场去。"

"什么？我不能去运动场，至少不能一个人去，我真的不能去。你应该知道，这里是监狱。"她转过身，往淋浴房里看了看，"看，那人走了，你把他吓跑了。"她干号了一声："我该做些什么啊？"

"亲爱的，没有一扇门是锁着的。"克林特从没这么亲密地对哪个犯人说过话，但这时他却不假思索地脱口而出。

"去运动场的话，我会上操守不良名单的。"

"医生，她已经神志不清了。"安琪尔垂着头说。

"珍妮特，你去吧，"埃薇说，"从监狱出门经过运动场和家具作坊到花园去，那里有像蜜一样甜的豌豆。把豌豆装满在口袋里带回来。那时我和诺克罗斯医生应该已经谈好了，我们可以一起吃。"

"只有豌豆的一餐。"安琪尔透过披着的头发说，然后窃笑不止。

"现在你赶紧去吧。"埃薇说。

珍妮特狐疑地看着她。

"你刚才看见的那家伙兴许就在外面，"埃薇诱导着，"事实上，我确信他就在外面。"

"兴许他在你的脏屁眼里，"安琪尔隔着头发说，"他也许在你的屁眼里藏着呢！去找把扳手，我帮你把他给找出来。"

"安琪尔，你的嘴太脏了，"珍妮特说，"这样很不好。"她开始沿着很短的 A 区走廊朝前走，很快又停下了，被催眠了一样看着地板上太阳狭长的光影。

"要我说，你不可能不为这一点光线而感到心烦啊！"埃薇轻声说。

珍妮特笑了，然后大声说："雷，这话没错！说得真是太对了！这都是《撒谎有奖》这个游戏的桥段，是吗？"

珍妮特踏着缓慢的步伐一步一步朝前走，她一会儿身体向左歪，一会儿身体向右歪，但马上都站稳了。

"安琪尔。"埃薇叫了一声。

她的声音还是那么轻柔客气，但安琪尔立刻抬起头，看上去很清醒。

"我和诺克罗斯先生将进行简短的商议，你可以在一边听着，但一定要保密。如果做不到的话，我就让一只老鼠堵住你的嘴，把你的舌头抠出来吃了。"

克林特在埃薇的牢房外面打开折叠椅的时候，休斯警官过来了。"有犯人出去了，"他说，"看上去她是要去花园。没问题吗？"

"斯科特，完全没问题。但留心她一点好吗？如果她在外面睡着了，在开始长膜之前把她弄到阴凉地里。完全被膜包住以后我们再把她带进来。"

"老大，听你的。"休斯草草敬了个礼出去了。

老板，克林特心想，基督耶稣啊，他竟然叫我老大。我没有经过任命，没有参与过竞选，但不管怎么说，这里现在归我管。

"为王者无安宁，"埃薇说，"这句话出自《亨利四世》的第二部分。这句话不是莎士比亚最好的文字，但也还不错。你知道那个时代他们会让男孩子玩弄女人的私处，对不对？"

她不会读心术，克林特告诉自己。和她预测的一样，有几个男人过来了，但这点克林特也能预测到。这个逻辑很简单。埃薇具有在狂欢节上担当算命先生的技能，但并不会读心术。

是的，他愿意这么想多久都行——毕竟美国是个自由的国度。但与此同时，埃薇正用好奇和玩味的目光看着他，眼神灵动，完全没有瞌睡的样子。没有睡着的女人之中也许只有她才有这样的精神气。

"克林特，我们谈点什么？谈莎士比亚的历史剧，谈棒球，还是谈上一季的《神秘博士》？把结尾弄得这么惊险真是太糟糕了，你说是吗？恐怕这部剧从现在开始要重新排演了。我有足够的理由相信医生的同伴几天前就睡着了，现在正处在她本人内部空间的塔迪斯里。也许他们会重新挑选演员，下一季里的演员全都是些男人。"[1]

"听起来不错。"克林特自然而然地进入了精神科医生的角色。

"我们是否要处理些与目前形势关系更为密切的事情呢？我建议首先处理这些事情，因为时间越来越少了。"

"你针对我们两人提出的见解让我很感兴趣，"克林特说，"你说你代表女人，我代表男人。我们是两种性别的原始形态和代表人物，代表了阴阳两极，是棋盘两边的国王和王后。"

"哦，不是这样的，"她笑着说，"克林特，我们是同一边的。我们是

---

[1]《神秘博士》是英国科幻电视剧，塔迪斯为剧中主角操纵的可穿梭时空的宇宙飞船，最新的一季里，首次起用女演员出演主角。

白色棋子的国王和白色棋子的王后。另一方和我们作对的，是一整个军队的黑棋，包括国王的所有战马和国王手下的所有男人。重点在男人上面。"

"把我们看成一方这很有趣。之前我没这么想过。你是什么时候开始这么想的呢？"

埃薇脸上的笑容消失了。"别，别这么做。"

"别做什么？"

"我们可以借助《精神障碍诊断和统计手册》上的判断标准。在这件事上，你需要放掉一些理性的假定，完全依赖直觉。接受自己身上女性的一面吧。每个男人身上都有女性一面。想想那些穿过裙子的男作家，比如写过《幻世浮生》的詹姆斯·M.凯恩。那是种个人喜好。"

"有许多女性精神科医生会反对你这种……"

"你妻子醒着那会儿，我们在电话里聊的时候，你相信了我告诉你的事情。我从你的声音里知道你信了。"

"那天晚上……我处于一种奇怪的状态，为自己的一些事情而焦头烂额。听着，不管你说这是种影响力还是一种能力，我都不想进行贬低。假定你控制着局面，或者说至少今天还控制着局面。"

"行，可以这样假定。不过明天，他们可能就要来找我了。不是明天，也会是后天或再后面一天。这一天不会隔得太久。但在另一个世界里，在树另一边的世界里，时间在以更快的速度运转——那边一下子已经过去了好几个月多。尽管有很多危险，但那里的女人们都很努力，她们越来越不愿回到这个世界了。"

"就算理解并相信你的一部分说辞，"克林特说，"我还想问上一句，是谁派你来的呢？"

"是狗屁雷金纳德·丁科鲍斯总统，"安琪尔从隔墙的牢房里大嚷，"不是他就是蠢蛋赫基默·杰基默尔勋爵。兴许……"

突然她大叫起来。克林特转过身，正巧看到一只棕黄色的大老鼠蹦蹦跳跳地跑过铁栏，钻进安琪尔所在的牢房。她把脚抬到床铺上，再次大叫出声。"快出去，快出去！我讨厌老鼠！"

"安琪尔，你能安静下来吗？"埃薇问。

"能！能！我发誓！我一定安静下来！"

埃薇像个示意全垒打的裁判一样转动着手指。老鼠跑出牢房，大摇大摆地在走廊里走过，用晶亮的小眼睛看了看埃薇。

克林特转回身子。他来的时候有一肚子的问题要问，这些精心设计的问题能让埃薇正视自己的错觉，但现在这些问题却像强风中的纸牌屋一样被吹散了。

"没人派我来，"埃薇说，"我是自己来的。"

"我们能做个交易吗？"克林特问。

"我们已经做了交易，"埃薇说，"如果我能顺利地渡过这一劫，如果你救了我，女人们就能自由决定她们的未来。但我警告你：那个叫吉尔里的壮汉一心想得到我。他觉得他能操纵其他男人把我活捉，但他也许弄错了。如果我死了，那一切都完了。"

"你到底是何方神圣？"克林特问。

"我是你们的唯一希望。我建议你别再关心我，把所有精力都放在大墙外面的那些男人身上。他们才是你需要担心的人。克林特，如果你爱着自己的妻儿，你就要抢先得手。吉尔里现在还没完全控制住形势，但这一刻很快就会到来。他聪明，目的性又很强。除了自己，他谁都不相信。"

"我已经把他赶跑了。"克林特感到嘴唇麻木起来，"他的确有所怀疑，可他没法确定啊！"

"和希克斯谈过以后，他就确定了，他正在去希克斯家的路上。"

克林特在折叠椅上后仰，好像埃薇把手伸出铁栏是要扇他耳光似的。希克斯！他把希克斯完全给忘了。如果弗兰克·吉尔里问他有关埃薇·布莱克的事，他会保守秘密吗？希克斯那浑球才不会呢！

埃薇探出身子，眼睛紧盯着克林特。"我已经就你妻儿的事情警告过你，另外我还把你兴许能用上的几件武器告诉了你，这远比我该做的要多得多，我没料到我会如此喜欢你。我想我甚至有点被你吸引了，因为你是那么的蛮干。诺克罗斯医生，你很像在海潮中狂吠的一条狗。不是我扯开话题，这是基本问题的另一方面，男女间永远不会平衡。别介意，这是另外找时间跟你探讨的主题。你要做个决定：是准备防御，还是让他们抓到我。"

"我不想让他们抓到你。"克林特说。

"口气好大，真有大男子气概。"

埃薇不屑的口气刺伤了他。

"埃薇，你那无所不知的眼睛没看见我把付费电话停了吗？你知不知道，因为不能把你的事情传开，甚至没有让这里的最后几个女人给她们的孩子和任何人道别？你知不知道，因为你，我儿子或许也很危险？他只是个十来岁的小男孩，却要像我告诉他那样的去碰运气。"

"克林特，我知道你都做了些什么。但我没让你做任何事情。"

克林特突然来了气。"如果相信这话，你就是在对自己撒谎。"

她从架子上取下希克斯的手机。"医生，就谈到这儿吧。我想玩会《新兴都市》。"埃薇像个十来岁的孩子一样狡黠地对他笑了笑，"我觉得我玩得一次比一次好。"

6

"我们到了。"加思·弗利金杰把破烂的奔驰停在已故的特鲁曼·梅威瑟现在更加破烂的拖车前。

米凯拉茫然地看着这辆拖车。过去几天，她感觉自己像个睡梦中的女人，生锈的拖车——停在路堤上的拖车被杂草和丢弃的汽车零部件环绕，警方的黄色警戒带躺在地上，无精打采地颤动着——似乎是梦里的又一个奇异的转折。

但我仍旧在这儿，米凯拉告诉自己，皮肤还是自己的皮肤，不是吗？她用手摸了摸前额，擦了擦脸颊。还好，仍旧是那张脸，没有被蛛网所覆盖。

"米琪，下车吧，"加思下了车，"如果能找到想要的东西的话，你应该至少还能撑上一两天。"

米凯拉试图打开自己这一侧的车门，但没找到把手。她只能等加思过来替她开门，加思夸张地鞠了个躬替她开了门，像是把米凯拉带去参加毕业舞会，而不是靠近森林中刚发生过双尸谋杀案的该死拖车。

"进来没事啦！"加思抓住米凯拉的一只胳膊，把她往拖车里拉。跟米凯拉比，加思要开朗得多，毕竟没睡一百小时以上的人不是他。

自从车轮酒吧共度的那一夜之后，米凯拉和加思很快成了朋友，至少算是毒友。加思有一大包冰毒——他说这是他的应急储备——这包冰毒完美地抵消了没有酒的缺憾。车轮酒吧因为没有酒而关门以后，她高兴地随加思回了他家。如果不是因为目前的危机，米凯拉也许已经和他睡了——有时她会因为新奇跟男人睡觉，不过她睡过的男人不多。这次她很感激加思的陪伴，心想事情会自然而然地会走到那一步。但在目前的情况下，她无法和加思上床。如果上了床，她肯定会和以往一样在性事后睡着，那样的话，她就要和其他女人一样裹上一层膜了。另外，她也不知道对方会不会感兴趣：除了热衷的毒品以外，加思·弗利金杰似乎对其他事都不太感兴趣，人也压根谈不上性感。

加思的应急储备量非常大，接下来四十八小时中，两人大多数时间都在狂欢。周日下午加思睡了几个小时，趁他睡着，米凯拉在他的拉盖书桌里翻找了一遍。和她预料的一样，书桌里放了一沓医疗期刊和几根烧焦的吸毒烟管。但她没料到的是，书桌里还放了张起皱的照片，照片上，一个婴儿被粉红色的毛毯包着，照片后面用铅笔写着"凯茜"两个字。在桌子下的柜子里，米凯拉还找到一大盒复合维生素。找完东西以后，米凯拉玩起了自动点唱机。不幸的是，这台唱机里只有一些摇滚乐和节奏布鲁斯的歌曲。她不想听《凯西·琼斯》[1]，她已经快要变成凯西·琼斯了。米凯拉在大电视的近乎五百个频道之间切换，在切换到电视广告频道主持人以最大、最为无礼、"不听我就去死吧"的声音叫卖时才停了下来。她想起自

---

[1]《凯西·琼斯》是美国乐队"感恩而死"的歌曲，讲述了一个叫凯西·琼斯的铁路工程师和他驾驶的火车失事的故事，歌词中有"high on cocaine"和"watch his speed"。

己订过个鲨鱼牌吸尘器，让人送到在华盛顿特区的地址。她很怀疑吸尘器是否能够送到。因为尽管是个男人接的订购电话，但米凯拉确信填写订购单的一定是个女人。这些工作，这些零敲碎打的工作一般不都是给女人干的吗？

如果看到一个没带套圈的马桶，她心想，你就知道附近一定有个女人。

"特鲁曼告诉我他有最棒的冰毒，他没骗我，"加思带米凯拉朝拖车走去，"别误会，我只是想说，他大部分时间是个疯子和骗子，但那时却极其少有的没有骗人。"

拖车上有个孔，孔的周围围绕着像是日冕形状的干结血液——但血不应该会洒在那种地方啊，她一定是醒着在做梦，这在长时间不睡的人中间非常普遍——回到阿巴拉契亚山脉的故乡以前，米凯拉看的美国新闻频道的一则简讯中有个自称专家的人曾这么说过。

"你没在拖车的侧面看到有个孔吧？"米凯拉问，现在她连声音都像在云里雾里似的。米凯拉的声音像是从她头顶的一个扬声器里发出来的一样。

"有的，有的，"他说，"那里是有个孔。听着，米琪，特鲁曼把这种新产品称为紫色雷电，在那个野女人来这儿把特鲁曼一脚踢开之前，特鲁曼给了我一点样品。"加思瞬间陷入了沉思，"那家伙的文身非常蠢，你知道《南方公园》里会唱歌会做很多事情的那坨屎吗？他文的就是那个。他把那堆屎文在他的喉结上了。你告诉我，什么人会在喉结上文一坨屎？即便聪明，能唱歌跳舞，可那依然是一坨屎。所有见他的人都能看到那坨屎。我没研究过文身，但我问过别人，除去文身的痛苦很少有人承受得了。"

"加思，停下，回到那个野女人身上。你说的野女人是不是就是现在满大街都在议论的那个人，那个被他们扣在监狱的人？"

"嗯，是的。她简直是个巨人。很幸运我能逃走。但那事过去了，彻底从下水道里冲干净了，总之已经时过境迁、无关紧要了。相信我，我们应该为此感到庆幸。真正重要的是那种超级冰毒。超级冰毒不是特鲁曼制作的，而是从萨凡纳或别的什么地方搞来的，但他准备自己做，你明白吗？他准备分析那种冰毒然后自己来做。他有两加仑袋装的那种烂玩意儿，应该就在拖车上的什么地方放着。我要去找到它。"

米凯拉希望如此，因为补充毒品是必须的。过去的几天，他们吸完了加思的存货，甚至把零星的残渣和沙发下面找到的两三块碎片都给吸了。加思坚持让米凯拉每次吸完以后都要刷牙。"所以许多瘾君子都一嘴坏牙，"他告诉米凯拉，"因为吸爽了以后，他们都忘了基本的个人卫生。"

毒品损伤了她的喉咙，但毒瘾产生的欢快感在逐渐消退之前持续了很久，这种感觉使她一直醒着。米凯拉几乎能确定她会在来这儿以后睡着——她醒得已经够长的了——但不知怎么，她还在设法保持清醒。她这是何苦呢？歪斜在水泥路堤上的拖车看上去不像保存着能让她维持意识的毒品的地方，她只能祈祷紫色雷电不是加思·弗利金杰因毒品而混乱的脑瓜臆想出来的东西。

"去吧，"她说，"但我不会和你一起进去，那里可能有鬼。"

加思不满地看着她。"米琪，你是个记者，一个新闻报道的专家。你应该知道，世界上没有鬼这种东西。"

"我当然知道，"米凯拉通过头顶上方的扬声器说，"但以现在的状态，我也许能看到它们。"

"我不想把你独自留下。你一旦犯困的话，我下不了手扇你耳光的。"

"我会扇自己耳光的。进去拿吧，不要逗留太久。"

加思一路小跑上了台阶，推了推门，发现门推不开以后就用肩膀撞。门被撞开后，加思跌跌撞撞地冲了进去。过了一会儿，他把头探出拖车侧面边缘有褐红色污渍的那个大洞笑了。"美人，别睡着了，不然我会捏着你的鼻子把你叫醒。"

"小鬼，做你的白日梦吧。"她说，但加思已经把头收回去了。很快，米凯拉听到了加思寻找紫色雷电的碰撞声。紫色雷电多半已经被警察搜走了，如果警察没有把紫色雷电带给女性家人的话，那么它们多半应该在警长办公室的证物柜里。

米凯拉走到制毒工棚的废墟，那里被烧焦的灌木和黑乎乎的大树所环绕，将来再也制作不了毒品了，迷幻剂和其他毒品都制作不了。她不知道这里是像许多毒品制作设施那样自己爆炸，还是被杀人的那个女人炸毁的。时间已经过去了很久，再追究这个问题已经没什么意义了，但这个女人本身却让米凯拉很感兴趣，激起了米凯拉天然的好奇心。八岁那年，好奇心使然，米凯拉翻了安东·杜布切克的衣服抽屉，并最终走上了可以翻每个人抽屉的记者行业——他们住的是什么样的房子，他们穿的是什么样的衣服。米凯拉的探究意识仍然很活跃，她觉得这种意识和弗利金杰的冰毒一样能让她保持清醒。她有许许多多的问题要问，但没找到答案。

第一个问题是奥罗拉流感是如何暴发的。如果有原因的话，这个原因是什么。她还想问熟睡的女人们能否像童话故事里的睡美人那样醒过来，自然，米凯拉还有关于杀了毒品贩子的不知名女人的许多问题要问。在从车轮酒馆和城里听到的谈话中，那个女人的名字就有伊芙·布莱克、伊芙琳·布莱克和埃瑟琳·布莱克好几个版本。据说她和包括火地岛和喜马拉雅山脉在内的任何地方的女人都不一样，睡着了可以醒过来。这个女人的事情也许只是流言，但米凯拉希望流言中有真实的成分。当流言引导你从另一个方向看问题时，你应该去留意。

如果不是在半梦半醒之间踏上这条废弃毒品工棚的寻毒之路的话，我会催自己赶紧去女子监狱做些调查的。

还有一个问题：母亲睡着的地方现在是谁在管事？是希克斯吗？母亲说希克斯人很滑，脊梁骨很软。如果没记错的话，瓦妮莎·兰普利应该是监狱里仅次于母亲的高级警官。如果兰普利不在或是睡着了，那就只剩下……

脑袋里刚刚是不是有阵嗡嗡声？她不是很确定，她不相信脑子里会凭空发出嗡嗡声。她觉得应该是附近有根电线的缘故。这算不上什么大事。她的眼睛还和平时一样记录着极易错过的一些事情。她发现了离爆炸的工棚不到几米的树干上手印一样的闪光的斑点，以及苔藓和林地覆盖物上脚印一样的闪光的斑点，这些斑点似乎在说，女士，到这儿来。一群群飞蛾栖息在树枝上，似乎在朝她看。

"扑！"她朝其中一群飞蛾大声喊。飞蛾扑扇着翅膀，但没有飞。米凯拉用手拍打着半边脸，然后又拍打着另半边脸。飞蛾仍然栖息在树枝上。

米凯拉漫不经心地转过身，望着斜坡下的制毒工棚和拖车。她想看到自己裹着张网躺在地上、确确实实地离开肉身成为精灵后的样子。但那里什么都没有，只有残垣断壁和加思·弗利金杰忙着搜寻宝物时发出的微弱声音。

他回看向小道——闪光的脚印说明过去这里曾是条小道——看见路前方的三四十码处坐着只狐狸。狐狸正看着她，尾巴理顺了贴在爪子上。米凯拉犹豫地朝狐狸走了三步，狐狸朝小路远端小跑过去，只在当中回头看了一次，似乎亲切地对她笑了笑。

女士，朝这边来。

米凯拉跟了上去。她身上的好奇天性依然存在，而且比以往更活跃、更清晰。又走了几百码，她发现更多的飞蛾栖息在树上，树枝完全被飞蛾遮盖，显得毛茸茸的。这里的飞蛾一定有上千只，不，一定已经上万了。如果飞蛾对她进行袭击的话（这时她想起了希区柯克有关复仇鸟类的一部电影），她一定会窒息而死。不过米凯拉觉得这一幕不会发生，这些飞蛾应该仅仅是要从旁观察。它们是哨兵，是侍卫队。领头的应该是那只狐狸。可狐狸会把她引到哪儿呢？

带路的狐狸把她带上一道斜坡，下到一处狭窄的洼地，上了另一座山，再穿过一片白桦林和赤杨木。树干上到处是星星点点的诡异的白色物体。她把手放在其中一处，指尖闪了道光，但这道光很快就消失了。这是那种膜，还是那种膜的残余呢？没有答案的问题更多了。

当她把视线从手上挪开、抬起头的时候，狐狸已经不见了，但嗡嗡声更响了。声音不再像是电线发出的，而是变得更强更有活力了。泥土在她脚下颤动着。她朝声音传出的方向走去，但马上就停住了脚步，像四天多前莉拉·诺克罗斯来这儿时一样心生畏惧。

前面是一块空地。在空地中央，一棵黄褐色、树干缠绕的多结大树高耸入云。蕨形的像是史前植物的树叶懒洋洋地挂在树枝上。米凯拉能闻到树叶散发出的辛香味，只和肉豆蔻的味道略有相似。许多具有异国情调的鸟儿在高高的树枝上叽叽喳喳地叫。树下有只像孩子一样大的孔雀，孔雀热情地向米凯拉展开了多彩的尾巴。

我没有看见这个，如果看见了，那所有睡着的女人一定也都能看见，因为现在我也和她们一样了。我在毒品工棚的废墟旁睡着了，观赏远处孔雀的时候，那层膜已经在我脸上长开了。我一定是在某种程度上放任了自己，仅此而已。

一只白色的老虎让她改变了主意。狐狸像是头领似的出现在前，接着出现的便是这只白色老虎。一条红色的蛇像原始的项链一样挂在老虎脖子上。蛇伸缩着舌头，品尝着空气的味道。白虎朝米凯拉走来的时候，她能看见老虎侧腹肌肉收缩时产生的阴影。老虎那双巨大的绿色眼睛紧盯着她。狐狸开始慢跑，他的口鼻刮擦了一下她的小腿——感觉清凉而有几分湿润。

十分钟前，米凯拉说她不会再跑了，更别说快跑了。这时她却转过身，沿着来时的方向大步飞奔，她把树枝撞到一旁，密密麻麻的棕黄色飞蛾因此而盘旋到了空中。她绊倒在地，站起身，又继续跑。米凯拉担心老虎追在后面，从腰部把她咬成两半，所以一直没敢回头。

米凯拉钻出制毒工棚后面的树林，看见加思拿着一个像是放满粉红色珠宝的大袋子，站在他的那辆奔驰旁。"我既是整形外科医生，又是嗜毒如命的大烂人！"他大叫，"我没判断错，那个狗娘养的确实把毒品绑在车顶镶板上了！我们……米琪，怎么了？"

她转身看去。老虎不见了，但狐狸还在，尾巴如同第一次见到时那样毛发整齐地贴在爪子上。"你看见那个了吗？"

"狐狸吗？当然看见了。"他的欢快消散了，"嘿，狐狸没咬你吧？"

"它没咬我。可是……加思，你跟我来。"

"怎么，让我进林子吗？千万别。我早就不是童子军了，但我能分辨出树林里的毒葛。化学是我的强项，哈哈！森林里不会有什么太让我感到吃惊的东西。"

"真的，你必须跟我来。这很重要。我要你……这么说吧……要你证实一下——你不必去找什么毒葛领——林子里有条路。"

加思走了过来，但漫不经心。米凯拉领着加思穿过废弃的工棚走进树林。狐狸开始小跑了一阵，然后迈步在树林里快跑，很快就消失不见了。飞蛾也不见了，可……

　　"看那儿，"她指着一条足迹说，"看到了吗？请告诉我你看到了。"

　　"哼！"加思说，"真他妈见鬼！"

　　他把珍贵的袋装紫色雷电塞进没扣纽扣的衬衫，单膝下跪，检查发光的脚印。他用一片树叶轻轻地碰了碰脚印，嗅了嗅光斑的残余物，然后看着光斑渐渐消失。

　　"这是那种膜类物质吗？"米凯拉问，"是还是不是？"

　　"也许曾经是，"加思说，"或者是产生那种膜的东西的分泌物。我这只是在猜，不过……"他站起身，似乎忘了来这儿是为了寻找更多的毒品，米凯拉看着这个经常靠脑壳里大量毒品振作自己、喜欢探索又理解力强的医生。"听着，你已经听到流言了，不是吗？也许在我们到超市寻找更多给养的时候就听说了吧？"（但所谓的给养并不多——只剩下啤酒、薯片、日本拉面和经济装的桶装酸奶。古德威尔超市还开着，但大多数商品都被洗劫一空了。）

　　"是那个女人的流言吗？"米凯拉说，"当然听说了。"

　　加思说："也许我们杜林真有个伤寒玛丽[1]呢！我知道这看似不太可能，所有的报道都说奥罗拉病毒起始于地球的另一边，可是……"

　　"我觉得这是有可能的。"米凯拉说。她的身体机能又开始运作了，而且是开足马力工作。米凯拉觉得这种感觉非常好。开足马力的状态也许维持不了太久，但只要这种状态还保持着，她就要快马加鞭地工作。牛仔女孩，加油吧！"另外，我也许知道她来自何方。跟我来，我指给你看。"

　　十分钟后，他们站在了空地的边缘。但狐狸已经不在了。白色老虎和彩色翅膀的孔雀以及多彩的异国鸟类也已经不在了。那棵大树还在，只是……

---

[1] 美国漫威漫画旗下超级反派，拥有多重人格。

"米琪，"加思说，米凯拉从他泄气的声音里知道，他的专注度已经下降了，"我只能说，这是棵没什么特别的老橡树。"

"不是我的想象。我没有。"可她已经在迟疑了。或许飞蛾也是她想象出来的呢！

"即便是你的想象，这些发光的手印和足迹已经能拍进《X 档案》[1]了。"加思的脸上焕发出光芒，"我有全套《X 档案》的光盘，尽管开始两三季里用的手机很滑稽，但整部片子拍得非常好。我们回家一边嗑药一边看片子，你说怎么样？"

米凯拉不想看什么《X 档案》。她想开车去监狱，看看能否对那个女人进行紧急采访。这工作似乎很重，米凯拉很难想象能说服监狱里的人让现在这样的她进去（像童话故事里的坏女巫，只不过是穿着牛仔裤和脏外套的坏女巫），但在他们看到这里的情况，看到那女人被报道最先现身此处的情况之后……

"我们来一次现实版的 X 档案怎么样？"米凯拉问。

"你是什么意思？"

"我们上车吧，路上再跟你说。"

"也许我们可以先试着抽点这玩意儿？"加思满心希望地晃了晃袋装的紫色雷电。

"马上就抽。"米凯拉说。疲倦又上来了，她必须马上抽一点。米凯拉像是被困在一个令人窒息的黑口袋里，感觉透不过气来。但这黑口袋上有个微小的裂缝，这个裂缝就是她的好奇心，这份好奇心给她带来一道亮光。

"那……我们过会儿再抽。"

加思沿着小道往回走。米凯拉停顿了一下，回头想看个究竟，希望发现那棵奇异的大树重新出现。但她看到的只是棵又高又壮的橡树，没有一点超自然的地方。

---

[1] 美国科幻电视剧。

但真相一定在那儿，她心想。也许因为太累，我永远找不到那真相了。

7

娜丁·希克斯比较守旧。在奥罗拉流感暴发前，她一直自称"劳伦斯·希克斯夫人"，似乎嫁给劳伦斯以后，她在某种程度上就成了他的一部分。现在，她包得像结婚礼物似的斜靠在餐厅的桌子上。娜丁面前放着空盘子、空杯子、纸巾和餐具。希克斯让弗兰克进屋以后，就把他带进餐厅，然后自己坐在胡桃木桌旁的妻子对面吃完这顿早餐。

"我打赌你一定觉得这个情景很诡异。"希克斯说。

不，弗兰克心想，我不觉得你把包着膜的妻子像一个巨大的木乃伊娃娃似的放在餐桌边有什么诡异的。我想应该说……那个词是什么来着？哦，对了，应该说是疯狂。

"我不想评判你。"弗兰克说，"这是个巨大的冲击。所有人都尽力了。"

"警官，我只是想保持住日常习惯而已。"希克斯穿着西装，刮了胡子，但眼下有眼袋，西服皱巴巴的。当然，现在所有人的衣服看上去都皱巴巴的。又有多少男人知道熨衣服、叠衣服这类事情呢？弗兰克知道，但他没有熨斗。和妻子分开住以后，他一直把衣服送到杜林干洗店，如果马上要穿一条带有折痕的裤子，他会把裤子平摊在床垫上放个二十来分钟，他说这样裤子就基本看不出折痕了。

希克斯的早餐是烤面包夹牛肉片。"希望你不介意我独自大快朵颐。家常吃的烤面包非常美味，把她搬到这儿激发了我的食欲。吃完饭以后，我们到院子里去坐坐。"希克斯转身面对妻子，"娜丁，这样可以吗？"

他们像是等待她回复似的毫无意义地等了一会儿。但娜丁却只是不吭声地坐在桌子后面，像尊格格不入的雕像。

"希克斯先生，我不想占用你太多时间。"

"很好。"希克斯叉起一块烤面包，咬下一口。白蘑菇烩牛肉的碎末落在他的膝盖上。"真讨厌。"希克斯张嘴轻笑，"已经没干净衣服了。娜丁在家负责洗衣服。娜丁，我要你赶快醒过来，继续给我洗衣服。"他咽下刚刚咬进嘴的面包，微微向弗兰克点了点头。"我负责清理垃圾，并在每周五的早晨把垃圾扔在外面。这种家务分工非常合理。"

"先生，我只是想问你……"

"我还会帮她把车加好油。她不喜欢那种自助式的油泵。我过去曾经告诉过她：'亲爱的，我可能比你先死，你必须学会怎样自己加油。'但她却说……"

"我想问你监狱里发生的事情。"弗兰克还想尽可能快地离开这个满嘴跑火车的洛尔·希克斯，"监狱里有个人人都在谈论的女人。她叫埃薇·布莱克。你有什么关于她的事情可以告诉我吗？"

希克斯看着他的盘子。"我会躲开她远一点。"

"这样说她还醒着是吗？"

"我离开时她还醒着。但无论如何，我都会躲得她远一点。"

"有人说她睡着了以后会正常醒过来。这是真的吗？"

"这像是她做的，只不过……"希克斯歪着脑袋看着盘子，似乎对自己做的烤面包产生了疑问，"警官，我讨厌白费力气，那件事最好就让它过去。"

"你为何这么说？"弗兰克想起加思·弗利金杰燃烧网状物时产生的飞蛾，那只似乎盯着他看的飞蛾。

"她拿走了我的手机。"希克斯说。

"什么？她是怎么拿走的？"

"她用老鼠威胁我。老鼠都站在她那边。它们听她的话。"

"它们听她的话吗？"

"你应该明白我的意思，不是吗？和旅馆一样，每座监狱都有老鼠。经费裁减造成了这类问题。我记得科茨对取消灭鼠药的抱怨。监狱已经没灭鼠药的经费了。立法机关才不管有没有老鼠呢：'那只是座监狱而已。犯人们和老鼠也差不多，监狱里再多几只又有什么关系？'但如果犯人学会了控制老鼠又如何呢？"希克斯把盘子推到一旁，显然已经没胃口了，"当然这只是个夸张的形容，立法机关才不会考虑这种事呢！"

弗兰克在希克斯家的厨房门口徘徊，考虑着希克斯沉溺于压力和悲哀造成了错觉的可能性。可网状物的残片确实变成了飞蛾——那又该如何解释呢？弗兰克亲眼见到了燃烧的网飞出蛾子的情景。有只飞蛾不是还盯着他看吗？那也许只是他的错觉（毕竟他也受困于压力和悲哀），但弗兰克并不那样想。谁说得准副监狱长是否失去理智了呢？谁又说得准副监狱长讲没讲真话呢？

也许正因为说了真话，副监狱长才会失去他冷静的一面。能否把这看成一种不那么令人愉快的可能性呢？

希克斯站起身。"既然到了我家，你是否介意帮我把她移到外面呢？我的背很疼，也不再年轻了。"

弗兰克不想插手太多事，但他同意了。他抓住娜丁·希克斯肿胀的双脚，娜丁的丈夫抓住她肿胀的腋窝。他们抬起她走出门，小心翼翼地走下了台阶，沿着屋子的边缘往前走。娜丁身上的蛛网像圣诞礼品包装纸一样发出爆裂声。

"娜丁，再坚持一会儿就好了，"希克斯告诉环绕着妻子的脸的白色薄膜，"我们会好好地把你放在阿迪朗达克躺椅上，让你晒到太阳。我相信阳光一定能穿透这层膜照到你。"

"那现在该谁负责呢？"弗兰克问，"我是说监狱。"

"没有人。"希克斯说，"哦，如果瓦妮莎·兰普利仍然保持着清醒的话，我想她会自命为监狱的指挥官。她是监狱的高级警官。"

"精神科医生诺克罗斯说他是代理监狱长。"弗兰克说。

"那完全是胡说八道。"

他们把娜丁放在天井里的阿迪朗达克躺椅上。那里没什么阳光，至少这一天没有。和前几天一样，杜林仍然下着毛毛细雨。降水没有被膜吸收，而是像落在防水篷上似的一滴滴停在膜的表面。希克斯半是摇半是拽地拉过一把站立着的阳伞。阳伞的底部与石头地面摩擦，发出吱吱的声响。"必须小心点，有了那层膜以后就不能涂防晒霜了，她的脸以往很容易被阳光晒伤。"

"精神科医生诺克罗斯不能代理监狱长吗？"

希克斯笑了。"诺克罗斯只是个办事的，没有任何实权，没有接受过任何任命。"

弗兰克没有惊讶。他早就怀疑诺克罗斯只是在虚张声势而已。但这让他十分生气，有太多人的生命危在旦夕啊。但他考虑最多的还是娜娜，娜娜代表了所有其他人。这么一看，他的行为就没有半点自私了，而是完全利他的！但与此同时，他必须保持冷静。

"他是个什么样的人？那个精神科医生。"

希克斯把阳伞放好，在妻子头顶撑开。"让我喘口气。"他做了几个深呼吸，汗水和雨水把他的领子打湿了，显得黑乎乎的，"我会说他很聪明，实际上聪明过了点头。他在监狱里没干什么有实际意义的工作。仔细想想：他拿着一份基本与我相当的全职工作的工资，可我们却没钱买灭鼠药。吉尔里警官，这就是我们所知道的二十一世纪官场政治。"

"你说他在监狱没做什么有实质意义的工作是怎么回事？"

"他为何不私人营业呢？我看过他的履历，他有私人营业执照，他有足够的学历可以私人营业。我一直觉得他有所隐瞒，只想跟恶棍和毒虫混在一起。但我不知道他隐瞒的究竟是什么。如果要的是性，那他一定极为小心。当你想到一个喜欢和女犯混在一起的精神科医生，你首先会想到性。但我想他要的不是那个。"

"你会怎么和他打交道？他理性吗？"

"是的，他非常理性。他是个软蛋，但在政治上却一贯正确。这就是我为何不愿跟他，对，就像你说的那样，不愿跟他打交道的原因。你知道，监狱不是什么康复机构。监狱是不遵守规则、喜欢欺诈的那伙人集中的场所。确切来说，监狱就是个垃圾罐，我们是拿钱管理盖子的人。科茨在和他的辩论中得到了快乐，他们很亲密，但我烦透了。他会一直和我说理，直到我无话可说为止。"说着希克斯从口袋里拿出一块皱巴巴的手帕，他用手帕揩去一些妻子脸上那层膜上落着的水珠，"与他对视时他总是很犀利，让你觉得自己就是个浑蛋。"

弗兰克向劳伦斯·希克斯道了谢，绕过屋子走到前门停车的地方。诺克罗斯在想什么？不让他们见那个女人是出于何种理由？诺克罗斯为什么不信任他们？事实似乎只支持一个结论，一个很不好的结论：不知为何，医生站在了那个女人一边。

希克斯一路小跑追了上来。"警官！吉尔里先生？"

"还有什么事吗？"

副监狱长的脸紧绷着。"听着，那女人——"他紧张地摩擦着双手，细雨弄脏了他褶皱的西装的肩头，"如果你和她谈话，我是说和那个埃薇·布莱克谈话，我不想你会让她产生我想要回手机的想法，对吗？她可以留着那部手机。想打电话的话，我可以用我老婆的手机打。"

8

当贾里德匆匆走出他和玛丽一起生活（他心想，不知这能不能称为共同生活）的样板房后门的时候，玛丽正用胳膊抱着头，靠在后院的矮墙上。白色的完美的细丝开始一根一根从她的头发里盘旋而出。

贾里德冲向玛丽，差点把整洁的狗屋（样板房配套的狗屋，连微缩的窗框都十分逼真）踢翻，他抓住玛丽摇了摇，然后依照玛丽的吩咐，在她开始失去意识时捏住她的两个耳垂。她说她在网上看到这是在一个人打瞌睡时叫醒他的最快方法。这时，网上形形色色保持清醒的方法几乎和之前让人入睡的方法一样多。

这个方法起了作用，玛丽的视线渐渐清晰起来。白色的丝线从玛丽身上分离，飞散上升渐渐消失了。

"哦，"她触碰着耳朵，强装出笑容，"我还以为我的耳朵又穿了一次孔呢。杰里，有块紫色的巨大斑点浮在你脸上。"

"你看到的也许是太阳的光斑。"他抓住玛丽的胳膊，"走，我们得赶快了。"

"干什么？"

贾里德没有回答。如果说他父亲很偏执的话，那这种偏执现在也传染给了他。客厅里略显落寞的家具跟这套样板房很是般配，连墙上的照片也搭配得很完美。他停下脚步，看着窗外街上六七幢房子之外的警车。这时，他看到两个警察从一幢房子里现身。这些年来，母亲时不时请手下的警察和他们的妻子到家里吃饭，因此贾里德认识警察局里的大部分人。这两个警察分别是兰格尔和巴罗斯。除了这幢房子，街上其他空房子都没放家具，警察也许只是蜻蜓点水般地看上一看。他们很快就要来这儿了。

"贾里德，别拽我！"

他们把普拉蒂娜姆、莫莉、兰塞姆夫人、莉拉藏在了主卧室。玛丽原本想把她们搁在底楼，她说睡着的人才不会关心房间的布置或其他什么呢。但感谢上帝，贾里德那时坚持了自己的想法，可现在连二楼也不那么保险了。对于装修过的样板房，兰格尔和巴罗斯也许会好好搜索一番。

他扶着玛丽一起上楼，上楼的时候她嘴里一直不停地抱怨。贾里德从卧室里抓起放着普拉蒂娜姆包着膜的小身板的篮子，一把拉下过道天花板的把手。通向阁楼的楼梯砰的一声落了下来。如果贾里德没能及时把玛丽拉到一边，楼梯很可能会撞到玛丽的头。贾里德爬上楼梯，把婴儿的篮子顺着阁楼地板向里推，然后下了楼梯。他顾不上玛丽提出的问题，跑到走廊尽头往外看。巡逻车沿着人行道慢慢向前开，现在只隔着四幢房子了。不，只剩三幢房子了。

他跑到玛丽耷拉着胳膊垂着头站着的地方。"我们得把她们抱上去。"他指着梯子说。

"我一个都抱不动，"玛丽的声音像个啼哭的孩子，"杰里，我已经累了，累死了。"

"我知道。但你可以想办法抱莫莉上去，她很轻。我来想办法把她奶奶和我妈妈弄上去。"

"为什么？为什么一定要把她们送上阁楼呢？"

"因为那些警察也许在找我们。我爸爸这么说的。"

他觉得玛丽也许会问警察找他们为什么是件坏事，但玛丽没问。贾里德把她领到卧室——兰塞姆夫人和莉拉睡在双人床上，莫莉躺在卧室自带的浴室蓬松的毛巾里。他抱起莫莉，把她塞进玛丽的胳膊弯，接着抱起兰塞姆夫人，兰塞姆夫人似乎比他记忆中的重。但不算特别重，这时贾里德想起了他小时候妈妈喜欢唱的一首歌：强调积极的一面，淡化消极的一面。

"别干扰'进退两难先生'。"说着贾里德更用力地抓住了老夫人沉睡的身躯。

"什么？你说啥？"

"没说什么，别介意。"

玛丽胳膊里夹着莫莉，开始慢慢地一步一步地登上梯子。爬到一半时，玛丽停下了，贾里德（想象着巡逻车已经停在外面，正看着屋外草坪上"**进来参观一下吧**"的指示牌）忙用肩膀顶了下玛丽的屁股。玛丽朝后看了看。

"贾里德，你变得有点攻击性了。"

"你快点！"

玛丽没有把莫莉扔在贾里德的头上，而是挣扎着登上了梯子。贾里德喘着气跟在后面，把兰塞姆夫人推进阁楼。玛丽把莫莉的小身体放在阁楼空无一物的地板上。阁楼的面积和房子一样宽大，但屋顶很矮，里面非常热。

"我很快回来。"贾里德说。

"好吧，但我觉得很难在这儿一直待下去，这里热得我头疼。"

贾里德快速回到主卧室。他用手臂圈住莉拉包着膜的身躯，感到酸痛的膝盖向他发出警告。他先前忘了母亲还穿着制服、很重的工作靴，戴着警用腰带。这给一个正常的健康女人增加了多少重量？没有二十磅也应该有十磅吧？

他把母亲抱到梯子下面，看着梯子的坡度却犯了难，他心想，我永远都不可能把妈妈送上去。一点办法都没有。

接着门铃响了，四声活泼而渐次升高的鸣响，他开始往上爬，这时他不止在喘气，简直是上气不接下气。上到梯子的四分之三时，他完全走不动了。正当他在想能否不撂下母亲往回爬下梯子时，两条单薄的胳膊和张开的双手从梯子上面出现了。感谢上帝，我还有玛丽！贾里德挣扎着又上去两格，让玛丽能抓住莉拉。

楼下一位警官说话了："这里连门都没锁，还大敞着，进去看看吧。"

贾里德推，玛丽拉，两人合力把莉拉推到了活板门的高度。玛丽向后一仰，终于把莉拉拽进了阁楼。贾里德抓住梯子的顶端，把梯子向上回收。梯子朝上合拢，贾里德用手压着梯子的最上面一段，不让梯子最后合拢时发出砰的响声。

楼下另一个警官叫道："喂，家里有人吗？"

"像是那些被包在母狗口袋里的人会理你似的。"他的搭档说，然后两位警官一起放肆地笑了。

母狗口袋，贾里德心想，你们就这样称呼她们的吗？如果妈妈听见你们吐出这种话，她一定会把你们的屁股踢到肩胛骨上的。

他们仍旧在交谈，不过是在朝厨房的方向走，贾里德听不清他们在说什么。这时，连迷迷糊糊的玛丽都感受到了贾里德的恐惧，她用胳膊紧紧抱住了贾里德。贾里德闻到玛丽的汗味，很快玛丽把脸颊贴上他的脸，贾里德感受着玛丽的体温和柔软的脸。

两个警察的声音又出现了，贾里德不出声地向他们喊着：快走！这地方没人！快给我走人！

玛丽对着他的耳朵轻声说："杰里，冰箱里有吃的，食品储藏室里也有吃的，垃圾桶里有我扔的食品包装纸，如果他们……"

警察的皮鞋发出噔噔的沉重脚步声，两人上了二楼。这很糟，不过他们没有谈到冰箱里的食物，也没有谈起冰箱旁边垃圾桶里的包装纸，这给贾里德带来一点安慰（强调积极的一面）。他们正在谈论该怎么解决晚餐。

在他们下面，左边的警察——也许是兰格尔——说话了："我觉得这床罩有点皱，你觉得呢？"

"是的。"另一个警察说，"应该有人躺上去过，但很可能是过来看房的潜在买主，他们有时会在床上坐一坐，不是吗？甚至会躺下试一试舒适度。这事很自然。"

走廊里传来更为紧密的脚步声。嘭—嘭—嘭。接着脚步声停止了，重新开始说话的时候，他们处在了贾里德和玛丽的正下方。"如果发现我们藏在这儿，他们会把我们逮回去的是不是？"

"嘘！"贾里德一边小声回话，一边思考。即便我们不藏起来，他们也会把我们带回警局，他们会把那叫作保护性留置。

"屋顶有扇活板门，"也许是巴罗斯的警察说，"你想上去查看一下吗？或者我上去？"

问话后面是一阵难耐的沉默。接着也许是叫兰格尔的警察说："你想去你去，如果莉拉和她儿子在这儿的话，他们肯定不会跑上阁楼的。我有过敏症，不想爬上去吸灰。"

"可是……"

"伙计，你上去。"兰格尔说着，梯子突然间落了下去，阁楼里洒进一片柔和的光亮。如果莉拉被膜包住的身躯离活板门再近六英寸，她就会被发现了。"享受下上面的热度吧，上面一定有四十多摄氏度了。"

"去你的，"巴罗斯说，"见鬼，这时候你倒有过敏症了！算了，我们离开吧。"

梯子重新收上去了。尽管贾里德意识到梯子弹回来的时候一定声音不小，但砰的一声巨响仍然让他浑身发紧。厚重的警靴嘭嘭地走下楼梯，贾里德屏住呼吸倾听着，两位警察站在玄关又说了会儿话，这时声音轻了许多，贾里德只能听见零星几个词。他们讲到了特里·库姆斯，讲到了一个名叫吉尔里的新来的警察，还又一次提到了接下来该吃什么晚饭。

快离开这儿！贾里德真想朝他们大喊。在我和玛丽犯上心绞痛之前快离开这儿!

房门终于关上了。贾里德竖起耳朵,想听到巡逻车发动的声音,可他什么都听不到。或许他用耳机听了太多喧闹的音乐,或许阁楼的隔音层太厚了。他从零数到一百,又从一百数到零。阁楼太热了,他无法继续等待下去。

"我想他们已经走了。"贾里德说。

玛丽没有回答,贾里德意识到她紧搂着他脖子的手已经松开了。他一直在注意下面的动静,忘记了身旁的玛丽。这时他转身看向玛丽,发现玛丽的胳膊耷拉到身侧,身体颓然地倒在了阁楼的地板上。

"玛丽!玛丽!别睡过去啊!"

玛丽没有回话。贾里德丝毫不顾梯子脚撞到下面硬木地板的轰然声响,一下子推开了活板门。他已经忘了警察的事。这时他在意的是玛丽,他只在意玛丽。也许现在还不算太晚。

但他发现得还是太晚了,玛丽再怎么摇都不动弹。在贾里德确定两个警察没有反身回来的时候玛丽已经睡着了。这时玛丽躺在莉拉身边,标致的五官埋在忙碌着相互交织的一根根丝线之下。

"算了,"贾里德轻声说,"她已经够努力的了。"

他坐了大概有五分钟,看着丝线无情编织出的膜越结越厚,然后决定打电话给爸爸。

他只能打电话向父亲求援。

第四章

1

在女人们莫名其妙离开的那个世界，坎迪·梅肖姆住在西拉文路，监狱的那个方向。梅肖姆家在这个位置很适合，因为那个家本身就像座监狱。但在这个新的世界里，坎迪选择和另一些女人一起生活，这些女人是"会议"的常客，住在一座由存储设施改建、离其他居民有一段距离的仓库里。这个仓库有点像古德威尔超市（和这块地方的大多数建筑不同），在不知多少年的废弃时光里几乎完全没有透进水。这是幢建在森林中间的水泥路面上的"L"形的双层房，仓库里放满了层层叠起的一只只盒子。这幢建筑由硬塑料和玻璃钢制成，完美地实现了仓库外的褪色广告牌所承诺的不透水效果。草丛和树蚕食了路面，树叶堵塞了排水系统，不过修剪过度生长的植物和疏通下水道并不难，清空了盒子里放着的无用物品后，女人们发现，这些盒子尽管不漂亮，住进去却非常舒适。

坎迪·梅肖姆显然做了个不错的尝试，莉拉心想。

莉拉绕着仓库走了一圈，仓库里充满了从边门射入的阳光，仓库中间放着一张干净整洁的床，床上铺着光滑的红色被子，反射着一大片光。没有窗户的墙上挂着一幅带框的海景图：湛蓝天空下的一段石头海岸。这幅画可能是从仓库里原来存放的物件里清理出来的。仓库角落里放着个摇椅，旁边的地板上放着一篮被两根铜针戳断的纱线，附近的另一只篮子里放着几双织得很好的袜子，这几双袜子是坎迪织的样品。

"你怎么看？"科茨一边吸烟，一边在坎迪住的盒子外面徘徊（卷在锡纸和玻璃纸里的香烟是另一样保存得非常好的物品）。监狱长——应该说是前监狱长——头发长长了，现在她会任这些头发自然变白。瘦削肩膀上的一头白发让她给人一种先知的感觉，像是在荒漠里寻找同一族群的人。莉拉觉得现在的模样很适合她。

"我喜欢你现在的发型。"

"谢谢你，我参照本该在这儿的女人梳理的，但她突然间不见了。"

算上老埃茜和坎迪·梅肖姆，最近消失的女人已经上升到四人。莉拉询问了几个住在附近盒子里的女人。坎迪先前还坐在摇椅上高高兴兴地编织着，但没过十分钟，她便消失不见了。坎迪睡的盒子在仓库二楼靠近当中的部位，没人看见这个大块头跛脚女人是如何顷刻间消失的。坎迪策划突然消失不能说不可思议，可实在不太可能。

坎迪的邻居们把她描绘成一个轻松愉快的女人，一个在以前的世界就认识坎迪的女人用了新生这个词。她对自己编织的技能和装饰漂亮的盒子小家感到非常骄傲。不止一个女人提到，她把自己住的盒子称为"梦中的公寓"，言辞中没有半点调侃的意味。

"我没有发现什么确凿的东西，现在收集到的信息根本拿不上法庭。"莉拉说。她猜测这件事和埃茜遇到的事是同一件事：前一刻人还在，后一刻就不见了。证据却完全没有。两个人就像是被念了咒语似的消失了。

"两者的情形完全相同吗？"埃茜消失时正巧在看着她的贾妮丝说看到一道微小的闪光——和打火机打出的火苗基本相当——接着就什么都没有了。埃茜刚刚待着的地方一下了空无一物。贾妮丝的眼睛没看出转换或分裂等现象或过程。这一幕太突然了。监狱长说，埃茜就像是只被熄灭的灯泡似的，但连灯丝都不会熄灭得那么快。

"可能吧。"莉拉说。老天，她的声音沮丧得跟失去了丈夫似的。

"在另一个世界，"贾妮丝说，"她死了，你是不是这样认为？"

一只飞蛾栖息在摇椅旁的墙上。莉拉伸出手。飞蛾振动着翅膀朝她的手飞过来，落在她食指的指甲上。莉拉闻到一股微弱的燃烧的气味。

"可能吧。"她重复了一遍。此时，这句克林特的口头禅成了她唯一能说的话。"我们理应回到那个世界，为两位女士送别。"

"真是疯狂的念头。"贾妮丝嘟囔着，"就算不查她们消失的原因，我们要做的事情也已经够多的了。"

莉拉笑了。"这是不是意味着你也想回去？"

前监狱长模仿着莉拉的口吻说："可能吧。"

2

一支巡逻队集结在主街上，准备出发探访杜林以外的地方。巡逻队由六七个人组成，她们在两部高尔夫球车上置备了补给。狱警米莉·奥尔森自愿打头阵。到这时为止，没有哪个女人走出过老城的城界之外。她们的头顶上没有飞机或直升机飞过，远处没有燃烧的大火，打开的应急广播的各个波段没有出现过任何声音。这强化了莉拉从来这儿一开始就有的微弱印象：她们现在居住的这个世界是个复制品，她们像是被装在一个飘有雪花的水晶球饰品中，只是天空中没飘着雪。

莉拉和贾妮丝正赶上最后的准备过程。一个叫内尔·西格的前犯人蹲在一部高尔夫球车旁的地面上，一边哼着歌，一边检查着轮胎的气压。米莉仔细翻看高尔夫球车后面钩着的拖车上的各色包裹，对补给做了最后一次检查：睡袋，冻干食物，衣服，一对被密封在塑料里却发现还能用（多少能用上一用）的玩具对讲机，两把莉拉亲自清理过的枪和一个急救包。现在这里的氛围轻松幽默，大家都热情高涨，大笑着和周围的人相互击掌。有人问米莉·奥尔森如果遇上熊她会怎么办。

"驯服它。"她看着检查的包裹，面无表情地说。这引来了旁观者的一阵大笑。

"你认识她吗？"莉拉问贾妮丝，"我是说你以前认识她吗？"她们穿着冬天的衣物，并肩站在街边的雨篷下面，热气不断从嘴里呼出。

"当然认识，我是她的上司啊！"

"我不是说米莉，我是说坎迪·梅肖姆。"

"不认识。你呢？"

"我认识她。"

"她怎么样？"

"坎迪是个家暴受害者。她丈夫打她，经常打。所以她才瘸了。他是个十足的浑蛋，一个背地里靠卖枪挣钱的机械工。他和格里纳兄弟做过几笔枪支生意。但这只是传言——我们从未以任何理由真正抓住过他。他们住在西拉文路一幢年久失修的房子里。依我看，她从没尝试过整理房间，应该压根就没想过整理房间这件事。邻居们听见过她的哭喊，不止一次给我们打电话报警，但她什么都不肯说，害怕受到丈夫的报复。"

"幸好他没杀了她。"

"我觉得他也许已经把她给杀了。"

监狱长眯着眼看着莉拉。"你指的是不是我想的那样？"

"跟我来。"

她们沿着残留的人行道往前走，跨过被杂草堵上的路面裂纹，绕过碎沥青块。破败行政大楼对面的小公园已经整修过了，杂草得到了修剪，路面清扫得很干净。这里唯一留有时间摧残痕迹的是座倒塌的镇上名人的雕像。一根巨大的榆树树枝——显然是被暴风刮断的——把这座雕像打翻在地。树枝已经被拖走切断了，但这雕像太重，女人们对它还无计可施。雕像从基座上呈锐角倒下，雕像头部的大礼帽扎进地里，靴子朝向天空。莉拉曾看见几个小女孩笑着从雕像背部的斜坡往上爬。

贾妮丝说："你觉得她那个狗娘养的丈夫把她连膜一起烧了吧。"

莉拉没有直接回答这个问题。"有人跟你提到过晕眩恶心吗？提到过这种来得非常突然、过了几个小时才完全消失的症状吗？"莉拉有过几次这样的经历。丽塔·库姆斯说她出现过一次类似的感觉，兰塞姆夫人和小莫莉也曾经有过。

"是的，"贾妮丝说，"几乎我认识的每个人都提到过。明明没动，却好像被人转了好几圈似的。不知你认不认识我同事的老婆娜丁·希克斯？"

"在几次社区聚餐时见过她。"莉拉皱着鼻子说。

"是的，她几乎没有漏过一次那种聚会，但即使漏过也不会被人想念，我想你能明白我的意思。抛开这个不谈，她说她时常会感到晕眩。"

"好，这点先记下来。现在我们先想想大规模焚烧事件的事吧。你听说了吗？"

"听别人说的。我和你一样来得比较早。但我听新来者谈到看过那样的新闻：男人们把包在膜里的女人烧掉。"

"我说的就是这个。"莉拉说。

"哦。"贾妮丝明白了，"哦，真他妈该死。"

"没错，的确该死。起先我觉得——或者说希望——新来者说的话可能是因为理解错误造成的。她们严重缺觉，低落而沮丧，在精神恍惚的状态下错以为电视里的男人在烧长了膜的女人，但其实她们看到的是一些别的事情。"莉拉重重地呼吸着晚秋的空气。空气凛冽清新，使人觉得颇有点不可思议。这里没有让人感觉疲惫的气味，没有运煤卡车。"直觉使然，我总是怀疑她们的话。甚至还找各种理由不接受她们的那些话。男人们常常使坏……但女人也做坏事。我也一样。"

"你对自己太严苛了。"

"我预见这种事情的发生。在旧世界睡着的三四个小时之前，我和特里·库姆斯谈到过这个问题。膜破了以后女人们的反应很激烈，她们和人打斗，甚至杀人，变得很危险。我丝毫不奇怪许多男人会把这看成一种机会，一种预防措施，或者烧死人的一种借口，他们早就想干一下烧死人的事了。"

贾妮丝不自然地笑了笑。"我经常因为无法用比较积极的观点看待人类而遭到指责。"

"贾妮丝，在我们原先生活的世界里，有人放火烧了埃茜。没人知道是谁干的。还有人放火烧了坎迪·梅肖姆。她丈夫是因为练拳用的沙袋睡着了无法再打而把她烧了的吗？如果我能到场，她丈夫必定是我问话的第一个人。"

莉拉坐在倒在地上的雕像上。"说到我们感到的晕眩，我很确定那是由另一个世界发生的事引起的。有人挪动了我们，有人像搬家具一样挪动了我们。埃茜被烧之前，她的情绪很低落。我猜有人在把她点着之前挪了她好几次，由此产生的晕眩让她精神不振。"

"我只确定你现在正把屁股放在杜林第一任县长的身上。"

"他承受得住，反正有人替他洗内衣。这是我们县的荣誉椅。"莉拉意识到自己火很大。埃茜和坎迪·梅肖姆只是在一辈子的苦难生活之后过了几个月快乐的日子，她们的快乐只是几个布娃娃和一个改装了的没有窗户的置物空间而已，却为什么要受到这么残忍的对待呢？

那些男人烧了她们，她很确信这一点。她们被男人结束了生命。在那个世界死了，在这儿也活不成。男人们把她们从世界上删除——在两个世界里。男人啊！女人似乎永远无法从他们手上逃脱。

贾妮丝一定看出了她的想法……更准确地说，是从她的表情看出了她的想法。"我丈夫阿奇是个好人，对我做的所有事情都很支持。"

"是啊，但他年纪轻轻就死了。如果一直在你身边的话，你就不会这么觉得了。"这话很不好听，可莉拉一点也不后悔。不知为何，她突然想起了阿米什教徒的一句格言：爱情总易逝，柴米油盐方长存。婚姻生活中的很多事情都是如此：诚实如此，尊重如此，甚至连最简单的友善也是如此。

科茨没有表现出反感的迹象。"克林特是个那么不好的丈夫吗？"

"他比坎迪·梅肖姆的丈夫好。"

"这标准也太低了吧，"贾妮丝说，"别介意，我只是凭空美化对丈夫的记忆而已，他没有变成一个烂人是因为早早就过世了。"

莉拉懒洋洋地向后靠着头。"也许是我活该。"又是晴朗的一大，但北面几英里处有灰黑色的乌云。

"那么说他是个坏丈夫了？"

"不，他是个好丈夫。还是个好父亲。他尽到了自己的责任。他爱我。我从来没有为这种事担心过。可他有很多私密的事情没有告诉我。我本不该探究这些事，对丈夫追根究底让我对自己的感觉很糟糕。克林特会跟你谈坦诚和支持，谈得头头是道，谈到脸都变色了，但归根究底，他还是个很自负的男人，宁愿把自己的创伤放在心底。叫我觉得这更糟。说谎代表着一定程度的敬意。我知道他一直背着包袱，一个真正沉重的包袱，他觉得我太纤弱，帮不上他的忙。与其这样谦恭地对待我，还不如对我撒谎呢！”

“你说的沉重的包袱……”

“他成长的过程很辛苦。我想他付出了很多才走到了今天这一步，我的话是认真的。在心事重重或者灰心失望时，他总是会揉他的指关节，但什么都不会说。我问过他，但他就是不肯谈及自己的过去。”莉拉看了一眼科茨，发现她的表情有几分不自在。

“你知道我的意思，不是吗？我是想问，你在他身边这么多年，他是个怎样的人？”

“我知道你的意思。克林特他——他有他的另一面，更强硬，更容易发怒的另一面。我也是直到最近才看清这点的。”

“这让我很生气。可你知道什么比生气还糟吗？比生气还糟的……是那种灰心丧气的感觉。”

贾妮丝用一根小树枝把雕像上黏着的一块块泥团戳到地上。“我知道那种态度很让人沮丧。”

高尔夫球车发动了，盖着雨篷的小拖车跟在后面，队列很快消失在视野外。几分钟后，路有一段上坡，队列又重新出现了，但很快就又一次消失了。

莉拉和贾妮丝转到其他话题上：史密斯路上的住房会继续修缮；两匹关在马厩里一起受训的漂亮小马——也许它们不是第一次接受这类训练——要接受如何让骑手上马的训练；以及玛格达·杜布切克和两个以前的女犯谈到的快要实现的奇迹。如果能有更多的电力供应，更多的太阳能面板，她们就能建立起一个自来水管道系统。又一个美国梦就这样实现了。

谈话结束时已是黄昏了，她们再也没有提起过克林特、贾里德、阿奇、梅肖姆以及其他任何一个男人，她们再也不会为男人而伤神了。

3

她们没谈到埃薇，但莉拉并没有忘了她。她没有忘记埃薇·布莱克在杜林具有暗示意味的出现，没有忘记她奇怪的先知似的预言，没有忘记特鲁曼·梅威瑟拖车旁森林里带有某种白色网状物质的足迹。她记得那些足迹把她带到一棵神奇的大树旁，这棵树高耸入云，有无数的树根和纠缠交错的树干。至于那些大树旁出现的动物——白虎、蛇、孔雀和狐狸——莉拉也记得清清楚楚。

她脑海中浮现出一张树根盘结的大树的照片，那树根像巨人的鞋带似的，它们互相交缠，日日更新。这个过程是何等的完美，何等的宏大，为此所做的计划一定很周密、很精确。

埃薇是来自这棵树吗？还是说这棵树为埃薇而出现。而她们这些"我们的地盘"上的女人——她们是在做梦呢？或者说就是梦的本身呢？

4

带有冰雹的雨在"我们的地盘"连续下了四十八小时，树枝被折断，屋顶被打穿，街上和人行道上到处是巨大的水塘。住在帐篷里的莉拉时不时把正在读的书放在一边，踢几下身边的帐篷，把结在帆布上的冰震落，冰落在地上的声音像打碎了玻璃似的。

之前，她已经不看纸书了，一直用电子阅读器看书，丝毫没想过世界崩溃，电子阅读器会派不上用场。幸好家里仍然保存着纸质书，其中有些还没发霉。看完一本书后，她从前院搭的帐篷冒险走进家的残骸。回家让她感到沮丧——莉拉很想念丈夫和儿子——她无法住进去，但也不能让自己搬离这里。

通过手电筒闪耀的光束，莉拉看见雨水顺着屋子的内墙往下淌，雨声像汹涌的海潮声一样澎湃。莉拉从客厅后的架子上拿起一本悬疑小说，沿来时的路返回。手电筒光束照到厨房洗手台边一张腐烂的凳子表面落着的泛白字条上。莉拉拿起字条。字条是安东留下的：上面写着安东一个修整树木的朋友的联系方式，他说后院的荷兰榆树需要修整一下。

莉拉长时间地看着这张字条，被突然与另一种生活的亲近所震惊——那是她真实的生活，是她原先的生活——像一个突然冲到车流之间的孩子那样，目瞪口呆。

5

西莉亚·弗罗德徒步返回的时候，探险队已经走了足足一周了。她是一个人回来的，从头到脚都是泥。

6

西莉亚说，她们沿着高速公路朝临镇梅洛克走，但过了杜林女子监狱以后，路就被堵上了。她们刚清理完一棵大树，就会碰到横亘在前的另一棵大树。她们只能把高尔夫球车丢弃徒步前行。

到梅洛克以后，她们没找到一个人，梅洛克没有近期生命活动的迹象。镇上的建筑物和住房跟杜林一样——长满杂草，不同程度地受到了破坏，有一些被火烧毁，多尔·霍洛小溪前的公路垮塌了。小溪水流上涨，水下沉着许多汽车，蹚过去很危险。西莉亚现在承认，也许当时她们应该绕开小溪走才对。她们从梅洛克的杂货店和其他商店拿了一些有用的物资。可接着她们却谈到再走十英里的另一座小城伊格尔有座电影院，谈到如果能带回一台电影放映机的话女孩们会有多高兴。玛格达向所有人保证，她们的大发电机完全能够用来放电影。

"他们仍然在放《星球大战》的最新一部电影，"西莉亚说，接着她面无表情地补充道，"警长，就是英雄是个女孩的那部电影。"

莉拉没有纠正"警长"这个称呼。这些天来的事实证明，很难让人抹去她是一名警察的印象。"西莉亚，继续说。"

探险队通过一座貌似没受过破坏的小桥过了多尔·霍洛小溪，然后走上一条似乎到伊格尔最快捷的名叫狮头路的山道。她们用的地图——从杜林公共图书馆残骸找出来的地图——地图上显示山顶附近有条矿业公司开辟的无名小路，这条小路能把她们带到州际公路，走到州际公路她们就能便捷地抵达伊格尔。可地图显然已经过时了，狮头路在一处高坡到了尽头，高坡上矗立着一座外表乏味的男子监狱狮头监狱。她们希望找到的无名小路早就被埋在监狱底下了。

天晚了，她们不愿在黑暗中摸索着走下倾斜又崎岖的山道，于是决定在监狱露营，第二天早晨再出发。

莉拉很熟悉狮头监狱，她曾期盼着格里纳兄弟能在那座戒备等级最高的监狱过上二十五年左右。

贾妮丝·科茨也在听西莉亚的叙述，她简短地评论了监狱："那个地方非常恶心。"

被在押犯称为"狮头"的狮头监狱在奥罗拉流感暴发前经常出现在各大媒体的报道上。狮头监狱是少有的在山顶土地开垦的成功案例。在尤利西斯能源解决方案公司不再砍伐森林、炸毁山顶、开采煤炭以后，这里靠收集碎土平整土地"恢复"成了平地。当时大力宣扬的理念是，民众不要把山顶看作"被破坏的土地"，而要看作"被开发了的土地"。新平整的土地就是新的建筑用地。尽管州里大多数人都支持煤炭工业，但也很少有人被这样的蠢话欺骗。这些新开发出的高原平地大多位于人迹罕至的地方，常常与充满垃圾的蓄水池和被化学品污染的池塘相伴，没有谁会想住在这样的地方。

但监狱特别适合这种偏僻的新开发地，没有人会对居住者可能面临的环境风险特别在意，这就是狮头山修建狮头最高戒备等级监狱的由来。

西莉亚说，监狱大门开着，监狱楼的门也开着。西莉亚、米莉、内尔·西格都走进了监狱。来自"我们的地盘"探险队大多数人都是监狱释放人员和管教人员，都想知道男人住的监狱是什么样子。大多数东西是一样的，但这里看上去更舒适些。尽管因为关闭了一段时间而有了些水蒸气，尽管地板和墙上有了些裂纹，但这里总体来说还是很干燥，每一间牢房里的设备都很新。"有种似曾相识的感觉，"西莉亚说，"但同时也很有趣。"

这一夜她们过得很平静。早晨，西莉亚跋涉下山，希望能找到条到伊格尔的近路。突然，携带的玩具对讲机竟然收到一通呼叫。

"西莉亚，我们似乎找到了一个人！"声音是内尔的。

"什么？"西莉亚回答说，"能再说一遍吗？"

"我们进去了！我们在监狱里！在这座监狱的百老汇走廊尽头，窗户都蒙了层雾，但那儿的一间禁闭室里关着个女人！她躺在一床黄色的被子下面！看上去像是在移动！米莉希望在不惊动她的情况下想办法把门打开……"话说到这儿，对讲机连接中断了。

地上传来一阵轰隆隆的声响。西莉亚伸出双手保持平衡，玩具对讲机从她手里飞了出去，在地上摔碎了。

她双腿颤抖上气不接下气地跑回山顶，走进监狱大门。粉末像细雪一样在空气中飘落，西莉亚必须掩住嘴才能不被呛到。看到的情形让她难以理解，更难以接受。地面被破坏得乱七八糟，像地震过后一样出现一道道裂纹。空气中飘浮着一团团尘土。西莉亚跌跌撞撞往前走，好几次跪在地上，眼睛根本睁不开，双手摸索着牢固的物体来支撑身体。狮头监狱的两层楼门厅渐渐出现在她面前，但再没别的什么了。前面既没有更多的土地，也没有更多的监狱楼。地面破碎向下塌陷，新建的高戒备监狱像块大石头一样滑下了山。门厅像电影道具似的，只有前方的入口，进去后什么都没有。

西莉亚不敢凑近到塌陷的边缘往下看，但远远瞥见了悬崖下方的一些物体碎块：在山脚下的灰尘间，她看见了许多杂乱堆叠在一起的硕大水泥块。

"所以我以最快的速度一个人回来了。"西莉亚说。

她深吸了一口气，抓了抓脸上泥灰较少的一块。听说她回来以后赶到古德威尔超市集会地的十来个女人都没有说话。她们知道，探险队的其他成员都回不来了。

"我记得曾经在哪里读到过，有人对监狱下面的填充物进行过一场论战，"贾妮丝说，"好像说地太软了，无法支撑监狱的重量。有人说矿业公司在平整土地时偷工减料，州里派工程师……"

西莉亚恢复了正常呼吸，长叹一口气，心不在焉地说："我和内尔尽量随意地生活，但我们从未期望过在监狱外也能如此随意地生活着。"她用力吸了口气——不过只吸了一次，"我也许不该那么沮丧。但事实是，我沮丧极了。"

片刻间没有人说话。接着莉拉说道："我要去那儿看看。"

蒂芬妮·琼斯问她："要人陪你去吧？"

7

贾妮丝说，她们做的事情很傻。

"莉拉，去看崩塌的山真他妈的太傻了。"贾妮丝把莉拉和蒂芬妮·琼斯送到浑球山山道上。两位远征者带了两匹马。

"我们不是去看崩塌的山的，"莉拉说，"我们想看的是崩塌产生的残片。"

"看看那儿是否还有人活着。"蒂芬妮补充道。

"你在开玩笑吗？"寒冷中的贾妮丝鼻子像甜菜一样红。她的白发飘散在背后，瘦削的脸颊泛着红光，只差一根节杖和栖息在肩头的猛禽就成了会发出神谕的圣人。"她们从大山的一边掉下去了，监狱的建筑砸在她们头顶上，她们都已经死了。如果她们在那儿看见过一个女人，那个女人肯定也已经死了。"

"这我知道。"莉拉说，"可如果她们在狮头监狱发现了一个女人，那意味着杜林之外也有女人存在。贾妮丝，知道在这个世界里我们不是孤独的存在……意义可相当大。"

"千万别死啊！"当莉拉和蒂芬妮走上浑球山的时候，监狱长朝她们喊道。莉拉说："我们不准备去死。"她身边的蒂芬妮·琼斯也用毋庸置疑的语气插话道："我们没准备去死。"

8

蒂芬妮在整个少女时代一直都骑马。她们家经营着一个带游乐场的苹果园，养着一群山羊，摆热狗摊，蒂芬妮常常骑着匹小马。"我过去经常骑马，不过……我们家还有另一面的东西——可以说是一些不太好的方面。我的青少年时期不是只有骑马那般美好的事情。我开始遇到了一些麻烦，而且越陷越深。"

蒂芬妮的麻烦对莉拉来说并不新鲜，莉拉曾不止一次逮捕过她。她逮捕的蒂芬妮·琼斯和眼前的蒂芬妮完全不一样。莉拉骑着一匹白色的小马，和她并排的蒂芬妮骑着匹杂色大马，蒂芬妮脸颊圆润，头发呈赤褐色，戴着一顶约翰·福特[1]常让片中演员戴的白色牛仔帽。蒂芬妮拥有特鲁曼·梅威瑟很久之前在拖车里圈养的那些悲惨的女吸毒者完全没有的自在和从容。

蒂芬妮怀孕了。莉拉在一次集会上听蒂芬妮谈到过怀孕的事情。莉拉觉得，这至少是蒂芬妮之所以精神焕发的其中一个原因。

天快黑了，她们应该结束今天的行程了。这时她们已经能看见梅洛克了——几英里外山谷里依稀的黑色建筑。探险队曾经到过那里，但没找到任何一个男人或女人。似乎只有杜林才有人类生命的存在，除非她们能证明山上的男子监狱确实曾经住着一个女人。

"你看上去非常不错，"莉拉小心翼翼地说，"我是指现在。"

蒂芬妮笑容亲切地说："死后的生活使我的头脑清醒过来。我不再想吸毒了，你指的应该是这个吧？"

"你觉得我们过的是死后的生活吗？"

---

[1] 美国著名西部片导演。

"不完全是。"蒂芬妮说，之后两人一直没有说话，直到两人穿进在另一个世界也同样废弃的加油站，躺进睡袋以后，蒂芬妮才重拾这个话题。

蒂芬妮说："我是说死后我们不在地狱就在天堂，不是吗？"她们可以通过厚玻璃板看见拴在破旧油泵上的两匹马。月光使两匹马的皮毛充满了光泽。

"我不信教。"莉拉说。

"我也不信，"蒂芬妮说，"天使和恶魔无论如何都是不存在的，所以现在的生活实在太难以置信了。这算不算是某种奇迹呢？"

莉拉想到了杰茜卡·埃尔韦和罗杰·埃尔韦，想到了他们的女儿普拉蒂娜姆。普拉蒂娜姆长得很快，现在已经到处爬了。（伊莱恩·娜丁的女儿娜娜很喜欢普拉特——这个昵称实在难听，但所有人都管普拉蒂娜姆叫作普拉特，小女孩长大后也许会讨厌这名字——把普拉特放在一辆童车里推着她到处走。）莉拉想到了埃茜和坎迪。最后又想到了丈夫儿子以及不再过着以往生活的自己。

"我想有几分像吧。"莉拉说。

"抱歉，奇迹这个词用得不好。我只是想说我们做得都对，不是吗？因此我们不可能是在地狱，对吧？我现在干干净净，感觉非常好。我竟然能拥有这些完美的马匹，这在之前最不现实的梦里都是不可能的。会有人像我这样细心地照顾这些动物吗？永远不会。"蒂芬妮皱起眉，"但只有我一个人得到了这些，不是吗？我知道你失去了很多。我知道这里几乎每个人都失去了很多。我只是没什么可失去的而已。"

"我为你高兴。"莉拉在这个世界同样感觉很好。在她看来，蒂芬妮·琼斯值得过上更好的生活。

9

她们沿着梅洛克的边缘，骑马顺着涨水的多尔·霍洛小溪往前走。在树林里，六七条狗聚集在山岗上，看着她们从面前经过。它们中间既有牧羊犬，又有拉布拉多犬，它们伸着舌头，呼出热气。莉拉掏出手枪，她身下的白马开始摇晃脑袋，走起小碎步来。

"别害怕，没事。"蒂芬妮说。她伸出一只手，抚过白马的耳朵。她的声音尽管很轻，但很沉稳，没有太多的情感。"莉拉不会开枪的。"

"她真的不会开枪吗？"莉拉一直留意着中间的那条狗。那条狗的皮毛呈灰黑色，两只眼睛一只蓝一只黄，嘴巴看上去特别大。莉拉不是个会胡思乱想的人，但她觉得这条狗看上去特别狂暴。

"你当然不会。它们想追赶我们，但我们只想去做自己的事情，不想玩你追我跑的游戏。别在意它们。"蒂芬妮的声音轻快而坚定。莉拉心想，如果你不知道自己在做什么，那么我只能确保我知道自己在做什么。之后她们骑马穿过矮树丛，几条狗确实没有跟上来。

"你说对了。"过了一会儿莉拉说，"谢谢你。"

蒂芬妮说没关系。"但我不是为你做的。没有冒犯的意思，警长，我真的不想让我的马受到惊吓。"

10

她们穿过河，绕过其他人走的上山的那条路，继续在平地上行进。两匹马走进一片小山谷，谷地左边是狮头山塌陷后的残留部分，右边是一处坡度很陡、倾斜断裂的峭壁。莉拉和蒂芬妮感觉到喉头渗入了一股金属的恶臭。一块块松散的泥土被震落下来，嵌入的石头在两边高地中形成的低洼处发出响亮的回声。

她们把马系在离监狱旧址几百码的地方，徒步往监狱那边走。

"一个从其他地方来的女人，"蒂芬妮说，"这是否说明了一些问题呢？"

"是的，"莉拉说，"但如果能找到探险队里仍然还活着的女人就更好了。"

一些又高又大、运货车一般的石块像巨大的纪念碑一样插在泥土里——那些是原本狮头山后山的石头。看到这些坚固的石块，莉拉很容易就能想象出它们因为自身重量而与狮头山脱离、最终坠落到山脚下乱石堆里的情形。

监狱主体落到山下，废墟向内凹陷，依稀形成金字塔的形状。从一方面说，监狱的主体部分经历滑落下山的过程竟然还能保存大概的形状，这简直太不可思议了——但从另一方面来说，这又有几分可怕，建筑的细节像被恶棍砸坏的玩具屋一样无法辨认。参差不齐的钢筋从水泥墙壁中向外顶出，另一部分的建筑残骸上落着大块的带有植物根茎的泥土。因崩塌意外形成的结构体边缘的水泥上有些破败的裂缝，可以通过这些裂缝朝黑洞洞的内部窥探。那里到处是树木碎片，二十或者三十英尺的大树折断而成的碎片。

莉拉戴上了带来的一个医用口罩。"蒂芬妮，你留在这儿。"

"我想跟你一起去。我不害怕。给我来一个。"她伸手想拿医用口罩。

"我知道你不怕。我只是希望这地方如果再坍塌的话有人可以回去报信，你是个擅长骑马的女孩，我只是个步入中年的前任警官。另外，我们都知道你还背负着一条新的生命。"

在最近的一道裂缝前方，莉拉停下脚步朝蒂芬妮挥手。蒂芬妮没有看见。她走回拴马的地方去了。

11

光线透过被树木砸穿的水泥洞照进监狱内部。莉拉感觉自己正走在一段墙上，踏过牢房一扇扇紧闭的铁门。所有东西都变得残缺不全。天花板在她右边，原来的左侧墙壁现在在她头顶上，地板在她的左边。莉拉必须低下头，才能从一扇像陷阱一样的牢门下钻过去。她听见钟表的嘀嗒声和水滴的滴答声，靴子踩在碎石和碎玻璃上嘎嘎作响。

一道由石头、断裂管道和绝缘块组成的屏障阻挡了她前进的道路。莉拉拿着手电筒朝四周照了照。"A级"用红漆漆在她头顶的墙上。莉拉走回到牢门处，她跳起来，抓住门把手，翻进牢内。门对面的墙上有个被砸开的洞。莉拉小心翼翼地走到洞的开口旁。她猫下腰，穿过洞口。水泥碎片上的锯齿钩住了她的衬衫，衬衫背部被撕裂了好几处。

她仿佛听见了克林特的声音，克林特问她要不要——仅仅是要不要，请不要把这看成是一种谴责——重新考虑一下来这儿的风险回报率？

莉拉，我们别再管这事了，行不？你正在一座危险的山的山脚下钻进一堆危险的建筑物残骸。附近的森林里还潜伏着一群相貌凶残的野狗，能够指望的只有在等待着她——或没在等她的吸毒孕妇——和两匹马而已。亲爱的——我不是在批评你——但你也要想想，你已经四十五岁了啊！所有人都知道，只有十来岁二十岁的女孩才适合在危险的废墟里爬行。你早已在目标人群之外了。这更有可能给你带来死亡、可怕的死亡、无法预料的可怕的死亡的结局。

在下一间牢房，莉拉必须爬到一个被砸坏的铁制马桶上面，然后钻进原来的右侧墙体上的另一个大洞。脚接触地面时，莉拉的脚踝扭了一下，她想抓住旁边的东西保持平衡，可手却被金属物划开了一道口子。

莉拉手掌上出现了一道血淋淋的裂口，也许需要缝上一到两针。她应该回去，从带来的急救包里弄点药膏和绷带。

但她不想这时就回去，她从衬衫上撕下一块布，包住手上的伤口。这时，手电筒照到了墙上刷着的一处字迹：**隔离区**。太好了。探险队员看到的那个女人应该就关在这种地方。糟糕的是隔离区在她头顶上方，被一条走廊支撑着。更糟是的，莉拉在一处倾斜的角落里发现了一条从膝盖上方两厘米处被参差不齐地切断的腿，断腿上是一条绿色的灯芯绒裤。探险队出发前往伊格尔的时候，内尔·西格穿的正是绿色的灯芯绒裤子。

"我不会把这件事告诉蒂芙的。"莉拉说。听见自己大声说话让她吃了一惊，但同时也给了她某种安慰。"告诉她不会对她有任何好处。"

莉拉把手电筒往头顶上照。狮头监狱的隔离区变成了一个巨大的烟囱。她把手电筒从一边照到另一边，想找到一条路，兴许也能找到个把人。隔离区的天花板是无梁楼盖的样式，天花板上的板材都被震松了，但作为支架的钢格还留在原位。竖起的钢格像一个栅架，或者说像一架梯子。

至于回报，克林特又说话了，你也许能找到个把人。只是也许。可你得对自己诚实一点。你很清楚这里和世界上其他废墟一样，空空如也。除了和内尔同来的女人的尸体之外，什么都别想找到。让那条切断的腿去代表她们吧。如果被你们称为"我们的地盘"中的女人还有生还，她们一定会让人知道自己还活着，至少会留下一些线索。你觉得你能证明些什么呢？证明女人也能当牛仔吗？

即使在想象中，克林特在担心她以外也说了一大堆话。他不自觉地把她当成监狱里的患者，像在游乐场玩躲避球似的专拿一些有倾向性的问题问她。

"克林特，走开。"莉拉说。过了会儿，克林特不见了。

莉拉抬起手，抓住天花板网格较低处的格子。网格上的横挡弯曲，但是没有折断。她的手很疼，感觉到血从布做的绷带边缘往外渗——可她没有放手，而是把自己的身体拉上去，定了定，站直身子。她用靴子踩住上一层的网格，脚朝下使力。横挡再次弯曲——但最终支撑住了她身体的重量。莉拉伸手去够上面一个网格，拉住了，然后再上一格。莉拉就这样沿着网格变成的梯子往上爬。每次爬到和牢门平行的地方时，她都会用没受伤的左手抓住网格，用受伤的右手拿着手电筒往牢房里照。她隔着第一扇牢门顶端的夹丝玻璃没有看见女人，第二扇、第三扇也同样没有，只有床的边框从原先是地板的地方突出。莉拉的脉搏跳得很厉害，鲜血顺着她的袖管内侧往下滴。莉拉在第四扇牢门里面没看到任何东西，但她必须停下来歇会儿了，不过休息的时间不能过长，也不能往下面的黑暗里看。付出这种努力是不是需要一些小窍门来激励自己？记得贾里德在跑越野的时候怎么说来着？哦，对了。她想起来了。"开始呼吸不畅以后，"贾里德说，"我就假装有许多姑娘正在看着我，我不能让她们失望。"

虽然这窍门也不是很有用，但她必须努力往上爬。

莉拉继续往上爬。第五间牢房里有一张小床，一个水槽和一个晃晃悠悠的马桶。其他就什么都没有了。

她来到一个 T 字形岔口。左边又是一整排长廊和房间。莉拉的手电筒照向另一边走廊的尽头，看见一堆像衣服一样的物体——莉拉觉得里面包着的可能是其他探险者留下的一具或几具尸体。是内尔·西格胀大的红外套吗？莉拉无法确定，可残忍的是，她已经闻到尸体最初腐烂的味道了。它们会腐烂分解，再进一步腐烂。只能把她们留在这儿了。

　　有什么东西在瓦砾间移动，莉拉听见吱吱的尖叫声。监狱里的老鼠活过了这场浩劫。

　　莉拉又爬上去一点。在她的体重下，每节金属网格似乎都向下塌了一点，咯吱咯吱的声音随着莉拉推进的每一步更响了。第六到第九间牢房也都是空的。到了最后才会有所收获，是不是一定得这样？发现宝藏的地方总是最高层架子的后面，要找的文件总是在一沓文件的最下面，急于找到的东西总是藏在背包最小最少用到的内袋里。

　　如果现在就掉下去，她至少马上就会死。

　　在从以前地层动荡不定的矿山改建而成的高戒备监狱里，你总是会——总是会，总是会，总是会——从你用作梯子的最高一层的天花板网格上掉下去。

　　可莉拉觉得现在还不是退缩的时候。她杀了杰茜卡·埃尔韦保护自己，她是杜林县历史上第一位女警官，她亲手逮捕了格里纳兄弟，当洛厄尔·格里纳让她去死的时候，莉拉当面对他进行了嘲讽。再往上爬一点也算不上什么大事。

　　这点路的确难不住她。

　　莉拉把身体探到外面的黑暗中，像被舞伴甩开一样旋转着，她把手电筒的光打进了第十间牢房门上的窗户。

　　一只充气娃娃的脸贴在窗玻璃上，她那樱桃红色的嘴唇呈惊讶状翘着，眼睛是轻率却又勾引人的贝蒂娃娃蓝色[1]。不知在哪儿被拉了一下，娃娃摇着空空的脑袋，耸了耸粉红色的肩膀。娃娃头上和标签并列的贴条上

---

[1] 一种较深的蓝色。

写着：拉里，祝你四十岁生日快乐！

12

"莉拉，一步步来。"蒂芬妮说，她的声音像是从井下飘上来的似的，"走好一步再去想下一步。"

"好的。"莉拉艰难地回答说。她很高兴蒂芬妮没听见她刚才说的那些话。事实上，她根本不知道有没有那么多事好高兴的。她的喉咙很干，身上的皮肤很紧，手像被火烧过一样。但下方的声音确确实实来自另一个生命。这部黑乎乎的梯子完全不是她的终点。

"那就好。现在走上一步，"蒂芬妮说，"就向前走一步，就像你开始时的那样。"

13

"只是个该死的破烂娃娃啊！"弄明白原委之后蒂芬妮惊叹道，"不知是哪个浑蛋的生日礼物。狱方能让他们接收那种鬼东西吗？"

莉拉耸了耸肩。"我只是把看到的如实告诉你。也许发生了什么事情，可我们永远都不可能知道了。"

她们骑了一整大马，天黑也没停下来。蒂芬妮希望等她们回去以后，"我们的地盘"有护士经验的人能马上处理莉拉手上的伤口。莉拉说自己没事，但蒂芬妮很坚持。"我告诉那个管理监狱的老太婆我们不会死。我说了我们，那意味着我们俩都不能死。"

蒂芬妮跟莉拉讲染上毒瘾的十多年前她在夏洛茨维尔住的房子。她说她养了不少蕨类植物，这些植物长得非常好。

"有植物的生活才是真正的生活。"蒂芬妮说。

莉拉瘫坐在马鞍上，马前行时的颠簸时时震荡着她，她必须强打精神才能不睡或是从马背上滑落。"你说什么？"

"我说我家养了蕨类植物，"蒂芬妮说，"我想让你对我的蕨类植物产生兴趣，以免你在我面前睡过去。"

蒂芬妮的话让莉拉感到好笑，但她却只能发出一声呻吟。蒂芬妮让她不要难过。"我们可以给你弄些蕨类植物。这种植物到处都有，一点都不稀罕。"

隔了一会儿，莉拉问蒂芬妮想要个男孩还是女孩。

"健康就好，"蒂芬妮说，"只要健健康康，男孩女孩都不赖。"

"如果是女孩，就叫她弗恩[1]好了。"

蒂芬妮笑了。"有道理！"

黎明时分，杜林出现了，城里建筑的轮廓浮现在蓝色的薄暮里，烟雾从车轮酒吧后面的停车场螺旋升起。停车场上点起了一处公共的篝火，电依然非常宝贵，因此女人们会尽量在屋子外面做饭。（车轮酒吧的燃料资源非常优质，酒吧的房顶和墙壁被逐步拆除用作燃料。）

蒂芬妮带着莉拉朝篝火那边走。篝火上煮着两大壶咖啡，旁边有十来个女人，穿着各色的厚大衣，戴着帽子和拳击手套，看上去像支杂牌军队。

"欢迎回家，我们这儿有咖啡。"科茨从人群中走出来。

"比我们强，我们什么收获都没有，"莉拉说，"很抱歉。我们在禁闭区找到的只是个该死的充气娃娃。即便这个世界还有其他人，我们依然没能找到她们的踪迹。至于探险队里的其他人……"她说不下去了，只能摇了摇头。

"你是诺克罗斯夫人吗？"

女人们转过身，看着一天前来的新人。莉拉朝来人走了一步，然后停下脚步。"玛丽·帕克，是你吗？"

---

[1] "弗恩（Fern）"在英文中是蕨类植物的意思。

玛丽走到莉拉面前拥抱了她。"诺克罗斯夫人，我刚刚还和贾里德在一起。我猜你一定想知道，他现在的情况很好。或者说上一次看见他时，他的情况很好。睡着之前，我和贾里德在你家隔壁样板房的阁楼里。"

第五章

1

　　蒂格·墨菲是克林特第一个交代的狱警——关于埃薇的事实真相，克林特把埃薇说过的话告诉墨菲：埃薇说一切似乎都取决于克林特能不能保证她活着，但无论如何，她都会像被捆绑到彼拉多面前的耶稣一样毫不退缩。克林特最后说："我之所以撒谎是因为我无法让自己说出真相。真相太过惊人，我实在说不出口。"

　　"嗯。医生，你知道我过去教过高中历史吗？"事实上，蒂格正用让克林特联想到高中生活的目光看着他。这是种让你怀疑自己带没带教学楼通行证的目光，是种想让你看看自己的瞳孔有没有放大的目光。

　　"是的，这我知道。"克林特说。他把蒂格拉进了可以私下交流的洗衣房。

　　"我是家里第一个从大学毕业的，在女子监狱上班本不该是人生中的一步。但我亲眼看到你对那些家伙是怎么照顾的。我知道即便她们中有许多人做过坏事，但大多数并不是烂到根的人。因此，我想帮你……"蒂格扮了个怪相，用手摩擦着太阳穴上后退的发际线。你可以看出他曾经是个老师，可以想到他在教室里来回踱步，向学生们讲述哈特菲尔德和麦考伊两大家族的世仇传说和史实之间的巨大差别，并随着讲解深入越来越兴奋、越来越热情地用手拽着头发。

　　"那就帮帮我吧。"克林特说。如果任何一个警察都不答应留下，他会试着在没有他们的情况下关闭这所监狱，但最终他必定失败。特里·库姆斯和新来的家伙掌握了残余的警力。如果需要的话，他们还会找来其他一些男人。克林特见识过弗兰克·吉尔里打量门和栅栏时寻找防备弱点的模样。

　　"你真相信这话，觉得她具有某种——魔力吗？"蒂格说"魔力"时的样子和贾里德说"真的"时完全一样——比如，"你真的想看我的功课吗？"

"我相信她对现在发生的事情具有一定的掌控权，更重要的是，我认为监狱外的男人们也相信这点。"

"你相信她具有某种魔力？"蒂格再一次用教师特有的怀疑目光看着他：小子，你有多醉啊？

"我的确相信，"克林特举起手，让蒂格至少在这一刻别再说话，"即便我错了，我们也要守住这座监狱。这是我们的义务，我们要保护好犯人中的每一个人。我不信任酒醉的特里·库姆斯，也不相信弗兰克·吉尔里或其他任何人，只让他们跟埃薇·布莱克谈话都不行。你听见过她说话。无论是否仅仅在幻想，她都是个把人惹火的天才。她会一直激怒对方，直到有人失去耐心把她杀了为止。那些人中肯定会有人耐不住火杀了她。把她绑在火刑柱上烧了也不是完全没有可能。"

"你不会真觉得有这种可能性吧？"

"事实上，我真这么觉得。喷火党做的事情没让你有所觉悟吗？"

两人靠在一台工业用洗衣机上。"好吧，听你的。"

克林特本想拥抱蒂格，但最后只是说了声谢谢。

"这原本就在我那些愚蠢的工作范围之内，但我并不介意你谢我。对了，你觉得我们要守多长时间？"

"不会太长，最多几天而已。无论如何，她是这么说的。"克林特意识到，自己像谈论古希腊神话中一位愤怒的神明似的在谈论着埃薇·布莱克。这样说话很粗暴，但感觉却特别真实。

2

"等等……等等……再等等，"兰德·奎格利听克林特重复了上面那番话之后说，"你是不是想说，如果我们让警察把她带走，她就会毁灭整个世界？"

克林特基本这么认为，但还想做些矫饰。"兰德，我们只是不能让本地警察把她带走。这是我们的底线。"

兰德在方框眼镜的厚重镜片之下的眼睛眨着淡灰色，他黑色的一字眉像条很粗的毛毛虫一样横在眼睛上方。"疾病控制中心那边怎么样？你不是和疾病控制中心的人谈过了吗？"

蒂格直截了当地回答了这个问题："打给疾病控制中心的电话只是个幌子。医生假意给疾病控制中心打电话以争取时间。"

兰德把一只脚放到另一只脚前面，克林特觉得这下完了。但兰德只是瞥了克林特一眼，然后问蒂格："从没真正打通过吗？"

"没有。"克林特说。

"一次也没打通？"

"有几次转到了自动应答机。"

"该死，"兰德说，"我完全没意识到。"

"伙计，这不怪你，"蒂格说，"有人想开始搞事的时候，我们仍然能倚靠你吗？"

"当然，"兰德的声音听上去有些生气，"他们治理城镇，我们治理监狱，事情本就应是那样。"

惠特摩尔是下一个。惠特摩尔觉得整件事有点可笑，但这件事既真真切切，又让人讨厌。

"我觉得那个杀死制毒者的女勇士确实有魔力。那些戴怀表的家伙也确实会闯入监狱。在奥罗拉病毒肆虐的现在，你说的这些事都见怪不怪了。对我来说，这改变不了任何事。我会留下来继续值班。"

狱警中最年轻的只有十九岁的斯科特·休斯上交了钥匙、配枪、催泪瓦斯和其他装备。如果疾病控制中心的人不接走埃薇·布莱克，他就不准备继续留下了。斯科特不是任何人的救星，只是杜林路德宗教堂不会错过任何一次礼拜的普通基督徒而已。"我喜欢你们所有人。你们不像皮特斯和这里的其他一些蠢货。我不在乎比利的男同性恋身份，也不在乎略有些迟钝的兰德，你们这些人都是好人。"

克林特和蒂格跟着斯科特穿过监狱入口走到监狱楼大门和楼外的院子，一直在试着让他改变主意。

"蒂格，你看上去一直很冷静。诺克罗斯医生，你看起来也很好。可我不想死在这里。"

"谁说会死？"克林特问。

没真正长大的斯科特走到自己大脚轮胎的皮卡前。"现实点，你们都知道城里许多人都有枪，有些人甚至还有两三把呢！"

这话说得没错。即便在偏远的阿巴拉契亚小城杜林（偏远也许更需要有枪。杜林有富乐客[1]和古德威尔超市，但最近的一家影院却是在伊格尔），差不多每个人都有把枪。

"诺克罗斯医生，我想说的是，我去过警察局，那里有好几排M4冲锋枪。还有其他一些武器。治安维持者会拿上警局军火库里的武器过来，医生，我不想冒犯你，但你和蒂格靠从监狱军械柜里的霰弹枪根本拦不住他们。"

蒂格站在克林特身边。"所以你要离开了是吗？"

"是的，"休斯说，"我是想离开，得有人为我开门。"

"蒂格，别废话了。"克林特向蒂格发出信号。

蒂格叹了口气，向斯科特·休斯道歉——"年轻人，这样做我也很难过"——用催泪瓦斯向斯科特喷去。

他们早就商量好了这件事。斯科特·休斯离开会引发严重的问题。他们不能让监狱里出去的人告诉城里的家伙们他们人手紧缺，更不能让城里的家伙们知道监狱里武器有限。斯科特说得没错，监狱里的武器确实不够：除了十几支霰弹枪和填充霰弹枪的鸟弹外，就只有每位狱警携带的点四五佩枪了。

克林特和蒂格站在正在停车场上翻滚的同事面前。看着地上的斯科特，克林特不自在地想起了"周五格斗夜"伯特尔家后院水泥地袒胸躺

---

[1] 美国运动鞋和运动服装零售商。

在他肮脏运动鞋前的寄养兄弟杰森。杰森眼睛下面有块克林特拳击出来的二十五美分硬币大小的红色淤肿。杰森流着鼻涕，在地上嘟囔着："克林特，这样就好。"坐在草地椅上的成年人纷纷大笑，欢呼，拿着福斯塔夫牌罐装啤酒相互干杯。那一次，克林特赢了奶昔。这次他又能赢得什么呢？

"该死，我们还是这么做了。"蒂格说。三天前，当他们必须对付皮特斯的时候，蒂格看上去像个吃了一肚子贝类海鲜、在过敏反应中挣扎的人。这回他好多了，看上去只是稍有点胃酸。他弯下腰，把斯科特翻了个身，用绳子把斯科特的手腕捆在背后。

"医生，我们把他关在 B 区吧？"

"就关在 B 区吧。"克林特甚至没想过要把斯科特关在哪儿，在日益恶化的形势面前，这件事显然不足以让他提升信心。他弯腰抓住斯科特的胳膊肘，帮蒂格让斯科特站起来，两人合力把斯科特带进了监狱楼。

"先生们，"监狱门外传来人声，这是沙哑疲惫的女人声音……但声音里还带着一些欣喜，"你们能保持那个姿势吗？我想拍一张照片。"

3

克林特和蒂格抬起头，两人的表情充满着负罪感。他们感觉自己像将要埋掉尸体的黑手党爪牙似的。看了自己拍的第一张照片以后，米凯拉更高兴了。她皮包里只带了一部廉价的尼康相机，但拍出来的照片却很清晰。真是太完美了。

"哎哟，你们这两个肮脏的海盗！"加思·弗利金杰大叫，"告诉我，他做了什么？"方才他坚持在附近的观景点停车，和米凯拉尝了一点紫色闪电。毒品使他更兴奋了，米琪似乎也重新振作起精神，也许到现在为止她已经是第四次或第五次重新振作了。

"医生，太糟糕了，"蒂格说，"这下我们完了。"

克林特没有回话。他用胳膊挟持着斯科特，瞪眼看着破烂奔驰前的新来者。他的脑海中像是有一幅逆向发生山崩图景，山体没有分崩离析，而是更紧密地联系在了一起。也许这就像伟大的科学家或哲学家灵感迸发的一刻吧。他希望是如此。克林特把斯科特和不知所措正发着牢骚的蒂格扔在一旁。

"再来一张！"米凯拉一边嚷一边按下快门，"太好了，又是一张！能告诉我你们这些男人正在干啥吗？"

"老天，这是叛变啊！"加思一边大叫，一边模仿着《加勒比海盗》中杰克船长被人背叛时所做的动作，"他们先把他弄得不省人事，然后逼他走跳板！天哪！"

"给我闭嘴。"米凯拉说，她抓住门——幸好门没通电——摇了起来，"这和那个女人的事有关吗？"

"我们太倒霉了。"蒂格说得好像自己很惊讶。

"打开门。"克林特说。

"你说什么——？"

"开门！"

蒂格开始向入口处的岗亭走去，其间狐疑地回头朝克林特看了看，克林特点头示意他继续向前。克林特走到门边，完全不躲避米凯拉连续按下的快门。米凯拉眼睛红肿，这是四天三夜没睡觉的结果，可她同伴的眼睛也一样红。克林特猜测他们服用了非法的兴奋剂。相比他刚才闪过的念头，服用兴奋剂根本算不了什么。

"你是贾妮丝那个做记者的女儿？"他说。

"是的，我是米凯拉·科茨。在电视观众面前，我是米凯拉·摩根。我想你一定是克林特·诺克罗斯医生吧。"

"我们见过吗？"克林特不记得自己见过监狱长的女儿。

"我为高中的报纸采访过你。已经是八九年前的事了。"

"那时你喜欢我吗？"他问。老天，他已经老了，而且还在越来越老。

米凯拉说出了自己的真实想法。"我觉得你如此喜欢在监狱工作略微有点怪。尤其是在监狱和我妈妈一起工作。但我不是为这事来的，我想知道那个女人的事。那个叫埃薇·布莱克的女人怎么样了？她真的睡着之后又能醒过来吗？我听说有这种事。"

"埃薇·布莱克是她随便用用的名字，"克林特说，"没错，她的确能正常地睡着醒来。但她在其他许多方面看上去很不正常。"克林特感觉自己像一个蒙着眼睛走钢丝的人一样头晕，"你想采访她吗？"

"你没在开玩笑吧？"米凯拉突然间一点都不困了，看上去非常兴奋。

监狱的外门和内门开始徐徐地打开。加思用胳膊拐住米凯拉的胳膊，走进外门和内门中间的空地，但克林特这时举起手。"但我有条件。"

"说你的条件吧。"米凯拉爽快地说，"想要我相机里的照片是吗？你不想看上去太过残暴。"

克林特问："你们看见附近有警方的巡逻车吗？"

加思和米凯拉都摇了摇头。

至少现在巡逻车还没过来。没人监视从西拉文路通向监狱的交通要道。有一个把戏吉尔里至今还没有耍过，至少是到现在为止，但克林特并不感到惊讶。特里·库姆斯贪恋杯中之物，弗兰克这个动物检疫官作为他的副手，必须为他查缺补漏。但克林特觉得弗兰克很快会补上这个漏洞，也许已经有警察在路上了。事实上，仔细考虑以后，他觉得警察肯定已经过来了，这意味着他已经不可能出去买比萨和贾里德一起吃了。吉尔里也许不会在意进入监狱的人，但绝对不会让任何人离开。他不会让问题多多的精神科医生离开，更不希望埃薇·布莱克被监狱小巴偷运出去。

"你的条件是什么？"米凯拉问。

"采访必须很快结束，"克林特说，"如果你听到我说你会听到的说法，看到我说你会目睹的情况，那你必须得帮我。"

"要她帮你什么？"蒂格重新加入了谈话。

"增援，和武器。"克林特停顿了一下又说，"还有我儿子，我要我的儿子。"

4

奥林匹亚餐厅不提供馅饼。做馅饼的女人裹着那层膜正睡在休息室里。接受长官指令做饭的警察格斯·沃伦说除人手不足之外，找到的食物也很有限。"我在冰柜底层找到了一个冰激凌蛋糕，但我不敢说那个蛋糕是不是新鲜，也许在那儿放了很久了。"

"我想来一点。"尽管冰激凌蛋糕完全替代不了馅饼——一顿饭没有馅饼真的很丢脸——但因为弗兰克·吉尔里坐在餐桌的另一边，唐必须表现出规规矩矩的样子。

同时坐在餐桌后面的还有巴罗斯警官、兰格尔警官、埃里克·巴罗斯以及一个名叫西尔弗的老法官。他们刚刚吃过一顿差劲的午餐。唐吃的是奶酪饺子，上桌的时候整盘饺子浸在一层厚厚的黄色油脂里。但在八号魔法球[1]说他的未来一团糟以后，唐为了泄愤还是把饺子给吃了。其他人吃了三明治和汉堡，但没有人可以吃掉一半。他们都没叫甜点，这也许是个明智的决定。弗兰克花了半个小时，把他所知道的监狱的大致情况告诉了所有人。

"你觉得诺克罗斯会不会正在盘问她？"唐突然莫名其妙地问。

弗兰克瞪眼看他。"这不但不可能，而且和我们谈论的话题没有关系。"

唐明白了弗兰克的意思，在格斯·沃伦过来问他们还要不要点别的食物前一直没说话。

加思离开后，西尔弗法官说话了。"弗兰克，你看我们应该做出怎样的选择？特里的意见是什么？"法官的肤色发灰，那颜色简直令人担心。他的声音很含糊，似乎嘴里含着团嚼烟似的。

"我们的选择非常有限。我们可以等诺克罗斯出来，但谁知道要等多久。医院里也许储备着很多食物。"

"他说得对，"唐说，"监狱里没有上等排骨这类东西，但依靠干燥食

---

[1] Magic 8 Ball，一种占卜类小玩具，外形是 8 号桌球的样子。

品还能撑上好些天。"

"我们等得越长，"弗兰克说，"流言传得越广。附近的许多人也许会开始想着要把事态掌控在自己手中。"他等待有人会说，这不是你正在做的事情吗？但没有人对他提出疑问。

"如果我们不再等呢？"法官问。

"诺克罗斯有个儿子，当然你们也都熟悉他老婆。"

"你真是个好警察，"法官说，"但要小心点，那位女士是个严格照章办事的人。"

被诺克罗斯警长两次抓到超速行车的埃里克做了个鬼脸。

"如果她在就好了。"吉尔里说。唐根本不相信他会这么想。打一开始吉尔里把手放进唐的胳肢窝，把他当作条宠物狗的时候，唐就知道他是个不肯甘居人后的家伙。"可她和她儿子都失踪了。如果她还在，我想我们会试着让她和她儿子去说服诺克罗斯，说服他在那个叫布莱克的女人那件事的立场上有所松动。"

西尔弗法官舔着舌头，瞪着眼前的咖啡。他没碰这杯咖啡。法官领带上的明黄色和他病恹恹的面容形成了鲜明的对比。一只飞蛾在他头边飞舞。法官把飞蛾挥开，飞蛾飞走了，落到了餐厅天花板上亮着的球形灯灯罩旁。

"这么一来……"西尔弗法官说。

"对啊，"唐说，"那我们该怎么办啊？"

弗兰克·吉尔里摇摇头，把一些面包屑从桌子上扫到手掌心里。"我们组成一个非常有责任心的小组。这个小组包括十五到二十位可依靠的人。我们得有一定的武器装备。警察局应该有足够的防弹衣，而且应该还有些别的什么装备。不过我们没时间一一清点了。"

"你真觉得……"里德·巴罗斯表示怀疑，但弗兰克根本无视他的质疑。

"警察局有六七支冲锋枪，这些冲锋枪应该分配给能熟练使用它们的人。其他人配来复枪或警察的佩枪，也可以两样都带上。唐给出了监狱的详细布局，应该对我们有用。我们到那儿以后，可以向诺克罗斯展示我们的武装力量，再给诺克罗斯一次交人的机会。我想他会把那个女人交出来的。"

法官问了一个显而易见的问题。"如果他不肯交呢？"

"我想他阻挡不了我们。"

"即便在非常规情况下，这样做也太极端了。"法官说，"特里怎么想的？"

"特里……"弗兰克把面包屑扫在地板上。

"法官，他喝醉了。"里德·巴罗斯说。

里德帮弗兰克解了围。弗兰克面露愁容地说："他已经尽力了。"

"喝醉了就是喝醉了。"里德说，维恩·兰格尔觉得这是句大实话。

"那么……"法官把手伸到弗兰克的粗壮肩膀上捏了捏，"弗兰克，我想现在就该你来管事了。"

格斯·沃伦端着给唐的一块冰激凌蛋糕走了进来。餐厅主人的表情很狐疑，显然不知道蛋糕还能不能吃。蛋糕块上结着一层霜。"唐，你确定要吃吗？"

"妈的。"唐说。做馅饼的女人从世界上消失以后，如果还想吃点甜东西的话，那就得有点冒险精神了。

"弗兰克？"维恩·兰格尔说。

"怎么了？"弗兰克更像是在问他：现在又怎么了？

"我只是觉得我们应该派辆巡逻车把监狱监视起来。防止，我想说，防止医生把她带出监狱藏在什么地方。"

弗兰克盯着他看了会儿，然后用手拍了下侧脸——他的力气用得很重，在场的所有人都惊讶得跳了起来。"老天，你说得太对了。我早应该这么干了。"

"我去监视。"唐完全忘了冰激凌蛋糕的事情。他飞快地站起身，大腿撞在桌子的下沿上，震得桌上的杯子和盘子一阵晃动。他的眼睛闪闪发亮。"我和埃里克去，我们会把所有想要进出监狱的人都给拦下来。"

弗兰克不怎么看得起唐，埃里克又是个小孩子，但也许派他们去已经足够了。在他看来，这不过是个预防措施而已。他觉得诺克罗斯不会把那个女人带出监狱。对诺克罗斯来说，那个女人躲在监狱大墙后面似乎更安全。

"好吧。"他说，"如果真有人出来的话，阻止他们就行了。不准掏枪，明白吗？不准抓人。如果他们不肯停下，你们就跟在后面。马上呼叫我就行。"

"不呼叫特里吗？"法官问。

"不，直接呼叫我。你们把车停在西拉文路和监狱进出通道的交叉路口。明白了吗？"

"明白了。"唐干脆地说，他又有事干了，"伙计，我们走吧。"

唐和埃里克离开时，法官小声嘟囔了句："不可言说之人追逐不可食用之物。"

"法官，你说什么？"维恩·兰格尔问。

西尔弗摇了摇头，他看上去非常疲倦。"绅士们，别介意，我说的是通常的情况，我并不介意你们这样做，我只是在想……"

"奥斯卡，"弗兰克问，"你在想什么？"

但法官没有回答。

5

"你是怎么知道孩子的事的？"安琪尔问。

安琪尔的问题把埃薇看向球形灯罩上栖息的飞蛾的视线拉回来，她刚才正在监视男人们制订计划的过程。锦上添花的是，更近的地方还有另一些事在发生着。克林特来客人了。很快这两个客人就会找上她。

埃薇坐直在床铺上，呼吸着杜林女子监狱的空气。工业清洁用品散发的臭气钻进她肺叶深处，她真想马上去死，她为死亡感到悲哀，但她以前也曾死过。死亡的滋味很不好受，但死亡绝不是终点……尽管这次的死亡可能会有些不同。

从好的方面来想，她告诉自己，我终于不用再闻这里的气味了，不用再闻这来苏水和沮丧失望混杂在一起的气味了。

她想起了特洛伊战场的臭水沟：成堆的尸体，大火，留给众神的鱼内脏——朋友们，谢谢了，这正是我们所要的。希腊人跺着脚在岸边行走，拒绝洗去身上的血污，让身上的血在阳光下被烤成黑色，把盔甲的接缝处都给腐蚀了。但和现实世界无可逃脱的恶臭相比，那根本算不了什么。在没有来苏水和漂白剂的年代，她还太年轻，太容易受到感染。

但安琪尔的问题很合理，她的声音也非常理智。至少在这时，她的神志是清醒的。

"我知道你有孩子是因为我能看出你在想什么。不是每次都能，但大多数时候都能。我更容易看懂男人的心思——他们更简单——但女人也同样好懂。"

"这么说你知道……我不想说的事是吗？"

"是的，我知道。还有，我对你太严厉了，我是说之前。我很抱歉。最近发生了很多事。"

安琪尔没在意埃薇的道歉。她正专注于回忆自己做过的那些事——那些她在黑暗最深处时为寻找一丝光亮所做的事，那些为了把思绪从自己身上挪开所做的事，那些做了依旧没有机会醒来和他对话的事。"我必须那么做。我杀的所有男人都伤害过我，或者说只要找到机会就会伤害我。我不想弄死那个女婴，但又不想让她重复和我一样的生活。"

埃薇流着泪深深地叹了一口气。安琪尔说的是实话，没掺假的实话，一个仅仅关于无解之事的实话。当然，能够帮上安琪尔的机会非常小。安琪尔里里外外都坏了，而且很疯狂。即便如此，她说得依然没错：男人们伤害了她，假以时日，他们或许也会伤害她的小女儿。那些男人以及和他们一样的男人们。普天之下的女人都痛恨他们，但又盼望着他们残暴的身躯给予的滋润。

"埃薇，你为什么哭？"

"因为我感觉到了所有的一切，这让人非常痛苦。现在，嘘！容我再次引用《亨利四世》里的话：比赛正在进行中。我还有事要做。"

"还有什么事要做？"

A区另一端的门咔嗒一声被打开，紧接着传来一阵脚步声，一连串的声响似乎回答了安琪尔的问题。来人包括诺克罗斯医生、墨菲警官、奎格利警官和两个陌生人。

"他们的通行证在哪儿？"安琪尔大声问，"那两个家伙可没有通行证啊！"

"听我的，肃静，"埃薇告诉她，"不然我要想办法让你安静了。安琪尔，我们正经历着具有重要意义的一刻，别在这时候添乱。"

克林特在埃薇的牢房门口停下脚步，同来的女人在他身边站定下来。女人的眼睛下面挂着两个紫色的眼袋，但眼神却闪着探求的光。

埃薇说："米凯拉·科茨，你好，或许我该叫你米凯拉·摩根吧。我是埃薇·布莱克。"她把一只手伸出铁栏。蒂格和兰德本能地走上前，但克林特伸出手臂制止了他们。

米凯拉不假思索地握住了伸出的手："你是在新闻里见过我吧？"

埃薇热情地笑了。"我不太喜欢看新闻，电视里的新闻太沉闷了。"

"那你是怎么知道……"

"我能像你的朋友弗利金杰医生那样叫你米琪吗？"

加思吃惊得跳了起来。

"我很遗憾你没来得及见到你妈妈，"埃薇说，"她是个很优秀的监狱长。"

"狗屁的优秀监狱长，"安琪尔嘟囔道，听见埃薇清了清喉咙，安琪尔忙不迭地说，"好吧，我会安静的，我会安静的。"

"你怎么知道……"米凯拉开始了提问。

"怎么知道你妈妈是科茨监狱长？怎么知道用摩根这个名是那个傻蛋新闻系教授说电视观众比较容易记住押韵的名字是吗？米琪，你本不用和他睡觉的，我想你现在也知道了。好在流产让你躲过了一次艰难的选择。"埃薇笑着摇了摇头，一头黑色秀发飞扬起来。

米凯拉死灰的脸色和泛红的眼睛形成了鲜明的对比。当加思用胳膊搂住她肩膀的时候，她像紧抓着救生员的溺水女人一样紧握住他的手。

"你怎么知道的？"米凯拉小声问，"你到底是什么人？"

"我是个女人，听我怒吼吧。"说着埃薇再一次笑了，她的笑声像银铃一般清脆。接着她把注意力放在加思身上。"弗利金杰医生，我想给你一句建议。你最好摆脱毒瘾，而且要快。关于你的心脏病大夫已经给过警告了，下次发病就不会这么简单了。继续吸食冰毒，下一次心脏病发作会非常致命……"她像嘉年华上的巫婆一样闭上眼睛，然后突然睁开，"大约八个月之后，也许是九个月后，心脏病发作的时候你裤子正脱掉一半，在看色情片，手边有瓶按压瓶装的保湿乳液。要知道，你还没过五十三岁生日呢！"

"这么死可真够糟的。"加思强装镇静地说，但他的声音却很虚。

"当然，这要在你足够幸运的前提下。如果你继续与米凯拉和克林特逗留在这儿，试图保护这里的话，你会很快就死。"

"我从没见过像你这么匀称的脸。"加思停顿了下清了清嗓子，"你能别再说这么吓人的事情了吗？"

埃薇显然不愿意。"你女儿患脑积水，必须一辈子待在一家医疗机构，这真是太倒霉了。但这不应该是你对原本健康的身心施害的理由。"

两个警官瞪眼瞧着她。克林特原本想证明埃薇来自非现实世界，但埃薇刚才的话远超他的预期。埃薇似乎知道他要说什么，冲他使了个眼色。

"你怎么知道凯茜的事的？"加思问，"你怎么会知道的？"

埃薇看着米凯拉说："我在世界上的很多动物那里安排了眼线。它们什么事都讲给我听，都愿意帮我。这和《睡美人》的故事有点像，但又不完全相同。比如说，老鼠在我眼里不仅仅是老鼠，而是个马车夫。"

"埃薇……布莱克女士……女人睡着的事是你搞出来的吗？是你搞出来的话，你有没有可能再把她们都叫醒？"

"克林特，你认为让这位女士进行狱内采访合适吗？"兰德问，"我觉得科茨监狱长……"

正在此时，珍妮特从大厅跌跌撞撞地走过来，抓着她棕色上衣的下摆，好像兜着什么东西。"谁要吃豌豆？"她大叫，"谁要吃新鲜的豌豆？"

埃薇似乎一时间乱了方寸。她双手抓住牢房的铁栏，连指节都发白了。

"埃薇，"克林特问，"你还好吗？"

"我很好。克林特，很感激你匆忙之间所做的这个决定，不过今天下午我还有几件事要办。在我处理事情时你得先等一会儿。"接着，她更像是在自言自语地说，"这样做我感到很痛心，可他反正也活不长了。"停顿了一会儿她又说，"再说，他还想念着他那只刚死的猫呢。"

6

西尔弗法官拖着脚慢慢走到奥林匹亚餐厅的停车场时，弗兰克追上了他。老人罩着轻便外套的下垂肩膀上闪烁着零星的雨点。

弗兰克走到西尔弗法官身边的时候，老人转身看着弗兰克——他的听力似乎还没有因为年龄受到影响——对他亲切地笑了笑。"我想再次为刚喝的那杯可可谢谢你。"他说。

"没事。"他说，"我只是在履行职责而已。"

"虽说是履行职责，但你工作时倾注了真正的热情。这让我感到非常惬意。"

"法官，很高兴你这么说。对了，你似乎有什么想法。能告诉我吗？"

西尔弗法官想了想。"我能直说吗？"

弗兰克笑了。"那就直接说吧，反正我的名字就是'直接'[1]的意思。"

西尔弗却没有笑。"好吧，你是个好人，我很高兴在库姆斯警官……我们姑且就说在他失去战斗力的时候……出面掌控全局……很明显，其他

---

[1]"弗兰克（frank）"在英文中是坦白、直率的意思。

任何警官都没想承担起这个责任，可你没有在执法机构供职的经历，因此现在的情况有些微妙，可以说是非常微妙。你同意我的见解吗？"

"同意，"弗兰克说，"方方面面都说得很对。"

"我担心会发生骚乱。我担心哪个地方的武装组织会失去控制，变成一伙暴徒。在七十年代一次矿工罢工时，我就见过这种事情的发生。建筑被烧毁，炸药被点燃，还死了很多人。"

"你想到什么解决办法了吗？"

"也许能想到吧。该死的……滚蛋！"法官朝飞舞在头上的飞蛾挥舞着患有关节炎的手。飞蛾飞走了，停在附近的汽车天线上，在细雨中微微抖动着翅膀。"最近这东西到处都是。"

"是的。但你想说什么？"

"库格林有个叫哈里·莱因戈尔德的人。他以前是联邦调查局的，两年前退休后住在库格林。人很好，履历也不错，拿过好几张调查局的奖状——我在他的书房里见过那些奖状。我想我也许该和他谈谈，看看是不是能签下他？"

"签他来干什么？做警察吗？"

"做顾问，"法官说，他重重地呼了口气，喉咙里发出一连串杂音，"或是做个协调人。"

"你是说人质方面的协调专家吗？"

"是的。"

弗兰克听到这话的第一个想法就是这事没门，一切要由他来掌握。这个想法尽管很孩子气，但非常强烈。另外，从职责范围来讲，他也不能和任何人签合同。无论是宿醉还是清醒，特里·库姆斯还存在出面掌握大局的可能性。可他能阻止这位体力受限的法官吗？当然不能。尽管西尔弗法官已经远远谈不上是位绅士了（当然，从地位而言，他必须是位绅士），但他却是位法官，在职权上远高于弗兰克这位专抓流浪狗、在公共频道上为收养宠物做广告的自封的警官。弗兰克还有更深的一层考量，他觉得人质谈判并不是一个非常坏的主意。杜林女子监狱像座加固的城堡。只要能把那个女人给揪出来，只要那个女人能受到审问，只要能知道她是否真能终止奥罗拉流感，是谁去做又有什么要紧呢？

这时，法官正扬起杂乱的眉毛注视着他。

"去和他商量商量吧。"弗兰克说，"如果那个莱因戈尔德答应的话，我们可以今晚在这儿或警局来一次头脑风暴。"

"这么说你不会……"法官清了清喉咙，"你不会马上采取行动吧？"

"下午和晚上不会，我会让一辆巡逻车停在监狱旁监视着。"弗兰克停顿了一下又说，"除此之外，我不能做任何保证，这取决于诺克罗斯医生会不会做些有趣的事情。"

"我很难想象……"

"但我想到了。"弗兰克用手指重重地弹了弹太阳穴，似乎想表示他的脑袋正在努力工作，"在现在所处的位置，我必须方方面面都想到。他觉得他很聪明，无论对他本人还是周围的人，他这种人都会是个大问题。这样想的话，你的库格林之行就是一次行善之旅。法官，开车小心点。"

"我这个年龄开车总是很小心。"西尔弗法官说。他缓慢地上了路虎，颤巍巍的，让人有些不忍直视。弗兰克刚想上去帮他，法官却已经在方向盘后坐好，关上了车门。引擎发动了，西尔弗法官加大油门，接着车头灯亮了，在细雨中放射出一道亮光。

库格林住着个前联邦调查局特工，这让弗兰克非常惊讶。奇迹一个接着一个。也许他可以打个电话给联邦调查局，让局里发布一道紧急命令让诺克罗斯交出那个女人。但在政府陷入动荡的这个时候，发布紧急命令不太可能，但并非绝无可能。如果那时诺克罗斯再拒绝的话，就不能阻止他们用强了。

他回到餐厅，给剩下的警官下指令。他决定让巴罗斯和兰格尔去替下皮特斯和那个叫布拉斯的孩子。他和皮特·奥德韦会着手制订一份名单，找一些可靠的人组成一个民防团，也许派得上用场。没必要回特里也许会去的警察局了。他们可以在这里的餐厅办公。

奥斯卡·西尔弗最近很少开车，这种时候，即便后面跟着很多辆车，他的时速都不会超过每小时四十英里。如果后面的车鸣笛或是跟得太紧了，他会找个地方停车，让后面的车先开过去，然后慢腾腾地继续前进。他知道自己的神经系统和视力都衰退了。另外，他犯过三次心脏病，知道两年前在圣特雷莎医院做的心脏病手术经不起又一次心肌梗死。他能坦然接受死亡，但不想死在方向盘上，不希望生前最后一次打方向盘带走一条或几条无辜的生命。在四十英里的时速下，西尔弗觉得他有很大的机会在车灯永久熄灭前踩下刹车。

但今天有所不同，开过浑球渡口和库格林老公路这些他五年多没到过的地方之后，西尔弗把车速一直提高到每小时六十五英里。他已经给莱因戈尔德打过电话，莱因戈尔德愿意和他谈谈（但西尔弗这个狡猾的老头不愿在电话里谈论此类话题——也许这个预防措施很不必要，但谨慎一直是他的代名词），这是个非常好的消息。可坏事也多了一件：西尔弗突然觉得不能再相信吉尔里了，在西尔弗面前，吉尔里竟然轻松地说出聚众闯进监狱这种事。弗兰克在奥林匹亚餐厅说的话听起来非常合理，但针对的情形却完全不合理。在谈到使用的极端手段时，弗兰克话说得再入情入理，老法官也不会轻易上当。

雨刷来回扫动，清理着车窗上的雨水。西尔弗法官打开收音机，调到患灵全天播放新闻的频率。"大多数公共服务设施已经关闭，何时启用需要等待进一步的通知，"播音员说，"我想重复一遍，二十一点的宵禁会得到严格执行。"

"但愿宵禁能带来好运。"法官小声说。

"现在，简要叙述一下我们的头条新闻。据报道，受网络上夸大的虚假消息刺激，点燃沉睡女人脸上的那层生长物——或者说那层膜的喷火党人在查尔斯顿、亚特兰大、达拉斯、休斯敦、新奥尔良和坦帕出现。"播音员停顿了一会儿，再次播报新闻的时候，他的鼻音加重了，声音也更亲民了一些，"邻里们，我可以骄傲地说，这种无知的暴民还没在我们惠灵出现。我们都有自己所爱的女性家眷，无论她们睡得再怎么不正常，我们都不会做出在她们睡觉时把她们杀了这种可怕的事情。"

他把"可怕"说成了"可爸"。

西尔弗法官的路虎快开到邻镇梅洛克的外沿了。莱因戈尔德家在梅洛克的另一边，还需要开上二十来分钟。

"所有喷火党人出现的城市都召集了国民警卫队。国民警卫队接到命令，如果那些迷信的傻蛋不愿停止他们的恶行，可以开枪射杀他们。如果出现这种情形，我只能祈祷上帝保佑了。疾病控制中心再次声明，到目前为止没有任何可以称得上事实的……"

挡风玻璃上起了雾。西尔弗法官紧盯着车前的道路，身体侧向右边打开除霜器。风扇"呜呜"地响了。在风的吹动下，一小群棕黄色的飞蛾从排风口飞了进来，绕着法官的头部盘旋飞舞。它们飞进法官的头发，冲撞着他的面颊。最糟的是，它们甚至在他眼前旋转着，像上是上、下是下这类不证自明的事实一样，让他想起很久前自己还是个敏感的小男孩时家里一个老姨妈对他说过的一席话。

"奥斯卡，碰到飞蛾以后别去揉眼睛，"她说，"飞蛾翅膀上的灰尘会渗入眼睛，把你弄瞎的。"

"滚开！"西尔弗法官大叫！他双手离开方向盘，拍打着自己的脸。飞蛾继续从排风口往外涌——几百只，也许有上千只。路虎车厢里出现了一层旋转着的黄雾。"滚开！滚开！快给我……"

法官的左侧胸膛感受到一股巨大的力量，剧痛像触电一样猛击着他的左侧胳膊。他张开嘴巴想喊，飞蛾却趁机飞了进去，在舌头上爬行，在他面颊内侧挠痒痒。法官用最后一丝力气奋力把阻塞在他气管口的飞蛾咽了下去。路虎车向左偏入对面车道，对面来车急忙向这一侧的车道闪避，两车才没撞上。对面的车驶进了路边的沟里，略微有点倾斜，好在没翻个底朝天。但另一边的公路却没有地沟——只有多尔·霍洛桥上的一道护栏。西尔弗法官的车撞断了护栏，翻下小溪，整辆路虎全部泡进水里。已经死亡的西尔弗法官从破碎的挡风玻璃后面弹了出来,落在浑球河的支流多尔·霍洛小溪中。他的一只懒汉鞋从脚上脱离,先是随水漂了一阵,然后永远沉在了小溪底下。

飞蛾从正底朝天往下沉的车里飞出来,成群结队地朝杜林飞去。

8

"我不愿那么做。"埃薇说——克林特觉得她不是在对别人说话,而像是在自言自语。埃薇扫去左眼眼角上的一滴泪珠。"在这儿的时间越久,我就变得越有人性。我早就忘了人性是怎么回事了。"

"埃薇,你这话是什么意思?"克林特问,"你不愿做什么啊?"

"西尔弗法官试图把外来的援助招进来,"她说,"这样做也许没有什么影响,可我不愿冒险。"

"你杀了他吗?"安琪尔饶有兴趣地问,"用你特殊的力量杀了他吗?"

"我必须这么做。从现在开始,杜林的问题必须在杜林的范围内解决。"

"可是……"米凯拉用手抹了一下脸,"杜林发生的事情其他地方也在发生啊!我同样也会睡着。"

"暂时不会,"埃薇说,"你也不用服用兴奋剂了。"她虚握着拳头,把手伸过铁栏,然后伸出一根手指向米凯拉示意。"到我这边来。"

"换作是我,肯定不会过去。"兰德说。加思也劝着米凯拉:"米琪,别犯傻。"他一把抓住米凯拉的小臂。

"克林特,你怎么想?"埃薇笑着问。

心知自己会妥协——对包括这事在内的所有事——克林特说:"放她过去吧。"

加思松开手。米凯拉像是被催眠似的往前走了两步。埃薇看着米凯拉,双唇分开,把脸抵着铁栏。

"要搞同性恋了!"安琪尔大叫,"快打开照相机,三级片里的桥段马上就要开演了！"

米凯拉没理安琪尔，她把嘴贴上埃薇的嘴，她们隔着禁闭牢房坚硬的铁栏接吻。克林特听见埃薇·布莱克在往米凯拉的嘴和肺里吐气，他叹了口长气。这时他觉得自己胳膊和脖子上的汗毛都竖了起来，他的视线被泪水模糊，珍妮特不知在什么地方大叫，安琪尔则在大笑。

过了一会儿，埃薇挪开嘴，往后退了几步。"甜美的嘴巴，"她说，"甜美的姑娘。你现在感觉怎么样了？"

"我很清醒。"米凯拉说。她眼睛睁得圆圆的，刚被吻过的嘴唇颤抖着。"我真的清醒了。"

毫无疑问米凯拉确实很清醒。她眼睛下面的紫色眼袋不见了，但这只是变化的很小一部分。现在，她的皮肤又紧绷在了脸上，先前了无生气的面颊散发着玫瑰般的色泽。她转身看着目瞪口呆地盯着她的加思。

"我真的……真的清醒了！"

"老天，"加思说，"你真的清醒了。"

克林特把张开的手指伸向米凯拉的脸。米凯拉飞快把头转开了。"你的本能反应恢复了，"他说，"五分钟前你可一点都没反应。"

"这种状态能保持多久？"米凯拉抓着肩膀抱住自己，"这真是太好了！"

"能保持几天。"埃薇说，"几天后，你会重新感到疲倦，而且比现在疲倦得多。不管再怎么努力挣扎，你都会睡着，和其他女人一样长出一层膜。除非，我是说……"

"除非你得到你想要的。"克林特说。

"我想要的不是物质上的东西，"埃薇说，"我想这点你们都能理解，我关注的是城里的男人们要做什么事，以及树那边的女人会做出怎样的决定。"

"你这……"加思刚开口，却被珍妮特像决心要"放倒"四分卫的左进攻截锋似的一拳打在了铁栏上。珍妮特用肩膀把加思挤在一旁，抓住铁栏瞪着埃薇。"让我睡着吧！埃薇，让我睡着吧！我不想再坚持，不想再看见没种的男人了。所以，让我睡着吧！"

埃薇握住她的双手，悲哀地看着她。"珍妮特，这我做不到。你可以不再坚持，像其他女人那样睡过去，她们那儿的人应该能用上像你这么强壮和勇敢的人。她们把那儿叫作'我们的地盘'，那里也会成为你的地盘。"

"求求你了！"珍妮特轻声说，但埃薇放开了她的双手。珍妮特一边无声地哭泣着，一边踩在洒了满地的豌豆上跌跌撞撞地离开了。

"我迷糊了，"安琪尔似乎在考虑着什么，"埃薇，我也许不会杀了你。我想我兴许……我真的不知道该怎么想了。你是灵性的，另外，远比我疯狂。我已经见你做了好些疯事了。"

埃薇再次对克林特和众人说："带着武器的人快来了。他们想抓我，因为他们觉得也许是我制造了奥罗拉流感，我应该可以停止这场灾难。可这种想法并不完全对，事实要复杂一些，造成这种局面并不意味着我能停止这种局面。但你觉得愤怒恐惧的男人们会相信这个吗？"

"再给一百万年他们都不信。"加思·弗利金杰说。比利·韦特莫尔嘟嚷着"对，对"。

埃薇说："他们会杀了阻挡他们的任何人，如果我不能用精灵的魔法棒把他们的睡美人唤醒的话，他们也会杀了我。然后他们会烧了监狱和监狱里的所有女人，这么做只是为了泄愤而已。"

珍妮特走到除虱区，继续和没种男人对话，但安琪尔却关注着埃薇的一举一动。克林特感觉到她的火气像刚刚启动马上要进入加速运转状态的发动机一样。"他们杀不了我，至少不打一架的话他们绝对杀不了我。"

埃薇第一次表现出不满。克林特心想埃薇为了重振米琪·科茨的精力也许已经耗干了体力。"安琪尔，他们会像海浪卷走小孩子做的沙堡一样冲垮你的。"

"也许吧，但我会捎上一两个。"安琪尔略有些迟钝地做了几个功夫动作，克林特突然产生了之前从不会与安琪尔·菲茨罗伊联系在一起的感情：怜悯。

"是你把我们带来的吗？"米凯拉问，她的眼睛饶有兴致地闪闪发亮，"是你把我们引过来的吗？是你把我和加思引到这儿的吗？"

"不是，"埃薇说，"你不明白我有多无助——比制毒者挂在绳子上的等着被剥皮或放生的兔子强不了多少。"她转身凝视着克林特。"你有什么计划吗？我想你应该拟好了方案。"

"没什么了不起的计划，"克林特说，"不过我也许能争取一点时间。我们拥有可以固守的阵地，如果能再多上几个人……"

"我们能用的，"蒂格打断他的话，"就是现在这几个人而已。"

克林特摇摇头说："特里·库姆斯和那个叫吉尔里的家伙如果得不到外部支援的话，我想我们只要有十多个人就能守住了，也许十个就够。现在我们只有四个人。即便算上斯科特·休斯，我们也只有五个人。但我对他不抱太大的希望。"

克林特继续说着，他的话主要是说给米琪和她带来的那位医生听的。他不想让弗利金杰去执行有性命之危的任务——这同弗利金杰的外貌气质或埃薇认为他是重度毒瘾患者倒没有关系——因为弗利金杰和贾妮丝·科茨监的女儿是他唯一能找到的助力。"真正的问题在武器方面，其中最关键的是谁能先拿到武器。我听我老婆说警察局里有很多武器。在"9·11"和之后那些国内恐怖主义的威胁下，大多数像杜林这种规模的城镇都增配了武器。他们配备了格洛克17式手枪，我想莉拉还说过西格……西格之类的武器。"

"那叫西格绍尔，"比利·韦特莫尔说，"很好用的手枪。"

"他们拥有配备巨大弹匣的M4半自动步枪，"克林特说，"还有几把雷明顿700步枪。另外，我想莉拉说过，他们还拥有40毫米的榴弹发射器。"

"枪支，"埃薇自言自语道，"能完美地解决所有的问题。拥有的枪支越多，问题解决得就越完美。"

"你不是在骗我吧，"米凯拉嚷道，"他们还有榴弹发射器啊？"

"是的，但发射器里不放榴弹，里面放的是催泪瓦斯。"

"别忘了穿上防弹背心，"兰德的嗓音听上去很阴郁，"即便离得很近，防弹背心也能抵挡住霰弹枪的子弹。霰弹枪是我们这儿最厉害的武器了。"

"形势听上去有些不妙。"蒂格说。

比利·韦特莫尔说："没必要的话，我不想杀掉任何人。老天，他们原本是我们的朋友啊！"

"那你们就祈求好运吧。"埃薇说，她走到铺位前，打开希克斯副监狱长的手机，"我先玩几局《新兴都市》，然后好好打个盹。"她对米凯拉笑着说："我不会再回答媒体提出的任何问题了。米琪·科茨，你是个完美的接吻对象，但你把我累坏了。"

"注意不要让她的老鼠攻击你们，"安琪尔对所有人说，"它们会依照她的指令行动，希克斯的手机就是这么弄到手的。"

"要是有老鼠帮忙，"加思说，"我们的形势就会好上许多。"

"我要你们这些人跟我来，"克林特说，"我们需要谈谈，但必须要快。他们很快就会把这地方封锁起来。"

比利·韦特莫尔指着跷着双腿坐在除虱区淋浴室热切地跟只有她看得见的人交谈的珍妮特说："我们拿索利怎么办？"

"她会没事的，"克林特说，"珍妮特，快去睡吧，好好休息一下。"

珍妮特头也没抬地说出一个字。"不。"

9

在克林特看来，监狱长办公室现在拥有一副古文物建筑一般的外观，像是被荒废了好些年而不是不到一周。贾妮丝·科茨裹着一层像蜡一样的白色物质躺在沙发上。米凯拉走到贾妮丝身旁跪了下来，用手摩挲着母亲身上的膜，发出噼里啪啦的响声。加思想走近她，却被克林特拽住了胳膊。"弗利金杰医生，给她点时间。"

过了整整三分钟，米凯拉才站起身。"我们能做什么？"她问。

"你是个能坚持立场并且说服力强的人吗？"克林特问。

米凯拉用不再充血的眼睛看着克林特。"二十三岁时，我作为一个没有报酬的实习生进了美国新闻频道。仅仅三年，我就成了全职记者，上面还说要给我开一档自己的脱口秀节目呢。"发现比利与蒂格和兰德交换了一下眼神，米凯拉对他们笑了笑又说："你们知道那句话是这么说来着？如果是事实，那就不是吹牛了。"她把注意力转回克林特身上，"这是我的履历，这样的保证难道还不够好吗？"

"希望你能像自己介绍的一样信得过。"克林特说，"接下来听我说。"

他说了大约有五分钟。其间有人提出了一些疑虑，但并不算多。因为所有人都知道，他们已处于一个非常不利的境地。

第六章

1

亚历山大·皮特·拜尔是树那边的世界出生的第一个婴儿，是杜林女子监狱犯人琳达·拜尔的儿子，他在莉拉和蒂芬妮从狮头监狱的残骸回来的一周后出生了。又过了几天，莉拉在伊莱恩·纳丁·吉尔里修缮后的家举行的小型聚会上认识了这个小家伙。亚历山大不是平常的那种很吸引人的小娃娃：他脸上的许多层褶子让莉拉想起的不是嘉宝婴儿食品上的婴儿形象，而是以前她逮捕过的一个诨名叫"大亨"的赌马经纪人。但这个小婴儿喜欢不停地转动眼珠，似乎极力想在头顶上方聚拢的一张张女性的脸中间获得自己的位置。

一盘略微过脆（不过仍然很好吃）的蛋卷在女人之间传递着。在一阵阵折磨她的头晕之间，纳丁·希克斯在屋外的烤炉里烤了这些蛋卷。烤炉是前不久用雪橇和蒂芬妮的马从梅洛克劳氏家装店[1]的废墟里拉来的。莉拉常对她们所取得的进展以及问题解决的速度和效率感到吃惊。

莉拉最后终于和婴儿说上话了。"你是地球上最后一个男人，还是第一个呢？"

亚历山大·皮特·拜尔只是打了个哈欠。

"抱歉，莉拉，他不和警察说话。"蒂芬妮从客厅角落悄悄贴近过来。

"你想说什么？"

"我们就在这儿教导他们。"蒂芬妮说。

经过前段时间的探险以后，两人成了一对古怪的好朋友。莉拉喜欢蒂芬妮骑马在城里闲逛的样子——戴着她的白色牛仔帽，坚持让孩子们抚摸马的脖子，感受这种生物的柔软和温暖。

---

[1] 美国第二大家装商品连锁零售企业。

2

一天，在无事可做的情况下，莉拉和蒂芬妮去查探杜林的基督教青年会，她们不知道能找到些什么，只知道那里是很少没被搜过的几个地方之一。她们找到了些东西，其中一些很有趣，但没有什么是真正需要的。她们找到了厕纸，但古德维尔超市的厕纸还有很多。青年会还有好几箱洗手液，但经过了好些年，这些洗手液都结成了粉红色的固体。游泳池早就没水了，只剩一股微涩的氯的味道。

男更衣室又阴又潮。繁茂生长的霉菌——有绿色的、黑色的、黄色的——在墙上蔓延开来。一只野兽干瘪狰狞的尸体躺在更衣室另一头，双腿僵硬，嘴巴凶残地张着，露出两排尖利的牙齿。莉拉和蒂芬妮站在六个便斗中的第一个前沉默了一会儿。

"保存得很完好。"莉拉说。

蒂芬妮探寻地看了她一眼："你是说那个吗？"她指着野兽的尸体问。

"不，我是说这个。"莉拉拍着便斗的顶部，结婚戒指与陶瓷相撞发出叮当的声音，"将来的博物馆需要这个，我们可以把它叫作'迷失的男人博物馆'。"

"哈……"蒂芬妮说，"听我说，这种地方最吓人了。我之所以这么说是因为我去过一些真正意义上的地牢。我是说，我可以给你写一本阿巴拉契亚地区最闷热或最寒冷的制毒窝点的导游手册，可这地方比那些窝点更糟。我知道男更衣室都有些诡异，但这里比我想象中更让人毛骨悚然。"

"也许荒废前的情况要好些。"莉拉说……但其实她也不敢确定。

她们用锤子和凿子打开更衣柜的密码锁。莉拉找到停了的表，装满了无用优惠券的皮夹，坏掉的长方形塑料壳的智能手机，钥匙环，虫蛀的裤子和一只凹进去的篮球。蒂芬妮的发现也差不了多少：一盒几乎满着的硬糖和一张褪色的照片。照片上，一个满是胸毛的光头男人站在海滩上，一个满脸笑容的女孩坐在他的肩膀上。

"一定是在佛罗里达拍的，"蒂芬妮说，"攒钱以后他们就喜欢去那种地方。"

"也许吧。"照片让莉拉想起了自己的儿子，她知道再怎么想也没有用——但就是禁不住会想。玛丽把克林特和贾里德的近况告诉她：克林特说服狱警们留在监狱，贾里德把她们睡着的身体（我们的另一个身体，莉拉心想）搬到她家附近样板房的阁楼里。她还能听说他们更多的事吗？玛丽之后又有几个女人过来，但她们没人知道父子俩的情况，她们为什么会知道呢？贾里德和克林特就像坐上了一艘越飞越远的飞船，和她们隔了许多许多光年，最终将完全从她们的星系脱离出去。于是一切都结束了。她该从何时开始哀悼他们？她是不是已经开始哀悼了呢？

"啊，"蒂芬妮说，"别这样。"

"你说什么？"

蒂芬妮已经在某种程度上读懂了她的表情，看穿了她的绝望和挣扎。"别再触景生情了。"莉拉把照片放回更衣柜，关上柜子。

在楼上的健身房，蒂芬妮问莉拉敢不敢和她玩 H-O-R-S-E 投篮游戏[1]。奖品是几乎一整盒的硬糖。但两人似乎都没有玩这个游戏的天赋，已经被证实不是克林特女儿的希拉·诺克罗斯肯定可以轻松击败她们俩。蒂芬妮像个老婆婆一样低手投篮，莉拉觉得这种投篮姿势像少女一样可爱。蒂芬妮脱掉外套，莉拉看到她怀孕的腹部，像是挂在腰间的灯泡。

"为什么要选在杜林？为何是我们？你不觉得这都是问题吗？"莉拉一边追着球一边问。蒂芬妮把球投到了场地右侧肮脏的看台上。"我有个想法。"

"什么想法？说来听听。"

莉拉把篮球从看台掷回场地。球离篮筐有一整辆车那么远，落在另一侧看台的第二排。

"太差劲了。"蒂芬妮说。

"你就会说别人。"

"这点我承认。"

"这里有几个医生和不少护士，我们还有个兽医，另外还有许多老师。

---

[1] 美国十分流行的一种投篮比赛游戏。

凯莉熟知电路方面的知识，尽管她已经不在了，但玛格达也不弱。我们有木匠和几个搞音乐的，我们甚至有个社会学家，正在撰写关于这个新世界的社会形态的著作。"

"写完以后，莫莉可以用浆果汁做的墨水印刷。"蒂芬妮窃笑着说。

"我们有大学退休的机械学教授。我们有女裁缝、女园丁和女厨师。读书俱乐部的女士们组成交流小组畅谈让她们怀念的东西，帮助女人们摆脱悲伤和痛苦。连驯马师我们这儿都有。这下你明白了吗？"

蒂芬妮拿起篮球。"明白什么？"

"我们需要的正是我们自己。"莉拉说。她从看台上走下来，抱着手臂站在篮球场的底线上。"这就是选我们来的原因。生存需要的最基本技能这里都已经有了。"

"是的，也许是吧。听上去倒还算合理。"蒂芬妮摘下牛仔帽，给自己扇着风，她觉得很有趣，"你还真是个能解开谜团的警察呢。"

但莉拉还没有说完。"我们该如何发展？我们已经有了第一个婴儿。这里怀着孕的女人有多少？八个吗？十来个吗？"

"最多十个。如果其中一半是女婴的话，你觉得这足以开启一个新世界吗？"

"我不知道，"莉拉陷入了沉思，她的脸因为脑中产生的想法而发热，"但这的的确确是个开始。我敢打赌一定能找到计划运行或仍在运行中的冷库。你得去其他城市找到它，我打赌一定能找到。那里会有冷冻的精子样本，而这足以让我们开启一个世界——一个崭新的世界。"

蒂芬妮把帽子戴在脑后，在地上拍了几下球。"新世界吗？"

"她可能就是这么计划的，那个叫埃薇的女人。这样，至少在起初，我们就能在没有男人的情况下重新开始了。"莉拉说。

"没有亚当的伊甸园吗？好吧，警长，让我来问你个问题。"

"问吧。"

"这个计划好吗？那女人为我们准备了什么样的命运啊？"

这个问题提得很好，莉拉心想。"我们的地盘"的居民无休止地谈论着埃薇·布莱克。在原先世界就开始的传言在这个世界仍然延续着，很少有哪次开会不会提到她的名字（如果是她的真名的话）。她是她们所有问题的扩展，或是可能的原因，能够解释她们目前所面临的形势"是怎样的"或"是由什么造成的"。她们认为埃薇不仅仅是女人的可能性——甚至不仅仅是整个人类，女人们越来越相信埃薇是一切的起因。

一方面，莉拉悼念失去的那些生命——米莉、内尔、凯莉之前的杰茜卡·埃尔韦，以及许多其他人——和因此而隔断的历史以及另一个世界上的生命存在。她们的男人和儿子都不在了。但大多数人——莉拉肯定是其中的一个——并不拒绝眼前的这种新气象：蒂芬妮·琼斯头发干净了，脸上有了笑容，仿佛获得了第二次生命。在原先的世界，男人们伤害着蒂芙，非常残忍地伤害着。在原先的世界，男人们点火焚烧女人，让她们在两个世界化为灰烬。玛丽说他们被称为喷火党人。世界上有坏女人，也有坏男人，如果有人声称有权鉴定哪些是坏女人或坏男人，那两者都逮捕过很多的莉拉觉得自己绝对算是一个。她觉得两边都不是省油的灯，但男人们打斗更多，会造成更多死亡。这是两性之间永远不会平等的一个方面，两者的危险程度永远不同。

因此，莉拉觉得这可能是个很好的计划。尽管无情，但是非常好。由女人重启的世界也许能更安全更公平。只是……

"我说不清。"莉拉无法说出没有她儿子的世界更好。她可以这样想，却不能说出口，她会觉得那是对贾里德和过去生活的背叛。

蒂芬妮说："你能像我这样朝后投篮吗？"她背对篮筐，膝盖弯得很低，把篮球举过头顶往后抛去，篮球朝空中飞，打在篮板的边角，反弹，撞到篮筐——然后掉在地上，一下一下弹起，距离投中篮筐已经很近了。

3

一股泥水喷出水龙，一根水管哐啷一声撞在另一根水管上，黄绿色的泥水越来越少，很快，干净的水开始落在水槽里。

"很好。"玛格达对聚集在污水处理厂墙边的水槽旁的一小群人说，"我们有干净的水用了。"

"真是不可思议。"贾妮丝·科茨说。

"还好啦。主要是看水压和重力，不算太复杂。小心点，每次只开一个社区的水阀，慢而稳地克服这个问题。"

这让莉拉想起了玛格达的儿子安东。安东尽管是个毒虫加色鬼，对处理用水方面的问题却相当在行。她突然一把抱住玛格达。

"哦，"玛格达说，"谢谢了。"

水声在杜林县污水处理厂的长方形厂房里回响，所有女人都安静下来，在静默中轮流把手放入清洁的水流。

4

她们怀念过去跳上车，想去哪儿就去哪儿的日子。现在她们只能走路，走得脚上起泡。车仍然在，有的保存在车库里，车况良好，她们找到的一些车用蓄电池仍然有电。问题出在汽油上。所有汽油都在两个世界之间的过渡期内蒸发掉了。

"我们可以提炼一些汽油出来，"退休的机械学教授在一次委员会会议上说。她说，在离儿这不到一百五十英里的肯塔基，如果有足够的运气并且努力工作，她们也许能让那里的储油井和提炼工厂重新开始运作。她们马上计划起又一次行程，分配工作，寻找志愿者。莉拉看着屋子里的人，寻找着担忧的迹象。但没人感到忧虑。在一张张脸之中，她特别关注了上次探险队唯一生存下来的西莉亚·弗罗德。西莉亚和其他人一起频频点头。"把我放上名单，"她说，"让我去，我的脚早就开始痒痒了。"

这次去仍旧很危险，但她们会更小心。她们不会退缩。

到了样板房二楼以后，蒂芬妮说她不会上梯子去阁楼。"我就等在这儿。"

"不上阁楼的话，我们当初为什么要过来呢？"莉拉问，"再说，你的肚子还不怎么大呢！"

"伙计，我只希望你能把你的硬糖分给我一些。相信我，我的孕肚已经够明显了。"莉拉比赢了 H-O-R-S-E 投篮比赛，得到了那些硬糖。

颇有些讽刺的是，松树山小区的样板房似乎比特里梅因路上包括莉拉家在内的其他房子建造得都好些。尽管屋子里很暗——窗户因为季节的变迁满是污垢——阁楼里却相当干燥。莉拉走了几步，从地板上带起一片片灰尘。玛丽说这里是自己、莉拉和兰塞姆夫人待着的地方，回到这儿等于回到自己身边。莉拉想到这儿来感受自己和儿子的存在。

可她什么都没感觉到。

在阁楼的一头，一只飞蛾正在撞击着一扇脏兮兮的窗户。莉拉走过去想把窗打开，可窗户被卡住了。莉拉听见一阵嘎吱嘎吱的声音，蒂芬妮爬上了梯子。蒂芬妮把莉拉推到一旁，拿出小折刀，把刀锋对准窗户边缘撬了几下，窗户向上抬起，飞蛾逃出阁楼飞远了。

楼下野草丛生的草坪、破败的街道和她停在兰塞姆车道上的巡逻车都落满了积雪。蒂芬妮的马正甩着尾巴，东瞅瞅西看看，寻找它们感兴趣的东西。莉拉从这扇窗户可以看到自己的房子，可以看到自己从不想要的由安东负责打理的游泳池，可以看到安东留下字条让她找人整修的那棵榆树。一只橘黄色的小动物从邻居家后面的松林里慢慢跑出来。那是只狐狸。即便离得很远，莉拉也能看见狐狸那身在冬季特别光亮的皮毛。这么快就冬天了吗？

蒂芬妮站在阁楼中间。阁楼很干，在窗户打开以后又非常冷。她把那盒硬糖拿给莉拉。"我想把它们都给吃了，但那么做不对，我不想再犯事了。"

莉拉笑了笑，把糖盒放回口袋。"我宣布，你已经洗心革面了。"

莉拉和蒂芬妮隔着一英尺远，呼着热气相互打量对方。蒂芬妮摘下帽子，把帽子扔在地上。

"如果你以为我在开玩笑，那你错了。莉拉，我向你发誓，这绝不是玩笑，我不想从你这里拿走任何东西，我不想从任何人那里拿走任何东西。"

"你想要什么？"莉拉问她。

"我要属于自己的生活。要自己的孩子，要一个住的地方，要一些生活必需品。我还要个爱我的人。"

莉拉闭上眼睛。这些她都曾经有过。她感受不到贾里德，感受不到克林特，但她记得他们，记得和他们以前在一起的生活，可这些回忆非常伤人。她们把雪堆出各种形状，比如孩提时曾经堆过的天使，但这些形状却渐渐在眼前模糊了。老天，她实在太孤独了。

"你要得并不算多。"莉拉重新睁开了眼睛。

"在我看来很多。"蒂芬妮伸出手，把莉拉的脸拉向自己。

6

狐狸小跑离开松树山小区，穿过特里梅因路，钻进路那头生长得密密麻麻的冬小麦地。狐狸最喜欢地鼠——松脆！多汁！在那棵大树的这一边，地鼠一直没受到人类居住者的影响，长得非常好。

半小时以后，他在地底下的一个小洞里挖出一窝地鼠。即便他用牙把它们咬碎，它们都没醒。"太美味了。"他自言自语地说。

吃饱以后，狐狸走进前方阴森森的树林，向那棵大树进发。他停下脚步，在一所废弃的房子里查找了一番。他在地板上散落的一堆书上撒了泡尿，走近一个放着腐烂衣服和被单的柜子闻了闻。厨房冰箱里的东西闻起来都坏了，他想把冰箱门撞开，但一次都没成功。

"让我进去。"狐狸蛮横地对冰箱说，以防冰箱只是在装死。

然而冰箱只是立着，并不答话。

一条蛇从厨房另一头的炉子下面探出头。"你为何在发光？"蛇问狐狸。其他动物都在议论这种奇异的现象，很是警觉。狐狸往静止的水中看去，自己的倒影出现在水面上，他发现自己被一道金色的光缠上了。这是至高女神留下的印记。

"我碰上了一些好运气。"狐狸说。

蛇向他吐着舌头。"过来让我咬你一口。"

狐狸从房子里跑了出去。在相互交缠的光秃秃的树枝下跑过时，许多种鸟类叽叽喳喳地向他发出诘问。但它们的诘问对吃得饱饱的、皮毛几乎和熊一样厚的狐狸来说压根不算什么。

走进林间空地以后，他看见了那棵大树，大树在雪地间形成了一块枝叶繁茂、生机勃勃的绿洲。狐狸把脚从冰冷的土地踏到大树底下永远肥沃温暖的土壤上。大树的枝干向旁边的道路伸展出去，层叠交缠，掩映在数不清的绿叶中。树下一只白色的老虎摇着尾巴，用惺忪的睡眼看着狐狸慢慢靠近。

"别介意，"狐狸说，"我只是借个道而已。"说着，他冲过白虎，进了一个黑色的洞，然后从洞的另一头钻了出去。

第七章

1

在西拉文路口设路障的唐·皮特斯和埃里克·布拉斯正准备交班，一辆破破烂烂的奔驰 SL600 朝他们驶了过来。唐刚在草丛里撒完尿，正抖落最后一点余尿。他赶忙拉上拉链，回到暂时作为巡逻车的皮卡旁。埃里克拿着枪站在路上。

"小子，收起你的枪。"唐说。埃里克把枪收进皮套。

驾驶奔驰的是个气色很好的鬈发男人，看到唐举起手，他连忙顺从地停下车。司机身旁坐着个美女。在和埃里克连续看了好几天僵尸般的女人以后，这女人简直可以说是美若天仙。另外，这个人看上去很脸熟。

"请出示驾驶执照和身份证件。"唐说。他没有接到检查证件的命令，但警察让人停车时都会这么说。年轻人，好好学学，看我是怎么干活的。

司机交出了驾驶执照。女人在储物箱里翻了一阵，找到了身份证件。司机是杜林本地的加思·弗利金杰医生，住在布赖尔那边县里最好的住宅区。

"能告诉我你们去监狱干什么吗？"

"警官，是我要去的。"女人说。老天，她真是太美了。这娘儿们的眼睛下连眼袋都没有，唐很想知道她吃了什么才如此精力充沛。"我是来自美国新闻频道的米凯拉·摩根，你们认识我吗？"

埃里克大呼："我认识你！"

对从来不看网络新闻、更不看全天候连续播出的滚动新闻的唐来说，米凯拉知名女主播的身份什么都不是，但唐记得在哪儿见过她。"我在车轮酒馆见过你！你在那儿喝过酒！"

女人露出牙齿，对他露出最甜美的笑容。"没错，那时有个男人正好在那儿说上帝要惩罚穿长裤的女人之类的话。真够恶趣味的。"

埃里克问："能跟你要个签名吗？有了你的签名，在你……"他突然不再说话了，似乎觉得自己说了不该说的话。

"你想说在我睡着之后是吗？"她问，"我想至少在短时间内，我的签名在市场上的行情应该不会太好。不过如果加思——我是说弗利金杰医生——储物柜里有支笔，我不介意……"

"别理他。"唐粗暴地说，他对年轻搭档的不职业感到很尴尬，"我想知道你们为什么要去监狱。在说出理由之前，我不会放你们去任何地方。"

"警官，这是自然。"女人再次用灿烂的笑容引起他的注意，"尽管我在电视上叫摩根，但我实际上叫科茨。我就是从这儿出去的。事实上，监狱长……"

"科茨是你妈啊？"唐很震惊，但他很快就看出对方的尖鼻子和贾妮丝那个老怪物的鹰钩鼻有着某种程度的相似，"我不愿意告诉你，但我必须让你知道，你妈妈已经睡过去了。"

"我知道，"女人脸上的笑容消失了，"诺克罗斯医生告诉我了，我们用对讲机通了话。"

"那家伙是个浑球。"名叫弗利金杰的家伙说。

唐忍不住笑了。"你说得非常对。"说着他把证件交还给弗利金杰。

"他不肯让她进去，"弗利金杰故作震惊地说，"甚至连让她跟母亲说一声再见都不肯。"

"这不是我让加思带我来的唯一原因，"米凯拉说，"我还想采访一下那个叫埃薇·布莱克的女人。我想你们一定听说过那女人睡着以后能正常醒来的传闻。你们肯定知道，这也许会是条很棒的独家新闻。最近这段时间，人们对很多事都漠不关心，可这种事人人都会关注。但诺克罗斯医生却说她已经和其他女人一样被包在了一层膜里。"

唐觉得有必要让她看清事实。女人们——尤其是女记者们——似乎非常容易轻信。"所有人都知道他纯粹是胡扯。她的确是不同的、特殊的，克林特为了某个疯狂的理由想抓住她不放。但这种境况马上就会改变了。"说着他笨拙地朝米凯拉眨了眨眼，"对我好点，抓到她以后，我也许还能让你采访她呢！"加思见状，对唐眨了眨眼。

米凯拉咯咯地笑了。

"我想最好还是看看后备厢，"唐说，"要有人问起来，我就说我检查过了。"

加思下车拧开了后备厢，后备厢吱呀一声被打开了——吉尔里曾对后备厢猛敲过几下。他希望眼前这个跳梁小丑别去备用轮胎下面查看，那里藏了一大包紫色雷电。唐没有多做纠缠，飞快地看过之后点了点头。关上后备厢时，后备厢发出更响的一声吱呀声，像猫把爪子卡在了门里似的。

"你的车怎么了？"加思坐回驾驶座以后，埃里克问他。

加思刚想告诉他自己的车被发疯的动物检疫官痛扁了一顿，突然想起诺克罗斯说过，那个疯狂的动物检疫官已经扮演起了代理警长的角色。

"小孩子的恶作剧，"他说，"看到好东西，他们总是想搞破坏，不是吗？"

小丑弯下腰，看着眼前这位漂亮的女士。"换班以后，我要去车轮酒吧。如果你还醒着的话，我很愿意请你喝酒。"

"太好了。"米凯拉像说真的一样。

"开车小心点，玩得愉快。"小丑说。

加思发动了车，但在临上路之前，小家伙却大喝一声："等等！"

加思停下车。小家伙弯着腰双手扶膝，正对着米凯拉。"签名的事怎么样？"

储物箱里有支笔——笔管上烫着"加思·弗利金杰医生"几个金字，品质非常好。米凯拉在一个医疗代表的名片背后潦草地写下"向埃里克致以最良好的祝愿"这几个字，把名片递给埃里克。小家伙忙不迭地称谢，加思重新启动了汽车。在进城的三十一号公路开了不到一英里，加思和米凯拉看见一辆巡逻车飞速向他们驶来。

"开慢点。"米凯拉说。巡逻车很快消失在了车背后的山那头，米凯拉告诉加思可以加速行驶了。

加思加快了车速。

莉拉连续两年一直劝说克林特把她的一些手机联系人加到他的手机通讯录里，以便监狱有事时可以及时联系。六个月之前克林特加上了这些人，不过主要是因为他不想让莉拉再提这件事，现在他却为莉拉的坚持而谢天谢地。他先是打电话给贾里德，让他耐心等一等。他告诉儿子，如果一切顺利的话，有人会在天黑前过来接他，开的可能是辆房车。接着他闭上眼，向雄辩之神做了个简短的祷告，然后打电话给帮忙在法律关系上把埃薇·布莱克转到监狱的那位律师。

当五声铃声过后，克林特以为会转到语音信箱时，巴里·霍尔登拿起电话："我是霍尔登。"他的声音听上去冷漠而疲惫。

"巴里，我是克林特·诺克罗斯，我现在正在监狱。"

"克林特。"巴里仅仅应了一声。

"我要你听我说，非常仔细地听我说。"

巴里·霍尔登没有回话。

"你在吗？"

停顿了半晌，巴里用同样冷漠的声音回答说："我在。"

"克拉拉和你的女儿们在哪儿？"巴里有四个女儿，分别是四到十二岁。对深爱着她们的父亲来说这很糟糕，但对克林特来说也许是件好事，这种情形细想起来真是可怕。他不用再谈世界的命运会如何，只要谈巴里可能失去的女性家眷就可以了。

"在楼上睡着呢。"巴里笑了。不是真的笑，而是像漫画书里的小人"哈哈哈"地干笑了几声。"你应该很清楚，她们被包在……那种东西里。我拿着把枪待在客厅。哪怕有人只是带了根火柴，我也会用枪把他们赶走。"

"我想也许有办法拯救你的家人，她们或许能醒。你对这个感兴趣吗？"

"是那个女人的事吗？"巴里的声音悄然多出了一种新的东西，"他们说的是真的吗？她真能睡着后又醒过来吗？是谣言的话，你就照直说。除非有事实依据，否则我再不想抱着无谓的希望了。"

"的确是真的。听我说，很快会有两个人过来找你，一个是医生，一个是科茨监狱长的女儿。"

"过了这么久，米凯拉还醒着吗？"巴里的声音听上去快恢复正常了，"不可能——我家的老大格尔达一直坚持到昨晚——可最后还是睡着了。"

"她不仅仅醒着，而且非常清醒。米凯拉和山区三县其他仅仅醒着的女人截然不同。是扣在我们这里的女人干的。她仅仅朝米凯拉的脖子吹了几口气就让米凯拉完全清醒了。"

"诺克罗斯，如果这只是个玩笑，那就太恶……"

"你可以亲眼看看。他们会告诉你一切，然后会让你做些非常危险的事。我不想说你是我们现在唯一的希望，可是……"克林特闭上眼睛，用没拿手机的那只手抚摸着太阳穴，"……可也许你就是现在唯一的希望。留给我们的时间已经不多了。"

"为了妻子和女儿，我可以做任何事情，"巴里说，"任何事情。"

克林特不由自主地长吁了一口气："伙计，我就觉得你会这么说。"

3

巴里·霍尔登确实有把枪。这把枪不是新的，在霍尔登家已经传了三代了，但他时常为这把枪清洁上油，所以它看上去依然具有十足的杀伤力。他把枪放在大腿上，听加思和米凯拉说话。巴里身边装饰着克拉拉手工编织的花边碟巾的茶几上，放着包打开的果仁。

巴里跟米凯拉和加思交流起来。加思把克林特对他们说的话告诉律师：埃薇·布莱克的出现和奥罗拉病毒的第一起已知病例在时间上大体相当；埃薇赤手空拳杀了两个大男人；她未做抵抗便被拘押，说她想要的就是这个；她反复用脸撞击莉拉巡逻车里的防护铁丝网，淤肿却以神奇的速度消失了。

"除了帮我打起精神以外，她还知道许多别人根本不可能知道的我的事情，"米凯拉说，"监狱里的人说她能控制老鼠。我知道这种事很难让人相信，可是……"

加思打断她的话说："一个叫菲茨罗伊的犯人告诉我们，她通过老鼠拿到了副监狱长的手机。现在她确实有个手机。这是我亲眼所见。"

"她的事还有许多，"米凯拉说，"她说她杀了西尔弗法官。她说她……"

她停顿了一下，不愿就这个话题继续下去，但克林特叫他们要说实话，所有的实话，对律师只说实话。要记得，尽管他很伤心，克林特说，但仍旧是个律师，而且是个非常好的律师，即便逆风离你四十码远，他都能闻到说谎的气味。

"她说她是用飞蛾干的。因为西尔弗想从城外带人进来，但那是她不允许的。"

米凯拉知道，要是在一周之前，巴里·霍尔登会认为这不过是世上两个可恶酒鬼的骗局或恶作剧，然后把他们请走。但现在的世界已经和一周前完全不，样了。巴里非但没让他们出去，还把祖父的枪递给米凯拉。"拿着这个。"

他注视着米凯拉·科茨。他知道他们想告诉他，地球上每个女人的命运都取决于接下来几天杜林发生的事情。这听起来很疯狂，但正坐在克拉拉最喜欢曲木摇椅上热切望着他的科茨监狱长的女儿就是证明这点的最好证据。也许还是驳不倒的证据呢。早晨，美国有线电视新闻网的报道说，奥罗拉流感暴发的第五天，据估计还醒着的女人不到百分之十。巴里没听说这条新闻，不过他敢用爷爷传下来的枪打赌，还醒着的任何一个女人都不可能像米凯拉一样精神。

"她只是……吻了你一下，像动画片里的王子吻了下睡美人吗？"

"是的，"米凯拉说，"和那个很像。她沿着我的喉咙往下吹气。我想她的确对我吹了气。"

巴里把注意力转向加思。"你看见了吗？"

"是的。那一幕很奇妙，米琪像是刚吸了血的吸血鬼一样重新焕发出活力。"看到米凯拉皱起眉，加思连忙解释，"亲爱的，对不起，也许这样打比方不太好。"

"这个比方打得还真是形象啊。"她冷冷地说。

巴里仍然试着把事情理清楚。"她说有人要来抓她是吗？是警察还是小混混？是弗兰克·吉尔里领头吗？"

"是的。"除了沉睡女人必须自己做决定这件事以外，米凯拉把埃薇说的所有内容都告诉了巴里。即便被她隐去的这部分是真的，他们也完全掌控不了。

"我认识吉尔里。"巴里说，"我从没为他辩护过，但他上过几次地方法庭。我记得在其中一起案子里，有个女人抱怨说吉尔里因为她没把罗特韦尔犬拴好而威胁她。他有那种易怒的毛病。"

"跟我仔细说说。"加思轻声说。

巴里抬起眉毛，惊讶地看着他。

"算了，"加思说，"只是件无关痛痒的小事而已。"

巴里收回枪。"好，我加入。首先，克拉拉和女儿们都睡着以后，我也没什么事可干。另外……我想亲眼看看那个神秘女人。克林特想让我干什么？"

"他说你有辆温尼巴格房车，"米凯拉说，"经常带妻女去野营。"

巴里笑了。"不是温尼巴格，是福特的嘉年华。那辆车很耗油，但能把我们一家六口都住下。女儿们老是在房车里大吵大闹，但我们在那辆老家伙里的确度过了很多欢乐时光。"他的眼睛突然溢满了泪水，"一些非常、非常欢乐的时光。"

4

巴里·霍尔登的嘉年华房车停在他办公室所在的老式花岗岩大楼后面的小停车场。车的体积很大，外面漆着斑马状的条纹。米凯拉坐进副驾驶座的时候，巴里已经在驾驶座上坐好了，他们等着去警察局打探情况的加思。霍尔登家祖传的枪放在两人中间的地板上。

"你觉得，这么干能有机会吗？"巴里问。

"我不知道，"米凯拉说，"希望能有，可我真不知道。"

"这简直是在发疯，"巴里说，"但总比坐在家里胡思乱想要好。"

"你必须亲眼见到埃薇·布莱克才能明白。跟她说说话。你必须……"米凯拉寻找着合适的词汇，"你必须亲自体验她。她这人……"

米凯拉的手机响了。是加思打来的。

"有个一把胡子的老头打着伞坐在门前的一条长椅上，除此之外就没有其他人了。侧面的停车场没有巡逻车，只有几辆民用车。如果要干的话，我们必须尽快干完，那辆房车太引人注目了。"

"我马上就来。"说完米凯拉结束了通话。

巴里的房子和旁边那幢房子间的小路很窄——留给嘉年华房车进出的距离两边加起来不到五厘米——不过巴里驾轻就熟地从通道里钻了出来。他把车在路口停了片刻。主街上没什么车，男人们像是也消失了，米凯拉心想。巴里向右拐了个大弯，向两个街区外的市政大楼驶去。

大楼前有三个标有"仅公务用，不然会被拖走"字样的车位，巴里把车停在其中一个车位上。他们下了车，加思走过来与他们会合，长着胡子的老头也起身慢慢走过来，把伞撑在头顶。他身上穿的奥什科什工装裤里露出根烟管。他向巴里伸出手说："律师，你好。"

巴里和他握了手，说："嘿，威利，很高兴见到你，但我不能停下和你聊天。我们有点赶，有些急事要办。"

威利点点头，说："我在等莉拉。我知道她很有可能已经睡着了，但我希望她还没睡。我想找她谈谈，我是从那些被杀的制毒者的拖车那里回来的，那里有些有趣的事情。除了精灵手帕之外，我还发现树上全都是飞蛾。我想跟她谈谈这事，也许会带她去看看。不是她的话，现在管事的人也行。"

"这是威利·伯克，"巴里告诉加思和米凯拉，"他是消防志愿者，还加入了山区三县高速公路反垃圾组织，教小孩子们打橄榄球，是个非常好的人。但威利，我们真的时间很紧……"

"如果你们来这儿是要找莉妮·马尔斯，那你们得赶快了。"威利的目光从巴里转向加思，最后转到米凯拉身上。他的眼睛深陷在层层叠叠的皱纹里，但目光非常犀利。"刚才我进去的时候她还醒着，可我看她马上就不行了。"

"这里没有警察了吗？"加思问。

"没有，都巡逻去了。只有特里·库姆斯除外。我听说他身体不太舒服。有点喝醉了，你们都没听说吗？"

三人走上台阶，向三层门走去。"还没找到莉拉吗？"威利在他们背后大叫。

"没有。"巴里说。

"好吧……也许我得再等等。"说着他一边缓缓地朝长椅走去，一边自言自语，"那儿发生着些有趣的事情，这么多的蛾子，好像把整块地方都带着振动起来一样。"

5

莉妮·马尔斯是周一地球上仍然坚持着的百分之十的女性之一，她也仍然抱着笔记本电脑转着圈踱步，只是走得更慢了，还跌跌绊绊，时不时撞上家具。在米凯拉看来莉妮就像个快要走完了弦的发条玩具。两小时之前，我就是这个样子，她心想。

莉妮充血的双眼盯着手里的电脑，从他们身边走过，直到巴里拍了一下她的肩膀才意识到有人来了。她张开双手跳了起来，加思赶在笔记本电脑跌在地上之前接住了它。电脑上放着一段伦敦眼的视频，视频上，伦敦眼一遍又一遍地倒进泰晤士河。没人知道为什么有人会破坏伦敦眼，但有人显然觉得有必要破坏它。

"巴里，你快吓死我了！"

"抱歉，"他说，"特里让我来军械库拿武器。我猜他想送些武器到监狱去。能把钥匙拿给我吗？"

"为什么是特里？"她皱起眉头问，"为什么……他……警长是莉拉，不是特里，你们应该知道这个的。"

"是莉拉没错，"巴里说，"是莉拉通过特里发布的命令。"

加思觉得巡逻车有可能任何时候都会开回来，于是走到门边张望，也许就是这几分钟的时间！他们会被投入监狱，这次疯狂的探险之旅也许还没开始就已经结束了。但至今他们只看到了大楼外极有耐心地坐在伞下的大胡子老头，但这情形不会一直持续下去。

"莉妮，能过来帮帮忙吗？为了莉拉，你能帮帮忙吗？"

"当然可以，我很高兴能看到她回来。"莉妮说。她回到办公桌边，把笔记本电脑放下。屏幕上的伦敦眼不断往河里倒塌。"那个叫戴夫的家伙在她出现之前管事。也许那家伙叫彼得。局里有两个皮特真是让人很头疼。我一点都不了解他，他看上去很严肃。"

莉妮在最上面那个大抽屉里翻找，拿出一串沉甸甸的钥匙。她瞥了一眼他们，眼睛慢慢闭上了。一根根白色丝线立刻从她睫毛间钻了出来，在空中摇曳着。

"莉妮！"巴里大叫道，"快醒醒！"

莉妮猛地睁开眼睛，白线消失了。"我还醒着呢！别大呼小叫的。"她摇着串着钥匙的铁环，钥匙叮当作响，"那把钥匙就在它们之中。"

巴里接过钥匙。"我会找到的。摩根小姐，也许你想回到房车在那儿等着。"

"不用，谢谢你，我很想帮忙。那样会更快一些。"

大办公室后面有扇没有标记的金属门，门被喷成了难看的绿色。门上有两把锁。巴里轻易地找到了打开上面那把锁的钥匙，但找第二把钥匙的时间要长一点。米凯拉觉得莉拉也许自己保存着那把钥匙，兴许被埋在白色膜状物下面的哪个口袋里。

"你看到有人过来了吗？"米凯拉扯着嗓子问加思。

"还没人过来，但你们赶紧点。我都急得快尿了。"

还剩三把钥匙的时候，巴里找到了打开第二把锁的钥匙。他打开门，米凯拉看见一个壁柜式的小房间，房间的架子上摆满了步枪，泡沫塑料的小盒子里放着小手枪。他们还看到好几个存放子弹的架子。一面墙上贴着张得州骑警的海报，海报上的骑警戴着宽边高顶帽，举着一把枪管很粗的黑色左轮手枪。下面写着一行字：**我与法律抗争，但最后还是法律赢了。**

"尽量多拿点子弹，"巴里说，"我拿机关枪和格洛克小手枪。"

米凯拉朝放着子弹的架子走去，然后改变主意，重新回到调度区。她拿起莉妮的废纸篓，翻了个个儿，倒出里面皱巴巴的纸和外卖咖啡杯。莉妮根本没有注意。米凯拉把自己觉得尽可能多的弹药盒放进废纸篓，用胳膊夹着废纸篓走出武器室。加思迎面走过来去拿自己该拿的武器，巴里留着门。米凯拉在越下越大的雨中跌跌撞撞地走下宽阔的石阶，看到巴里已经在嘉年华房车边上了。满嘴胡子的老头从长椅上站起来，仍然打着他那把伞，正跟巴里说着些什么他的疑惑。之后，那个名叫威利的老头打开房车后门，让巴里把枪放上去。

米凯拉喘着粗气走到巴里身边。巴里从米凯拉手里接过废纸篓，把弹药盒倒在胡乱堆放的枪械上。他们在打伞的威利的注视下一起走回大楼。这时加思拿着第二批枪械出来了，他的长裤因为每个兜里都塞了弹药盒而不断下坠。

"老家伙对你说了些什么？"米凯拉问。

"他想知道我们是不是在做诺克罗斯警长同意的事情，"巴里说，"我告诉他是的。"

他们回到警局，走进武器室，总共拿走大概一半的武器。米凯拉看见了一件武器，像得了腮腺炎的机关枪。"我们应该把它拿走。我觉得这是发射催泪瓦斯的装置。我不知道是否用得上，但不希望其他任何人拥有它。"

加思走进武器室。"霍尔登律师，我带来了一个坏消息，你的房车前停了辆仪表板上放着警灯的卡车。"

他们匆匆走到门前，透过烟色玻璃往外看。车上下来两个人，这两个人米凯拉恰巧都认识：刚才的跳梁小丑和他追着问米凯拉索要签名的年轻搭档。

"哦，老天，"巴里说，"那是在监狱工作的唐·皮特斯。他怎么假装自己是个警察？唐是个没长脑子的家伙。"

"先前我们看到这个没长脑子的家伙在监狱附近设了道路障，"加思说，"一样的卡车，一样的令人讨厌的人。"

满嘴胡子的老人走近新来者，他说了些什么，然后伸出手，向他们指了指主街那边。皮特斯和他的年轻搭档跑向卡车，跳了进去。警灯亮了，他们大声鸣起警笛把车开走了。

"怎么了？"莉妮用心烦意乱的语气问，"那两个蠢蛋究竟怎么了？"

"没事，"加思笑着对她说，"不用担心。"接着他对巴里和米凯拉说："趁领先的时候赶紧撤退，你们说怎么样？"

"到底怎么了？"莉妮哭喊道，"哦，这些只不过是个噩梦而已。"

"小姐，坚持住，"加思说，"情况也许会好转的。"

三人离开了警局，一到混凝土路上便开始跑了起来。米凯拉一手拿着榴弹发射器，另一只手拿着一包催泪瓦斯弹，她觉得自己像邦妮·帕克[1]。威利这时正站在房车边上。

"你怎么把那些家伙赶走的？"巴里问。

"我告诉他们有人正在五金商店搞破坏。他们应该很快会回来，我想你们最好赶紧走。"威利收起伞，"我想我最好跟你们一起走，这两个家伙回来的时候肯定不会高兴。"

"你为何要这样帮我们？"加思问。

"这些日子尽发生些怪事，在这种时候，人必须相信他的直觉。我的直觉一向很灵。即便法庭上有时会针锋相对，但巴里和莉拉一向相处得很融洽。另外，我在电视新闻上还见过这个女孩。"说着他看了眼加思，"我不是

---

[1] 二十世纪三十年代美国一对雌雄大盗中的女性。

很喜欢你的外表，但你是和他们一起来的，所以我也不在乎了。正像人们所说的那样，死亡的阴影正笼罩着我们。对了，现在我们要去哪儿？"

"先去接莉拉的儿子，"巴里说，"然后去监狱。威利，你想参加一场围攻和反围攻的战斗吗？事情也许会朝那个方向发展。"

威利笑了，露出被烟熏黑的牙齿。"小时候我有顶浣熊皮的帽子，我又一直很喜欢有关阿拉莫战役的电影，因此我很愿意加入。能把我扶上这辆房车的台阶吗？该死的雨让我的风湿病又犯了。"

6

巨大的房车停在样板房门前的时候，已经在门口等了许久的贾里德正想给爸爸打电话。和许多妈妈手下的警官和县里的官员一样，开车的人贾里德也认识——巴里·霍尔登常到诺克罗斯家吃饭。

"快上车，"巴里说，"我们得赶紧了。"

贾里德犹豫了。"我妈妈和其他三个人还在阁楼上。雨下之前，那里会很热。明天也会很热。你们应该帮我把她们搬下来。"

"贾里德，今晚就会凉快下来，我们真的没时间了。"

巴里不知道包了膜的女人会不会感觉到冷和热，但他知道仅有的机会稍纵即逝。他还知道莉拉和其他三个女人藏在这条寂静的小街上会比较好。因为开着房车的缘故，他在离家的时候坚持带老婆和女儿一起走。这辆车在杜林很多人都认识，他担心会有人报复他妻子和女儿。

"我们能不能至少告诉什么人……"

"那是你爸爸要做的决定。贾里德，快走吧。"

贾里德任由巴里领着他下了台阶，向没熄火的嘉年华房车走去。车后门开了，教他打橄榄球的老威利斜出身子。贾里德情不自禁地笑了起来："伯克教练，怎么会是你！"

"这小伙是我带过的唯一一个不会错过任何一次胯下传球的矮个子四

分卫！"威利大声说，"小子，快上来！"

贾里德首先看到的却是车厢地板上一排排的枪支和弹药。"老天，你们这是要干吗？"

有个女人坐在车门里面的格子沙发上。这个女人特别漂亮，稍微有点脸熟，但最叫人不可思议的是她竟然非常清醒。女人对贾里德说："希望只是保险起见。"

站在女人身前过道里的男人笑了。"米琪，我不指望这个。"他对贾里德伸出手，"我是加思·弗利金杰。"

加思·弗利金杰身后，五具包着膜的女性身体躺在和漂亮女人坐着的沙发一套的沙发上，五具肢体像一组分离的套娃似的一具比一具小。

"他们说，这是霍尔登先生的妻子和女儿。"伯克教练说。

房车开动了。贾里德趔趄了两下，威利·伯克赶忙扶住他。和弗利金杰先生握手时，贾里德觉得这一切或许只是个梦而已。连这家伙的名字都像是梦里才会有的——现实中有谁会叫加思·弗利金杰啊！

"很高兴见到你。"他说。透过眼角的余光，贾里德看见霍尔登家的女人们在车拐弯时碰撞在一起。贾里德告诉自己别去看她们，但他做不到对这些包着膜的女人视而不见。"我是——是——贾里德·诺克罗斯。"无论这是否是做梦，愤恨确实存在——霍尔登先生怎么有时间把他的家人弄上车呢？这是为什么？就因为是他的房车吗？

在特里梅因路的尽头急转弯时，贾里德的手机响了。他们把贾里德的妈妈、莫莉、玛丽和兰塞姆夫人丢在了这里。这是不对的。可现在每件事似乎都是不对的，再多一件又如何呢？

来电的是他父亲。他们简短地聊了两句，然后克林特要他把手机交给米凯拉。米凯拉接过手机，克林特说："听我说，现在我需要你这样做……"

米凯拉静静听着。

里德·巴罗斯警官把三号巡逻车直接停在前往监狱的小路的对面。这里是处高地，能够清晰地看见三十一号公路至少六十英里的距离。里德原本以为这么快接班皮特斯会大发一通牢骚，但皮特斯却令人惊奇地同意了，他也许想早点去酒吧喝酒。也许那小家伙也想早点去喝酒。里德不知车轮酒吧这周会不会检查客人身份证件上的年龄，相比于执行酒精管制法令，警察眼下有更重要的事要做。

皮特斯说他们仅仅拦下了一辆车，有个记者想去监狱做采访，却被监狱打发掉了。里德和维恩一辆车都没拦下。以往车流不断的县道非常荒凉，几乎一辆车都看不到。杜林在哀悼它的女人们，里德心想。不止杜林，整个世界都在哀悼失去的女人们啊！

里德转身看着一边抠着鼻子一边盯着 Kindle [1] 的搭档。"你没把鼻屎擦在车座下面吧？"

"当然没有，别恶心人。"维恩抬起屁股，从屁股后面的口袋拿出块手绢，从鼻子上擦掉块绿色的鼻屎，然后把手帕放了回去，"你说说看——我们在这儿到底是在干什么啊。他们是否觉得诺克罗斯真会那么傻，在把她妥妥帖帖地关进监狱以后还要从监狱里带她出去？"

"我不知道。"

"如果来了辆送餐车之类的车辆，我们该怎么办？"

"让车停下，通过无线电请求指令。"

"无线电找谁？特里还是弗兰克？"

里德对这点不是很确定。"我想我会先试着打特里的手机。如果他不接的话，就留个口信给他以防他日后算账。"

"也许会打不通，现在到处都一团乱。"

"是啊，所有的基础设施都瘫痪了。"

―――――――――

[1] 亚马逊出品的电子阅读器。

"什么叫基础设施？"

"查查你的 Kindle 去。"

维恩去电子书阅读器上找到了基础设施的含义："'社会或企业正常运转所需要的物质结构和组织结构。'哦。"

"你这个'哦'是什么意思？"

"我想说你是对的，基础设施都瘫痪了。上午来这儿前我去了古德威尔超市，超市像是被轰炸过似的。"

山下，在灰色的午后阳光下，他们发现有辆车正在朝他们驶过来。

"里德？"

"你想说什么？"

"没女人的话，今后就没人生孩子了。"

"不错，你的想法很科学。"里德说。

"如果这一切不能结束的话，再过六十到一百年人类会在哪里？"

这是里德·巴罗斯不愿去想的事情，尤其是当妻子沉睡在那层膜里，婴儿让邻居弗里曼先生照顾（或许还照顾得不那么周全）的情况下。好在他不必去想，他已经看得清驶来的巨型房车上的斑马纹了。房车降下车速，似乎要拐上前往监狱的路。可三号警车拦在路的正中央，房车就开不过去了。

"房车是霍尔登的，"维恩说，"霍尔登是个律师，我弟弟在霍尔登开在梅洛克的事务所上班。"

嘉年华房车停了下来，司机一侧的门开了，巴里·霍尔登下了车。与此同时，里德和维恩下了三号巡逻车。

霍尔登对他们笑了笑。"先生们，我带着大喜讯来了。"

里德和维恩都没笑。

"霍尔登先生，任何人都不准去监狱，"里德说，"这是警长指令。"

"我觉得那不是严格意义上的警长指令，"巴里仍然微笑着，"我想是一位名叫弗兰克·吉尔里的先生下的令，他的警长头衔是自封的，是这样吗？"

里德不知该怎么回答，因此没有说话。

"事实上，"巴里说，"我接到了克林特·诺克罗斯的电话，他说他觉得应该把那个女人交给地方警察局。"

"感谢上帝！"维恩大声说，"那家伙总算明白过来了！"

"他要我到监狱促成转押，在备案材料上说明他为何会违反当初签订的协议。实际上就是走个流程。"

里德刚想问，你就不能找辆小点的车开过来吗？其他的车都不能开了吗？可这时三号巡逻车上的车载无线电却响了起来。说话的人是特里·库姆斯，他的声音非常焦急。"三号巡逻车，三号巡逻车赶紧回话！赶紧给我回话！"

8

里德和维恩刚注意到巴里·霍尔登房车的时候，特里·库姆斯走进奥林匹亚餐厅，向弗兰克和皮特·奥德韦警官坐的小包厢走去。弗兰克见到库姆斯一点都不高兴，但尽力遮掩了自己的不快。"哟，特里。"

特里朝弗兰克和皮特点点头。他刮了胡子，换了套衬衫。他的步态有点摇晃，但人还算清醒。"杰克·阿尔伯森说你们在这儿。"阿尔伯森是两天前被强制要求回来上班的退休警官，"十五分钟前我听说了一些来自布里杰县的坏消息。"特里身上没有了酒味，弗兰克倒觉得他还是喝点酒比较好。特里不喜欢鼓励刚开始喝酒的人喝酒，但库姆斯喝点酒更容易打交道。

"布里杰怎么了？"皮特问。

"高速公路出事故了。西尔弗法官掉进了多尔·霍洛小溪，他已经死了。"

"你说什么？"弗兰克的喊声把厨房里的加思·维恩都招了出来。

"太可惜了，"特里说，"他是个完美的人。"他拉过一把椅子。"知道他为什么去那儿吗？"

"西尔弗想去库格林找一位他认识的前联邦调查局特工，让他帮忙说服诺克罗斯。"弗兰克说。法官可能死于心脏病突发。他的样子看上去很可怕，面色苍白，颤颤巍巍。"如果他已经死了的话……我想那条路就走不通了。"他努力镇定住自己。他喜欢西尔弗法官，愿意听他的话——在一定程度上。但愿意听法官话的前提这时已经不存在了。

"那个女人仍旧在监狱，"弗兰克凑近特里说，"她还醒着。诺克罗斯说她睡在一层膜里是在撒谎。希克斯告诉我的。"

"希克斯的名声可不怎么好。"特里说。

弗兰克没听到这句话。"她身上还有另外一些奇奇怪怪的事情。她是整个事件的关键人物。"

"如果那娘儿们知道怎样让病毒暴发，那一定也知道该怎样结束。"皮特说。

特里抽动着嘴。"皮特，我们没有证据。再说奥罗拉病毒是从另一个半球开始的，你这样说似乎有点牵强。我觉得我们都需要做个深呼吸，然后……"

弗兰克的对讲机响了，喊话的是唐·皮特斯。"弗兰克，弗兰克，快回答！我想找你谈谈！你最好赶紧回答，他们那些该死的家伙竟然……"

弗兰克把对讲机拿到唇边。"我是弗兰克。镇定点。别说脏话，所有人都听得到……"

"那些该死的家伙偷走了局里的枪！"唐不顾弗兰克的提醒，大声喊道，"有个老家伙设计把我们支走，接着他们就偷走了局里的枪，真他妈浑蛋！"

弗兰克没来得及回话，特里一把将他手里的对讲机夺了过去。"我是库姆斯。偷枪的是谁？"

"巴里·霍尔登，开着他那辆狗屎房车。你的调度员说有别人帮忙，但她已经神志不清，记不得是哪些人了。"

"所有的枪都拿走了吗？"特里惊骇地问，"他们把所有的枪都偷走了吗？"

"不，不是所有的，我猜他们怕时间不够，但很多都已经被拿走了。那可是辆巨大的房车啊！"

特里愣愣地看着手里的对讲机。弗兰克叫自己闭上嘴，让特里做打算——但他就是做不到。一旦生起气，弗兰克似乎就控制不住自己。"你仍然觉得我们要做个深呼吸，让诺克罗斯自己出来吗？你难道不知道他们要用这些武器做什么吗？"

特里抬头看着弗兰克，他紧闭着双唇，几乎连嘴都看不到了。"弗兰克，我想你也许忘了在这儿管事的是谁。"

"警长，对不起。"弗兰克放在桌子下面的紧攥的双手颤抖着，指甲嵌进手掌里形成新月状的痕迹。

特里仍旧瞪着他。"别告诉我没派人在去监狱的路上守着。"

喝得这么醉，造成目前的局面都是你的错。可让他一个劲喝酒的又是谁啊？

"当然派了人。现在在那儿守着的是兰格尔和巴罗斯。"

"好，这个安排很好。他们开的是哪辆巡逻车？"

弗兰克不知道，但皮特·奥德韦替他说了。"三号车。"

唐还在叽里呱啦说个不停。但特里切断了他的通话，按下了发送按钮。"三号巡逻车，三号巡逻车赶紧回话！赶紧给我回话！"

第八章

1

听到车里警用无线电的响声，里德·巴罗斯让巴里待在原地不要动。

"没问题。"巴里说。他在房车侧面敲了三下，向车里的威利·伯克传递信号——威利藏身在分隔房车前后两部分的挂帘后面——这是他们准备的第二套方案。第二套方案很简单：在巴里尽可能地分散警察注意力时把车开走。对巴里来说，最重要的是把枪送进监狱，还有他的妻女能远离危险。巴里没有多想就采取了这个方案。他会被捕，但他认识一个非常棒的律师。

他把一只手放在维恩·兰格尔的手臂上，把对方从房车前引走。

"局里像是有人需要照顾。"兰格尔只顾欣然地看着同伴，毫无防备地被律师引离了房车前方，"我们这是要去哪儿？"

引离兰格尔首先是不想让他看见悄悄爬进驾驶座的威利·伯克，其次是给房车让开空间，让车可以在不撞倒人的情况下开走。但巴里不能对警察说这些。他努力想让女儿们知道，法律不带任何个人色彩，跟你的感觉无关，完全取决于你的论点。如果你能完全摆脱个人的倾向，那就再好不过了。你要忘却个人的情感，接受客户的情感，同时又要依靠自己的大脑。

（格尔达被一个高中男生邀请出去约会——只是上了高一，但对于她来说还是太大了——她想让巴里作为公共辩护律师说服她妈妈答应她跟那男孩一起去看电影。格尔达使出这招非常聪明，但巴里以亲属关系为由拒绝了她的请求。另外，作为格尔达的父亲，他不愿让她和一个快十五岁的男孩去任何地方，不愿每次一有风吹草动就为女儿担惊受怕。如果卡利·本森真的那么想和格尔达在一起的话，他可以大大方方地在城里的冷饮店请格尔达吃冰激凌，而不是去邻镇看什么电影。）

巴里没有告诉格尔达证实一个人完全有罪有多么难。有时你揭开客户的表象，只发现他们——作为客户的律师，你自然也蹚在这摊浑水里面——是那么无可救药，像犯了原罪一样连假装没犯罪的机会都没有。当这种情况出现的时候，唯一理性的方法是分裂破坏，在法庭上拿一些小事出来说事，搅乱节奏，拖延审判的进程。运气好的话，你可以把对方搞得精疲力竭，为了摆脱你而提出有利于你方的调解协议。运气更好些的话，你能把对方激怒，让对方出现错误，彻底将案子搞砸。

怀揣着这些心思，巴里突然问了维恩一个短时间内能想出的最让人瞠目结舌的问题：

"维恩。我想把你带到一边问你些事情。"

"好啊……"

巴里神神秘秘地凑近向前。"你割过包皮吗？"

雨滴打在维恩·兰格尔的镜片上，模糊了他的视线。巴里听见房车的引擎发动起来了，听见威利把车开上车道时发出的"哐"的一声，但维恩没听见，包皮的问题分了他的心。

"哎呀，霍尔登先生……"维恩无意识地抖出一条手绢，又把手绢重新叠好，"……这太私人了。"

两人身后发出砰的一声，然后是金属摩擦金属的尖厉刮擦声。

与此同时，里德·巴罗斯钻进巡逻车的驾驶座去接特里的呼叫，但对讲机却从他湿漉漉的手中滑落。里德从脚下拿起对讲机，把交缠在一起的电线解开，这短暂的几秒对巴里一方非常有利，威利·伯克在这极短的时间内把房车调整到驾驶模式。

"收到，这里是三号巡逻车。说话的是巴罗斯，完毕。"再次拿起麦克风后里德马上说。

他往窗外看，看见停在巡逻车前的房车转到路南一头的水泥路肩和长草的路堤上。里德没有惊慌，只是有点不解。巴里·霍尔登为何要移动他的房车？移车是为了让别的车过去吗？这完全说不通。他们需要对付完奸猾律师和他的车之后再去处理别的车。

特里·库姆斯的声音在无线电里震耳欲聋。"逮捕巴里·霍尔登，扣留他的车。他带了一堆偷来的枪，正要去监狱！你听到我说话……"

房车的前端撞上了巡逻车的前端，对讲机再次从里德手里跌落。望向挡风玻璃外的视线突然被一个庞然大物遮挡住了。

"嘿！这是怎么回事？"

2

贾里德在房车后部失去了平衡。他跌下沙发，掉在枪械上。"你还好吗？"加思问他。医生把背紧贴在小厨房的料理台上，抓着水槽努力站好。

"还好。"

"你怎么没问我？"米凯拉努力留在沙发上，却被车辆的撞击震到了地上。

加思意识到自己爱着米琪。像老辈人常说的那样，米琪是个有勇气的女人。他不会去改变米琪身上的任何一点。米琪的鼻子和其他一切在他看来都近乎完美。"米琪，我不必问你。"他说，"我知道你会没事，因为你一直都没事。"

3

房车以每小时十五英里的速度沿着坡度很陡的路边缓慢向前行驶，把巡逻车挤在了一边。金属摩擦着金属。维恩打着哈欠转向巴里，他刚想跑，维恩一拳打在他的眼睛上，把他打翻在地。

"截住房车！"里德在移动的巡逻车打开的车门前大呼，"对轮胎射击！"

维恩掏出配枪。

房车摆脱了巡逻车的纠缠，开始加速。车以两点钟方向驶离路肩，朝路当中驶去。瞄准右边后轮胎的维恩太过急躁，打得太高，只刮去了房车上的一块漆皮。车辆很快就甩开他们五十码这么远了。一旦房车回到路上正常行驶，再追肯定来不及了。维恩用了一会儿重新上膛瞄准，再次把枪对准右后侧的轮胎，却被巴里·霍尔登扑倒在地，子弹打向空中。

4

贾里德摔在地板上，背上被手枪瞄准器和枪管戳了六七下，车外的枪声震耳欲聋。他感觉附近有尖叫声——是女人在叫吗？那一定是米凯拉在叫。不是她的话，车里就只剩弗利金杰了啊！——可他分不清楚。他看到车身上的一个洞：子弹像炮仗一样在车上打出了一个洞。他平放在地板上的双手感觉到车轮在动，房车开始加速，风驰电掣在坚硬的路面上。

弗利金杰仍然站着。他抱着小厨房的台面紧紧不放。不，尖叫的不是弗利金杰。

贾里德朝医生正在看的地方看。

发出叫声的是包着层膜躺在沙发上的女人。排列在第三个的女人胸前开了一个血洞，是霍尔登家的大女儿格尔达。她从沙发上站起来，蹒跚向前走。发出尖叫的就是她。贾里德发现她正朝蜷缩在并排沙发上的米凯拉走去。女孩举起手臂，从先前迅速包住躯体的网状薄膜里挣脱，咆哮着张大嘴。飞蛾从她胸前的洞口汹涌而出。

弗利金杰抓住格尔达。她转过身，和弗利金杰扭作一团，手指抓住他的喉咙，两人一起被地上的枪绊倒在地。格尔达和弗利金杰撞在车后门上，门闩从门上脱落，车门向外打开，两人从车上摔下去，一群飞蛾和一大堆手枪和子弹也紧跟着飞了出去。

5

埃薇呻吟一声。

"怎么了？"安琪尔问，"出什么事了？"

"哦，"埃薇说，"没什么。"

"骗子。"珍妮特说。她仍然倒在淋浴房里。安琪尔真是佩服珍妮特：珍妮特快和她一样僵了。

"人死时你总会这样叫上一声。"说着珍妮特深吸了口气。她偏着头对一个看不见的人说。"达米安，人死时她总会这样叫上声。"

"珍妮特，我想你说得没错，"埃薇说，"我想我确实会这么叫上一声。"

"达米安，你看我说得没错，是不是？"

"珍妮特，你什么都看不见。"安琪尔说。

珍妮特盯着没人坐的椅子。"安琪尔，飞蛾从她嘴里涌出，她里面真的有飞蛾。现在请留下我一个人——我正试着和我丈夫谈谈。"

埃薇道别离开。"我要去打个电话。"

6

越过巡逻车的中控台去开副驾驶座车门的时候，里德听见了维恩的枪响。他看见房车缓慢开上山坡，后车门不断地甩来甩去。

两具尸体躺在路中央。里德从皮带里掏出佩枪，朝他们跑过去。尸体前面有三四支冲锋枪，冲锋枪之间散落着一些弹药。

到尸体身边以后，里德停下脚步。离他最近的俯卧着的男人头盖骨周围都是鲜血和灰白色的脑浆。里德看了足够多的尸体，但碰上这样糟糕尸体的机会却像中大奖一样非常少。在掉落过程中，死者的眼镜掉在卷曲头发的边缘。镜片的摆放方式给人留下一种与惨烈现场截然不同的温暖和随意的印象，尽管他脑浆飞溅地躺在柏油路上，此时却显露出了为人师的一面。

朝前几步，一位女性侧躺在地，里德自己看电视时也经常是这个姿势。她的网状面罩因为和地面的摩擦刮掉了，露出的皮肤像碎纸一样破碎不堪。从脸和身体留下的部位来看，她应该很年轻，但别的就判断不了了。一颗子弹在她胸前扯出一个巨大的伤口。女孩的血流淌在潮湿的路面上。

里德身后传来胶底运动鞋的声音。"格尔达，"有人大声尖叫，"格尔达。"

里德转过身，看见巴里从他身边冲过去，跪在女儿的尸体旁。

流着鼻血的维恩·兰格尔跌跌撞撞地跟在霍尔登身后，咆哮着说要割掉这个该死混账的包皮！

多么混乱的场面啊：一具污渍斑斑的尸体，一个死去的女孩，一个痛哭的律师，身上流血的维恩·兰格尔，还有满地的枪支弹药。里德庆幸莉拉·诺克罗斯现在无法上班，因为他连试着向她解释这件事的前因后果都做不到。

里德想抓住维恩，但他的动作晚了一步，只抓到了维恩肩膀上的一些衣服纤维。维恩甩开里德，用枪指着巴里·霍尔登的后脑。一声难听的像是树枝折断的咔嚓声之后，地上留下了一摊血迹，巴里·霍尔登面部着地躺在女儿身旁。维恩蹲在不省人事的律师身边，一遍遍地用枪把打着他。"操死你，操死你，操死你，你弄断了我的鼻子，你这个……"

应该死去的女孩其实还没死，她抓住维恩的下巴，手指抠住他下排的牙齿，把他拉到身旁。她抬起头，张开大嘴，牙齿嵌入了维恩的喉咙。维恩用枪砸着女孩，但她没有受到干扰。维恩动脉的血不断从女孩的嘴里迸溅出来。

里德这才想起自己也带着武器。他举起枪对准女孩，子弹射入她的眼睛，女孩的身体松软下来，但嘴还留在维恩的喉咙上。她似乎在痛饮维恩的血。

里德跪在地上，手指触到同伴被咬住的脖颈处，那里热而黏滑，脏红一片。他又拽又拉，手指感觉到女孩的舌头和牙齿。维恩又一次徒劳地挥枪打向女孩，枪从他握不紧的手中飞出，掉在地上弹开了。之后，他的身体整个垮落下来。

弗兰克开着三辆巡逻车的最后一辆，车上只有他一个人。三辆警车都拉起了警报，奥德韦和特里在前，随后是皮特斯和他的伙伴布拉斯。弗兰克不会寻求孤独，但孤独总是在寻求他。伊莱恩带走娜娜，把他独自留下。奥斯卡·西尔弗把车翻出路面，又把他独自留下。这很残忍。这也使他越发冷酷。也许事情必然会如此发展——现在的弗兰克就是这样被造就的——他必须去做该做的事情。

可该做的事做得了吗？事情常常会出错。里德·巴罗斯通过对讲机报告说现场开火了，一名警官殉职。弗兰克觉得已经准备好了为女儿而杀人。他相信他会为女儿而死。不过，他现在想到的却是，他不是愿意牺牲自己生命的唯一一个人。诺克罗斯的人偷了警局的枪械，冲过了一道路障。无论出于什么理由，他们都死定了。让弗兰克担忧的是他们为何如此决绝。他们这么做到底是为了什么？是什么驱使着他们？埃薇·布莱克和诺克罗斯之间到底存在着怎样的联系？

他的手机响了。车队正加速北上驶过浑球山。弗兰克从兜里掏出手机："我是吉尔里。"

"弗兰克，我是埃薇·布莱克。"她的声音很轻，嗓音深沉沙哑，带着钩人的轻浮。

"你真是埃薇吗？很高兴能和你通话。"

"我用我的新手机给你打的电话。我之前没有手机，于是洛尔·希克斯把他的送我了。他很有骑士风度是不是？顺便提一句，你们最好开慢点，没必要惹上车祸。房车已经开走了。现场只有里德·巴罗斯和四具尸体。"

"你怎么知道的？"

"相信我，我就是知道。克林特很奇怪抢劫武器为什么会那么容易。老实说，我也很奇怪。我们大笑了一通。我觉得你太想把握一切了。这都是我的错。"

"布莱克女士，你应该把自己交出来。"弗兰克专注于组织自己的用词。他努力不让怒气压倒理智，以免自己陷入绝境。"你也可以——可以停止这件事，无论这是件什么样的事情。你应该在有人再次受到伤害之前这么做。"

"哦，我们已经过了'受到伤害'的这个阶段了呢。比如西尔弗法官，他所遭遇的就比'受到伤害'严重得多。还有弗利金杰医生，弗利金杰医生头脑清醒的时候还算个不错的人。我们现在已经到了大灭绝阶段。"

弗兰克紧抓住巡逻车的方向盘。"你他妈的到底是谁？"

"我可以问你相同的问题，但我知道你会怎么说。你会说：'我是个好爸爸。'你只知道娜娜，娜娜，娜娜，不是吗？一个想保护女儿的好爸爸。你想过哪怕一次其他那些女人吗？你想过也许能为她们做些什么吗？想过也许会置她们于怎样的危险境地吗？"

"你怎么知道我女儿的事？"

"我的工作就是知道这种事。以前有首蓝调歌曲是这么唱的，'在谴责我之前，先看看你自己'。弗兰克，你要把眼界放宽点。"

我需要的是，弗兰克·吉尔里心想，是把双手掐在你的脖子上。"你要我怎么样？"

"我要你拿出一点男人的样子来！我要你他妈的更男人些，让事情变得更有趣些。我希望你珍贵的娜娜可以到学校说：'我爸爸不只是一个爱捉流浪猫的公务员，他不只是一个事情不顺意时就拍打墙壁、拉扯我衬衫、对妈妈乱吼的家伙，他阻止了那个让所有女人都入睡的老妖精。'"

"臭娘儿们，离我女儿远点。"

埃薇的话里带着调笑。"在医院里保护她时，你很勇敢。我钦佩这种行为，我钦佩你。我说真的。我知道你爱她，你对她的爱不是件小事。我知道，你只是想以你的方式为她做到最好。即便你是问题的一部分，这也让我对你的爱稍稍多了一点。"

前面两辆巡逻车在里德·巴罗斯凹损的巡逻车旁停下来。弗兰克看见巴罗斯迎向他们。更远处，几具尸体横卧在路面上。

"停止这一切，"弗兰克说，"让她们醒过来。让女人们都醒过来。不光是我的妻子和女儿，我要所有的女人都醒过来。"

埃薇说："那你得先把我杀了。"

8

安琪尔问埃薇正在和她谈话的弗兰克是什么人。

"他是个屠龙人，"埃薇说，"我只要确保他不被独角兽分神就好。"

"你他妈的真是疯了。"安琪尔吹了声口哨。

埃薇没疯，但也没必要和安琪尔争论——说到底，任何人都有拥有自己看法的权利。

第九章

1

狐狸在梦中向莉拉走来。她知道这是个梦是因为狐狸能开口说话。

"嘿，宝贝。"狐狸走进圣乔治路上她和蒂芬妮、贾妮丝·科茨以及妇女病防治中心埃琳·艾森伯格医生和乔莉·苏拉特医生共用的房子的卧室，说道。（埃琳和乔莉都没结婚，妇女病防治中心的另一个医生乔治娅·皮金斯在城的另一边和两个特别想念哥哥的女儿住在一起。）知道这是个梦的另一个原因是卧室里只有她一人。蒂芬妮睡的另一张单人床上没有人，床铺整理得干干净净。

狐狸把可爱的前爪放在她盖的被子上——狐狸本该红色的爪子颜色很白，像是踩着刚刷的油漆过来的。

"你想怎么样？"莉拉问他。

"带你回去，"狐狸说，"如果你想回去的话。"

2

莉拉醒来的时候已经是早上了。蒂芬妮睡在自己的床上，毯子退到了膝盖上，肚子把平腿短裤顶成了半月形。她已经怀孕七个多月了。

莉拉没有去厨房烧替代咖啡却很难喝的菊苣茶，而是直接到门口打开门，迎接春日的美好阳光。（这里的时光流逝得很快，尽管表照常在走，但其他一切可并不正常。）狐狸如她所料地把尾巴盘在爪子旁坐在杂草丛生的石板路上，饶有兴致地打量着莉拉。

"嘿，宝贝。"莉拉说。狐狸歪着脑袋，似乎在笑。接着他慢跑到通向破损马路的小道上重新坐下。看着她等待着。

莉拉进屋去叫醒蒂芬妮。

3

最终，"我们的地盘"的十七位居民坐在太阳能动力的高尔夫球车里，组成一个车队跟着狐狸出城，沿原本的三十一号公路向浑球山进发。蒂芬妮、贾妮丝和莉拉在第一辆车里，蒂芬妮一路都在抱怨没让她骑着她的马。这是由埃琳和乔莉决定的，尽管离分娩还有六到八周，但她们担心她会宫缩。她们对即将成为母亲的蒂芬妮是这么说的。她们没说的是（不过莉拉和贾妮丝已经听她们说了）对孩子的担忧，蒂芬妮仍然每天——有时甚至是每小时服用毒品，她们对这种情况下出生的婴儿感到非常担心。

玛丽·帕克、玛格达·杜布切克、四个原"第一个周四读书俱乐部"的成员以及五个原杜林女子监狱的犯人也和她们一起去了。同行的还有离开了弗兰克后改回娘家姓的伊莱恩·努丁。她和两个女医生坐在一辆车上。她女儿也想去，但伊莱恩拒绝了，即便娜娜哭了，可伊莱恩毫不动摇。娜娜被留下同兰塞姆夫人和她的孙女在一起。两个女孩很快交上了朋友，可和莫莉待上一天并没像预期的那样让娜娜快乐起来。她说她想跟着狐狸，因为现在像是身处一个童话故事一样，她想把这个童话故事画下来。

"想和女儿一起的话你可以留下，"莉拉对伊莱恩说，"我们的人已经够多了。"

"我想看看那家伙想干吗。"伊莱恩回答说。尽管事实上，她也不知道自己究竟是怎么想的。那只狐狸——狐狸这时正坐在珀尔森理发店的废墟前，耐心地等待着女人们集结出发——让她有种不祥的预感，这种预感不是很明确却非常强烈。

"走吧，"蒂芬妮暴躁地说，"不然我又要尿尿了！"

于是她们跟着慢跑的狐狸沿着高速公路中间已经模糊的白线出了城。

狐狸时不时会回头看上一眼，看看自己带的队伍是否依然还在。狐狸似乎在咧着嘴笑，似乎想说，今天的观众里有些相当漂亮的女人。

这是一次远足——虽然奇怪，但远离了平时的家务和工作，仍然算是一次远足——远足时少不了欢笑和闲聊，但高尔夫球车车队里的女人们相当安静。球车开动时车头的灯闪烁着，当车队穿过原来是亚当斯贮木场的丛林时，莉拉突然想，与其说是去远足，她们倒更像是列队出殡。

过了贮木场大约四分之一英里以后，狐狸下了高速公路，走上一条杂草丛生的小道，蒂芬妮突然绷紧身体，保护性地把双手放在肚子上。"不，不，你们停在这儿，让我离开。即便只是堆破铜烂铁，我也再不要回特鲁·梅威瑟的拖车了。"

"我们不去那儿。"莉拉说。

"你怎么知道啊？"

"你就等着瞧吧。"

但她们还是依稀看到了拖车。拖车被一场风暴掀翻，像生锈的钢铁恐龙一样侧躺在高高的草丛和荆棘之中。在离拖车三十到四十码的地方，狐狸折转向左，溜进树林，头两辆车的女人看见狐狸红橙色的毛皮一闪，接着就消失了。

莉拉下了车，走到狐狸钻进树林的地方。附近的制毒工棚长满了杂草，即便过了这么久，这里仍然依稀存留着一股化学品的味道。毒品也许已经不在了，莉拉心想，但对毒品的记忆还存留着。即便在这个时光飞速流逝、几乎不容喘口气休息一下的地方，依然如此。

贾妮丝、玛格达和布兰奇·麦金太尔走到她身边。蒂芬妮捧着肚子留在高尔夫球车上，她看上去像是病了。

"这里有条动物行走的道路。"莉拉指点着说，"我们可以轻而易举地沿着这条路往前走。"

"我不会进那片林子，"蒂芬妮说，"我才不管狐狸跳不跳踢踏舞呢。我只知道我他妈的又开始宫缩了。"

"即便没有宫缩，你也最好别去，"埃琳说，"我会陪着你。乔莉，你想去就去吧。"

乔莉下车去了。十五个女人一个接着一个走上这条兽道。莉拉领头，前弗兰克·吉尔里夫人走在队尾。走了大约十分钟，莉拉停下脚步，举起双臂，手指像拿不定主意的交通警一样左指指右指指。

"老天，"西莉亚·弗罗德说，"我从来没见过这般景象，从来没有。"

她们两边的白杨、桦树和赤杨木的树枝上覆盖着厚厚一层飞蛾。树枝上的飞蛾似乎有几百万只。

"如果受到攻击我们该怎么办？"伊莱恩小声说。她把声音压得非常低，同时暗暗感谢上帝，先前没有屈从于娜娜的要求把她带来。

"它们不会攻击我们的。"莉拉说。

"你怎么知道？"伊莱恩提出疑问。

"我就是知道，"莉拉说，"它们和狐狸一样，不会伤害人。"她犹豫了一下，寻找着合适的词语。"它们是使者。"

"谁的使者？"布兰奇问，"它们为什么事而来？"

尽管可以回答这个问题，但莉拉还是选择不回答。"跟我走，"她说，"离得不远了。"

4

十五个女人站在齐腰高的草丛里，看着莉拉之前见过的那棵不可思议的大树。大约有三十秒，没人说一句话。沉默过后，乔莉·苏拉特用高亢又上气不接下气的声音惊叫道："我那在天上的父啊！"

大树像座有生命的电缆塔一样矗立在阳光下，多结的枝干相互缠绕。有时她们感觉像沐浴在充满着花粉的光柱里，有时又像置身黑暗的山洞中。

热带鸟类在树枝上玩耍，在树枝多茸的叶子间聊着天。在大树前面，莉拉先前看到的孔雀像世界上最优雅的看门人一样前后踱步。那条红色的蛇仍然挂在树枝上，像荡秋千一样慵懒地前后摇摆。蛇下面有个黑洞，枝干在黑洞前退开了。莉拉不记得上次见过这个黑洞，但并不觉得奇怪。这时狐狸突然蹿出来跳到孔雀面前，戏谑地弄出了啪嗒声，但孔雀根本对他不理不睬。这一幕上次也没出现过。

贾妮丝·科茨拉起莉拉的胳膊。"这真是我们亲眼所见吗？"

"是的。"莉拉说。西莉亚、玛格达和乔莉突然发出尖叫，像凄厉的三重奏。枝干环绕的黑洞里出现了一只白色的老虎，老虎用绿色的眼睛看着空地边缘的女人，然后俯下身，伸长身体，似乎在向她们鞠躬。

"站着别动！"莉拉大叫，"你们都站着别动！它不会伤害你们的！"她全心全意地希望自己说的是事实。

老虎和狐狸碰了碰鼻子，之后再次转身看向女人们，它们似乎对莉拉有着特殊的兴趣。接着老虎绕过大树，走出了女人们的视线。

"我的老天啊，"基蒂·麦克戴维流着泪说，"太美了！真是太美了！"

玛格达·杜布切克说："这里真是一处神圣之地啊。"说着她在胸前划了个十字。

贾妮丝看着莉拉。"你怎么看。"

"我想这是条出去的路，"莉拉说，"如果想回去的话，就是这条路了。"

这时她腰带上的对讲机响了，传出一阵静电的噪声，没办法听清对方在说什么。但可以依稀分辨出是埃琳在呼叫莉拉，她听起来是在大叫。

5

蒂芬妮横卧在高尔夫球车的前座上，她不知从哪儿找来的一件洛杉矶公羊队的旧队服皱成一团扔在地上。她原本不大的双乳在一只 D 罩杯的棉胸罩里朝上突出（这时人造纤维的胸罩根本派不上用场）。埃琳跪在蒂芬妮的双腿之间，张开的双手放在蒂芬妮鼓出的肚皮上。女人们相继从林中跑出来，其中一些人不停地撸掉头发里的飞蛾和小树枝。埃琳用力把手向下按压，蒂芬妮双腿呈 V 字形蜷着向外分开，高声尖叫："停下，看在老天的分上赶快停下！"。

"你在干什么？"莉拉一边问，一边走到蒂芬妮旁边，低头一看就立即明白了埃琳在做什么。蒂芙的牛仔裤解开了，牛仔裤的斜纹布上有团污渍，内裤也全湿了，呈现出暗红的色泽。

"孩子快出生了，但屁股却在头的位置上。"埃琳说。

"老天，是胎位不正吗？"基蒂问。

"必须把胎位调正。"埃琳说，"莉拉，送我们回城。"

"得让她坐直，"莉拉说，"不然我没法开车。"

在乔莉和布兰奇·麦金太尔的帮助下，莉拉把蒂芬妮调整到半坐半卧的姿势，埃琳挤在蒂芬妮身边。蒂芬妮尖叫一声："哦，太疼了！"

莉拉缩在方向盘后面，她的右肩紧贴着蒂芬妮的左肩。埃琳几乎完全侧着身子，刚刚能坐进车里。"这车能跑多快？"埃琳问。

"我不知道，但很快就会知道了。"莉拉猛踩下油门，在高尔夫球车向前飞驰的时候对蒂芙的号叫皱了皱眉头。球车每震动一下，蒂芬妮就会尖叫一声，可球车一直都在震动。这时，莉拉已经把满是奇异鸟类的大树给忘了。

对不久前还姓吉尔里的伊莱恩来说，这太不真实了。

6

车队停在奥林匹亚餐厅门口——蒂芬妮疼得没法再往前走了。埃琳让贾妮丝和玛格达回城拿她的医药包，莉拉和其他三个女人把蒂芬妮抬进餐厅。

"把几张桌子拼在一起，"埃琳说，"动作快点，要把婴儿正位，就要让妈妈先躺下来。"

埃琳回到蒂芬妮身边，像揉面团一样揉着蒂芬妮的肚子。"感谢上帝，我想小家伙开始动了。小家伙，能不能给埃琳医生翻个筋斗看啊？"

埃琳用一只手按着蒂芙的肚子，乔莉·苏拉特从侧面帮她推挤。

"停下！"蒂芬妮尖叫着，"你娘的，快给我停下！"

"他正在转过来，"埃琳没理睬蒂芬妮的叫骂，"感谢上帝，他真的转过来了。莉拉，把她的裤子脱下来，裤子和内裤都脱下来。乔莉，继续按着，别让他转回去。"

莉拉拽住蒂芬妮的一只裤腿，西莉亚·弗罗德拽住另一只。两人用力一拉，把蒂芬妮的旧牛仔裤拽了下来，蒂芬妮的内裤也随着牛仔裤褪了下来挂在小腿上，大腿上是羊水和斑斑血迹。莉拉把内裤扯了下来，内裤湿透了，触感温热。莉拉觉得自己快要吐了，但马上恢复了平静。

尖叫声持续不停。蒂芬妮的头不时从一边摆到另一边。

"等不及医药包了，"埃琳说，"孩子马上就要出来了，只是……"她看了看以前的同事乔莉，乔莉朝她点点头。"谁给乔莉找把刀来。刀要锋利一些。我们要给她割开点。"

"我……我要顺产。"蒂芬妮喘息着说。

"别担心，"乔莉说，"现在还不会给你剖腹产。宫口开了，但我们还要把它再扩张一点，增加一点空间。"

莉拉找到一把切肉排的刀，接着又在厕所里找到一瓶生产日期过了很久的双氧水。她用双氧水给刀锋消了毒，然后考虑着是不是要用门边的洗手液洗个手。她试着挤了下洗手液，但什么都没挤出来，洗手液早就挥发了。她赶紧回到餐厅。女人们在蒂芬妮、埃琳和乔莉周围围成一个半圆。除了伊莱恩·吉尔里，其他女人都手牵着手。伊莱恩·吉尔里用胳膊紧紧地抱着自己的上腹部。她先是把视线对准柜台，然后转向没人坐的卡座，最后望向门外，唯独没看临时手术台上只戴着一只棉胸罩、不断尖叫喘息的产妇。

乔莉接过切肉刀。"用什么东西给它消过毒吗？"

"用双氧水……"

"那就行了，"埃琳说，"玛丽，去帮我看看有没有泡沫保温冷箱。你们再找个人去帮我拿点毛巾，厨房里应该有。把毛巾平铺在……"

乔莉·苏拉特实施没有麻醉的外阴切开术时，蒂芬妮发出一声凄惨的号叫。

"把毛巾平铺在高尔夫球车上。"埃琳发布完指令。

"哦太棒了！有太阳能面板太好了！"说话的是基蒂，"把毛巾用太阳能面板加热。嘿，真是太聪……"

"毛巾得加热，但不能太烫，"埃琳说，"我可不想把我们的新居民烫伤。"

伊莱恩仍旧站在原地，视线故意避开蒂芬妮·琼斯，像块被水围绕的石头一样任由其他女人在她周围跑来跑回。她的眼神闪亮，却透着一股漠然。

"子宫口开了多少？"莉拉问。

"七厘米，"乔莉说，"马上就要张到十厘米了。宫颈口已经消失了——至少这点还算正常。蒂芬妮，屏气用力，但也要稍微留点力气给下一次。"

蒂芬妮屏着气用力，蒂芬妮凄厉尖叫着。她的阴道收缩，阴道口先是闭合，然后张开。鲜红色的血液从她的双腿间流出米。

"我讨厌血。"莉拉听见埃琳像赌马顾问传递情报似的轻声对乔莉说，"老天，这次的血也太多了吧！如果我的胎儿镜在那多好啊！"

玛丽拿着一个莉拉多次带去梅洛克湖的便携式保温冷箱回来了，莉拉以前经常和克林特、贾里德一起去梅洛克湖野餐——冷箱的一侧涂着"百威啤酒！啤酒之王"的字样。"埃琳医生，用这个行吗？"

"行，"埃琳并没有抬头看，"蒂芙，再用力些！"

"我的背疼死了。"她的脸抽搐，拳头上下击打着龟裂的胶木桌面，口中的号叫声拖得很长。

"我看到头了，"莉拉大叫，"我看到脸了……老天，埃琳，那是什么……"

埃琳把乔莉推到一边，在婴儿的肩膀缩回去之前抓住了，她的指尖深陷入婴儿的皮肤，让莉拉觉得心里很难受。婴儿紧接着滑出来的头费劲地偏向一边，似乎想再看上一眼刚刚待过的地方。婴儿眼睛紧闭，脸蛋呈淡灰色。绕着脖子一圈然后沿着面颊延伸到耳朵的脐带——像刽子手的套索——带着星星点点的血渍，让莉拉想到那棵不可思议的大树上垂挂着的红蛇。婴儿胸口往下的部位仍然在母亲的身体里，但一条胳膊已经滑出来了，软绵绵地垂荡着。莉拉看见了婴儿每根完美的手指和每片完美的指甲。

"别用力了。"埃琳说，"我知道你很想结束这个过程，但先别用力了。"

"我必须用力。"蒂芬妮粗着嗓门说。

"再用力就勒死你的孩子了。"乔莉说。这时乔莉已经回到了埃琳身边，正和埃琳肩并肩地站着。"等等。只要……只要再给我一点……"

太晚了，莉拉心想。孩子已经被勒死了，只要看看婴儿铁灰色的脸就知道了。

乔莉把一只手指垫在脐带下面，然后是两只手指。她收缩手指，先是把脐带从婴儿脖子上拉掉，然后任由脐带从手中滑落。蒂芬妮尖叫着，脖子上的每根青筋都突了出来。

"用力！"埃琳说，"使出你最大的力气！接下来我数一、二、三。乔莉，生下来的时候别让它面朝下跌在肮脏的地板上！蒂芙，我开始喊了，一，二，三！"

蒂芬妮再次用力。婴儿像子弹一样射入乔莉·苏拉特打开的双手中。婴儿浑身湿滑，看上去很美，但没有一点生气。

"吸管！"乔莉大叫，"去拿根吸管来！"

伊莱恩向前移步，从刚才开始莉拉还没见她挪过地方。伊莱恩已经拿了一根吸管，把吸管的外包装撕掉了。"给你。"

埃琳接过吸管。"莉拉，"她说，"把他的嘴打开！"

"他"的。这时，莉拉才注意到婴儿肚子下面有个微小的灰色逗点。

"让他的嘴张开！"埃琳重复了一遍。

莉拉伸出两根手指，小心翼翼地照埃琳的吩咐撑开婴儿的小嘴。埃琳把吸管的一端放进自己的嘴，把吸管的另一端放在莉拉的手指敞开的微小开口上。

"现在把他的下巴往上抬，"乔莉下令道，"必须让他吸气！"

这有什么用呢？死了就是死了，但莉拉又一次依令而行。莉拉看见埃琳·艾森伯格医生从她那头的吸管开始吸气，面颊上出现一道新月形阴影。接着，莉拉听见扑通一声响。埃琳把头侧到一边，吐出一团像痰一样的物质。接着她对乔莉点点头，乔莉把婴儿抱到面前，轻轻地往婴儿口里吹气。

婴儿躺在乔莉面前，头往后仰，光头上满是血珠和泡沫状的物质。乔莉又吹了口气，奇迹发生了。婴儿的小身板开始起伏，蓝眼睛突然睁开。男婴开始哭了起来。西莉亚·弗罗德带头鼓掌，其他女人也都鼓起掌来……只有伊莱恩没有鼓掌，她回到自己刚刚待着的地方，双臂又一次抱住了上腹部。婴儿的哭声渐渐连续了起来，双手都捏成了小拳头。

"那是我的孩子，"蒂芬妮举起胳膊说，"我的孩子在哭。把他给我。"

乔莉用橡皮筋把脐带打上结，把婴儿包在递给她的第一件衣服里——不知谁从挂衣钩上取下了一件女侍者的围裙。她把用围裙包好的婴儿交给蒂芬妮，蒂芬妮看着婴儿的脸笑了，吻了吻他黏糊糊的脸颊。

"那些毛巾呢？"埃琳问，"把它们拿来。"

"现在还不够暖。"基蒂说。

"把它们拿来。"

毛巾拿来了。玛丽把冷却百威啤酒的冷却机放在一旁。这时莉拉看见更多的血从蒂芬妮双腿之间涌出。大量的血，也许有好几品脱。

"这正常吗？"有人问。

"完全没事。"埃琳的声音很确定，表现得也很有信心：流点血完全没问题。这时，莉拉开始暗自琢磨蒂芬妮会不会死。"但最好再去取些毛巾过来。"

乔莉·苏拉特走到产妇面前，想把婴儿从母亲怀里接过来，放进临时的百威摇篮里。埃琳摇摇头说："让她再多抱会儿。"

莉拉这时已经知道要出什么事了。

7

在原先的杜林县、这时的"我们的地盘"，太阳落山了。

莉拉双手捧着一沓订在一起的纸，坐在圣乔治路自己家门前的露台上。贾妮丝·科茨走上台阶，坐到她身边，莉拉闻到一股杜松子的气息。前监狱长从背心的内袋里取出了气味的来源：一品脱装的仙蕾杜松子酒。贾妮丝把酒瓶拿给莉拉，莉拉对她摇了摇头。

"她因为胎盘滞留而死，"贾妮丝说，"埃琳是这样告诉我的。没办法把胎盘剥离，至少没时间及时止血。当时手头也没能用的药。"

"催产素。"莉拉说，"贾里德出生时我用了催产素。"

她们坐了一会儿，看着这漫长一天的太阳光逐渐暗淡下来。最后贾妮丝说："我觉得你需要找人帮忙整理她的东西，于是我就来了。"

"她没有多少东西，已经整理好了。"

"我们都没多少东西，这也是种解脱，你觉得呢？我们在学校里都学过首诗，一首得到和失去我们生命力量的诗。也许是济慈的吧。"

学过同一首诗歌的莉拉知道作者应该是华兹华斯，但并没有纠正贾妮丝。贾妮丝把酒瓶放回原先的口袋里，拿出一块相对干净的手帕。她先用手帕擦了擦莉拉一侧的脸颊，然后又擦了擦另一侧，这让莉拉回想起自己是公认的假小子时，从自行车或滑板上摔下时妈妈替她擦脸的甜蜜时光。

"这些纸是在她放小孩东西的梳妆柜找到的，"莉拉把手里那摞薄薄的纸递给贾妮丝，"放在睡衣和毛线鞋下面。"

蒂芬妮在纸张的上沿贴了一张烫了鬈发的母亲在金色阳光下抱着一个笑着的男孩的照片。贾妮丝知道这张照片是从一本旧的妇女杂志——也许是《好管家》上剪下来的一张嘉宝婴儿食品的广告。蒂芬妮在广告下面写着：安德鲁·琼斯对美好生活定义的小册子。

"她知道是个男孩，"莉拉说，"我不知道她怎么知道的，但她就是知道。"

"玛格达告诉她的，那种'生男孩肚子会翘一点'的老生常谈啦。"

"她一定写了很长时间，我从没见她在我面前写过字。"蒂芬妮一定觉得被莉拉看见会很丢脸，莉拉心想，"看第一页，从头开始看的时候我就禁不住哭了。"

贾妮丝打开这本自制的小书。莉拉凑近她，和她一起往下看。

美好生活的十大原则

1. 对别人好，别人也会对你好。

2. 永远不要尝试毒品。

3. 错了就道歉。

4. 上帝能看见你一切的过错，但他很仁慈，他会原谅你。

5. 别让说谎成为习惯。

6. 永远别鞭打马。

7. 身体是神的殿，因此不能吸烟。

8. 别欺骗人，对所有人都诚实以待。

9. 选择好你的朋友，我在这方面就吃了亏。

10. 别忘了你妈妈永远爱你，你会成长得一帆风顺的。

"最让我心痛的是最后一条，"莉拉说，"我现在仍然觉得心痛。把酒瓶给我，我想找得喝上一小口。"

贾妮丝把酒瓶递给莉拉。莉拉喝了一口，做了个鬼脸，把酒瓶递还给贾妮丝。"孩子怎么样？他还好吗？"

"考虑到早产六周以及被脐带勒过脖子，他的状况已经很好了，"贾妮丝说，"幸好我们有埃琳和乔莉在，不然母子都保不住。他现在和琳达·拜尔以及拜尔的新生儿在一起。琳达刚给亚历克斯断奶，但一听到安迪的哭声，她的奶又上来了。琳达是这么说的。除此之外，我们还遇上了件痛苦的事情。"

好像这一天死了蒂芬妮还不够似的，莉拉一边心想一边露出准备迎接挑战的表情。"跟我说说。"

"你知道格尔达·霍尔登吗？就是霍尔登家四个姑娘里最大的一个。她消失了。"

这几乎意味着她在另一个世界碰到了致命的事情。现在，她们都已经接受了这一现实。

"克拉拉怎么样？"

"和你想的差不多，"贾妮丝回答说，"她几乎要疯了。她和四个女儿从上周就开始头晕目眩……"

"看来有人挪动过她们了。"

贾妮丝耸耸肩。"也许吧。这种可能性很大。另外，克拉拉还担心另外一个女儿会在某一刻消失。也许三个全都消失。我也有这方面的担心。"说着她开始翻看这本给安德鲁·琼斯的美好生活手册。每一页上写的都是十大原则的扩展内容。

"谈谈那棵树好吗？"莉拉问。

贾妮丝想了下，然后摇了摇头。"明天再说吧，今晚我只想睡觉。"

莉拉握住贾妮丝的手捏了捏，她实在不知道自己今晚能不能睡着。

8

娜娜问母亲能否在兰塞姆夫人家里和莫莉一起睡。伊莱恩在得到老夫人的许可后同意了娜娜的请求。

"当然可以，"兰塞姆夫人说，"我和莫莉都喜欢娜娜。"

这对以前姓吉尔里的伊莱恩也是件好事，她正好希望女儿不在家。娜娜是她的挚爱，她的珍宝——这是伊莱恩和离异的丈夫少有的几个共同点之一，这个共同点使得他们的婚姻比原本应该持续的要长一些——但这一晚伊莱恩有件重要的事情要做。这件事是为了娜娜，更是为了自己。其实也是为了杜林的所有女人。她们中的一些人（比如莉拉·诺克罗斯）也许现在不会理解，但之后一定会理解的。

如果真的对大伙都有利，她决定把计划的事情做到底。

把女人们带去树林里那棵奇异大树下的高尔夫球车整整齐齐地停在

行政大楼的废墟后面。伊莱恩觉得女人的一个优点——许多优点中的一个——就是用完东西以后会把它们收拾齐整。男人就不同了,他们总是把东西到处乱扔。她不知道告诉过弗兰克多少次要把脏衣服扔在篮子里——女人除洗衣服熨衣服之外,还要到处把衣服找出来吗?她不知有多少次在浴室的淋浴区外和卧室的地板上找到弗兰克乱扔的衣服了。另外,她也搞不懂弗兰克吃完夜宵后为什么连洗杯子刷碗这种事都不愿做,似乎杯子和碗实现了它们的功能以后就消失了。(丈夫把办公室收拾得一尘不染,把动物笼子整理得干干净净的事实只会让他更为恼怒。)

你也许会说,这只是些小事,谁又会把这种事当真呢?但在这些年的共同生活中,她已经在家庭生活中受够了这种酷刑。如果把婚后生活比喻成一本书的话,那么这本书就叫《一千种划伤所造成的死亡》。弗兰克的坏脾气是这些划伤中最糟糕的一种。当然,有时也会有礼物,也会有后颈上的一个吻,也会一起出去吃饭(甚至是烛光晚餐),但这些都只是老套的东西。在结婚纪念日那天吃个蛋糕有什么大不了的呢?她不想说男人都是一样的,但大多数都是,伴随礼物的往往是他们的男性本能,他们以为送了你礼物就能对你求欢了。一个男人的家就是他的城堡,因此 XY 染色体的朋友就有了种根深蒂固的观念,他们认为,每个男人都是国王,家里的女人都是他们的女仆。

车钥匙都在车上。钥匙当然都在——“我们的地盘”上有顺手牵羊,但从没有真正的盗窃。这是“我们的地盘”的一个好处。类似的好处还有很多,但不是每个人都满足于这些好处。比如说每次会议上都会有的那些嘀咕和抱怨。娜娜就参加过一些会议。她以为伊莱恩不知道她去,但伊莱恩其实知道。一个好妈妈会监督她的孩子,知道孩子什么时候会被坏同伴的不良观念影响。

两天前莫莉在她们家,两个孩子玩得很开心,她们先是在外面玩(跳房子和跳绳),然后进屋玩(重新装饰了一下离开那个商业环境后,伊莱恩觉得还很有必要的玩偶屋),接着重新到外面一直玩到太阳落山。吃了一顿大餐以后,莫莉在黄昏中走了两个街区回到家。她是一个人走回去的。为何让她一个人回去呢？因为这个世界没有拐卖犯，也没有恋童癖。

何等快乐的一天啊。因此当伊莱恩准备上床，经过娜娜房间门外听到她的哭声时觉得非常奇怪（伊莱恩承认她同时也有些担心）。

伊莱恩找了辆高尔夫球车，转动钥匙，踩下圆形小加速板。她无声地把车开出停车场，经过黑着的街灯和关闭的店铺沿着主街前行。出城两英里之后，伊莱恩来到一幢门前有两座无用加油泵的整洁白色建筑。房顶上的标志说明这里是杜林生活必需品商店。店主卡比尔·帕特尔和他三个行为端正（至少在外人面前）的儿子自然不在这个世界里。奥罗拉流感暴发的时候，卡比尔的妻子去印度探亲了，多半在孟买、勒克瑙或印度别的什么地方睡在那层膜里了吧。

帕特尔先生售卖的东西包罗万象——这是唯一和超市竞争的手段——但他的商品大多不见了。当然，酒类是最先消失的。女人们喜欢喝酒，谁教她们享受饮酒的？别的女人吗？当然不是。

伊莱恩没有在漆黑的店里逗留，直接开着高尔夫球车绕到店铺后面，那里有间长条状的金属小屋，门前的招牌上写着生活必需品商店汽车零件供应点——**先到这里来保养保养你的车吧**！帕特尔先生把这里收拾得很整洁，伊莱恩对这点很赞赏。伊莱恩的父亲曾经在当水管工之余帮人维修小排量汽车的发动机——那还是在克拉克斯堡的时候——房子后面的两个小屋里到处都是旧的汽车零件、光秃秃的轮胎以及被人丢弃的割草机和旋耕机。碍眼的东西，伊莱恩的母亲总是抱怨说。你靠它们挣来的钱才能去美发沙龙，城堡的国王答道，因此这些破烂都留下了。

伊莱恩把全身的重量都抵在门上，小屋的一扇门才在肮脏的门轨上移动了四五厘米，好在打开这一点门已经足够了。

"甜心，你怎么了？"前些日子她问哭了的女儿——在她知道那棵该死的树之前，在她以为娜娜的泪水是她唯一要解决的问题，而娜娜的泪水会像春雨一样很快结束之前，"晚饭害你肚皮疼了吗？"

"没有，"娜娜说，"妈妈，你别再说什么肚皮肚皮的了。我不是五岁的小孩了。"

头一次听见女儿用这种不快的语调说话，伊莱恩感到有些惊奇，但她继续抚摸着娜娜的头发问："那你为什么哭呢？"

　　娜娜紧闭的双唇颤抖着，最后还是忍不住哭了起来。"我想爸爸！我想比利！有时我们去学校时他会牵着我的手，那种感觉很好，他也很好，但我最想的还是爸爸！我希望这次旅途快结束！我想回家！"

　　她的眼泪没有很快停下，她反而越哭越厉害，越哭越激动。伊莱恩试着去抚摸娜娜的面颊，却被她用手挡开。娜娜散着头发坐在床上，头发散乱地贴在脸上。这一刻，伊莱恩在娜娜身上看到了弗兰克。伊莱恩真真切切地在女儿身上看到了弗兰克，她感到非常害怕。

　　"你忘了他是怎么向我们吼的了吗？"伊莱恩问，"忘了他是怎么拳击墙壁的吗？那很可怕，不是吗？"

　　"他吼的是你！"娜娜大声喊，"是在朝你吼！因为你老是要他做这做那……或取得什么成就……或是与众不同……我不怎么清楚，但他从没向我吼过！"

　　"他拉扯过你的衬衫。"伊莱恩说，她的不安发展成恐惧。娜娜不是已经忘记弗兰克了吗？把弗兰克和她的旧玩具矮胖子夫人都忘得一干二净了吗？"你难道忘了吗？那是你最喜欢的一件衬衫啊！"

　　"那是因为他担心横冲直撞开车的男人会伤害到我！那男人把猫轧死了！他是想保护我！"

　　"你忘了他朝你老师吼，把你弄得很尴尬吗？"

　　"我不管，我想要爸爸！"

　　"娜娜，够了，你把你的……"

　　"我要我爸爸！"

　　"你需要闭上眼睛睡觉，然后做个……"

　　"我要我爸爸！"

　　伊莱恩离开女儿的房间，轻轻把门关上。她告诉自己别和一个孩子计较，努力克制住脾气，这才没摔门而去。即便现在站在帕特尔先生满是机油味的小屋里时，她都不愿承认当时差一点就对女儿大吼。那种刺耳的声音不同于娜娜平时软绵试探的语气，也不同于弗兰克经常被她忽视的说话嗓音，而像她平时提出过度和无法满足的要求时弗兰克发出的声音。伊莱恩感觉弗兰克·吉尔里就像跨越了那道横亘在残暴旧世界和新世界之间的鸿沟，完全把她的孩子控制在掌心。

第二天娜娜像是恢复成了以往的样子，但伊莱恩却一直在想隔着门的哭泣声、娜娜挣脱她伸过去安慰的手的样子，以及娜娜声嘶力竭想要爸爸的叫喊声。当然这还不是全部。娜娜竟然还和街那头长得很丑的小个子比利·比森牵着手一起去上学。娜娜想念她的小男友，她的小男友也许想把她带到树丛里，玩医生护士的游戏。一旦到了十六岁，可以想见娜娜和她粗俗的小男友会在他爸爸的小车后座尽情爱抚。他会把娜娜吻个遍，然后让娜娜在他肮脏的城堡里做烧饭洗刷的活。娜娜，别画画了，去厨房把锅和盆子洗个干净吧！叠好我的衣服，让我好好享受你的肉体，之后我就能满足地转身好好睡一觉了。

伊莱恩带了只曲柄手电筒，她把手电照进金属小屋内部。杜林没有油开车，风扇传送带和火花塞都派不上用场，因此她找的东西可能只有这里才有。这里和原先父亲的工棚里一样到处都是汽车零件，也是一股浓重的机油味，这让她想起自己还是小女孩时扎着马尾辫的样子（但她一点也没觉得感伤，绝对没有）。她把父亲说出的零件和工具依次递给他，听到父亲的感谢时一直傻笑，父亲嫌她慢或斥责她拿错东西时她又会痛哭一场。小伊莱恩想让父亲高兴。他是她强壮伟岸的父亲，她只想让他高兴。

这个世界比原先男人主导的世界好得多。在这儿没人朝她吼，没人朝娜娜吼。没人把她们当成二等公民。这是一个小女孩能自己走回家的世界，即便在漆黑的夜里。这是个女孩的天分能和大腿乳房一样得到成长的世界，没人能把女孩的天分扼杀在萌芽状态。娜娜不明白这些，但不明白这些的不只是娜娜。如果不明白这些的话，就只能去那些愚蠢的集会听一些无聊的抱怨了。

我想这是条出去的路，女人们站在高高的杂草前时莉拉看着那棵诡异的树说。老天，万一她说得对该怎么办啊！

伊莱恩深入供应汽车零件的小屋，把手电的光照在地板上。地板是水泥地板，可以使汽车零件保持冷却。伊莱恩在小屋远端的角落里找到了自己要找的东西：三个顶端旋口拧紧的五加仑罐子。三个罐子都是没标志的金属罐，一个罐子外面缠着厚厚的红色橡皮筋，另外两个包裹着蓝色的橡皮筋。伊莱恩记得，父亲用几乎同样的方式给油罐做过标记。

我想这是条出去的路。如果想回去的话，这是条回去的路。

一些人肯定想回去。那些参加会议、不理解这里妙处的女人。这里是多么美妙，多么安全！但有些女人就是受惯了世世代代的奴役，迫不及待地想被男人给捆起来。不可思议的是，那些来自监狱的人反而更想回去，回到她们被放出来的狭小房间里。这些孩子气的女人没有或不愿去想，在她们监禁的背后几乎都有一个未被起诉的男性同谋。可怕的是，这样的女人还非常多。为了那些男人，她们放弃了自尊，遭受了很多没必要的屈辱。在做志愿者的这些年里，伊莱恩看多了这类事情，听到她们无数遍地说："他的心很好""他是无意的""他说他会改"。老天，她们的话几乎都让伊莱恩相信了。在被送到这个世界之前的日日夜夜里，伊莱恩几乎让自己相信，尽管过去和弗兰克有着种种摩擦，弗兰克终究会按她说的去做，他会把脾气控制好。可弗兰克就是做不到。

伊莱恩不相信弗兰克会改，那是他的男人天性。但他改变了她。有时她觉得弗兰克快让她疯了。对他来说，她是个只会骂街的泼妇，是监工，是每天不让他休息的刺耳警铃。弗兰克完全忽视了她身上的沉重责任，这点常常让她感到惊奇。他真觉得提醒他付账单、收拾屋子、帮他控制脾气这些破事会让她高兴吗？伊莱恩觉得弗兰克真的这么想。她不瞎：她知道丈夫不是个容易知足的男人。但弗兰克却一点都不了解她。

为了娜娜和所有其他人，她必须采取行动。即便这天下午蒂芬妮·琼斯在餐厅里历尽艰辛，把最后那点破碎的生命奉献给可能出生的婴儿，伊莱恩想着的也始终是这件事。

总有些女人会想回去。不会是绝大部分，伊莱恩相信这里的大多数女人不会那么疯狂，不会执意自讨苦吃，但她能冒这个险吗？当甜美的女儿娜娜一提到父亲就不由自主提高声调，她还能冒……

别去想了，她告诉自己。专心致志干手里的活吧。

红色的橡皮筋意味着便宜的煤油，和存储在城里几个加油站里的汽油一样基本派不上用场。存放时间一久，就是往里面扔一根点燃的火柴都不会有什么事。蓝色橡皮筋意味着油里加入了稳定剂，这种油的有效期也许有十年或十年以上。

她们那天发现的树也许的确神奇，但它仍旧是棵树，树都能被烧掉。当然，那里有只老虎要对付，不过她会带把枪。开枪把它吓跑，有必要的话就打死它（她知道怎么开枪，父亲教过她）。她对要不要带枪有点拿不定主意，这种预防措施也许毫无必要。莉拉把老虎和狐狸称为使者，伊莱恩觉得莉拉说得没错。她觉得老虎不会阻止她，那棵大树应该完全没有防范。

如果那是扇门，那扇门应该被关上。

总有一天娜娜会明白，感谢她做了正确的事。

9

莉拉睡着了，但五点刚过没多久就醒了，东方的地平线上刚刚出现一道依稀的亮光。她起床去用夜壶。（杜林已经有了自来水，但是还没通到圣乔治街的这幢房子。"也许还要一到两周。"玛格达告诉她们。）莉拉考虑着是不是要回去睡觉，但她知道自己只会翻来覆去想着蒂芬妮——面如死灰的蒂芬妮——最后时刻失去意识的样子，那时她胳膊里还抱着新生儿呢！她还会想到安德鲁·琼斯，唯一的遗产是被订在一起的手写小册子的安德鲁·琼斯。

莉拉穿上衣服离开家。她没有目的地地乱走，过了一会儿看到行政大楼出现在她眼前。她倒是没有吃惊，成年以后莉拉大多数时间都在这幢大楼里工作。即便大楼里已经没什么了，没什么可看的了，莉拉都会不知不觉来到这里。不知从哪儿冒出的大火毁坏了这幢建筑——也许是雷击或电路故障引起的。莉拉办公室所在的半边现在是一片黑漆漆的瓦砾，大楼另一边的断墙和窗户经历多年风雨的冲刷变软变潮，使得霉菌在残垣断壁间一层层繁茂地生长起来。

因此当莉拉发现有人坐在花岗岩台阶上的时候很是吃惊。花岗岩台阶是老大楼唯一还算得上完整的地方。

她走近台阶，坐在台阶上的人站起来，走向莉拉。

"是莉拉吗？"尽管声音里满是疑惑，脸上满是泪，但声音却很熟悉，"莉拉，是你吗？"

现在新来的女人已经很少了，如果莉妮是最后一个就再好不过了。莉拉跑向她，拥抱她，亲吻着她的两侧面颊。"莉妮，见到你真是太好了！"

莉妮·马尔斯惶恐不安地用力搂住莉拉。然后把身子靠向后看着莉拉的脸，确定自己没在做梦。莉拉很清楚莉妮想干什么，于是就站在原地静止不动。莉妮在笑，脸上是欢乐的泪水。莉拉觉得似乎得到了某种平衡——蒂芬妮遗憾地走了，但她迎来了莉妮。

"你在这儿坐了多久？"莉拉问。

"我不知道，"莉妮说，"一小时，也许两小时。我看着月亮西斜。我……我不知道有什么地方可去。我在办公室里看着笔记本电脑，接着我就想……我是怎么来这儿的？这儿又是哪儿？"

"这事很复杂。"莉拉回答说。领着莉妮走回台阶时，莉拉突然意识到女人常常会这么描述，男人却很少这样表达。"从某种意义上来讲，你仍然在办公室，只是隔了一层膜。至少我们是这么认为的。"

"我们死了吗？已经是鬼魂了吗？你是不是这个意思？"

"不，这是个真实的地方。"莉拉起先并不完全确定，但现在她确定了。熟悉不一定会带来轻视，但一定会带来信心。

"你来了多久了？"

"至少八个月，也许还要更长。时间在这边——我是说我们现在待的地方过得更快。我猜那边——就是你来的地方——从奥罗拉流感开始应该还不到一周吧？"

"我想是五天。"莉妮坐回到台阶上。

莉拉觉得自己像个出门在外很久，急切想知道家里消息的人。"告诉我杜林发生了什么。"

莉妮斜睨着莉拉，然后朝街上指了指。"这不是杜林吗？只是看上去破败了点而已。"

"我们正在整修，"莉拉说，"告诉我你离开的时候发生了什么。有克林特的消息吗？知道任何有关贾里德的事吗？"莉妮不大会知道，但莉拉必须要问。

"我没办法告诉你很多，"莉妮说，"因为最后两天我只顾得上让自己醒着。我一直在服用证物室里保存的毒品，从格里纳兄弟那里搞来的毒品，但最终它们几乎都不管用了。警察局里发生了些诡异的事情，人们在局里来来往往，常有人大喊大叫。一个新来的人掌管了警察局的事情。我想他的名字好像叫戴夫。"

"哪个戴夫？"莉拉克制住自己没去抓莉妮的身体猛摇。

莉妮皱眉看着双手，集中起注意力，试着把那个名字回想起来。

"不是戴夫，"她想了好一会儿才说，"应该是弗兰克。是个很壮的家伙。他开始穿着一身制服，不是警察制服，但后来换上了警察的制服。应该叫弗兰克·吉尔哈特吧？"

"你是说动物检疫官弗兰克·吉尔里吗？"

"对，"莉妮说，"吉尔里，是这个名字。他很有热情，像是怀着强烈的使命感。"

莉拉不知对吉尔里掌控警察局的消息该怎样想。莉拉记得自己面试过他，但最后把那个职位交给丹·特里特了。吉尔里给人留下的印象很深——人很麻利，也有自信——但吉尔里做动物检疫官时的表现让她担心。他动不动就传讯人，受到过多次投诉。

"特里呢？他是资深警官，他应该接过我的职位。"

"喝得醉醺醺的，"莉妮说，"其他几个警官都拿这事笑他。"

"你记不记得……"

莉妮举起手阻止她往下说。"但在我睡着之前，有些人到了警局，说因为监狱里关着的一个女人，特里想拿走武器室里的枪。对我说话的是当公共辩护律师的那家伙，就是让你想起《傲骨贤妻》里威尔·加德纳的那个人。"

"巴里·霍尔登吗？"莉拉不明白发生了什么。监狱里的女人无疑是指埃薇·布莱克，巴里帮着莉拉把埃薇送进了女子监狱，可他为何……

"没错，就是他。和他一起来的还有几个人。其中一个是女的。我想应该是科茨监狱长的女儿。"

"不太可能，"莉拉说，"科茨监狱长的女儿在华盛顿特区工作。"

"也许是别的什么人吧。那时我感觉自己像被浓雾包围了一样。但我记得唐·皮特斯，新年夜他在车轮酒吧想调戏我。"

"监狱的那个皮特斯吗？他是和霍尔登一起来的吗？"

"不，皮特斯是后来的。发现枪少了以后皮特斯怒火中烧。'他们把好的枪都拿走了。'他说。有个孩子和他在一起，那个孩子他说……"莉妮瞪着一双大眼睛看着莉拉，"他说：'如果他们把枪带给监狱的诺克罗斯该怎么办？那我们该怎么把那娘儿们弄出来啊？'"

莉拉的脑海中浮现出一张激烈拔河的照片。埃薇·布莱克是绳子中间的那个结，谁把结拉得偏向自己一边谁就能获胜。

"莉妮，你还记得什么吗？好好想想，这很重要！"尽管莉拉知道自己没法做什么，但她就是急切地想知道。

"什么都不记得了。皮特斯和小家伙跑出去以后，我就睡着了。然后在这边又醒了过来。"她狐疑地看看四周，仍然不确定这里是什么地方，"莉拉？"

"嗯？"

"有东西吃吗？我想我的确没死，因为我感到饿了。"

"当然有，"莉拉扶莉妮站起身，"煮蛋和吐司，听上去怎么样？"

"听起来太棒了。我觉得我能吃下六七个煮鸡蛋，外加好几个烤薄饼。"

但最后莉妮·马尔斯却没能吃成这顿早饭。事实上，她的最后一顿饭是前天吃下的（用警察局休息室里的微波炉转的樱桃馅饼）。两个女人走上圣乔治街时，莉拉感觉莉妮的手在自己手中消失了。她仅仅来得及透过眼角的余光看到那一刹那莉妮脸上吃惊的样子，随后身边除了一群冲向空中的飞蛾便什么都没有了。

第十章

1

老洛厄尔·格里纳过去常说,很难判定深层矿脉是从哪儿开始的。"有时土石渣和煤层只差一个凿子的距离。"他说。这番妙语出自一个狂热的老人之口,那时山区三县许多最好的矿工正行进在亚洲东南部远离城市、生活条件异常糟糕的丛林间,抽着劣质的大麻烟,身上感染了热带皮肤病。因为右脚上缺了两个脚趾,左手上缺了一根手指,老格里纳错过了那场战争。

走过这片绿色山林的人很少有死去的老洛厄尔·格里纳说话那么有水准。他相信不明飞行物,复仇的森林精灵,还把矿业公司的虚假承诺视若珍宝。也许是为了向吉米·迪恩关于"大约翰"的那首歌致敬,他被人称为大洛厄尔·格里纳。现在,大洛厄尔和满满一瓶高粱酒以及两只跟他挖出的沥青一样黑的肺一起,已经在舒适的棺材里睡了十年了。

他的儿子小洛厄尔(常被人称为小洛)因为十公斤海洛因、价值相当于一个药店的甲基苯丙胺和拥有的枪支弹药与哥哥梅纳德一起被莉拉·诺克罗斯逮住以后,苦涩地想起了父亲说过的这番话。当警长带着一队人马用局里的撞锤撞开格里纳家位于小溪边、用"摇摇欲坠"都显得太过堂皇的老宅的门时,兄弟俩的运气突然间用完了,煤层变成了土石渣。

尽管小洛(小洛并不小,他身高一米八五,体重二百二十斤)对所做的事情并不后悔,他对这种日子没有持续更长时间感到特别遗憾。和梅纳德关在库格林县监狱等待转监的几周,他大多数空闲时间都在想以前找的那些乐子:参加的跑车比赛,闯入的豪宅,玩弄过的姑娘,以及欺负过的笨蛋,那些笨蛋想闯入格里纳兄弟的地盘,却最终被埋在了山里。在生意最红火的五年当中,兄弟俩全力挣钱,他们经常在蓝岭上上下下,可那个繁忙的路段现在已经十分冷清了。

事实上，他们在所有方面都背到了极点。警察缴获了他们的毒品和武器，基蒂·麦克戴维做证说好几次在贩毒分子接头的时候看到洛厄尔用小捆的现金交换包在袋子里的可卡因，她还看见他开枪打死了来自亚拉巴马、试图用假币骗他们的傻小子。警察们甚至还搜到了他们为七月四日国庆日准备的塑胶炸弹（他们原本打算把塑胶炸弹放在敌对者的筒仓下面，看那个该死的家伙会不会像狂欢节的烟火一样被打到天上）。尽管过去的经历如此美好，但洛厄尔不知道翻来覆去地回忆这些经历能支撑他多久。记忆终究会变薄变淡，然后随着悲伤的失败而四分五裂。

那些记忆消失以后，小洛觉得自己也许会选择自杀。他不怕自杀。他怕的是像最后几年的大洛厄尔那样被困在轮椅上，整天抱着酒瓶和瓶装氧气，最后被自己的鼻涕噎死。他才不愿意被关进狭小的牢房呢，他在那儿会闷死的。没他一半聪明的梅纳德也许能在牢房里快活地待上几十年，但他小洛厄尔·格里纳绝对待不了那么久。他才不愿意拿着一手烂牌还赖着不走呢！

但在等待审前会议的时候，运气又转到了他们这边。老天派奥罗拉病毒来解救他们了。

来解救他们的沉睡症是上周四下午来到阿巴拉契亚山脉的。那天，洛厄尔和梅纳德被铐在库格林法院会议室门外的长椅上，等待审前会议开始。检察官和他们的律师本应在一小时前就到了。

"他妈的，"库格林警察局派来护送他们的娘娘腔警察骂骂咧咧道，"真是愚蠢！我领工资不是整天问候你们这些杀人害虫的。我去看看法官想怎么样。"

透过长椅对面的强化玻璃，洛厄尔看见三个参加听证会的官员中唯一露面的韦娜法官正把头低在两只胳膊间打盹，这时洛厄尔兄弟和看管他们的娘娘腔警察都还没听说奥罗拉病毒这回事。

"法官因为被吵醒而咬掉他的头才好呢。"梅纳德说。

惶恐的警察扯去雷吉娜·艾伯塔·韦娜脸上的那层膜以后，头并没像梅纳德说的那样被咬掉，但也被法官折磨致死。

被铁链锁在长椅上的洛厄尔和梅纳德通过强化玻璃目睹了整个经过。这个过程非常可怕。穿着高跟鞋身高不到一米五五的韦娜法官，突然直直地站起身，一边说着哈利路亚，一边用金尖钢笔猛戳警察胸部。警察跌在地板上，这让法官占据了主导地位。法官操起手边的小木锤，在警察有机会逃到一边或大叫"法官，我提出抗议"之前狠狠地打他的脸。接着法官把带血的小木锤放在一旁，重新坐下，把头埋在交叉的手臂里，重新打起了瞌睡。

"兄弟，你瞧见了吗？"梅纳德问。

"我瞧见了。"

梅纳德摇着头，甩开停在很久没洗的头发块上的苍蝇。"太神奇了，真让我开了眼。"

"真该死，庭审要延期了。"洛厄尔说。

梅纳德——虽然是长子，却因为父母觉得他在出生那天太阳落山前就会死而起了一位叔叔的名字——有着一把野人般的胡子和一双大而无神的眼睛。即便往那些可怜的家伙身上挥拳头的时候，梅纳德的表情都傻傻的。"我们现在该怎么办？"

兄弟俩死拉硬拽，终于拉断了手铐铐着的长凳扶手，两人走进会议室，在身后留下了一地木屑。他们没去打扰睡着的韦娜法官——包在她头上的那张网重新长起来了——拿到警察身上的钥匙，打开了身上的镣铐。他们还带走了没有生命迹象的娘娘腔警察的配枪、催泪瓦斯罐和通用小货车。

"看这蜘蛛网一样的鬼东西。"梅纳德指着法官脸上新长的膜轻声说。

"没时间了。"小洛说。

他们用娘娘腔的通行证打开走廊尽头通向另一条走廊的那扇门。两人经过一间休息室，里面有十几个人——其中有警察、律师和秘书——没有任何一个人关注他们。休息室里的人都在看着美国新闻频道上诡异和恐怖的画面，一个睡在桌子上的阿曼门诺教派的女人正暴跳如雷，把一个向她凑近的男人的鼻子咬了下来。

第二条走廊尽头是去停车场的出口。洛厄尔和梅纳德漫步在明亮的阳光和自由的空气里，像犬吠比赛里的猎犬一样乐得活蹦乱跳。死去的警察的车就停在出口旁边，车的操作面板下面放了许多乡村音乐。格里纳兄弟一致同意先放布鲁克斯和邓恩的歌曲，然后再听南方佬阿兰·杰克逊的歌。

他们一路脚踏着节拍把车开到附近一处露营地，把车停在前一轮财政削减时关闭的一处森林岗哨后面。岗哨的门锁一下就被撞开了，里面的壁橱里挂着一套女式制服。他们的运气很好，这是套大号的女式制服，在洛厄尔的命令下，梅纳德把自己硬塞进了这套制服。穿上这套制服，他们就能轻易说服露营地停车场切诺基的司机下车说话了。

"我的露营许可证有什么问题吗？"开着雪佛兰小货车的男人问梅纳德，"流行性疾病的消息搞得我晕头转向。我是说，有谁听说过这种事呢？"接着他看了眼梅纳德胸前的铭牌："欸，你怎么会叫苏珊啊？"

这个问题像是给小洛发了个信号，他从一棵树后面现身，操起一大块柴火，打碎了雪佛兰货车男的头盖骨。死者的身材和重量都和洛厄尔差不多，穿上死者的衣服以后，兄弟俩把死者包进防水布，扔进这辆新弄来的雪佛兰的后车厢。他们把警察车里的音乐光盘搬到雪佛兰上，驾车驶向很久以前专为雨天储备的一处打猎屋。在开去的路上，兄弟俩听了余下的音乐光盘。他们都觉得詹姆斯·麦克默里还有点瑕疵，但汉克三世却很完美。

到了打猎屋以后，他们不断在收音机和原先放在屋子里的警方通讯器之间交替收听，希望通过警察间的联络收集到有关他们逃亡的最新情报。

起先，洛厄尔对逃亡还有些担心。但到了第二天，奥罗拉病毒导致的众多事件便滚雪球般地出现了——这解释了法官女士为何会粗暴对待库格林的那个警察，她脸上又为何会生出那种鬼东西——这些事件影响面广，危害性大，洛厄尔对兄弟俩逃亡这点小事完全不再担心了。谁会有空在大规模暴乱、飞机失事、核反应堆泄漏以及人们焚烧熟睡中女人的时候管两个乡下小贼呢？

周一，当弗兰克·吉尔里筹划着对女子监狱的攻击时，洛厄尔斜躺在打猎屋发霉的沙发上，一边咀嚼着鹿肉干，一边设想着下一步的行动。尽管政府现在处于无序状态，但不久就会以这种或那种方式重建。此外，如果照现在的情况发展下去，未来的政府将由狂妄自负的男人们组成，这意味着美国将回到蛮荒西部时代——先把人高高地吊起来，然后再进行审讯。格里纳兄弟的事情不会一直被遗忘，重新被提起以后，警察一定会重新振奋起精神，更严酷地对付他们哥儿俩。

收音机里的新闻首先使梅纳德坠入了忧郁之中。"洛厄尔，这就完蛋了吗？"他问。

小洛稍微有点担心，他回答说可以想点法子……好像真能找到解决办法似的。他想到有首老歌写过鸟儿碰到世界末日会怎么办，蜜蜂碰到世界末日会怎么办，甚至受过教育的跳蚤碰到世界末日会怎么办。

在壁橱里找到拼图玩具以后，哥哥梅纳德的情绪明显好转了很多。这时梅纳德正穿着迷彩内衣跪在咖啡桌旁，一边喝施利兹啤酒，一边玩着拼图游戏。拼出的图案是疯狂猫把一根手指伸进插座里触电而亡。梅纳德喜欢玩不太难的拼图游戏（这是洛厄尔对哥哥可能的牢狱前景感到乐观的另一个原因）。拼图中间的流浪猫造型已经完美地拼好了，但流浪猫周围的浅绿色墙壁却让梅纳德很是头疼。梅纳德抱怨说这些图案看起来都差不多，十分具有欺骗性。

"我们需要把犯罪痕迹清理干净。"洛厄尔人声说。

"我告诉过你，"梅纳德说，"我把那老家伙的头放进一块空心木头，身体其他部位都扔进了一个洞。"（小洛的哥哥像拆分火鸡一样拆分人的尸体。这种行为异乎寻常，但总会给梅纳德带来满足感。）

"梅，那只是个开始，还远远不够。我们最好趁外面一团乱的时候把屁股擦干净，也就是说做个彻底的了结。"

梅纳德喝完啤酒，把啤酒罐捏扁随手扔了。"我们该怎么办？"

"我们首先要把杜林警察局烧了，那里保存着所有的证据，"洛厄尔说，"那是我们的头号目标。"

梅纳德迷惑不解的松懈表情说明洛厄尔的这番精心计划是必要的。

"梅，那里放着我们的毒品。他们搜捕时搜来的所有赃物都放在警察局了。把证据烧了，他们就没可以依靠的证据了。"洛厄尔可以预想到警察局被烧掉的场景——那一幕简直太完美了。洛厄尔从没意识到自己多么想毁掉一所警察局。"之后，为了确保不被举证，我们还要去趟监狱，对付那个基蒂·麦克戴维。"小洛用一根手指在没刮毛的脖子上比画了一下，表示该怎么对付麦克戴维。

"哦，她可能已经睡着了。"

小洛考虑过这种可能性："万一科学家找到方法把她们都叫醒怎么办？"

"即便被叫醒，她们的记忆也许全都被抹去了，就像《我们的日子》[1]中的记忆消失一样。"

"梅，如果记忆没消失呢？事情什么时候像你说的那么顺利过？麦克戴维那个婊子能让我们一辈子都关在监狱里。那不是最重要的。重要的是她竟敢告密。不管是睡是醒，她必须为此付出代价。"

"你真觉得我们能接近她吗？"梅纳德问。

事实上，洛厄尔也不知道，但他觉得他们可以试一试。幸运嘉奖勇敢者——他记得自己在哪部电影或哪个电视节目里听到过这句话。再说，除了现在这个时机，他们还会有更好的机会吗？世界上一半的人都已经睡着了，另一半人像是要被砍头的小鸡似的惊慌得东奔西跑。"梅，到时候了，跟我一起动手吧。没有任何时候比现在更合适。另外，天也马上要黑了，天黑最适合四处转转。"

"我们先去哪儿？"梅纳德问。

洛厄尔没有犹豫。"去见弗里茨。"

弗里茨·梅肖姆为洛厄尔·格里纳做些机械和推销方面的活，有时也

[1] 美国的一部电视连续剧。

为洛厄尔运送毒品。作为回报，洛厄尔也为这个德国人的后裔介绍些走私武器的商人。尽管弗里茨是个出色的技师和推销员，但对联邦政府总存在着一些妄想，时时刻刻希望得到加强个人军备库的机会。当联邦调查局决定抓捕所有住在棚屋里的浑蛋技师、用船把他们送到关塔那摩的时候，弗里茨就会奋起反击，即便是死也在所不惜。每次洛厄尔见到弗里茨那家伙时，弗里茨总会拿出这样或那样武器给他看，对此种武器能如何消灭一个人吹上一通。（让人感到滑稽的是，有传言说这个弗里茨被一个抓狗的痛扁了一顿。弗里茨很强硬，但只是在嘴上装装样子。）上次洛厄尔见到弗里茨的时候，那个满脸胡子的小个子欢天喜地地拿出了自己最近得到的玩具：一架货真价实的火箭炮，这架火箭炮是俄国人的剩余物资。

小洛需要混进女子监狱谋杀一名告密者，火箭炮在这种事上正好派得上用场。

3

贾里德和格尔达·霍尔登不是很熟——格尔达上初中一年级时，贾里德上高中——贾里德和格尔达是在两家人一起吃饭时认识的。有时两人一起在地下室玩电子游戏，贾里德总会让格尔达赢几局。奥罗拉流感暴发后贾里德目睹了许多坏事，但这还是他第一次看到有人被枪射杀。

"爸爸，她一定已经死了，对吗？"贾里德和克林特在侧面行政楼的浴室里，格尔达的一些血溅在贾里德的脸和衬衫上，"身上中枪又掉下车一定会死吧？"

"我不知道。"克林特说，靠在一面花砖墙上。

贾里德正用纸巾拍打脸上的水，他通过水槽上方的镜子看着克林特的眼睛。

"也许已经死了。"克林特说，"根据你告诉我的情况，她多半已经死了。"

"那个叫弗利金杰的家伙呢？他也死了吗？"

"是的，他或许也已经死了。"

"都是因为这个女人——这个叫埃薇的女人——死的吗？"

"是的，"克林特说，"因为她而死。我们必须保证她的安全，不让警察和其他任何人接触她。我知道这听起来很疯狂，但她也许是理解这一切的一把钥匙，也许是扭转乾坤的一把钥匙，另外——贾里德，请你相信我，好吗？"

"好的，爸爸。可这里的一位狱警，叫兰德的那位狱警，他说她像是——像是魔女一样的人，这是怎么回事？"

"贾里德，我无法解释她究竟是怎样一个人。"克林特说。

尽管努力保持语气平静，但克林特却很生气——对自己生气，对吉尔里生气，对埃薇生气。那颗子弹也许会击中贾里德，也许会让贾里德瞎了眼睛，会让他昏迷不醒，会杀了他。克林特没有在伯特尔家的院子里暴打老朋友杰森一顿不是为了要看到自己儿子死在自己面前的；他和尿床的小孩睡在一起不是为了看到儿子死在自己面前的；他离开马库斯、香农和其他寄养家庭的同伴不是为了看到儿子死在自己面前的；他上大学进医学院更不是为了看到儿子死在自己面前的。

香农许多年前曾告诉过他，如果他坚持努力，而且不去杀人，总有一天他会出人头地。但为了改变目前的形势，他们也许必须杀人。他也许必须杀人。这个念头没有克林特预想的那么令人沮丧。形势不一样，奖赏不一样，但归根究底还是一样的交易：想得到奶昔的话，你得做好准备去战斗。

"你怎么了？"贾里德问。

克林特歪了一下头。

"你看上去，"贾里德又说，"像是有点紧张。"

"我只是累了。"他碰了碰贾里德的肩膀，告诉儿子要离开一下。克林特得确认所有人都已经就位了。

4

没必要去说：我早就提醒过你了。

离开围在尸体旁的人群时，特里注意到了弗兰克的眼神。"你是对的。"特里一边说一边拿出酒瓶。弗兰克思考着要不要去制止他，但并没制止。代理警长舒舒服服地咽下了一口酒说："你自始至终说得都很对。我们必须拿下她。"

"你确定吗？"弗兰克像自己都无法确定似的问。

"你在开玩笑吗？你看这里一团糟！维恩死了，是那边的女孩干的，女孩被子弹打中也死了。律师的头盖骨被打得凹陷了。我想他也许坚持了一会儿，但现在肯定也死了。至于另外那个家伙，驾驶执照上说他名叫弗利金杰的医生……"

"真的是他吗？"是弗利金杰的话，那就太糟了。弗利金杰是个浑蛋东西，但他还有足够的人性去试着帮助照顾娜娜。

"这还不是最糟的。诺克罗斯、叫布莱克的女人和剩余其他人现在有了真正厉害的武器。这些强力的武器本该掌握在我们手里、用来迫使他们交人才对。"

"知道谁在帮他们吗？"弗兰克问，"房车离开这里时是谁开的？"

特里又倾斜着酒瓶想要喝酒，但酒瓶里已经空了。他骂了一声，踢了一脚地上的碎石块。

弗兰克等待着特里的回答。

"一个叫威利·伯克的怪人。"特里·库姆斯从齿间吐出这句话来，"过去十五到二十年改邪归正了，做了不少社区工作，但仍然是个偷猎者。他年轻时贩卖过私酒，也许仍然在卖。有时候给动物看病。可以控制住自己的情绪。莉拉总是很照顾他，觉得没必要为那些鸡毛蒜皮的小事处罚他。我猜莉拉挺喜欢他的。"他吸了口气说，"我也是。"

"我知道了。"弗兰克决定不把布莱克打来电话的事告诉任何人。事实上，这通电话让弗兰克非常恼火，以至于他都很难叙述对话的细节。谈话中有个部分一直困扰着他，让他举棋不定：那女人竟为他在医院保护女儿的举动赞扬他。她怎么可能知道这件事呢？那天早晨埃薇·布莱克一直都在监狱啊！这个疑问一直困扰着他，而他努力回避去想。和从娜娜身上取下的白膜碎片涌出的飞蛾一样，弗兰克不知道这件事该怎么解释。他只知道埃薇·布莱克想借此激怒他——并成功地做到了这点。但他相信埃薇没搞明白激怒他到底意味着什么。

无论如何，特里归队了——他不再需要其他力量了。"你想让我组织一支队伍吗？如果你想这么做的话，我很乐意。"

尽管和乐不乐意无关，但特里还是支持了他的动议。

5

监狱守卫者们匆忙拆下停车场里汽车和卡车的轮胎。算上那辆小巴，监狱总共有四十来辆车。比利·韦特莫尔和兰德·奎格利把轮胎推到里外两道栅栏间的禁区，堆了三层排成金字塔形，然后在轮胎上浇上汽油。汽油的臭味很快压过了林中仍在阴燃的潮湿发黑的树木散发的那股焦味。他们没拆斯科特·休斯那辆卡车上的轮胎，而是把卡车横在内门后面作为附加的一道屏障。

"斯科特很喜欢那辆车。"兰德对蒂格说。

"你想把你的车放那儿吗？"蒂格问他。

"当然不。"兰德说，"你疯了吗？"

唯一没动的是霍尔登的房车，他们把房车停在通向内门的水泥路旁的残疾人车位上。

6

去掉维恩·兰格尔、罗杰·埃尔维，再去掉弗兰克组织编录的名单中证实都已经睡着的女警官，莉拉·诺克罗斯的排班表上还剩下七位警官：

特里·库姆斯、皮特·奥德韦、埃尔莫尔·珀尔、"操作工"丹·特里特、鲁普·维特斯托克、威尔·维特斯托克和里德·巴罗斯。在特里看来，这是一支可靠的队伍。他们都是部队的老兵，都在警察局工作了至少一年，珀尔和特里特还在阿富汗服过役。

回来了三位退休警官——杰克·阿尔伯森、米克·纳波利塔诺和内特·麦吉——这样正统警察队伍里就已经有十个人了。

加上新来的唐·皮特斯、埃里克·布拉斯和弗兰克·吉尔里正好组成了幸运十三。

弗兰克很快又召集了其他六七个志愿者，他们中包括：杜林高中橄榄球代表队的 JT.维特斯托克教练——他的儿子是警察局的维特斯托克两兄弟；车轮酒吧的酒保普吉·马龙——马龙带来了藏在吧台下的手枪；德鲁·T.巴里保险公司的德鲁·T.巴里——德鲁曾在猎鹿比赛中获过奖；普吉的姐夫，被誉为"乡村莽汉"的前拳击手的卡森·斯特拉瑟斯——他在拳击台上获得过十胜一负的战绩，但被他的医生以再打下去人会痴呆的理由劝退了；另外还有伯特·米勒和斯蒂夫·皮克林这两位县议会议员——他们和德鲁·T.巴里一样，也曾站上过猎鹿比赛的颁奖台。这样朝监狱进发的就有十九个人了，听说监狱里的女人可能和昏睡症有关，甚至有可能知道疗法以后，所有人都渴望能参加这次行动。

7

特里很高兴，但觉得能凑够二十个人就更好了。维恩·兰格尔惨白的脸和被咬断的脖子他永远都不会忘记。同时，他又无时无刻不感受到吉尔里的存在，吉尔里虽然不怎么说话，却像影子一样监督着他做的每件事，判断着他做出的每个选择。

但特里对此并不介意。他已经知道了该怎么解决这件事：通过诺克罗斯找到埃薇·布莱克，再通过那个叫布莱克的女人结束这场噩梦。特里不知道找到她以后会发生什么，但知道到那时一切都会结束。一切都结束以后，他才能把维恩·兰格尔那张毫无血色的脸抛诸脑后，才能把早已被厚厚一层膜包住的妻子和女儿的脸抛诸脑后。换句话说，一切都结束以后，他会好好喝个痛快。他知道弗兰克一直在怂恿他喝酒。但那又怎么样呢？喝点酒又会怎么样呢？

唐·皮特斯受命给杜林女子监狱的男警官一一打电话，他很快发现诺克罗斯手里最多只有四位狱警。其中的韦特莫尔是个同性恋，墨菲之前是个历史老师。除了布莱克那个女人和伯克那个老傻瓜以外，诺克罗斯手里最多还有三四个他不知道的人，这意味着诺克罗斯那边最多只有十来个人。无论拿到多少武器，激烈交锋以后很难指望这点人能守住阵地。

特里和弗兰克在主街上卖酒的商店门前停下车，店门开着，店里人很多。

"再怎么样她都不会爱我了！"一个傻瓜挥舞着酒瓶对店里的所有人说。他身上一股臭烘烘的酒味。

架子上大部分地方都空了，但特里找到了两瓶金酒，他用他觉得很快就会没用了的美元付了钱。他把一瓶酒倒进弗兰克给他的小酒瓶，把另一瓶酒放在纸袋里随手拿着，接着和弗兰克走进附近的一条小巷。小巷通向堆放了许多垃圾袋和被雨泡软的纸板箱的一个院子。约翰尼·李·克朗斯基磨损的公寓门就在一层，门的两边有两扇窗，窗上没有玻璃，取而代之的是塑料布。

克朗斯基应了门，这位西弗吉尼亚的传奇人物看见了纸袋里装着的酒。"只有带礼物的人才可以进来。"说着他拿过酒瓶。

客厅里只有一把椅子。克朗斯基说椅子得由主人来坐。接着他不顾特里和弗兰克在场，两口喝掉大半瓶酒，喉结像鱼线尽头的浮标似的一起一伏。桌子上放着一台没开声音的电视机，电视机里播放着包着膜的女性躯体浮在大西洋里的画面，洋面上的女性身体看上去像诡异的救生筏。

特里心想，万一哪条鲨鱼要咬其中一具会怎么样。他猜想这种情况发生的话，鲨鱼一定会大吃一惊的。

但这意味着什么呢？看这种画面又有什么用呢？

特里觉得喝点酒可能会有用，他拿出弗兰克的小酒瓶喝下一口酒。

"那些女人是从失事的飞机上掉下去的。"约翰尼·李说,"这样浮在水面上很有趣,你们说是不是?那层东西肯定像木棉类的物质一样非常轻。"

"太壮观了!"特里惊叹道。

"的确很壮观。"约翰尼·李咂了咂嘴唇,他是个挂牌的私家侦探,但不查案子,不接调查出轨的活。在二〇一四年以前,他一直为尤利西斯能源解决方案公司工作,扮作矿工不断辗转在公司的不同部门之间,探听有关工会组织的各种消息,设法除掉那些看起来特别活跃的工会领导人。换句话说,他就是矿业公司养的一条狗。

可接着他惹上了麻烦,可以说是非常大的麻烦。矿井遇上了塌方,克朗斯基正好操作了导致塌方的爆破作业。三位被埋的矿工恰好先前大声讨论过选举的事情。更具毁灭性的是,其中一人穿着印有伍迪·格斯里[1]头像的T恤。尤利西斯公司的律师使公司摆脱了蓄意谋害的罪名——他们成功地说服陪审团这只是一起悲惨的事故——但作为当事人的克朗斯基却被强令退休了。

这也正是约翰尼·李之所以回到出生地杜林的原因。现在,他住在位置理想的公寓——走出小巷转个弯就是酒品商店——可以一直住在这儿喝到死。每个月,约翰尼·李都会通过联邦快递公司收到一张支票。特里在银行里认识的一个女人说,寄给约翰尼·李的支票票根上总是写着"费用"这两个字。每月给约翰尼·李的费用应该不多,不然他不会住得这么寒酸,但凑合着过日子应该够了。特里熟悉约翰尼·李这个名字是因为约翰尼·李住进来不到一个月,邻居便因为听见打碎玻璃的声音报了警——有人用石头或是砖块砸破了克朗斯基家的玻璃,无疑是工会派来的密探干的。约翰尼·李本人从没打过报警电话。他想让人知道他一点都不在乎——他克朗斯基才不会在乎工会的那堆烂人呢!

奥罗拉病毒暴发前的一天下午,特里和莉拉开着一号巡逻车外出巡逻,两人谈到了克朗斯基。莉拉说:"终究会有哪个心怀不满的矿工——多半是被克朗斯基杀掉的人的亲属——会开枪把他的头给轰掉。那个该死

---

[1] 美国民谣歌手,他的歌反映了美国大萧条时期人民的生活与抗争。

的孙儿子也许很高兴能这么死。"

8

"监狱发生了状况。"特里说。

"大人，现在哪里都会有状况。"克朗斯基有张憔悴、饱经风霜的脸和一双黑色的眼睛。

"不说其他地方，"弗兰克说，"我们只说这里。"

"我才不在乎这儿还是那儿呢！"约翰尼·李猛喝一口，把酒瓶里的酒都给喝干了。

"我们也许得炸掉些东西。"特里说。

巴里·霍尔登和他抢劫警察局的同伴拿走大量武器，却唯独没拿走格里纳兄弟的塑胶炸弹。"你知道如何引爆塑胶炸弹，对吗？"

"我也许能行，"克朗斯基说，"大人，你们想让我干什么？"

特里盘算着怎样才能说动克朗斯基。"告诉你，车轮酒馆的普吉·马龙已经站在我们这边了，如果跟着我们，你这辈子的酒就不用愁了。"特里知道，让克朗斯基免费喝酒的时间应该不会很长。

"嗯。"约翰尼·李说。

"当然，这也给你提供了个对城镇做出伟大贡献的机会。"

"杜林怎么样我才不管呢！"约翰尼·李·克朗斯基说，"但何不尝试一下呢？没理由不干啊！"

这样他们就有二十个人了。

9

杜林女子监狱没有警戒塔。监狱顶上铺着一层防水纸，防水纸旁排列着一根根的通风管和排气管。除了防水纸和管道之外，屋顶就只有边缘不到半英尺高的一圈砖块了。对屋顶进行评估以后，威利·伯克告诉克林特他喜欢屋顶三百六十度无遮挡的视野，但这在战略上没有任何优势。"你看，这里连一颗子弹都挡不住。你看用那里的小屋怎么样？"老人指着楼下的一处小屋说。

尽管在监狱的平面图上标着"设备库"，但屋子里存放的东西应有尽有，有犯人们（信得过的犯人）用来整修垒球场的割草机，还有园艺工具、运动器材和用麻线捆绑的一捆捆腐坏的报纸和杂志。最重要的是，这个小屋是水泥砖建造的。

克林特和威利到里面细细查看。克林特从小屋里拉出一把椅子到屋后，威利在屋檐下坐了下来。

他们所处的位置不会被围栏外的人发现，但能被设备库和监狱之间火线上的人看到。"如果他们只集中在一侧，那就很好办。"威利说，"我可以透过眼角的余光看见他们，把他们给办了。"

"如果两侧都有人呢？"克林特问。

"如果两侧都有人，我也照干不误。"

"你需要帮助，需要有人支援。"

"医生，你的话让我不由得希望自己年轻时多去教堂做几次义工。"

老家伙亲切地看着克林特。在威利来监狱这件事上，唯一的解释是，他觉得莉拉想看到他们所做的抵抗，他需要把克林特作为莉拉意愿的进一步保证。尽管这个阶段克林特无法确定莉拉的意愿究竟是什么，但他很愿意给威利这个保证。克林特觉得莉拉仿佛已经离开了很多年。

克林特试着给予威利同样的亲切——在大敌当前时表现得漫不经心一点——但他残存的那点幽默似乎已经随着跌出巴里·霍尔登房车后车门的格尔达·霍尔登和加思·弗利金杰消失了。"威利，你去过越南，是吗？"

威利举起左手，手掌上有一大片疤痕。"你看，我身上的一小部分还留在越南呢！"

"那种感觉怎么样？"克林特问，"我想问你那时感觉怎么样？你一定失去了不少朋友。"

"哦，是的，"威利说，"我的确失去过朋友。至于我的感觉，主要是害怕。还有困惑。始终都是这种感觉。你现在也是这种感觉吗？"

"是的，"克林特承认，"我从没有受过这方面的训练。"

两人一同站在午后柔和的阳光下。克林特不知道威利能否体会他真正的感觉——的确有些害怕和困扰，但同样有兴奋。尽管对未来的行动有失望、沮丧、失败和不可能做到的预期，但准备时还是会生出一丝丝快感。克林特在自己身上就看到了这种抑制不住的冲动和快感。

他告诉自己不能这么想，他也许并没那么想，但有点快感并不坏。似乎有个和他长得一模一样的人，开着一辆敞篷小轿车，在红绿灯前原先那个克林特的旁边停下车，认出对方以后点了点头，等信号灯转绿后，那个同行者便踩下油门，飞一般地把车开走了。原先的那个克林特只能看着他加速离开。新的克林特必须赶紧行动，因为他任务在身，有任务是件好事。

走到监狱后侧的时候，威利把在特鲁曼·梅威瑟拖车附近看到飞蛾和精灵手帕脚印的事告诉了克林特。上百万只飞蛾有的栖息在树枝上，有的成群在树顶盘旋。"是从她那儿来的吗？"威利和其他人一样也听到了流言。

"是的，"克林特说，"那些还不到全部飞蛾的一半。"

威利对此并不怀疑。

他们拽出另一把椅子，给比利·韦特莫尔发了一支自动步枪。这是一支改装（合不合法克林特不甚了解，也完全不在乎）的全自动步枪。这样小屋两边就都有人守着了。这不是完美的方案，但他们只能做到这些。

10

莉妮·马尔斯长了膜的身体躺在警长办公室前台后的地板上，身旁的笔记本电脑上依然播放着伦敦眼倒塌的视频。在特里看来，莉妮应该是在睡着时跌落下了椅子。莉妮像一座小山似的躺在地上，挡住了一部分通向警察局办公区的通道。

克朗斯基跨过莉妮，沿着通道往前找着证物柜。特里不喜欢克朗斯基无礼的态度。"嘿，你他妈没看见地上躺着个人吗？"

"特里，没事，"弗兰克说，"我们会照顾好她的。"

他们把莉妮搬到一间拘留室里，轻轻放在床垫上。莉妮应该刚睡着，眼睛和嘴上蒙着的膜还很薄。她嘴唇歪着向上，露出狂喜的表情——天知道她为何如此开心，也许仅仅因为努力保持清醒的斗争终于结束了吧。

特里又喝了点酒。他放下小酒瓶，突然觉得拘留室的墙壁向自己冲来，他连忙伸手扶住墙。过了一会儿，他终于抵着墙站直了。

"我很担心你，"弗兰克说，"你——我觉得你有点用药过度了。"

"我……我很好。"特里一边扑打着飞舞在耳边的飞蛾，一边含混不清地说，"弗兰克，你对我们能被武装起来感到高兴是吗？你想要的就是这个，是吗？"

弗兰克久久地盯着特里。这一眼是空洞的，完全没有威胁，就像孩子盯着电视屏幕一样——好像两人都灵魂出窍了一般。

"不，"弗兰克说，"并不是高兴。这只是工作，放在我们面前的工作。"

"你在教训别人之前是不是都会这样说服自己？"特里饶有兴趣地问，同时也很吃惊弗兰克像被拍了一巴掌似的畏缩了。

他们出来的时候，克朗斯基正等在接待室里。他已经找到了塑胶炸弹，就是有人在格里纳家附近的采石场找到的放在警察局待处理的那捆塑胶炸弹。约翰尼·李的表情很不满。"伙计们，这炸弹根本不能用。不仅旧了，而且很不稳定。尽管是塑胶炸弹……"说着他摇了摇头，这让弗兰克耷拉下了脸，"即便放在卡车下轧，多半都不会发生什么事。"

"那你是想把炸弹留在这儿了？"特里问。

"当然不是，"克朗斯基似乎被激怒了，"我喜欢炸弹，一直都很喜欢，炸弹总能让我产生一种怀旧的情愫。我们可以把它包在毯子里带走。如果能在睡美人的置物柜里找到件厚毛衣就更好了！另外，我还要去五金店里取点东西。警察局和五金店一定有往来账户是不是？"

特里和弗兰克离开之前，把没被霍尔登那伙人拿走的枪支和弹药装进一只背包，并带走了他们找到的所有防弹背心和头盔。武器的数量不多，但他们民防团的团员——叫民防团就挺好——还可以从家里拿上些武器。

莉妮的置物柜里没有毛衣，约翰尼·李只能用浴室里找到的几条毛巾把炸药包上。他像抱婴儿一样把炸药抱在胸前。

"如果要发起攻击的话，"弗兰克看了看外面的天，"现在已经晚了。"

特里说："我知道。今晚我们先把伙计们弄到那里，让所有人知道是怎么回事，是谁在掌权。"说话时若有所指地看着弗兰克，"我们再上城里的车辆调配场征用几辆校车，把它们停在三十一号公路和西拉文路的十字路口，就是设路障的地方，这样伙计们就不用在荒郊野外睡觉了。留六到八个人放哨，形成……"说着他比画了个圈。

弗兰克帮特里说出一时说不出口的那句话："形成一个包围圈进行监视。"

"没错，就是这个。需要闯进去的话，我们可以明天早晨从东面往里闯，可能需要几辆推土机。让珀尔和特里特去建设工地调几辆过来，钥匙在工地用作办公室的拖车里。"

"很好。"弗兰克说。这计划真的很好。他就没想到用推土机。

"明天早上，我们先用推土机把栅栏铲开，前往停车场对面的监狱主楼，大模大样地出现在他们面前。之后第一步，向前推进，迫使他们远离门和窗户。第二步，约翰尼·李把门炸开，让我们进入大楼，迫使他们放下武器。我想他们到时会放下武器的。派些人去大楼后面，确保他们不会从后面逃跑。"

"有道理。"弗兰克说。

"但首先……"

"首先要做什么？"

"今晚我们要找诺克罗斯谈谈。面对面谈，如果他够男人的话。在发生不可挽回的事情之前，给他个机会把那个女人交出来。"

弗兰克的眼神透露了他的想法。

"弗兰克，我知道你在想什么，可如果他理智的话，他会觉得这么做是对的。毕竟，他负有责任的生命不仅仅是她。"

"如果他仍然说不呢？"

特里耸了耸肩。"那我们就闯进去抢她。"

"无论如何都要得到她吗？"

"是的，无论如何都要得到她。"两人走出警局，特里锁上了警局的双层玻璃门。

11

兰德·奎格利拿出工具箱，这儿凿凿那儿敲敲，用两个小时取出了探视室水泥墙上用钢丝加固的小窗玻璃。

蒂格·墨菲站在兰德身旁吸烟喝可乐。禁止吸烟的标志已经被挪走了。"如果是犯人的话，"兰德说，"这得在原有的刑期上再加五年。"

"幸好我不是犯人，对吧？"

蒂格往地板上弹了弹烟灰，决定不对兰德说出自己的想法：如果被关意味着你是个犯人，那他们现在就都是犯人了。"伙计，这种地方真的是人造出来的吗？"

"是啊，像是想把这造成监狱似的。"兰德说。

"去你的！这里本来就是座监狱。"

玻璃取出来的时候，蒂格连声鼓掌。

"女士们先生们，谢谢你们，"兰德学着猫王的样子说，"非常感谢你们！"

窗玻璃拿掉以后，兰德可以站在他们刚刚拉到窗底下的桌子上，把枪从窗口伸出去。这里是他的哨位，对停车场和监狱正门来说都是很好的射击角度。

"他们以为我们是娘娘腔，"兰德说，"可我们不是。"

"伙计，说得没错。"

克林特把头伸进探视室。"蒂格，跟我来。"

克林特和蒂格走上台阶，走到 B 区抬高的一层。这里是监狱的制高点，这栋楼唯一有二楼的部分。B 区的二层有几扇窗面对西拉文路，这里的窗比探视室的窗更牢固——厚而且加固过，像饼里夹的肉馅一样夹在两层水泥之间。兰德想必无法用手工工具把这里的窗玻璃敲出来。

"我们守不住这一头。"蒂格说。

"是的，"克林特说，"但这里是个绝佳的瞭望台，我们根本没必要守着这里，对吧？对方无法从这儿突破进来。"

这在克林特看来是个无可争辩的事实，跟他们所站的位置隔着几间牢房、正在牢里放松的斯科特·休斯正好听见了他们的谈话。"我敢肯定你们这些家伙一定会以某种方式被杀，你们被杀的时候我不会为你们掉一滴眼泪，"他大叫，"但精神科医生说得没错，用火箭炮才能在这面墙上打出个洞来。"

12

杜林的男人们各自武装，组成两股敌对势力准备殊死一战，这时，山区三县仍然醒着的女人只有不到一百个了。其中有埃薇·布莱克，有安琪尔·菲茨罗伊，还有珍妮特·索利。

瓦妮莎·兰普利也是一个。这天早些时候，她丈夫终于在扶手椅上睡着了，瓦妮莎终于可以做决定要做的事了。在她射杀雷·登普斯特回到家以后，托米·兰普利试着和妻子一起长时间不睡觉。瓦妮莎很高兴有丈夫陪伴她。但电视上的烹饪比赛节目却让他疲惫不堪，比赛中分子美食的教学更是让他进入了梦乡。瓦妮莎确定丈夫睡得很熟以后才离开家。她不想让比她大十岁、被心绞痛困扰、装着个钛合金屁股的丈夫在剩下这些年里照顾她熟睡的身体，也没兴趣成为世界上最令人沮丧的家具。

尽管很累，但瓦妮莎仍然尽量保持脚步，不想打扰丈夫的睡眠。她悄悄溜出房间，去车库拿了猎枪，并给猎枪上了膛。她打开车门，启动自己的越野车，把车开出车库。

她的计划很简单：穿过森林到公路旁的山上，呼吸新鲜空气，观赏周围的景色，留张字条给丈夫，把枪抵在下巴下开一枪。就此别过吧。至少他们没有孩子。

瓦妮莎开得很慢，生怕因为疲劳发生事故。越野车厚重的轮胎把轧到的每一根树根和每一块石头都飞溅到她粗壮的胳膊上，仿佛深深扎进她的骨头，但瓦妮莎毫不在乎。一点点细雨刚刚好。尽管很疲惫——脑子里乱作一团——瓦妮莎却强烈地感受到了身体的每一种感觉。像雷那样不知道自己要死会不会更好？瓦妮莎能问出这个问题，脑子却想不出答案。每个答案都在形成实质性的内容以前消失得无影无踪。杀了一个如果她不动手就会杀另一个囚犯的犯人为什么感觉如此糟糕？仅仅是履行自己的职责为什么感觉如此糟糕？这些问题的答案不会有什么关系，答案甚至连影了都没有。

瓦妮莎到了山上，她停下来下了车。远处监狱的方向，一层黑色的烟雾盘旋在天空中，残余的林火渐渐熄灭。下方的土地呈缓坡渐渐下降，最下面的泥泞小溪因下雨涨了水，离小溪几百码的地方有个屋顶满是青苔的打猎屋，有烟从烟囱里缭绕升起。

她拍了拍口袋，意识到自己忘了带纸笔。瓦妮莎很想笑——自杀用不着这么复杂不是吗——但她实在笑不出来，只是长叹了一口气。

弄不到纸和笔，那就没办法了。她的想法本来不难被猜到，但如果她的尸体没被找到，那可就有点难了——如果还有人惦记着找她的话。想到这一层，瓦妮莎解下了背上的枪。

当瓦妮莎把枪抵在下巴下面的时候，打猎屋的门砰一声打开了。

"他最好还藏着那只爆音管[1]，"一个男人说，这个声音爽脆而清晰，

---

[1] 美国 DC 漫画中的一种科技，此处用来比喻武器。

"不然他会希望那个抓狗的家伙能早点干掉他。对了，带上警方通讯器，我想时刻了解警方在做什么。"

瓦妮莎放下枪，看着两个男人爬上一辆闪亮的雪佛兰皮卡，把车开走了。她知道自己认识他们，他们的长相她很熟——像两只惊魂未定的林中老鼠——但不是在哪一次商业活动的颁奖礼上看到的。如果不是这么缺觉的话，她一定能很快想起他们的名字。这时她的脑子里混沌一片。越野车早就停下了，但她仍然能感觉到车在跳跃。瓦妮莎眼前疾速掠过一个个影像。

皮卡开走以后，瓦妮莎决定去小屋里看一看。那里肯定有些能写字的东西，即便只是过期的日历背面也好。"还需要找个东西把纸钉在我的衬衫上。"她说。

她自己的声音模糊而怪异，像是另一个人发出来的。这时有个人正站在她身边，但只要她转过头，那人就消失不见。这种现象发生得越来越频繁：监视者潜行在她视线的最远端。瓦妮莎知道这是幻觉。在完全失去理性思考能力之前，她又能保持清醒多久呢？

瓦妮莎登上越野车，沿着山路前行，下坡以后，越野车拐上一条通往打猎屋的崎岖不平的小路。

小屋里有股豆子、啤酒、烤鹿肉和男人体臭混杂的味道。碗凌乱地放在桌子上，水槽里满是锅碗瓢盆，烧木头的炉子上放着几口土锅。壁炉架的相框里裱着一个狞笑男人的照片，他的肩膀上扛着锄头，头上戴着农夫软帽，帽檐压得很低，触到了他的耳尖。看到照片上这个乌贼般的男人，瓦妮莎就知道刚才那人是谁了，因为不到十二岁时父亲就指着刚才照片里的男人让她看过。那次父亲正巧带她去车轮酒馆。

"那是大洛厄尔·格里纳，"父亲说，"亲爱的，我要你离他远点。如果他跟你打招呼，你就回他一声，客套几句以后，马上继续走。"

刚才那两个家伙应该是大洛那两个不争气的儿子。梅纳德和小洛本应在库格林的监狱里等待接受一起基蒂·迈克达出庭做证的杀人案和其他案件的审判，现在却大摇大摆地开着一辆崭新的雪佛兰皮卡从她面前离开了。

在一条可能通向卧室、两边是松木板墙的走廊里，瓦妮莎看见一本吊在线上的破烂笔记本。笔记本里的纸正好可以写遗书，但瓦妮莎突然决定继续醒着，至少再多醒一段时间。

她高兴地离开了这个满是臭味的打猎屋，以自己能驾驭的最快速度开上了路。开了大约一英里，小道转上了杜林许多泥泞道路中的一条。路左边散落着些尘土——因为细雨的原因尘土不多，但足以告诉瓦妮莎逃亡者拐上了哪条路。到达七号公路的时候，兄弟俩已经领先了她许多，但这里是下坡的开阔路，瓦妮莎轻易就能看见因距离而有点模糊、但显然是往城里开的那辆雪佛兰皮卡。

瓦妮莎清脆地在两边面颊上各打了一下，继续跟在皮卡后面。她浑身湿透了，但寒冷可以帮助她保持清醒。如果她是潜逃的杀人犯，那这会儿都已经在去佐治亚的路上了。但这兄弟俩没这么干，他们回城了——肯定是去做什么坏事。她想知道他们要做什么，也许能阻止。

这是对雷的赎罪。

第十一章

1

弗里茨·梅肖姆不愿交出他的火箭炮，至少不付钱不交。直到梅纳德紧抓住他的肩膀，小洛几乎把右胳膊拧到他的肩胛骨，他才改了主意，打开摇摇欲坠的小屋地板上的活板门，露出格里纳想要的那件宝物。

小洛本以为火箭炮像二战电影里一样是绿色的，但没想到弗里茨的火箭炮是黑色的，边上写了一长串序列号，底下还有些有趣的俄文字母。炮口边缘还生了锈。火箭炮旁边躺着的背包里放着印有更多俄文字母的炮弹。活板门下面还有八到十支步枪和差不多二十支手枪，大多数步枪是半自动步枪。兄弟俩往腰带里塞了几把手枪。男人的腰带里只要插上把手枪，他便会觉得自己有了某种优先权。

"那是什么？"梅纳德指着火箭炮扳机座上闪亮的黑色塑料方块问。

"我不知道，"弗里茨看了眼说，"多半是统计发射炮弹数目的标签。"

"上面有英语。"梅纳德说。

弗里茨耸了耸肩。"那又怎么样啊？我的一顶高尔夫球帽的标签上还印着中文呢！每个人都可以把手头的东西卖给其他人。幸亏有犹太人为我们创建了做生意的这套规则。他们犹太人……"

"别管那些该死的犹太人。"小洛说。如果弗里茨再唠叨下去，他很快就会去找联邦政府的人，让他们在春天的剩余日子里把这里的地洞翻个底朝天。"我只关心火箭炮能不能用。如果不能用，现在就告诉我，不然我们一定会回来把你的蛋给撕碎。"

"小洛，不管怎样，我们先把他的蛋撕碎吧，"梅纳德说，"我是这么想的，他的蛋一定非常小。"

"能用，肯定能用。"相比于生殖器，弗里茨更愿意谈火箭炮的事情，"你们这些混账东西，快把我松开。"

"兄弟，这家伙的嘴可真够硬的。"梅纳德说。

"是啊，"小洛说，"嘴是很硬。但我们这回暂且饶了他。拿上几把小破手枪就走人。"

"这不是小破手枪，"弗里茨不满地说，"这都是些军队用的全自动……"

"闭嘴的话对我来说会更好，"小洛说，"对我好也就是对你好。我们现在要走了，但如果你的火箭炮派不上用场的话，我们会马上回来，把炮连同扳机座一起塞进你的屁眼！"

"是的，先生，就这么办！"梅纳德大声说，"看塞进去以后还能不能拉出屎来。"

"你们想拿我的爆音管干什么？"

小洛笑了笑。"现在，安静，"他说，"别问那些跟你无关的事情。"

2

在四分之一英里外的一个山顶上，瓦妮莎·兰普利看着雪佛兰皮卡开进弗里茨·梅肖姆家脏兮兮的前院。她看着兄弟俩下车，几分钟后拿着许多东西回到偷来的车上——无外乎是又偷了些东西——把东西放进了车厢。接着，他们又一次开车向杜林前进。她考虑是否要在他们离开后去梅肖姆家盘问一下，但觉得以自己目前的精神状态，无力问出什么有意义的东西。再者说，她真的有必要去问吗？杜林所有人都知道弗里茨·梅肖姆喜欢捣鼓有扳机或能爆炸的东西。事情很明显，格里纳兄弟就是上那儿弄枪的。

她自己也有枪，一把老式的斯普林菲尔德步枪。那把枪也许和车厢里偷来的那些武器根本无法相比，但那又怎样呢？一小时之前她还打算弃这个世界而去，现在又有什么害怕失去的呢？

"伙计们，想给我找点事干吗？"瓦妮莎转动钥匙，准备发动车，加速（她犯了个错，开车出发前她老是忘记检查油箱里还剩多少油），"那好，让我们看看是谁给谁找事吧？"

3

在打猎屋的几天，格里纳兄弟只是时不时收听一下警方通讯器，但进城的路上他们一直听着，因为警用频段突然像疯了一样。梅纳德一心加大马力开车，丝毫顾不上接收器里的语音传输和串音，但洛厄尔却明白了通话的大致含义。

有人——实际上是好几个人——从警察局的武器库里拿走了大量枪支，警察们急得像热锅上的蚂蚁。抢劫枪支的至少有两人被杀，但警察也死了一个，其他抢劫者乘坐着一辆大房车逃掉了，带着偷走的枪支弹药到了女子监狱。警察们还一直谈论着他们想从监狱里抢出来的一个女人，抢劫枪支者似乎想把那个女人控制在自己手中。小洛对这部分内容没怎么听，事实上，他也不是很关心。他关心的是警察已经组织起一个民防团，正准备一场大战，也许这场战斗会从明天早上开始，警方计划在三十一号公路和西拉文路的路口集结。这意味着警察局没人防卫。小洛也因此想出一个抓基蒂·麦克戴维的绝妙计划。

"小洛？"

"兄弟，怎么了？"

"我无法从这些胡话里听出谁在管事。有人说库姆斯警官从诺克罗斯那个婊子那里接过了权力，有人说管事的是个叫弗兰克的家伙。对了，弗兰克是谁？"

"不知道也不关心，"小洛说，"但我们进城后，我要你帮我盯着一个小家伙。"

"你说的小家伙是谁？"

"岁数足以骑自行车并载着故事的小家伙。"小洛在把偷来的雪佛兰皮卡开过写着"**欢迎来到杜林，一个养家的好地方**"的标牌时说。

铃木越野车在开阔路段可以开到每小时六十英里，但这时天已经黑了，瓦妮莎的条件反射也几近于无，她不敢让时速超过每小时四十英里。开过写着**"欢迎来到杜林"**的标志牌时，格里纳兄弟的雪佛兰皮卡已经消失了。也许跟丢了他们，但也许还没有。主街上几乎没什么人，瓦妮莎希望在主街上行驶或停下来时，把这两个寻找抢劫财物的坏小子抓个正着。如果找不到他们的话，她觉得最好去趟警察局，把兄弟俩的形迹报告给当班的警察。这对想通过抓坏蛋来弥补射杀囚犯苦楚的瓦妮莎来说是种令人扫兴的结局，但正如父亲说的那样——有时候你会得到你想要的，但大多数时候只能拿着上天给你的东西。

城区从道路一边的巴伯美容美甲店和另一边的一流五金店（约翰尼·李·克朗斯基最近为了寻找工具、电线和电池米过这里）开始。瓦妮莎的越野车发动机在两家店之间的路上发出两声嘎吱嘎吱的响声，回了下火，然后彻底歇菜了。她看了一下燃料表，发现燃料已然耗尽。对这该死的完美一天来说，这算是个完美的结尾吗？

如果一个街区前面的地区加油站有人的话，瓦妮莎也许能买到油。但天已经黑了，该死的格里纳兄弟可能会在任何地方，以瓦妮莎目前的状态，哪怕只是走过一条街都会很艰难。最好还是按照她起初出门时的想法一了百了……可如果当初畏难放弃，她就成不了掰手腕比赛的州冠军了。难道她现在想放弃了吗？

"不到最后一刻决不罢休。"对着抛锚的越野车自言自语了一句以后，瓦妮莎沿着没人的人行道朝警察局走去。

警察局对面是德鲁·T.巴里保险公司，保险公司的业主这时正在西拉文路，和民防团的其他成员在一起。小洛把车停在保险公司后面一块竖有**"巴里顾客专用，其他车辆都会被拖走"**标牌的空地里。保险公司的后门关着，但梅纳德用厚实的肩膀撞了两下就撞开了门，小洛拖着他们在保龄球馆旁找到的骑车男孩跟在后面。兄弟俩刚才念叨的男孩是高中网球队成员、埃里克·布拉斯的密友肯特·戴利。肯特的自行车这时放在雪佛兰皮卡后面。尽管已经是个大男孩了，肯特却在哭鼻子。小洛觉得十来岁的女孩哭鼻子还说得过去，男孩十岁就该少哭，十二岁左右应该完全不哭了。但小洛决定这次不去管他。肯特也许觉得自己会被鸡奸或是被杀呢！

"小子，闭嘴。"他说，"表现好的话，你会没事的。"

他猫着腰跟着肯特走进满是桌子和贴着"合适保单能让家庭摆脱贫困"的海报的前屋。面对无人商业街的前窗上用金箔片贴着德鲁·T.巴里这几个字。小洛往窗外看，看见对面人行道上有个女人正向前走。女人很胖，长得不太好看，剃着女同性恋的平头，但这时能看见个把女人就已经很稀罕了。女人朝保险公司看了看，但屋子里没开灯，除了街灯映在地上的倒影外什么都看不见。她走上警察局的台阶推了推门。门锁着，小城的警察局不该为你这样的居民打开门吗？小洛心想。但在枪支被偷以后锁上门也很正常。这时女人又试起了门上的对讲装置。

"先生，"肯特怯生生地说，"我想回家，如果你们想要我的自行车的话，我就把它留下。"

"你这个满脸粉刺的小鬼，我们想要什么就有什么。"梅纳德说。

小洛扭了下男孩的手腕，男孩痛苦地号叫起来。"叫你闭嘴就给我闭嘴！兄弟，去把火箭炮拿来，再带上点子弹。"

梅纳德离开了，小洛转身看着男孩。"钱包里的学生证说你叫肯特·戴利，住在杜松大街十五号，对吧？"

"是的，先生。"男孩用手背从一侧面颊上擦去鼻涕，"我是肯特·戴利，我不想惹上麻烦，我只想回家。"

"肯特，你麻烦大了。我哥哥是个变态的家伙，他最大的爱好就是伤害人。你想想你做了什么才会导致如此不幸啊。"

肯特舔了舔嘴唇，飞快地眨了眨眼。他张开嘴想说话，但没说就闭上了。

"没错，你的确做了某件事情。"小洛笑了。看别人怀有负罪感是件很滑稽的事情。"家里有谁在？"

"爸爸妈妈。但我妈妈，你应该知道……"

"睡着了吧？"

"是的，先生。"

"但你爸爸还好？"

"是的，先生。"

"想让我去杜松路十五号，把你爸爸该死的头给轰掉吗？"

"不想，先生。"肯特小声说。泪水顺着他苍白的面颊往下流。

"你当然不想，但如果你不照我说的去做，我就会把他的头给轰掉。你会照我说的去做吗？"

"是的，先生。"这回声音更轻，只是嘴唇间吐出的一口气而已。

"肯特，你多大了？"

"十……十七了。"

"老天，已经可以像模像样地参加选举了，而你却还像小孩子那样在哭。快别哭了！"

肯特尽最大努力停止了哭泣。

"骑车骑得快点，你能做到吗？"

"我想能，去年我赢过三县四十英里自行车比赛。"

小洛不知道三县四十英里自行车比赛是什么东西，也压根不在乎。"你知道三十一号公路和西拉文路的交叉口吗？就是去监狱的那条道。"

梅纳德带着火箭炮和子弹盒回来了。对街体格雄壮的女人放弃对讲装置，垂着头沿着来时的路往回走，淅淅沥沥的小雨这时终于停了。

小洛跟肯特握了握手，发现肯特正用害怕又兴奋的眼神盯着火箭炮。"知道那条路吗？"

"是的，先生。"

"很好。到那儿你会碰到好些人，我想让你带一条口信。把口信告诉叫特里或叫弗兰克的人，或跟他们两个人一起讲。现在你听我说。"

6

这时，特里和弗兰克已经跳下一号巡逻车，正在朝杜林女子监狱的双层门走去。民防团的十位成员守在十字路口，其他人守在监狱四周被特里称为方阵的阵地上：北面，东北面，东面，东南面，南面，西南面，西面和西北面。四周都是树林，民防团成员浑身都湿漉漉的，可他们似乎一点都不在乎。所有人都很兴奋。

在挨上第一颗子弹开始哭喊之前，他们一直会保持这种状态，特里心想。

不知是谁的新式卡车堵住了内门。内外门之间的待行区放满了轮胎。空气里有股煤油味，这些轮胎应该都浇上了煤油。这样做很聪明，特里不禁有几分佩服。他把手电筒的光照在诺克罗斯身上，然后又转向诺克罗斯身边满脸胡子的老人。

"威利·伯克，"特里说，"很遗憾在这儿见到你。"

"在这儿见到你我也同样很遗憾，"威利回答道，"你跨越职权，在做不该做的事情。你这是在扮演民防团团员的角色。"他从围兜口袋里拿出烟管，开始往里装烟叶。

特里从来不知道该把诺克罗斯看作医生还是上司的丈夫，于是他直接叫了名字。"克林特，这已经不是光靠谈判能解决的事了。我们有一个警察被杀，是维恩·兰格尔，我想你应该认识他。"

克林特叹口气，摇了摇脑袋。"我的确认识他，对此我感到很遗憾。他是个好人。我希望你同样为加思·弗利金杰和格尔达·霍尔登感到遗憾。"

"霍尔登的女儿是死于兰格尔的自卫，"弗兰克说，"她都快把兰格尔的喉咙咬出来了。"

"我想和巴里·霍尔登谈一谈。"克林特说。

"他死了，"弗兰克说，"这是你的错。"

特里转身看着弗兰克。"让我来解决这件事。"

弗兰克举起手，往后退了两步。弗兰克知道特里做得没错——他又被自己的臭脾气控制了——但他还是为此而憎恶特里。他真想爬过这道顶上卷着铁丝网的围栏，爆掉这两个死心塌地跟着那娘儿们的家伙的头。这时，埃薇·布莱克刺激他的话语仍然在他脑海中挥之不去。

"克林特，你听我说，"特里说，"我想说两边都有错，如果你们现在让我拘押那个女人的话，我保证你们中的任何一个都不会受到指控。"

"巴里真的死了吗？"克林特问。

"是的，"代理警长说，"他也袭击了维恩。"

威利·伯克伸手紧抓住克林特的肩膀。

"我们谈谈埃薇吧，"克林特说，"你们究竟想对她做什么？你们又能对她做什么？"

特里似乎被难倒了，但弗兰克已经准备好了这个问题的答案，他确定无疑地说："我们会把她带到警察局。特里审问她时，我会让州立医院的一组医生马上过来。在警察和医生的共同询问下，我们会知道她是谁，她对女人们做了些什么，她是否能解决目前的危机。"

"她说她什么都没干，"克林特凝视着远方，"她说她只是个使者。"

弗兰克转身对特里说："你知道吗？我觉得这家伙满嘴喷粪。"

特里不满地看了他一眼（眼睛像是稍微有点红）。弗兰克再次举起双手，往后退了两步。

"你那儿没一个医生，"特里说，"你也招不来任何一个助理医生，我记得她们好像都是些女人，现在应该都在膜里睡着了。说到底，你也无法调查她，你只是扣着她——。"

"扣紧她不放手。"弗兰克咆哮道。

"——听她对你说的话——"

"轻信她的话！"弗兰克大喊。

"弗兰克，静一静。"特里轻声说，但转身面对克林特和威利时他却涨红了脸。"不过他说得对。你确实轻信了她所说的一切，就像喝酷爱饮料那样一股脑喝了下去。"

"你们不明白。"克林特说，他的声音很疲惫，"她不是女人，至少不是我们认知中的女人。我想她完全不是个人类。她有一定的能力。她可以把老鼠呼来唤去，这点我相当确信。老鼠按她的要求办事，她就是这样拿到希克斯手机的。人们在城镇周围看到的那些飞蛾也和她有关，她还知道许多她不可能知道的事。"

"你想说她是个巫婆吗？"特里问，他拿出小酒瓶喝了一口。也许谈判期间喝酒不太合适，但他需要点外力来壮壮胆。"克林特，别闹了，接下来你要说她会在水上走路了。"

弗兰克想到在客厅半空旋转的火圈，想到从火圈里飞出的蛾子，然后又想到埃薇·布莱克的那通电话和在电话里说到看见他保护娜娜。想着这些，弗兰克收紧横抱在胸前的胳膊，拼命压制住火气。埃薇·布莱克是谁有那么重要吗？重要的是已经发生的事情、正在发生的事情以及怎样去解决这些事情。

"小子们，睁开你们的眼睛，"威利说，"看看上周全世界发生的事吧。所有的女人都睡在了膜里，你们却抱着那个叫布莱克的女人拥有超自然力量的念头不肯放。你们这些家伙理应做得更好才对。你们应该把手挪出不该碰的地方，让事情按医生所说的她想要的方式发展下去。"

特里想不出别的答复，只能又喝了口酒。看到克林特不屑一顾的眼神，他又喝了第三口，这口是为了发泄对眼前这个王八羔子的恨意。当特里试图把世界维系在一起的时候，克林特这家伙却躲在监狱的大墙后面。他哪有资格评判别人啊？

"她只要求再多给她几天时间，"克林特说，"我也想多给她几天时间。"他紧盯着特里的眼睛说："她预见会有杀戮，她把这点说得很清楚。因为她相信这是男人唯一知道的解决问题的方式。我们不要让她预见的杀戮发生，我们暂时解除对峙，等七十二个小时之后我们再重新观察一下局面。"

"你真这么想吗？你觉得这会有所改变吗？"酒精还没有完全控制特里的大脑，至今为止酒精只是在他的大脑里停留了一下而已，他几乎等同于祈祷地心想：给我个能让自己相信的答案吧。

但克林特却只是摇了摇脑袋。"我不知道。她说她并不能完全控制。但七十二小时不交火将会是正确的第一步，这点我很肯定。对了，她说女人们那里也要进行一次投票。"

特里快笑了。"睡着的女人该怎么投票啊？"

"我不知道。"克林特说。

他在争取时间，弗兰克心想，把自己精神科医生脑子里生搬硬造出来的东西信口胡说出来。特里，你应该能清醒地看出这点，是不是？

"我得好好想想。"特里说。

"好的，但你得想清楚，因此你最好把剩下的酒倒在地上。"克林特把视线转移到弗兰克身上，现在的他们就像小时候为争夺奶昔必须斗斗的男孩，"你身边的弗兰克觉得他能找到解决办法，可我觉得问题恰恰出在他那儿。我想她知道有个像弗兰克一样的家伙，我想她知道世界上总会有弗兰克这种人的存在。"

弗兰克冲上前，把手伸过栅栏，抓住诺克林特的喉咙，克林特的眼珠先是向外鼓胀，然后掉出来垂荡在面颊上……但这只是弗兰克的想象。他在等待着时机。

特里想了想，然后往土里吐了口唾沫。"克林特，去你妈的，你又不是真正的医生。"

当特里举起小酒瓶，挑衅地喝下长长的一口时，弗兰克的内心不禁欢呼起来。到明天，库姆斯代理警长必定会醉得一塌糊涂，他弗兰克就可以掌权了。他不会给克林特七十二小时的宽限期，他才不会管埃薇·布莱克是女巫、童话里的公主还是仙境里的红桃皇后呢！他所需要知道的有关埃薇·布莱克的一切都在那通简短的电话里了。

停止这一切。他对她说——当埃薇打电话给弗兰克时，弗兰克几乎在乞求她。放开那些女人吧。

你必须先把我杀了。那个女人答道。

这正是弗兰克想要做的。如果能让女人们醒过来，就皆大欢喜了。如果不能呢？那同样是为他这辈子唯一在乎的人复仇。既然是否能让女人们醒来根本无关紧要，那问题就解决了。

7

瓦妮莎·兰普利回到抛锚的越野车那里——她不知下一步该怎么办——有个小孩骑着一辆高把自行车从她身边飞驰而过。小孩的车速很快，前额上的头发纷纷往两边吹去，他瞪大双眼，一副惊恐的表情。按眼下的情形，男孩可能有许多害怕的理由，但瓦妮莎确信无疑地知道他为什么害怕。这不是直觉，这是确定无疑的必然。

"孩子，"瓦妮莎叫道，"孩子，他们在哪儿？"

肯特·戴利没理会瓦妮莎，只是踏得更快了，心里想着他们放火烧掉的那个无家可归的老太婆。他们本不该做这种事的。上帝现在要他们付出代价，要他付出代价。他依然骑得很快。

8

尽管梅纳德·格里纳八年级时就已经辍学了（学校也乐得如此），但他对机械方面的事情非常拿手。当弟弟把火箭炮和一枚炮弹拿给他时，梅纳德像一个操弄火箭炮的熟手似的操弄起来。他检查炮弹的高爆弹头，检查炮弹边缘下垂的引线，检查炮弹基座的翅片。他嘟囔两句，点点头，把炮弹基座的翅片和炮管里的凹槽配拢在一起。对梅纳德来说，这是小菜一碟。他指着扳机上方、黑色的塑料统计标签下方的一个操纵杆说："把那个往后拉，她就逃不了了。"

小洛按照梅纳德的交代把操纵杆往后拉，听到咔嗒一声响。"梅纳德，是这样吗？"

"只要弗里茨放的是新电池，应该是这样没错。我想发射炮弹的应该是某类电荷。"

"如果没装新电池，我会回去把他暴打一顿。"小洛说。对着德鲁·T.巴里事务所的厚玻璃窗户，用战争电影里最棒的姿势把火箭炮扛上肩膀时，他的眼睛亮了。"兄弟，站一边去。"

扳机座里的电池是好用的。随着一阵空洞的咝咝声，炮弹从炮管里发射出去。橱窗玻璃被震碎在了大街上，没等兄弟俩来得及深吸一口气，警察局正面就爆炸了。大块玻璃和沙色砖石像雨点一样洒落在街面上。

"呀——嘿！"梅纳德拍着弟弟的背，"兄弟，看到了吗？"

"看到了。"小洛答道。受损的警察局深处传来警报声，人们纷纷跑来看，行政大楼前方这时像一张长满破碎牙齿的张开的大嘴。楼里起了火，纸张像烧焦的鸟的羽毛一样四处飘散。"再给我来一发。"

梅纳德把第二发子弹的翅片推入小槽，把子弹紧固在炮管中。"安好了！"梅纳德兴奋地跳着。这比他们上回把一包炸药放进图珀洛渡口的鲑鱼塘有趣多了。

"朝洞口开火！"小洛大叫着拉扣了扳机。炮弹带着一串烟雾飞过大街，来看热闹的人们不是掉头乱窜，就是摔倒在地。第二发炮弹正中大楼中央。莉妮裹着膜的躯体逃过了第一发炮弹，但是没能逃过这一发。莉妮的身体着了火，一群蛾子从火中飞了出来。

"让我来一发。"梅纳德伸出双手，想从小洛那里接过火箭炮。

"不，我们得离开这儿。"小洛说，"兄弟，你肯定会得到开炮的机会，这个我可以保证。"

"什么时候在哪儿呢？"

"去监狱的时候。"

瓦妮莎·兰普利瞠目结舌地站在越野车旁。她看到了第一道掠过街道的炮弹轨迹，在炮弹爆炸之前就知道这意味着什么。狗娘养的格里纳兄弟一定从弗里茨·梅肖姆那里弄来了榴弹发射器或类似的武器。第二发炮弹产生的浓烟开始消散以后，她看见火焰从原本是窗户的洞口直往外冒。三层门中的一扇扭曲着躺在街上，另两扇不知被炸到哪里去了。

警察局里的人肯定遭殃了，瓦妮莎心想。

杜林起亚专卖店的一位销售员雷德·普拉特跌跌撞撞地向她走来。鲜血瀑布似的从他的右半边脸往下流，他的下唇似乎已经和脸分离了——因为血流的关系，具体情况很难看清楚。

"这是怎么回事？"雷德嘶哑着嗓音问，碎玻璃在他稀疏的头发里闪闪发亮，"他妈的这究竟是怎么了？"

"两个浑蛋家伙做的好事。在继续伤害别的人之前，我得把他们好好治治，"瓦妮莎说，"雷德，你得去哪儿包扎一下。"

她走向加油站，几天来第一次觉得变回了自己。她知道这种状态不会持久，但她要好好利用这段肾上腺激素飙升的时间。加油站开着，但是没有人在。瓦妮莎在停车位上找到一个十加仑的罐子，到一处油泵那里把罐子装满，在收银机旁留下二十美元。世界也许会到尽头，但该付的钱还是得付。

她把油罐带到越野车那里，给油箱加满油，开车出城，向格里纳兄弟来的地方驶去。

10

肯特·戴利的这个夜晚很糟，可现在甚至还不到八点。正当他准备离开三十一号公路、加速朝西拉文路骑过去的时候，有人突然把他抱住，将他摔下自行车。他的头撞在沥青路面上，眼前闪过一道亮光。眼睛适应了明亮的光线之后，肯特看见离脸三英寸的地方晃动着一把枪的枪口。

"你个垃圾！"把肯特抱摔的里德·巴罗斯大叫。里德被安排在特里方阵的西南面。他把枪放下，拽着肯特的衬衫前襟把他拉起来。"我认识你，你是去年把鞭炮放进信箱的坏小子之一。"

人们从新建的和加固的路障旁纷纷跑过来，弗兰克·吉尔里跑在最前面。特里·库姆斯轻微摇晃着走在最后。他们知道城里发生了什么事，已经有十几只手机接到了城里打来的电话，他们能轻松地从这里的制高点看见杜林市中心燃起的大火。大多数人想赶紧回去，可特里怕这是为了转移埃薇出监狱上演的一出调虎离山计，于是命令所有人都坚守住自己的阵地。

"戴利，来这儿干什么？"里德问，"你差点被子弹射中了。"

"我是来送口信的，"肯特揉着后脑勺说，后脑勺没有流血，但肿起了一块，"是带给特里和弗兰克的，给他们俩谁都行。"

"他妈的这是怎么了？"唐·皮特斯问。不知何时他已经戴上了一只橄榄球头盔。两只离得很近的眼睛深陷在额前的护罩里，看上去像只饥饿的小鸟。"这家伙是谁？"

弗兰克把唐推到一旁，单膝跪地凑在孩子身边。"我是弗兰克，"他说，"什么口信？"

特里同样单膝跪地，他的呼吸里有一股酒味。"小子，快说吧。深呼吸……深呼吸一下……让自己振作起来。"

肯特在纷乱的思绪中集中起注意力。"监狱里的那个女人，就是特别的那个，她在城里有些朋友，有许多她的朋友。其中两个抓住我。他们要我让你们停止现在在做的事情，立刻从这里离开。不然警察局的事只会是一个开始。"

弗兰克嘴角伸展，笑了起来。他转身问特里："警长，你怎么看？我们要做好孩子离开这儿吗？"

小洛的智商不高，但他非常狡猾，在兄弟俩被捕之前，他的机警使兄弟俩逍遥法外差不多有六年。（小洛对自己慷慨的天性很是自责，他让麦克戴维那个算不上有多美的女人在兄弟俩身边晃荡，最后她却成了一颗炸弹。）他对人类的心理尤其是男人的心理有本能的理解。当你告诉男人们不该做什么事时，他们却偏偏要去做那件事。

特里没有犹豫。"我们不走，天一亮就闯进去。让他们把该死的县城炸个底朝天吧。"

聚集在周围的男人们声音沙哑、举止粗鲁地欢呼起来，肯特·戴利不禁感到不寒而栗。他只想带着发涨的头回家，锁上所有的门好好睡一觉。

11

至今为止，瓦妮莎的肾上腺激素还保持在较高的水平。她重重地敲着弗里茨·梅肖姆家的门，门框在她的重击下咯吱咯吱地响。一只手指很长、看上去有许多指关节的手拉开肮脏的门帘，一张胡须长得东一块西一块的脸往外瞧了瞧。过了一会儿，门开了，弗里茨刚想开口说话，却被瓦妮莎一把抓住，他像只被大狗抓住的小老鼠一样被猛烈地摇晃起来。

"肮脏的小捣蛋鬼，你究竟卖给他们些什么？是火箭发射器吗？就是火箭发射器，对吗？能在城镇中央炸出那么大一个洞来，他们究竟付了你多少？"

进门以后，瓦妮莎粗鲁地拽着弗里茨走过凌乱的客厅。弗里茨无力地用左手拍打着瓦妮莎的胳膊。他的另一只胳膊用像是床单做的临时绷带固定着。

"放开我！"弗里茨大叫，"猛女，放开我，我的胳膊已经被那两个该死的白痴拧脱臼了。"

瓦妮莎把弗里茨推到一堆旧的色情杂志旁的肮脏扶手椅上。"说吧。"

"不是火箭发射器，是过时的俄国火箭炮。在惠灵的停车场武器交易会上能卖六千到七千美元，那两个乡下小子却从我手里抢走了它！"

"你当然会这么说，难道不是吗？"瓦妮莎气喘吁吁地说。

"这是事实。"弗里茨凑近看着她，目光从瓦妮莎的圆脸移到身前那对大乳房，又移到她的两条粗腿上，然后又从下往上仔细看了一遍。"你是两天来我见到的第一个女人。你醒了多久了？"

"从上周四早晨就一直醒着。"

"我的老天，这一定创造纪录了。"

"连纪录的边都没摸着，"瓦妮莎在网上查过持续不睡的世界纪录，"别管纪录不纪录的了，那两个家伙刚把警察局给炸了。"

"我听见一阵猛烈的爆炸声，"弗里茨说，"我想火箭炮的性能一定很好。"

"哦，的确很好，"瓦妮莎说，"我想你不知道他们下一站会去哪儿。"

"当然不知道，一点头绪都没有，"弗里茨咧嘴笑了，露出很久或压根没看过牙医的两排牙齿，"但我可以查。"

"你怎么查？"

"两个傻蛋看到那个问我是什么，我告诉他们是统计标签，他们竟然信了！"他的笑声听起来像擦过生锈合页的一把锉刀。

"你在说什么呢？"

"我是说定位跟踪器。我在自己所有的高端武器上都安了定位跟踪器，以防它们被偷，火箭炮上自然也装了。我可以通过手机确定火箭炮的方位。"

"把手机给我。"瓦妮莎伸出手说。

弗里茨抬眼看着他，布满皱纹的眼皮底下那双水蓝色的眼睛露出狡黠的目光。"拿到我的火箭炮以后，你能在睡着之前把它还给我吗？"

"不，"瓦妮莎说，"但我不会把脱臼的那只胳膊弄骨折。你看怎么样？"

小个子的弗里茨笑着说："好吧，但这只是因为我对身宽体胖的女人有同情心罢了。"

如果是平时的瓦妮莎，听到这样的评论她会给对方好一顿揍——对她来说揍人很简单，揍弗里茨这样的家伙更是在为民除害——但疲累的瓦妮莎考虑不到这一层。"把手机拿来吧。"

弗里茨倚着沙发站了起来。"手机在厨房桌子上。"瓦妮莎退了几步，枪口一直对着弗里茨。

弗里茨带瓦妮莎走过一条很短很黑的过道进了厨房。厨房里有团令人作呕的烟灰。"你在烧什么东西？"

"那是坎迪。"弗里茨说。他用拳头重击着一张油布面的桌子。

"糖[1]吗？"这团烟灰闻上去不像瓦妮莎知道的任何一种糖果。像焚烧过后的报纸一样的灰色碎片散落在厨房地板上。

"坎迪是我老婆，"他说，"现在已经死了。我用厨房里的火柴把这个多嘴的老太婆给烧了。我从没想到她会冒出那样一种火焰。"他残忍地笑着，露出黑色和棕黄色的牙齿。"知道什么是火焰吗？"

不管累或不累，瓦妮莎再也忍不住了，必须好好治治这个恶毒的王八蛋，这是瓦妮莎的第一个想法。接着她突然发现，油布桌面上可没有什么手机啊！

砰的一声枪响，瓦妮莎感到一阵气窒。她撞上冰箱，坐倒在地，鲜血从大腿上的伤口往外涌。刚才拿的枪从瓦妮莎手里飞了出去。烟雾从她面前的饭桌边缘向外飘散。她很快看见了枪管，梅肖姆在桌面下方粘了把枪。

弗里茨把手枪从强力胶带上扯下来，站起身绕过桌子。"再怎么小心都不过分。我在每个房间都安了一把上膛的枪。"他蹲在瓦妮莎身边，把枪管抵在瓦妮莎的前额上，呼吸里有股烟和肉混合的气味，"这把枪是我爷爷的。肥猪，你觉得这把枪怎么样？"

她没有多想，也不必多想。瓦妮莎·兰普利的右胳膊——在二〇一〇年俄亥俄山谷三十五到四十五年龄组掰手腕比赛的决赛中扳倒"破坏者"哈莉·奥马拉、在二〇一一年同一赛事中使埃琳·梅克皮斯的肘关节

---

[1] 英文中坎迪和糖果是同一个词。

韧带脱位的那只胳膊——已经蠢蠢欲动了。她挥起右手，抓住弗里茨·梅肖姆的手腕，向前猛拉，坚如钢铁的手指用力狠捏。弗里茨向前倒落在她身上。那把老古董手枪从他手里脱落，一发子弹打在瓦妮莎胳膊和身体之间的地板上。弗里茨的身体砸在瓦妮莎身上时，瓦妮莎喉咙里涌出一股胆汁，但还是继续扭着弗里茨的手腕，处于这个角度弗里茨只能在枪还没完全滑落的情况下不断把子弹打在地上。骨头折了，韧带裂了，弗里茨发出惨叫。他咬瓦妮莎的手，瓦妮莎却扭得更狠了，并压低戴着婚戒的左手，开始用左拳一拳一拳地打着弗里茨的后脑勺。

"好了！好了！我叫你祖宗行不行！我服输！"弗里茨·梅肖姆大叫，"够了！"

但瓦妮莎不这样认为。她的肱二头肌弯曲，肌群上的文身——**你的骄傲**——向外鼓胀。

她持续用一只手扭着弗里茨的手腕，另一只拳头猛击他的后脑勺。

第十二章

1

监狱的最后一夜，天空放晴，白天的积雨云被强劲的北风吹向南方，天空里星光闪闪，动物们探出头，观察完外面的情况后交谈起来。没有七十二小时的宽限期，无法重新考量。明天就会发生巨变。动物们突然感到一种风暴即将来临的感觉。

2

埃里克·布拉斯盘坐在三十一号公路路口中央、作为路障的校车的后座上的搭档身旁，听着唐·皮特斯打呼噜的声音。埃里克对烧死老埃茜的最后那点懊悔已经随着这一天的逝去而消失了。如果没人注意到老埃茜的离去，那就说明她没有价值，不是吗？

兰德·奎格利，一个远比大多数人更有思想的男人，此时也坐了下来。他正坐在访客室里，膝头放着一辆掀翻的幼儿专用玩具车，这辆玩具车是他从家庭区拿来修的。兰德对修车的事已经记挂了很久。犯人们的孩子爬进车，想把车往前开，却因为开不动而灰心失望。故障出在一根断裂的车轴上面。兰德从自己的工具盒里拿出一管环氧基树脂，把断裂的地方粘在一起，然后用麻线在断裂处打上结。这样奎格利警官最后几小时就不用再为这件事担着心了——在也许仅剩下的几小时里做点有用的事情让兰德感到舒心。

在监狱前面长满树木的小山上，梅纳德·格里纳看着天上的星星，幻想着用弗里茨的火箭炮把它们打下来。把星星打下来的话，它们会像灯泡一样熄灭吗？有人——也许是科学家——能在天空上戳个洞吗？其他星座上的人类有没有想过用火箭炮或死亡射线射下星星呢？

小洛靠在一棵雪松的树干上，让平躺在地的哥哥擦嘴——数十亿年前放射出的星光照在梅纳德的口水上。小洛的情绪很烦躁。他不喜欢等，但在警察行动前不宜使用火箭炮。蚊子不断吸着他身上的血，有只烦人的猫头鹰太阳落山后就一直在尖叫。安定能极大地振作起他的精神，有些感冒药也会起到相同的效果。如果大洛的坟墓在附近的话，他会毫不犹豫地挖出腐烂的尸体，把棺材里的高粱酒拿出来喝。

下方监狱的 T 字形建筑沐浴在灯塔的刺眼光亮中。监狱的三面环绕着长满树林的谷地，只有东边是开阔地，与小洛和梅纳德露营的高地相连。小洛觉得这块高地是完美的发射点，没有任何东西能阻隔高性能火箭弹的飞行路线。时机到了之后，发射火箭炮的一幕必定非常宏伟。

3

两个男人蹲坐在巴里·霍尔登的嘉年华房车的车头和监狱前门的空隙中。

"你想尽地主之谊吗？"蒂格问克林特。

克林特不知道这算不算一种地主之谊，但他说了声好以后就点燃了火柴，然后把火柴丢在蒂格和兰德洒了煤油的那块地方的边缘。

煤油被点燃了，从监狱门前穿越停车场的停车坪，从内门底下钻过，放在内门和外门之间草地隔离带上的轮胎先是阴燃，然后冒出火光。很快，大火把监狱周围的大部分黑暗地带照亮了，一缕缕肮脏的烟雾开始往外冒。

克林特和蒂格走进监狱大楼。

4

米凯拉靠手电筒的协助在黑暗的休息室里翻抽屉。她找到一盒单车纸牌，要贾里德和他一起玩，包括三个醒着的女犯在内的所有人都在一边旁观。米凯拉需要找些事情来做集中注意力。这时是周一晚十点左右。从上周四早晨六点醒来开始，米凯拉就一直没睡。但她感觉很好，很轻松。

"我不打。"贾里德说。

"你说什么？"米凯拉问。

"这一天太忙了，"贾里德神经质地笑了笑，"我在想我能做却没做到的那些事情。我在想妈妈和爸爸一直都等着和对方吵一架，但最后也没有吵成。我还在想我的女朋友——她不算是我真正的女友，但我们之间的关系也算是朋友了——想着她在我抱着她的时候睡着了。"然后他又重复了一遍："非常忙碌的一天。"

如果贾里德·诺克罗斯想要找到母爱，那米凯拉绝对是个错误的人选了。周四以后这个世界就乱了套，但只要加思·弗利金杰还在，米凯拉就能愉快地生活下去。米凯拉没想到自己会如此思念他。世界变得怪异不堪以后，吸毒者加思的勇气是米凯拉在世上唯一在乎的东西。

米凯拉说："我也在害怕，你应该尽量别去害怕。"

"我只是……"他的声音渐渐微弱了。

他只是不明白周遭发生的这一切，他不知道围着监狱的家伙为什么说那女人有特异功能，不知道监狱长当记者的女儿在和那个特别的犯人接吻后为何产生了新的活力，不知道父亲究竟怎么了。他只知道有人要死了。

和米凯拉猜测的一样，贾里德的确在想妈妈，但他不需要替代品。没人替代得了莉拉。

"我们是好的一方，对吗？"贾里德问。

"我不知道，"米凯拉承认，"但我坚信我们不是坏的一方。"

"太好了。"贾里德说。

"那我们玩牌吧。"

贾里德把一只手扫过双眼。"谁怕谁啊，那就来吧，我很擅长打牌。"说着他走到休息室中间的咖啡桌面前。

"想要罐可乐或别的什么吗？"

他点点头，但两人都没零钱去买饮料机里的饮料。他们走到监狱长办公室，把贾妮丝·科茨大针织提包里的东西都倒在地板上，然后伏在地上，在便条、票据、唇膏和香烟之间找零钱。贾里德问米凯拉她在笑什么。

"我在笑我妈妈的手提包，"米凯拉说，"她是监狱长，但包里都是这种奇奇怪怪的小东西。"

"哦，"贾里德忍不住也笑了，"那你觉得监狱长的手提包该是什么样的呢？"

"应该有枷锁或手铐这类东西。"

"你的想法好奇怪啊！"

"贾里德，别说这么孩子气的话了。"

找到零钱之后他们买了两罐可乐。回休息室之前，米凯拉吻了吻包着母亲的那层膜。

打牌通常能打很长时间，但贾里德不到一分钟就败下阵来。

"该死，这牌真难打。"贾里德说。

他们不怎么说话，在黑暗中甩着牌，连续不断地打了好几轮，米凯拉不断赢牌。

5

特里坐在路障后面几码处的一把轻便折椅里打盹，他梦见了他老婆。他老婆开了家餐厅，他们正在收拾空盘子。"但丽塔，这可不是咱们该干的活啊。"说着他把盘子递给丽塔，但丽塔又递回给他。空盘子不断在特里和丽塔之间传递，似乎传递了好几年。特里越来越沮丧，没说一句话的丽塔像怀揣秘密似的对他笑了笑。餐厅的窗户外面，季节像老式幻灯片一样一张张掠过——冬天，春天，夏天，秋天，冬天，春天……

特里睁开眼，看见伯特·米勒站在他面前。

特里醒来想到的第一件事不是刚才做的梦，而是这一晚早些时候，克林特·诺克罗斯当着另两个人的面站在栅栏后面叫他酒鬼。耻辱夹杂着梦里的怒气，特里意识到自己完全不适合警长这个职位。弗兰克那么想当的话，就让他去当吧。如果想面对一个清醒的男人，那就让克林特·诺克罗斯去对付弗兰克·吉尔里吧。

营地各处的灯都点亮了。男人们三五成群，一边笑一边抽烟，从起皱的口粮包里拿东西吃，枪从肩膀的皮带上垂荡下来。天知道他们从哪儿弄来的口粮包。几个家伙跪在路面上掷骰子，杰克·阿尔伯森正拿着电钻给推土机操作室的车窗安一块铁板。

行政委员伯特·米勒想知道这里有没有灭火器。"维特斯托克教练有哮喘，那些浑蛋的轮胎冒出的烟已经飘到这儿了。"

"有灭火器，"特里指着近旁的一辆巡逻车说，"后车厢里有。"

"警长，谢谢你。"说完行政委员就去拿灭火器了。有个掷骰子的家伙投出个幺点，人群中爆发出一阵巨大的欢呼声。

特里歪着身子从折叠椅上站起来，走向停着的巡逻车。其间他解开了枪带的搭扣，让枪带掉落在草丛里。去他的，他心想，去他妈的。

他的口袋里放着四号巡逻车的钥匙。

6

在动物检疫官皮卡的司机座上，弗兰克看到了代理警长放弃权柄的这一幕。

弗兰克，你做到了，伊莱恩在他身旁说，你没有感到骄傲吗？

"他是自己放弃的，"弗兰克说，"我没有用绳子绑着他，也没在他嘴里塞东西。我可怜他，因为他当警长不够格。但我同样妒忌他，因为他撒手不干了。"

你才不会撂挑子呢，伊莱恩说。

"是的，"他表示同意，"因为娜娜，我会坚持到底。"

弗兰克，你心里只有娜娜，娜娜，娜娜，娜娜。你不听诺克罗斯说的那些话，因为你的心里只有娜娜。你就不能再稍微等一等吗？

"不能。"因为这儿的人们，他们已经整装待发，准备冲锋了。

如果那个女人牵着你的鼻子走怎么办？

一只肥胖的飞蛾落到皮卡的雨刷上。他启动雨刷，把飞蛾赶走。接着他发动皮卡，把车开走了，但不像特里，他是要回来的。

首先，他把车停在史密斯路的家里，查看地下室里的伊莱恩和娜娜。她们和他离开时一样，被裹上被单藏在货架后面。他告诉娜娜的身体他爱她。他告诉伊莱恩的身体，他很遗憾两人似乎总是无法达成一致。他的这番话是真心的，不正常睡眠状态下的伊莱恩仍然对他进行责骂，这让他很是恼火。

他重新锁上地下室的门。在皮卡车头灯旁的车道路面上，他准备要修的一处坑洼处聚集了一摊水，水里沉淀着绿、棕、白、蓝等各种颜色。这是娜娜用粉笔画的树被雨水冲刷留下的残渍。

到达城中心时，银行的钟显示着午夜十二点零四分。周二已经到了。

路过佐妮的便利店时，弗兰克注意到有人打碎了商店的平板玻璃。

行政大楼仍然在冒烟。他很吃惊诺克罗斯竟然让同伴把老婆的工作地给炸了，但现在的人似乎已经和以前不一样了——即便是诺克罗斯医生这样的人。也许这更像是他们过去的样子吧。

街对面的公园里，有个男人不知为何正用切割机切着头戴高顶大圆礼帽的首任县长雕像满是铜锈的裤子，火花四溅，喷射在焊工面罩着色的护目镜上。远处另一个男人像《雨中曲》里的吉恩·凯利一样扶着一根灯柱，但他没有跳舞，而是一边抓着睾丸在路上撒尿，一边唱着乱糟糟的水手之歌：船长在他的舱房，伙计们，痛饮麦芽酒和白兰地吧！水手啊，正点的小姐正在妓院等待着我们！起航，乔，快起航吧！

过去混乱的几天中弗兰克和特里极力维持的秩序已经荡然无存了，弗兰克觉得这是一种野蛮的哀悼。这种状况可能会结束，但也可能演变成一场世界性的灾难。未来会怎样谁又能知道呢？

弗兰克，你该待在这儿才对，伊莱恩说。

"绝不。"他告诉她。

他把车停在自己的办公室后面。每天他都会花半小时来这里转一转，他用这点时间喂养笼子里的流浪狗，放一碗狗粮给他最宠爱的那条狗。每次来的时候动物豢养区总是一团糟，流浪狗们颤抖着，呜咽着，嚎叫着，显得心神不宁，这是因为弗兰克每天只能遛它们一次，在八条狗中，也许只有两三只受过训练的狗才能得到这样的机会。

弗兰克考虑是不是要让它们安乐死。如果他出了什么事，它们肯定会饿死，没有哪个好心人会过来照顾他们。弗兰克没有考虑过放了它们——不能让它们变成野狗。

弗兰克的脑中突然跳出一幅画面：他和娜娜第二天一起来到这儿，他让娜娜帮他喂狗遛狗。娜娜一直都很喜欢做这两件事。弗兰克知道娜娜肯定会喜欢他最宠爱的那条狗，那是条睡眼惺忪的小猎犬，总是一副事不关己的样子。娜娜一定会喜欢它把头搁在爪子上的样子，就像一个小孩把脑袋伏在课桌上，强打精神听那些永远也上不完的课。伊莱恩不喜欢狗，但这并不重要。无论如何，他和伊莱恩已经完了。如果娜娜想要一条狗的话，弗兰克可以帮她养。

弗兰克牵着皮带遛了三条狗。遛完狗以后，他写了张字条——**请查看一下里面的动物们，让它们有食物吃，有水喝。七号笼子里的灰白色斗牛犬难以驾驭，接近时请小心。这里是政府的办公室，请不要拿走任何东西**——把字条用牛皮胶带贴在门外。他抚摸着最喜欢的那条狗的耳朵。"看你这样子，"他饱含柔情地说，"你看你这样子。"

坐上皮卡开回路障时，银行的钟显示为一点十一分。四点半，他开始把民防团的人一个个叫醒准备进行攻击。两小时后天就要亮了。

田径场对面监狱围栏的一侧，两个嘴上遮着大手帕的男人正试图用灭火器浇灭轮胎上的火。灭火器的泡沫在瞄准器里冒着磷光，瞄准器里的人影呈现黄色的轮廓。比利·韦特莫尔没有认出个子大的那个，却很熟悉个子小的一个。"那个戴草帽的蠢货是行政委员米勒。伯特·米勒。"比利对威利·伯克说。

比利和米勒间有段令人啼笑皆非的渊源。上高中时，比利·韦特莫尔作为国家荣誉生到行政办公室实习。在行政办公室伯特·米勒频繁地发表歧视同性恋的言论，作为同性恋的比利只能默默地忍受。

"那是种变异，"行政委员米勒说，他梦想有朝一日能让同性恋消失，"比利，如果能在瞬间消灭同性恋，也许能阻止这种变异的蔓延，但即便我们不想承认，他们也还是人类，对吧？"

中间几年又发生了很多事。尽管杜林对同性恋的歧视远比其他地方严重，但作为一个乡下小子，比利在大学辍学后还是回到了阿巴拉契亚山脉的故乡。这里的人们一看到他总会先想到他的同性恋身份。一晃二十多年过去了，时间进入了二十一世纪，但比利还是为这件事恼火，但他不会表现出气恼的样子，因为那样只能给人留下不必要的话柄。

但把子弹打到伯特·米勒面前的地上、让那个该死的老顽固跌个狗吃屎的想法对比利来说很有吸引力。"威利，我去吓吓他，让他远离轮胎。"

"不行。"说话的不是威利·伯克，而是站在他身后的人。

诺克罗斯推开监狱后方的门现身了。在极微弱的光线下，克林特脸上除了闪亮的眼镜边框之外什么都看不见。

"不能开枪吗？"比利问。

"不，"克林特用左手拇指揉着右手上的关节，"打他的脚，把他放倒。"

威利·伯克用鼻子发出哼哼声："医生，脚上中弹也会死人的。"

克林特点头表示明白。"我们必须守住这个地方。比利，开枪吧。他们不仅仅会少一个人，还会知道我们不是在做样子。"

"好。"比利说。

他俯下身看着瞄准器。两层栅栏外硕大的行政委员米勒正用草帽为自己扇风，灭火器放在他身旁的草地上。比利把准星对准了他的右侧膝盖。比利很高兴目标是米勒这个浑蛋，但并不喜欢这种做法。

他扣动了扳机。

8

埃薇下的命令：

1. 天亮前隐蔽，不许杀人！
2. 把凯莉和莫拉身上的膜割开！
3. 热爱生活！

"很好，"安琪尔说，"但你确信莫拉和凯莉不会杀了我，影响我享受生活吗？"

"非常确定。"埃薇说。

"很好。"安琪尔说。

"打开她的牢房。"埃薇话一说完，一列老鼠立即从淋浴室角落的洞里出现。第一只停在安琪尔牢房门边的地上，第二只爬到第一只上面，第三只爬到第二只上面。一座塔形成了，灰色的老鼠身体像丑陋的冰激凌球一样堆砌起来。感觉到最下面一只老鼠快窒息的时候埃薇热切地说："哦，鼠妈妈，真是……真是太对不起了。"

"这个马戏团太厉害了，"安琪尔被迷住了，"姐姐，你知道吗？你可以靠这个赚钱的！"

最上面一只老鼠是最小的一只幼鼠。它钻进锁眼，埃薇操纵着它的小爪子摸索着锁内部的结构，在幼鼠身上注入了从没有哪只老鼠拥有过的力量。牢房门被打开了。

安琪尔从淋浴那儿拿了几块毛巾抖松，把它们堆在铺位上，又在上面盖了条被子，然后关上牢门。外面的人看进来，还以为她坚持不住睡着了呢！

她开始沿着走廊向大多数长膜女人睡着的 C 区走。

"安琪尔，再见。"埃薇大声说。

"好，"安琪尔说，"回头见。"她犹豫地把手放在门上。"你听见远处有人尖叫了吗？"

埃薇听见了。她知道这是行政委员伯特·米勒因为脚上中了一枪在大叫，他的哀号声通过监狱的通风管传了进来。安琪尔没必要为这种事担心。

"别担心，"埃薇说，"叫的是个男人。"

"哦。"安琪尔应了声离开了。

9

安琪尔和埃薇对话时，珍妮特一直靠在对面牢房的墙上观察着。现在她转身看着达米安，看着多年前就死了、埋葬在几百英里之外、却仍然坐在她身边的达米安。达米安的大腿被套筒螺丝刀扎了一下，流血不止跌坐在地，但珍妮特压根没感受到血，甚至连一点湿滑都没感觉到。这有些奇怪，因为她正坐在一摊血中间。

"看到那个了吗？"珍妮特问，"我是说那些老鼠。"

"看到了。"达米安说，他模仿着珍妮特用又尖又厉的声音说，"珍妮宝贝，我看见那些鼠宝宝了。"

嗯，珍妮特心想。自从再次出现在她生活里之后，他一直都很好。可现在他却变得非常急躁。

"这些老鼠就像咀嚼我尸体的老鼠一样。珍妮宝贝，要不是被你杀了，我不会落到现在这步田地。"

"对不起。"珍妮特摸了摸自己的脸,她以为自己哭了,可脸却是干的。珍妮特挠了挠前额,把手指嵌进皮肤,试图找到些痛感。她不想变疯。

"过来看看,"达米安凑过来,把脸贴近珍妮特,"它们一直啃到我的骨髓。"他的眼睛成了两个黑洞,老鼠把他的眼球都吃掉了。珍妮特不想看,她想闭上眼睛,但她知道一旦闭上眼,自己肯定会睡着。

"哪个妈妈会让儿子的父亲受到这样的对待?杀掉儿子的父亲,然后让他像该死的巧克力糖一样被老鼠啃个精光?"

"珍妮特,"埃薇说,"嘿,到这边来。"

"珍妮,别理那些婊子。"达米安说。说话时一只幼鼠从他嘴里跌落下来,掉在珍妮特膝盖上。珍妮特尖叫着用手拍打,但膝盖上并没有什么老鼠。"白痴,我要你把注意力放在我身上,我要你看着我。"

埃薇说:"珍妮特,很高兴你一直醒着。很高兴你没听我的话。那边发生了些事——我想我应该为此感到高兴,但也许老到这个年纪我的心肠变软了。搞不好这件事会持续很长时间,我希望能有一次公开的聆讯。"

"你在说什么啊?"珍妮特喉咙生疼,她身上的每一处都在疼。

"你想再见到博比吗?"

"我当然想见他,"珍妮特完全忽视了达米安,忽视他开始变得容易起来,"我当然想见我的孩子。"

"很好,那仔细听我说。两个世界之间是有秘密通道的——就像隧道那样。每个睡着的女人都会经过其中一条,但还存在另一条——非常特殊的一条——从一棵特殊的树开始。那是唯一一条双向通道。明白我的意思了吗?"

"不明白。"

"你会明白的。"埃薇说,"现在有个女人在那条特殊通道的另一头,计划把通道毁道,除非有人阻止她。我尊重她的立场,我觉得她的做法很合理,雄性种群在树的这边表现非常糟,标准再改也改变不了这个结论。但每个人都应该有发表意见的机会。一个女人一票。不能允许伊莱恩为所有人做决定。"

埃薇的脸凑在牢房的铁栏上。她的太阳穴周围长出绿色的卷须,眼睛是赤褐色的老虎眼。飞蛾聚集在她头发里，组成一支飘扬的乐队。她是个怪物，珍妮特心想，但很美丽。

"这和博比有什么关系？"

"树烧掉的话，隧道就会关闭。没有人能回来。你回不来，其他女人也都回不来。末日将无可避免。"

"不，不，不。这已经无法避免了，"达米安说，"珍妮，去睡吧。"

"你能闭嘴吗！你已经死了！"珍妮特朝达米安大喊，"很抱歉我杀了你，如果可能我愿意不惜一切去挽回，可你对我很残忍，而且一切已经结束了，所以说，你能不能闭上你那张该死的嘴啊？"

珍妮特的宣告在狭窄的 A 区走廊里回荡。达米安已经不在了。

"说得好。"埃薇说，"很有胆量！珍妮特，现在你听我的。我要你闭上眼睛，你会穿过一条隧道——只属于你的隧道——但你不会记得。"

这段珍妮特觉得自己能听明白。"因为我睡着了吗？"

"是的。到了那边以后，你会比之前相当长一段时间的感觉都好。我要你跟着狐狸走，他会把你带到你要去的地方。你只要记住博比和那棵树就好了。那棵树在你就见得着博比。"

珍妮特任由眼睛闭上了。我要见到博比，她提醒自己。博比、大树和那条连通两个世界的隧道，那个叫伊莱恩的女人希望通过烧树关闭的隧道，跟着狐狸走。她数着一、二、三、四、五，一切如常，只有埃薇变成了一个绿衣女子，好像她本人就是棵树似的。

接着她感到面颊一阵发痒，她用手一摸，原来是脸上粘上了一缕细丝。

10

枪响以后，他们听见伯特·米勒喊叫哭号，并在同伴拖他离开的时候一直哭号着。克林特借来比利步枪上的瞄准器看个究竟。地上黄色的人形抱着大腿，另一个用腋窝夹着他正拖着他走。

"很好，谢谢你。"克林特把步枪还给韦特莫尔。威利半是钦佩半是谨慎地细细地打量着眼前这两个人。

克林特走回监狱楼。通向小型体育馆的后门正用一块砖撑开着。

为了降低监狱楼内部的可见度，他们只开了染着红色的应急灯。这些染色的灯泡点缀在犯人们玩半场篮球的场地边缘。克林特在篮圈下面停住脚步，靠在一堵填充着软垫的墙上。他的心咚咚直跳。他既不害怕也没感到高兴，但是他就在这里。

克林特警惕着这种喜悦，但四肢还是不由自主地抖动起来。他不是脱离了自我就是回归了原来的那个自我。克林特也不知道这究竟算脱离还是回归。他只知道他拿着奶昔，吉尔里不能从他手里抢走这杯奶昔。吉尔里的误判其实并不重要。

奥罗拉不是一种病毒，而是一种魔法，埃薇·布莱克不像任何一个女人——不像任何一个人——任何一个存在于这世上的人。你无法用武力解决超出人类认知范围的事情，弗兰克·吉尔里、特里·库姆斯和监狱外其他那些人却觉得他们可以做到。解决目前的问题需要一种不同的方案。克林特对这点看得很清楚，外面的人也应该一样，因为他们不全是傻子，但由于某些原因他们没能这么看，这意味着克林特要用武力对付武力，把对方击败。

外面的人会说，是他们先开战的！多么孩子气，却又多么真实的一句话啊！

这种逻辑多么老掉牙啊。克林特朝软垫墙上猛击了几下，希望拳头下能有个人让他打两下。他想到了发热疗法：一种用发烧来治疗的方法。曾几何时，这是种最先进的疗法，只是让病人得上疟疾未免太猛了一些。有时这种疗法能够拯救他们，有时却会了结他们的生命。埃薇是使用发热疗法的医生还是发热疗法本身呢？说不定她既是医生又是最后的解决方法呢？

另外，通过命令比利·韦特莫尔朝行政委员伯特·米勒腿上开枪，克林特是不是也开了他的第一剂药方呢？

体育场那边的地板上传来一阵脚步声。安琪尔刚拿了一串牢房钥匙离开了没人的岗亭。她右手抓着钥匙，最长的那把突出在食指和中指中间。她曾经在俄亥俄一个停车场里用削尖的钥匙捅过一个老家伙，老家伙没死，但肯定不好受。安琪尔仅仅从老家伙那里拿走皮夹、折扣商店买来的婚戒、刮刮乐彩票和银皮带扣，没有取了对方的性命，她觉得自己很仁慈。

诺克罗斯医生快步走过岗亭的玻璃墙。安琪尔考虑是否要跟在这个靠不住的庸医后面，把钥匙插进他的颈部。她很喜欢这个主意。不幸的是，她向埃薇保证过天亮前不再杀人，安琪尔不想忤逆那个巫婆。

她让医生过去了。

安琪尔向 C 区莫拉和凯莉睡着的地方走去。矮壮的一个显然是莫拉，她睡在最下面一层铺位的外侧，莫拉在 A 区睡着以后有人把她搬到了这里。凯莉在铺位的内侧。安琪尔不明白埃薇说的"她们的灵魂已经死了"是什么意思，但这能让她更加谨慎。

安琪尔用钥匙尖划破盖在莫拉脸上的那层网状物。那层物质呼的一声分离开了，莫拉粉红的脸颊上肥嘟嘟的五官出现了。她这副模样完全可以在小型折扣店本地品牌的商标上做插图——"莫拉妈妈的玉米面包"或者"邓巴顿安神糖浆"什么的。安琪尔逃进走廊，一旦莫拉扑过来就准备跑。

床上的女人慢慢坐了起来。

"莫拉，你还好吗？"

莫拉·邓巴顿眨眨眼，然后瞪着安琪尔。莫拉的眼睛看上去都是眼黑。她把右胳膊探出膜，然后是左胳膊，最后把双手放在满是褶皱的腿上。

看着莫拉这样坐了几分钟以后，安琪尔回到莫拉的牢房里。"莫莫，如果你过来的话，我不仅会伤害你，甚至会杀了你的。"

莫拉安静地坐着，黑色的眼睛看着墙。

安琪尔用钥匙划破了凯莉脸上的那层膜。和刚才一样，划破膜以后，她飞快跑出牢房，退进走廊里。

刚才的过程又重演了一遍：凯莉像是脱衣服一样褪去上半部分那层膜，瞪着乌黑的眼睛看着前方。两个女人肩并肩坐在一起，垂荡的网状物挂在她们的头发、下巴和脖子上。她们看上去像廉价游乐场开设的鬼屋里的女鬼。

"你们两个还好吗？"安琪尔问。

莫拉和凯莉没有回答。她们仿佛没有在呼吸。

"你们知道想让你们干什么吗？"安琪尔没刚才那么紧张了，但觉得很好奇。

她们什么也没说，两双黑黑的眼睛里什么反应都没有。两个女人身上发散出翻过的潮湿泥土的气息。安琪尔心想（她真希望没有划去她们身上的那层膜），这就是所谓的死亡气息吧。

"好，很好。"她们做什么或不做什么才和她无关呢，"我就把你们两个家伙留在这儿了。"她琢磨是否要加上些鼓励性的言语，比如说把她们拿下之类的话，可最终还是决定什么都不说。

安琪尔走到木工房，用钥匙打开工具柜。她把一把小手钻藏进腰带，把一把凿子放进一只袜子，把一把螺丝刀放进另一只袜子。

接着她躺在一张桌子上，盯着黑漆漆的窗等待着第一缕阳光的出现。她一点都没有感到睡意。

12

细丝在珍妮特脸周围盘旋打转，不断分裂，下落，飘起，渐渐隐没了她的五官。克林特跪在她身旁，想握住她的手，但没敢轻举妄动。"你是个好人，"他告诉珍妮特，"你儿子爱你。"

"她的确是个好人。她儿子确实爱她。她没死，她只是睡着了。"

克林特走到埃薇待的牢房的铁栏前。"埃薇，你说的一定没错。"

埃薇坐在她的小床上。"克林特，你似乎又打起精神了。"

埃薇这时的神态——头向下垂着，光滑的黑发散落在脸上——很忧郁。"你仍旧可以把我交出去。但持续不了太长时间。"

"不。"克林特说。

"你让韦特莫尔射的那人叫得真是太惨了！在这儿我都能听到他的叫声。"她的声音没有煽动的意味，而像是在沉思。

"人不喜欢被枪打，被打中会很疼。也许你不知道这个。"

"今晚行政大楼被毁了，毁掉行政大楼的人把罪名栽在你头上。库姆斯警长开溜了，弗兰克·吉尔里明早会带人闯进来。克林特，你对这些事感到吃惊吗？"

克林特一点都不感到吃惊。"埃薇，你对弄到你想要的东西很在行。但我不想对你表示祝贺。"

"想想树那头世界里的莉拉和其他人。请相信我：她们在那儿过得很好。她们造出了一些很新很好的东西，而且很快就会有男人了。从婴儿开始就在女性社群被女人们带大的好男人，会在女人们的教育下认清自己、认清所处世界的好男人们。"

克林特说："但到了一定时候，他们的本质就会暴露，他们的男性自我会表露出来。完全由女人培养出的男孩只会更具有侵略性。埃薇，相信我，你面对着的男人对这点非常了解。"

"确实如此，"埃薇说，"但这种侵略性不是性本能，而是人的本能。女人的侵略性丝毫不亚于男人，看看你的同事兰普利警官就知道了。"

"她一定在哪儿睡着了。"克林特说。

埃薇像是意味深长地笑了。"我才不会那么愚蠢，向你承诺树那边的女人们过着乌托邦似的生活呢！她们将有一个好的开始，并有很大的机会迎来更好的结局。你将成为那个机会的阻碍。地球上的男人之中，只有你会成为那个阻碍，我要你知道这点。如果任由我死的话，那些女人将根据自己的选择过上所要的生活。"

"埃薇，她们过的是你选择的生活。"这声音即便在克林特本人听起来都觉得过于焦躁了。

牢房门那边的未知的生命形态用指尖在床框上轻敲出一段旋律。"警察局被毁时莉妮·马尔斯在里面，她永远地离去了。她就没有选择的机会。"

"她的机会被你夺去了。"克林特说。

"我们可以一直这样下去，男人们这样说，女人们也这样说，好像这是宇宙中恒定的真理一样。"埃薇离开牢房的门，坐在铺位上，"克林特，去打属于你的这一仗吧，男人们知道该怎么打仗。能做到的话，请让我再一次看到天亮。"

第十三章

1

当太阳的边缘在杜林女子监狱旁的树林出现时，一列推土机首尾相连轰隆隆地沿着西拉文路往监狱的方向开去。三辆都是履带式推土机，两辆是 D9 型，另一辆是大号的 D11 型。攻击队列总共十八个人，十五个人驾驶或跟着推土机向前门进发，另三个人向监狱围墙的后方走去。（行政委员米勒和一瓶止痛药留在了路障旁，包着绷带的脚支在一把野营椅上。）

弗兰克把冲锋队的十二个人——醒醒的一打——组成三组。每组人都穿着防弹背心，戴着面罩跟在作为屏障的推土机后面。推土机驾驶室窗户和发动机散热器上的护栅都用废钢板临时加固了。退休警官杰克·阿尔伯森驾驶第一辆推土机，高中橄榄球教练维特斯托克驾驶第二辆推土机，前拳击金手套得主卡森·斯特拉瑟斯驾驶第三辆。弗兰克跟在阿尔伯森驾驶的推土机后面。

三个潜伏到树林里的队员是埃尔莫尔·珀尔、猎鹿人德鲁·T.巴里（他的办公室现在已经成了一片废墟），以及唐·皮特斯。

2

克林特在 B 区高处的窗户看到推土机向监狱驶来，他一边冲上楼梯，一边穿上防弹背心。"医生，好好享受死亡的滋味吧。"跑过斯科特·休斯的牢房时，休斯兴高采烈地叫道。

"像是他们进来就能对你开恩似的。"克林特说。这话让休斯脸上的笑容一扫而空。

克林特快步沿着"百老汇走廊"往前走，经过访客室时把头伸进屋内。"兰德，他们来了。戴好防毒面具。"

"好的。"在访客室另一头家庭区待着的兰德平静地戴上了准备好的防毒面具。

克林特走到监狱大门边的安检站。

安检站是个防弹的小岗亭，来访的人都需要在这里登记。小房间有一扇朝外的长条形窗户和一只值班警官收纳通行证和贵重物品的抽屉。和门房的小亭子一样，安检站里也有块联络板，联络板上的监视器可以切换到监狱内外不同区域的画面。蒂格正坐在联络板前监视着来犯敌人的情况。

克林特敲了敲门，蒂格替他开了门。

"你在监视器上看到了什么？"

"阳光使镜头产生了光晕。我只看见推土机正向监狱驶来，看不清后面有没有人。"

攻击者有八到九枚瓦斯弹。在中间屏幕刺眼的光芒下，克林特看见投向停车场的瓦斯弹冒出的白烟和仍然从轮胎里冒出的煤油的烟混杂在一起。克林特叮嘱蒂格密切监视，然后继续朝前跑。

他的下一站是休息室。贾里德和米凯拉正在放着一堆牌和几只咖啡杯的桌子前。

"找个地方藏起来，战斗开始了。"

米凯拉用自己的杯子朝他敬酒致意。"医生，对不起。我已经是可以参加选举、拥有一切合法权利的成年人了。我想我会留下。兴许待在这儿能让我得普利策奖呢！"

贾里德脸色煞白，他把视线从米凯拉那儿转到父亲身上。

"是啊，"克林特说，"我的确没有权力限制记者的自由。贾里德，找个地方躲起来，别告诉我你躲在哪儿。"

贾里德还没来得及回答，克林特就继续往前跑。跑到小棚和田径场附近的后门时，他已经上气不接下气了。在奥罗拉病毒暴发的那天早上之前，克林特一直没有向莉拉提出一起跑步的建议，因为他不想让莉拉为他放慢步伐，那样他会觉得很不好意思。但事实真是这样吗？是太虚荣还是太懒？克林特发誓有时间一定好好考虑。如果够幸运能活过这个早晨、再次和妻子交谈的话，克林特兴许会重新提出一起慢跑的建议。

"路上有三辆推土机。"出门以后克林特大声说。

"我们知道。"威利·伯克说。他从小棚后面的隐蔽点走向克林特，红色背带裤现在懒洋洋地耷拉在大腿处，和他的防弹背心形成奇异的对比。"蒂格通过对讲机告诉我们的。比利守在这儿，看好北面的围墙。我会沿着这道墙一直走到那个角落，看看能不能给他们来上几发子弹。你可以和我一起行动，但你需要这个。"说着他递给克林特一副防毒面具，然后自己也戴上一副。

3

在通向监狱大门的路口，弗兰克敲了敲驾驶室门上的钢板，示意阿尔伯森右转。杰克把推土机向右转——很慢很小心。推土机后面的人稍稍退后了些，防止眼前的这个钢铁巨人在转弯时撞着自己。弗兰克穿着防弹背心，右手拿着一支格洛克手枪。他看见烟雾沿着道路飘过来，他预料到会有烟：他刚才听到了射击瓦斯弹发出的爆裂声。克林特他们手里应该没几颗瓦斯弹，警察局武器室里的防毒面具远比瓦斯弹要多。

第一辆推土机完成转向后，四个人顺着履带爬到驾驶室后方，肩并肩挤在一起。

杰克·阿尔伯森把铁铲提高到能挡住驾驶室玻璃的位置，安全地躲在驾驶室里。把推土机开到监狱门口之前，他事先为推土机加够了油。

弗兰克用对讲机发号施令，但因为准备工作是在匆忙间完成的，不是每个人都有一部。"所有人都给我准备好，攻击马上要开始了。"尽可能少死一点人，他心想，进攻还没开始，他已经失去两个人了。

"你怎么想？"克林特问威利。

在双层门的另一边，第一辆推土机高举着铁铲正嘎吱嘎吱地朝监狱开来。刹那之间，克林特看见推土机后面有一道人影闪过。

威利没有回答。这个私酒贩子仿佛又回到了一九六八年东南亚那个地狱般的地方，所有东西都是静止的，沼泽的泥水上升到喉结处，一层烟雾阻隔了天空，威利像夹三明治一样被夹在中间，所有的一切都是那么静，一只红蓝黄三种颜色相间、老鹰大小的鸟在他身边浮上来，它已经死了，眼神涣散。但它又是那么鲜活生动，与这诡异的光又是那么不协调。大鸟壮丽的羽毛擦在威利的手臂上，但它很快被沼泽的暗流带走了，消失在了那层烟雾之中。

（有一次威利跟姐姐提起过这事。"我从来没见过那样的鸟。在那儿也就见过这么一次，离开那儿以后自然再没见过了。我一直在想，这鸟是不是它这个物种的最后一只了。"那时，威利的姐姐因为患了阿兹海默症已经神志不清了，但尚存最后一点理性，她说："也许这只是——威利，也许这只是受创后产生的幻觉。"威利对她说："你知道，我一直爱你。"威利的姐姐脸红了。）

推土机的铁铲咔嗒一声落在外门中间。门栅先是向内弯曲，然后被整扇拔起，向后倒在了内门上。推土机继续前进，用带着外门残块的铁铲猛击内门的时候，一片催泪瓦斯的毒气蔓延在推土机前方。内门也很快沦陷了，推土机颠簸着开过内门的残体，拖着铁铲上挂着的一段栅栏开过满是烟雾的停车场。

第二辆、第三辆推土机紧跟着驶过第一辆推土机打开的缺口。

威利看见第一辆推土机左侧后方出现一只棕黄色的鞋。他开了一枪，一个男人哀号着从推土机后面跌了下去，摆动的手臂处掉下一把猎枪。这是个穿着防弹背心戴着防毒面具的小个子。（即便能看见脸，威利也不知道中枪者是车轮酒吧的老板普吉·马龙，威利已经好几年没去酒吧喝酒了。）尽管攻击者们的身体被挡住了，但手臂和脚没有，这对威利来说正好，因为非到万不得已的时候他也不想杀人。他又开了一枪，没打到他要打的地方，但已经很接近了，到昨天为止还是杜林警察局财产的点二二三口径 M4 步枪的子弹打掉了普吉·马龙的大拇指。

推土机后面伸出一只胳膊，想帮助倒在地上的人，这个行为可以理解，甚至说勇气可嘉，但显然不够明智。伸出手臂的是退休警官内特·麦吉，前一天晚上在三十一号公路的路面上玩骰子时麦吉输了一百美元，这时他心里有两个想法：首先，他确信麦吉夫人不会醒了，所以才去参加赌博；其次，他这周的坏运气已经用光了。但这两个想法都错了。威利第三次开了枪，打中麦吉伸出的胳膊的肘部。又一声哀号，麦吉从推土机后面跌了下来。威利又飞快击出了四颗子弹，测试推土机驾驶室上加装的钢板，子弹没能击穿钢板，弹向了推土机四周。

弗兰克从第一辆推土机后面探出身子，枪朝威利的方向连续发射了好几颗子弹。回到一九六八年，威利也许能从吉尔里胳膊所处的方位判断他肯定会射偏，留在原地打他个正着，但五十年过去了，被人开枪打时威利已经没有了那份敏锐和从容。他和克林特匆忙跑到隐蔽处躲了起来。

当杰克·阿尔伯森的推土机滚动着履带，轧过门栅碎片在催泪瓦斯的迷雾和黑烟中向房车和监狱前门开去的时候，由维特斯托克教练驾驶的第二辆推土机快速穿过了内侧门栅被捣出的洞口。

和开着第一辆推土机的阿尔伯森和开着第三辆推土机的卡森·斯特拉瑟斯一样，维特斯托克教练升起了铁铲做防护。他听见了枪声，听见了被击中者的叫喊声，但没有看见内特·麦吉抱着胳膊肘躺在推土机前的地上，当推土机从失去行动能力的内特身上轧过去时，维特斯托克教练还以为履带又轧过了一个燃烧的轮胎呢！

维特斯托克教练大叫一声，他像教导中卫和后卫队员那样不顾一切又无畏无惧地突破了防守。

在访客室的制高点，兰德等待着恰当的开火时机。当推土机开到门房和监狱前门的中间点时，他开火了，但子弹只是打在了推土机四周加固的钢板上，弹射在各处，没起任何作用。

皮特·奥德韦、维特斯托克的两个警察儿子和"操作工"丹·特里特躲在第二辆推土机后面，惊恐地看着内特·麦吉破碎的身体。死者的防毒面具上都是血，躯体从防弹背心的绑带里进出来，鲜血喷射在履带上，皮肤碎块像纸片一样四处飘散。鲁普·维特斯托克大叫一声，跳到一边远离飞溅的人体内脏，却把自己置于兰德的射击范围中。

兰德的第一发子弹偏离目标的头部一英寸，第二发偏离了半英寸。兰德咒骂一声，把第三发子弹对准了鲁普宽大的背部。子弹打中了目标穿的防弹背心，把鲁普打趴下了。兰德像体育场里做人浪的观众一样挥起双臂。接着他又向更低一点的地方击发出第四发子弹，这发子弹击中了目标的臀部，把鲁普打得直在地上打滚。

特里特警官没有慌张，一年前还在第八十二空降师服役的特里特，面对敌方的子弹，还保有威利·伯克早已失去的平静。他没多想就跳下了二号推土机。（事实上，进入战斗状态反而让他放开了，从他难以释怀的对儿子女儿的担忧中解脱出来——本该起床去上二年级课程的女儿此刻正包着一层白色的纤维睡在游戏室的桌子旁边，一岁大的儿子此时正寄放在男人们办的临时托儿所里。）脱离了推土机的掩护以后，他拿起从三十一号公路上捡到的 M4 冲锋枪开始回击。

兰德立刻在他刚才站着的桌子上跪了下来，混凝土碎片雨点般地落在他的脖子和后背上。

特里特架起鲁普·维特斯托克，把他拉到一堆烧焦的轮胎后面的安全地带。

第一辆推土机撞进嘉年华房车的后部，车前罩猛地撞上了监狱前门，碎玻璃瞬间哗啦哗啦地落了下来。

5

贾里德坐在卫生间的地上，米凯拉在他身边围起床单想把他藏起来。

"我觉得这样很傻。"贾里德说。

"看起来并不傻。"米凯拉在贾里德头顶抖动着一条床单，她知道自己没说真话。

"我觉得自己像个娘儿们。"

米凯拉痛恨"娘儿们"这个词。尽管有枪声频繁传来，但贾里德的话还是触到了她的痛处。"娘儿们"应当是柔弱的，虽然米凯拉是个女人，但她一点也不柔弱。贾妮丝·科茨可没有把她养成一个软蛋。她掀起床单，在贾里德的脸颊上重重地——但不是很重——打了一个耳刮子。

"嘿！你干吗？"贾里德把一只手放在脸上。

"别那么说！"

"别说什么？"

"说人软弱时别说对方是娘儿们，你妈妈应该好好教教你才对。"米凯拉一松手，被单掉在贾里德脸上。

6

"没把这录成真人秀真他妈的是罪过。"小洛说。他把眼睛放在火箭炮的瞄准器上，他看见第二辆推土机把跌落在履带前的笨蛋压扁了，他看见有个自以为是英雄的家伙从第二辆推土机后面跳下来，开枪向楼内还击，救了另一个家伙。接着他又目击到——不无惊奇和欣喜——第一辆推土机猛撞房车，把房车挤进监狱前门。这是一场壮烈的战斗，再加上三四枚火箭炮就更加精彩了。

"什么时候开始干我们的活？"

"等警察再消耗一下就动手。"

"小洛，我们如何才能确定抓到的是基蒂？这地方可都是脸上长膜的女人啊。"

小洛很讨厌兄弟在最后关头的犹豫。"梅纳德，也许我们无法完全确定，但我们会打掉所有这些炮弹，在这地方把那娘儿们轰掉，因此我觉得我们的机会很可观。从某种程度上讲，我们只要尽力做到最好就可以了。现在你是要和我共同享受这一切，还是要我一个人打光这些炮弹？"

"小洛，快继续吧，"梅纳德辩解着，"我没那个意思。"

7

在《新兴都市》游戏的第三十二关，粉红色的小蜘蛛开始入侵埃薇的星系和三角洲，并在星球上到处放火。之后蜘蛛熄灭了星球上的火焰，把这里变成了处处堵塞的闪耀蓝色星球，埃薇非常气恼。枪声刺耳地在 A 区回荡，但埃薇却泰然自若，她已经无数次看到和听到人类的杀戮了。真正困扰着她的是屏幕上这一只只粉红色的小蜘蛛。

"你们太邪恶了。"她把屏幕上五颜六色的图形四处滑动，寻找连起来的可能。埃薇非常放松，玩手机的时候，她的身体飘浮在床铺上方几厘米处。

8

北面围栏外的树丛突然一阵抖动，那个位置刚好对着比利·韦特莫尔在花园里隐蔽的地方。比利朝传出动静的树丛一连发射了十几颗子弹，树丛颤抖了一阵。

很会躲过风险的精明保险经纪人德鲁·T. 巴里离比利射击的地方非常远。这份谨慎不仅使他规避了杜林的所有理赔需求，还使他成为一流的猎鹿人。为了把握住开枪的最好时机，他让一同埋伏在监狱体育馆后面树林里的珀尔和皮特斯暂时停下脚步。皮特斯先前告诉他，监狱的后门开在体育馆的西侧墙上。德鲁朝那儿投的石块说明了许多问题：是的，那里有扇门。是的，那里有人守着。

"警官。"德鲁·T. 巴里叫了声。

他们匍匐在一棵橡树后面，他们前方大约十五英尺的地方，子弹打落的树叶纷纷飘落在地。从声音传来的方向看，枪手也许在靠近内侧墙围栏后面三十到四十码的地方。

"怎么了？"唐·皮特斯回应道。皮特斯发红的脸庞上滚下一串汗珠，手里拖着一个放满防毒面具和断线钳的背包。

"我叫的是真正的警官。"德鲁·T.巴里说。

"如果杀掉在那儿射击的人，不会有人指控我吧？你确定吉尔里和库姆斯会做证说我们是执行公务吗？"

"是的，我以童子军的名义向你保证。"埃尔莫尔·珀尔举起手做了个小时候做的童子军礼，竖起中间三个手指，小指被拇指按在下面。

皮特斯咽下一口痰说："德鲁，要我赶快回去给你找个公证人吗？"

德鲁·T.巴里没理会皮特斯的无知嘲弄，告诉珀尔和皮特斯留在原地别动，他本人则折返进树林，安静快速地贴着树林的北侧向前行走，背后挎着把韦瑟比步枪。

9

推土机停下以后，弗兰克继续把枪口对准监狱的西南角，准备随时射杀在那儿露脸的枪手。枪弹声使他惊慌，意识到周围的这一切是真实存在的。地上的血和尸体在被风吹动的催泪瓦斯云雾中时隐时现，这让弗兰克一阵恶心，但他的决心还是很坚定。他感到害怕，但是没有后悔。弗兰克的生命就是娜娜的生命，所以冒点险是值得的。他这样告诉自己。

克朗斯基来到他身边。"赶紧，"弗兰克说，"越快结束越好。"

"先生，说得没错。"克朗斯基拿着背包单膝跪地。他拉开背包的拉链，拿出炸药，剪掉四分之三的引线。

推土机加固门被从内向外推开。杰克·阿尔伯森拿着退休前的点三八口径的左轮配枪，走下推土机。

"压制住路那头的老杂种。"克朗斯基指着威利·伯克埋伏的位置对阿尔伯森说。然后他转向弗兰克说："你最好机灵点。"

克朗斯基和弗兰克猫着腰顺着监狱的西北侧墙往前走。墙上的隐蔽窗口下方有个防卫者的开火点，克朗斯基在那儿停住脚步。他右手拿着炸药包，左手拿着一个蓝色的塑料打火机。这时，监狱守卫者的枪管重新伸了出来。

"抓住枪管。"克朗斯基对弗兰克说。

弗兰克没有对命令提出质疑，他直起身子，用左手握住金属管，把枪从里面人的手中夺了过去。弗兰克听见窗后传来一阵模糊的诅咒声。克朗斯基打着打火机，点燃炸药上的短引线，用勾手投篮的方式轻松地把炸药包扔进上面的窗口。弗兰克放下枪，卧倒在地上。

三秒钟以后，一墙之隔的房间里发出轰隆巨响，烟雾和鲜血淋漓的人体碎片纷纷从隐蔽窗里喷射而出。

10

大地震颤着，发出狂暴的怒吼声。

克林特肩并肩和威利·伯克一起藏身在监狱西墙后面，看见停车场上方催泪瓦斯冒出的云雾被刚刚爆炸的不知什么东西一扫而空。克林特的脑袋里响起一阵警铃，关节不断抖动。在这巨响之下，他只有一个想法：事态不会像他期待的那样进展顺利。那些家伙想杀掉埃薇和监狱里所有人。这是他的错，是他没有想到。在他们结婚的十五年中，克林特从未答应莉拉与她同去射击场，而现在——很讽刺地——他随身带着的枪滑到了手中，期待被打响。

他从威利·伯克身旁探出头，看着前门被撞击的壮烈场面，发现第一辆推土机后部站着一个人。这个人看着从兰德·奎格利值守的窗口冒出的一大片尘烟。那扇窗和今天早晨这里的所有东西一样，都被炸得面目全非了。

（杰克·阿尔伯森没有预料到会发生爆炸。他被爆炸所震惊，放松警惕伸头去看。杰克对周围的嘈杂没有感到心烦意乱——作为一个矿工，他经历过多次井下塌方，面对变故非常冷静——而是感到困惑不解。这些人究竟怎么了，他们宁愿选择枪战，也不愿把一个犯法的疯癫女人交出来？在他看来，一年年过去，这个世界变得越来越疯狂。他个人的滑铁卢开始在莉拉·诺克罗斯被选为杜林县警长的那个时刻。警长办公室竟然属于一个穿裙子的女人！没有比这更荒唐的了。杰克·阿尔伯森当即提出了退休申请，回家惬意地享受起宁静的单身生活。）

克林特用胳膊举起枪，通过瞄准器找到了推土机后面的那个男人，手指扣下扳机。随着噗的一声响，子弹射穿了防毒面具的正面防护板。克林特看见那人头一歪，身体瘫软在地。

啊，老天，他心想，那也许是某个我认识的人。

"走吧。"威利大吼一声，把克林特拖离了后门。克林特的双脚完成着自己的工作。原来杀人比他想象的容易，而这只会让局面变得更糟。

第十四章

1

珍妮特睁开眼睛的时候，一只狐狸正躺在埃薇的牢房门外。他的脸侧贴在有裂缝的水泥地上，碧绿的苔藓从裂缝处发芽生长。

"隧道。"珍妮特自言自语说，她记得埃薇跟她说过会有条隧道。她问狐狸："我是穿过一条隧道过来的吗？即便穿过隧道，我也已经不记得了。你是埃薇派来的吗？"

珍妮特觉得这只狐狸很可能会回答她的问题，但狐狸却什么也没说（梦中的动物会说话，这像是在梦里一样……但这并不是一个梦）。狐狸打了个哈欠，狡猾地看了她一眼，然后从地上站了起来。

监狱 A 区空空荡荡，墙上开了个洞。清晨的阳光从洞里穿了过来，破碎的地上结了霜，这层霜随着气温的升高变成水珠，然后消失了。

珍妮特心想，我又感觉到清醒了。我一定是醒了。

狐狸轻叫了一声，向墙上开的洞跑了过去。他看了珍妮特一眼，又叫了一声，然后钻过洞消失在阳光里。

2

珍妮特躲开水泥洞口锐利的边缘，小心翼翼地钻了过去，发现自己置身齐膝高的野草和死去的向日葵之间。早上的阳光使珍妮睁起眼睛，她双脚踩在结冻的矮树丛上，一阵阵冷风吹进薄薄的制服，吹在皮肤上，她起了一身鸡皮疙瘩。

清新的空气和和煦的阳光使她完全清醒了。她仿佛蜕了一层皮，创伤、压力和缺乏睡眠导致的疲惫不堪的旧皮从身上蜕去了。珍妮特觉得自己成了一个全新的人。

　　狐狸步履轻快地走过草丛，带着她经过监狱东头朝三十一号公路走去。珍妮特一边适应着阳光，一边加快步伐跟上狐狸。她看了一眼监狱：刺藤爬满围墙，生了锈的推土机和一辆房车撞在一起挤进监狱楼正门，推土机和房车上也长满了刺藤。停车场地面的裂缝里长出了茂密的黄色草丛，生锈的车辆东一辆、西一辆地停在停车位上。珍妮特把目光转向监狱的另一侧，那里的围栏倒了——珍妮特看见铁制的围栏在草丛中闪光。尽管不知道原因和过程，但珍妮特很快就想到了这究竟是怎么回事。这里是杜林女子监狱，但时间已经前进了很多年。

　　她的向导继续沿着三十一号公路旁的水渠朝前走，穿过开裂的路面，进入另一边阴森森的树林。当狐狸往高处走的时候，他橘黄色的尾巴在阴暗中摆动着，闪着光。

　　珍妮特跑过公路，眼睛盯着闪光的狐狸尾巴。珍妮特的一只运动鞋在湿地上打滑，她赶忙抓住一根树枝才不致跌倒。清新的空气——混杂着树的汁液、落叶和湿润泥土的味道——深入她的喉咙沁入她的心肺。珍妮特出了监狱，她眼前出现了孩提时玩《大富翁》时的一张特殊牌——监狱通行证：平安地逃离监狱！时间带走了一切让她不快的东西——带走了工业用清洁剂，带走了狱警指令，带走了叮当作响的钥匙，带走了狱友的鼾声和抱怨，带走了她们的哭喊，带走了监狱中的性，带走了牢门关闭时的轰然声响——迎来的是一个难以企及的新世界，她是这个新世界唯一的统治者，永远的珍妮特女王。珍妮特感觉很甜美，比她之前幻想的自由还要甜美百倍。

　　但紧接着……

　　"博比。"珍妮特轻声对自己说。这是她必须记住的名字，到哪儿都不会忘记的博比，因此她不会受诱惑留下。

　　判断距离对珍妮特来说是件难事，她已经习惯了监狱每圈大约一英里的标准塑胶跑道。朝西南方向的行进比在跑道跑一圈要求更高，她必须迈开大步，在大腿肌肉酸痛的时候体会着无与伦比的满足感。狐狸每过一会儿会停下来等她，她靠近之后再开始朝前慢跑。尽管空气清凉，珍妮特还是出了很多汗。春天来临的时候，这里依然非常寒冷。灰褐色的树林中一些绿色的尖头幼芽若隐若现，没长树的地方都是湿漉漉的软泥。

　　狐狸把珍妮特领到森林边缘一辆翻倒的拖车旁的时候，珍妮特觉得她走了有两英里，甚至是三英里了。很久以前围在拖车边的警用隔离带在地上飘动，珍妮特觉得快到了。她听见周围有微弱的嗡嗡声，太阳高挂，快到正午了。她觉得又饿又累，目的地或许有些食物——如果能有一瓶冰凉的汽水那就完美了！但珍妮特一刻也不会忘记，她真正挂心的只有博比，她真想要的只是再见到博比。这时她方才注意到，狐狸已经在前方一棵折断的大树后消失了。

　　珍妮特匆忙追赶，途中经过野草丛中的一堆瓦砾，也许这里曾经是一处小屋或棚舍。飞蛾覆在树枝上，不计其数的黑色身躯紧紧贴在一起，看上去像是一种形状怪异的甲壳类动物。而她接下来看到的和她以往的认知完全不同——那像是在大洋底下的一片土地。飞蛾依旧在她眼前，但这些飞蛾会发出轻微的噼啪声，好像在相互交谈。

　　博比，它们似乎在说。现在重新开始还不算太晚，它们似乎在说。

　　斜坡到了终点。透过最后几棵树，珍妮特看见狐狸站在结冻的土地和稀疏的干草上。她吸了口气，一股未曾预料、与周围事物格格不入的汽油味飘在她的口鼻之间。

　　珍妮特走到开阔地，看到了一件她不可能看到的事物，这件事物让她最终确定自己真的已经离开了原先那个她所熟知的阿巴拉契亚小县城。

那是头白虎，皮毛上有一个鱼鳍形状的黑色标记。它摇晃着脑袋大声咆哮，像米高梅公司电影开场时的标志性狮吼。白虎身后拔起一棵树——一棵巨大的树。这棵树由几百条枝干组成，其中又盘绕着数不清的细枝，枝上盖着树叶，树叶上覆着一层飞蛾，枝叶间还蹦蹦跳跳着许多热带鸟类。一条红色的大蛇缓慢滑行在这棵巨树上。

狐狸跑到树干开裂的一个缺口处，淘气地看了珍妮特一眼，然后消失在了缺口中。这就是那条隧道，连接两个世界的隧道。这条隧道能把她带回刚刚离开的那个世界，带回博比正等着她的那个世界。珍妮特朝缺口走了过去。

"站在那儿别动，双手举起来。"

一个穿着黄格子衬衫和牛仔裤的女人站在齐膝高的草丛里，拿枪指着珍妮特。女人绕过公寓楼般宏大的树基出现在珍妮特眼前，不拿枪的那只手上拿着一个缠着蓝色橡皮筋的罐子。

"别再靠近了。你是新来的，对吗？你的衣服说明你是从监狱出来的。你一定很困惑。"黄衬衫女子唇边现出一丝诡异的笑容，她想通过笑容来缓和此地的诡异气氛——巨树、白虎和她手里那把枪看上去是那么不协调——但这种努力没有奏效，"我想帮你。我会帮你。这里的人都是朋友。我是伊莱恩，明白吗？我是伊莱恩·努丁。等我做件事，我们再多聊会儿，好吗？"

"聊什么？"珍妮特问，但她相信她已经知道了。这里有汽油味还会有别的原因吗？眼前这个女人无疑是想把这棵奇异的树烧掉。如果这棵树被烧掉，回去看博比的路也会一并被烧掉。埃薇明确表达过这点。这事她绝不允许，但如何能阻止这个女人呢？女人离珍妮特至少有六码远，不可能冲上去制止她。

伊莱恩单腿跪地，认真观察着珍妮特，把手里的枪放在地上（但就在手边），然后飞快地打开了汽油桶的盖子。"我已经浇了两圈汽油，只需再浇上一圈，确保火能烧起来就完工了。"

珍妮特朝前走了几步，伊莱恩抓起枪站了起来。"往后退！"

"别这么做，"珍妮特说，"你没这个权利！"

白虎坐在狐狸刚才消失的树干开口处。它前后摆动着尾巴，用半闭着的琥珀色眼睛观察着两个女人的对峙。

伊莱恩把汽油浇在树上，树干变成了深棕绿色。"我必须这么做，这样更好，会解决所有问题。有多少男人伤害过你？我想一定不会少。上班后我几乎天天和像你这样的女人一起工作。我知道你不是因为自己的事情而被捕入狱的，一定是受到男人的蛊惑才入狱。"

"夫人，"珍妮特被对方这种一眼就能将她看穿的想法激怒了，"你不了解我。"

"也许不知道细节，但我说得大体没错，不是吗？"伊莱恩把最后一点汽油浇在树根上，把汽油桶扔到一边。珍妮特心想，你不是伊莱恩·努丁，该叫你伊莱恩·"疯子"才对。

"没错，是有个男人伤害过我，但我伤害他更多。"珍妮特又朝伊莱恩走了一步，这时他离伊莱恩大约有十五英尺，"我杀了他。"

"你可真厉害，但别再往前走了。"伊莱恩前后挥舞着手枪，像是能把珍妮特给扫开或抹除似的。

珍妮特又朝前走了一步。"有人说他活该，即便他以前的朋友也这么说。好吧，他们可以这样想。但地方检察官不这样想。更重要的是，我也不这样想，尽管事情发生的时候我的心智不太正常。我需要帮助的时候没人来帮我，因此我杀了他，而我希望自己没有。这个重担压在我头上，而不是他头上，我只能带着这个重担继续活下去。我也确实这样活着。"

伊莱恩又朝前迈了一步，但仅仅是很小的一步。

"我很坚强，能够承担起对我的责难。但我有一个需要我的儿子。他需要知道如何正确地成长，我正好能教给他。对我施加影响的有男人也有女人。等下次唐·皮特斯再让我替他打飞机的时候，我不会杀了他，但我……我会把他的眼球抓出来，如果他打我，我会不停地抓他。我原本就是个出气筒，你把我想成什么样都无所谓。"

"我想你也许已经失去理智了。"伊莱恩说。

"这里的女人应该都想回去吧？"

"我不知道。"伊莱恩的目光闪烁着，"也许是，但她们被误导了。"

"你想为她们做决定是吗？"

"如果其他人都没有勇气，是的，"伊莱恩说（她一点都没有意识到自己专横的语气和丈夫那么相像），"那时这个责任就落到了我的身上。"说着她从牛仔裤的口袋里掏出人们烤肉时用的长嘴点火器。白虎一边喘气，一边观察着她的一举一动——白虎的呼吸声呼呼作响，像台空转的发动机似的。这头白老虎看上去似乎不会给珍妮特带来多大帮助。

"我猜你应该没有孩子，对吗？"珍妮特问。

伊莱恩表情很难过。"我有个女儿，她是我生命中的光芒。"

"她在这里吗？"

"当然。她待在这儿很安全，我想让她一直待在这儿。"

"她对这事怎么看。"

"她怎么看根本无关紧要。她还是个孩子。"

"就算她怎么看不重要，可那些把男孩留在那边世界的女人们会怎么说？她们难道无权养育自己的孩子，保护他们的安全吗？即便喜欢待在这儿，她们就没有抚养孩子的义务了吗？"

"你发现没有？"伊莱恩假笑着说，"你的这番论断已经足以证明你很傻了。男孩们长大后会成为男人，所有麻烦都是男人造成的，他们把鲜血和毒药洒遍全球。我们女人只要待在这儿就好。没错，这里已经有人产下了男婴，但他们会变成完全不同的男人，我们会教导他们成为与另一个世界上的男人完全不同的人。"说着她做了个深呼吸，嘴边的笑纹向整个脸部蔓延开去。"这个世界将只会存在善良的男人。"

"我想再问你一遍：你真的不想先问问她们，就把她们关在那个世界以外吗？"

伊莱恩的笑容凝固了。"她们也许不理解，因此我……我要替她们烧掉……"

"女士，你以为自己在做什么？你只是在制造混乱而已。"珍妮特悄悄把手伸进口袋。

狐狸出现了，坐在老虎身边。红蛇沉重地从珍妮特的一只运动鞋旁绕过，但她低头看到蛇的时候没做出任何反应。珍妮特明白，这些动物不会攻击人。它们来自她幼时去教堂时牧师口中的"和平王国"，那是她黯淡童年唯一的开心时光。

伊莱恩打燃了点火器，火苗在长嘴末端摇曳着。"我做的是一个行政方面的决策！"

珍妮特从口袋里抽出手，朝那个女人掷了一把豌豆。伊莱恩举起拿枪的那只手做出本能的防卫动作，往后退了几步。珍妮特上前，一把抓住伊莱恩的手腕，枪从伊莱恩手中滑落，掉到了地上的泥里。但此时伊莱恩还紧握着那只点火器。伊莱恩伸出手臂，点火器上的火苗向被汽油浸湿的树根忽地飘过去。很快点火器便从她手里滑落并熄灭了，但已经晚了——蓝色的火焰沿着树根旁的汽油痕迹跃动，开始向树干上爬。

红蛇蜿蜒地往树上爬，希望远离燃起的火。白虎懒洋洋地站起身，走到燃烧的树根旁，把一只脚掌踩在火上。烟从脚掌四周往外冒，珍妮特闻到皮毛烤焦的味道，但白虎依旧踏着那团火。过了片刻，老虎走开了，蓝色的火焰也消失了。

珍妮特从伊莱恩身上滚落下来，发现伊莱恩正嘤嘤地哭泣着。"我只是想让娜娜平安……我只是想让她在安全的环境下成长……"

"我知道。"珍妮特从没见过这个女人的女儿（也许永远都不会见到），但从她的声音里听到了真正的痛苦——精神上的痛苦。珍妮特本人经历过许多这样的痛苦。她拿起烧烤用的点火器细细查看。这么小的一个工具就能把两个世界完全阻隔开。如果没有那只老虎，连通两个世界的隧道也许就这样没了。珍妮特很想知道，事情是本该如此发展，还是已经完全脱离了控制？如果真是那样，她们是否会受到惩罚？

问题有许多，答案却很少。干脆别想了。她挥舞着手臂，把点火器扔向远处，点火器在空中转了几圈，在四十到五十英尺外的地方坠入了草丛，伊莱恩发出绝望的哭喊声。珍妮特弯下腰拿起枪，想插进腰带，但她忘了自己穿着一件没有腰带的棕色囚服。腰带在监狱里是禁止的，一旦狱囚拥有腰带，他们有可能会用腰带自杀。珍妮特的抽绳裤上有个口袋，但这个口袋很浅，而且被豌豆占了一多半的空间，即便放枪进去也会掉落出来。该拿它怎么办呢？丢掉它似乎是最明智的选择。

还没来得及丢下枪，身后便传来树叶的沙沙声。珍妮特拿着枪转过身。

"嘿，快放下！快把枪放下！"

树林的边缘出现了另一个拿着枪的女人，她把手里的枪对准了珍妮特。和伊莱恩不同的是，这个女人叉开双腿，两只手端着枪，似乎很清楚自己在做什么。珍妮特习惯了遵守命令，她慢慢放下枪，想把它放到树旁的草丛里……可她得把枪放得离"浑球"伊莱恩远一点，否则她可能抢走那把枪。珍妮特要放下枪的时候，红蛇沙沙作响地从她头顶的树枝穿行而过，珍妮特打了个寒战，本能地举起握枪的手护住头，以免树上掉下的东西砸中自己。一声爆裂声之后，又传来"叮"的一声，像橱柜中的两只咖啡杯撞在了一起，而埃薇的声音似乎又在她耳边回响——一种混杂了疼痛与惊诧的难以形容的叫喊声。之后，珍妮特坠在了地上，空中只有大片大片的树叶，她的嘴里冒出了鲜血。

带枪的女人走上前来。她的枪口向外冒着烟，珍妮特知道自己被击中了。

"放下枪！"新来的女人命令道。珍妮特张开手，直到枪从手里掉落都没意识到自己还拿着枪。

"我认识你。"珍妮特轻声说，感觉到一团巨大又灼热的物体压在胸口。她呼吸困难，却没感到疼痛。"是你把埃薇带到监狱的，你是那个警察。我透过窗户看见过你。"

"这里好像有股汽油味。"莉拉说。她捡起翻倒的油桶，用鼻子闻了闻，然后把油桶扔了。

在古德威尔超市晨会的会场外，有人说一辆高尔夫球车不见了，没有人登记用车。一个名叫梅茜·韦特莫尔的小姑娘说几分钟前看见伊莱恩·努丁开着辆高尔夫球车朝亚当斯贮木场的方向去了。与贾妮丝·科茨一起过来的莉拉与同伴交换了一个眼神。亚当斯贮木场那边只剩两样东西：制毒工棚的废墟，以及那棵奇异的大树。她们对伊莱恩·努丁一个人去那儿都感到很担心。莉拉想起了伊莱恩对树旁动物的疑虑——尤其是那头老虎——莉拉觉得伊莱恩也许会去杀了那头老虎。莉拉确信这是一个相当不明智的做法。于是，莉拉和贾妮丝开了一辆高尔夫球车在伊莱恩之后向大树的方向去了。

到了大树旁边以后，莉拉朝一个之前没见过的女人开了一枪，被射中的女人流着血躺在地上，伤得很重。

"你他妈的到底想干吗？"莉拉问。

"不是我，"她看着正在号啕大哭的女人说，"想干些什么的是她。汽油是她的，枪也是她的，是我阻止了她。"

珍妮特知道自己快死了。一股凉意井水般从她脚下往上涌，这股寒意占领了她的脚趾，占领了她脚上的其他部分，攻占了她的膝盖，往她的心脏直钻了过去。博比小的时候就很怕水。

博比害怕别人拿走他的可乐和他的米老鼠帽子。珍妮特牢房里置物架上放着的照片正是保留了那一刻的情形。不会，亲爱的，不会有人拿的，她告诉博比，不要为这种事担心。它们是你的。你妈妈不会让别人抢走它们的。

要是博比现在在这里，问起这股水怎么办？这股正在侵蚀他妈妈的水。她会告诉他，这没什么好担心的。一开始是有点吓人，但习惯了就好了。

可珍妮特不是《撒谎有奖》游戏的获胜者，她不是个特别好的选手。她也许能骗过博比，但绝对骗不了雷。如果雷在这儿的话，她必须得承认，尽管井水并不会伤人，但感觉上却有点不对。

珍妮特能听见某位主持人空洞的声音：对珍妮特·索利而言，恐怕比赛已经结束了，但我们会送给她一些临别礼物带回家。肯，把礼物递给她！主持人像是常说"我们来看大屏幕"这句口头禅的著名主持沃纳·沃尔夫。如果注定要被淘汰，珍妮特则无法遇上更好的主持人了。

头发变得像雪一样白的贾妮丝·科茨遮住了珍妮特眼前的天空。这头白发很适合她。可贾妮丝太瘦了，她的两侧面颊内凹，双眼下方有两处巨大的凹陷。

"索利，"科茨单腿跪地，捧起她的手问，"珍妮特，你感觉怎么样？"

"真该死，"那个警察说，"我想我刚才做了个非常错误的决定。"她跪坐在地，用手掌捂住珍妮特的伤口，往伤口上施力，但她知道这没有什么作用。"我只是想射伤她的手臂，但距离太远了……我太担心那棵树了……非常抱歉。"

珍妮特感觉到鲜血从嘴角两边冒了出来。她开始喘着气说话："我有个儿子……他叫博比……我有个儿子……"

珍妮特的遗言是说给伊莱恩听的，她最后看到的是伊莱恩的脸和她瞪大的惊恐的双眼。"……务必请你记住……我有个儿了……"

第十五章

当浓烟和催泪瓦斯散尽以后，出现了十几个关于杜林女子监狱那场战斗的故事版本，每个版本都完全不同，大多数相互矛盾，每个版本都有正确的细节描述，也有错误的细节描述。每当严重的冲突发生时——会死人的冲突——真相总会飞快地消失在烟雾和喧嚣中。

可以讲述自己在冲突中亲身经历的人都已经死了。

1

瓦妮莎·兰普利大腿上挨了一枪，血流不止。身心俱疲的她驾驶着越野车沿着她以为是阿伦道的泥泞道路（她很难确定这条是不是阿伦山道，附近的这些山上纵横交错的泥路实在是太多了）慢慢向前开，却忽然听见监狱方向的远处传来爆炸声。她拿出从弗里茨·梅肖姆那里缴获的配备了定位器的手机，看着手机屏幕。屏幕上瓦妮莎的位置用一个红点指示着，而火箭炮上的位置被一个绿点指示。两个点这时很接近，她感觉在不惊动格里纳兄弟的情况下自己开着越野车已经追了很远了。

也许爆炸声是他们发射的又一颗炮弹造成的，瓦妮莎心想。的确有这种可能性，但对一个习惯了炸药爆破、在煤矿边长大的女孩来说，她觉得这更像是炸药的爆炸声，监狱方向传来的巨响比火箭炮炮弹的炸裂声更尖厉更沉重。这肯定是炸药而不是炮弹。显然格里纳兄弟不是唯一想去监狱搞爆炸的人。

她停下车，从车上下来，跟跟跄跄地朝前走。她左侧的裤腿从臀部到膝盖都被鲜血浸湿，支撑她一直到这儿的肾上腺激素也渐渐消退了。她身体的每个部分都在疼，只有被梅肖姆击中的大腿是麻木的。大腿中的什么东西似乎碎裂了，她每走一步都感到骨头在嘎吱作响，因为失血和日夜无眠，这时她有点头重脚轻。身体的每个部分都在让她放弃——别再疯狂下去了，赶紧好好睡一觉吧。

瓦妮莎拿着步枪和梅肖姆开枪打她的那把小手枪，她心里想，我会去睡的，但不是现在。我也许无法对监狱发生的事情做些什么，但在那两个王八蛋把局面搞得更糟之前，我一定要好好整治他们。在那之后，她就可以睡了。

越野车驶离道路，瓦妮莎沿着两排小树之间的两道杂草丛生的车辙（原先可能是条林间小道）往前走。走了二十码以后，她看到了格里纳兄弟偷来的那辆卡车。她往卡车里瞧了瞧，没有看到她想要的任何东西，于是继续往前走，用身体的其他部分拖着受伤的那条腿继续向前。尽管高中之后瓦妮莎就没来过这个不大有人来的野营点，但她很清楚自己所在的方位，也就无须依赖手机的定位软件了。四分之 ·英里或者还要更长 ·点距离的上坡前面，长满杂草的林道终结在一座上面有几块倾斜墓碑的小山前：这座小山应该是一块已经被废弃的家庭用地——如果这里真是阿伦道的话，这座山也许是属于阿伦家的。因为小山正对着杜林女子监狱，这里对喜欢热闹的孩子来说是野营或幽会的第三或第四选择——正对着监狱的小山制造不了浪漫的氛围。

我能够做到，她告诉自己，再走五十码吧。

她拖着步子走了五十码，告诉自己还可以再走五十码。她继续走着，一直走到听到前方有人说话才停住脚步。她先是听到一阵可能是爆炸前的咝咝声，紧接着是小洛和哥哥梅纳德的叫喊声和兄弟俩互相拍击对方背部的拍击声。

"兄弟，我一直不确定能不能打那么远，但这一发打得实在是太棒了！"兄弟中的一人大声说，另一个人同以热烈的狂吼。

瓦妮莎竖起梅肖姆的手枪，把手枪对准了两个正在庆祝的乡巴佬的方向。

　　直到自己心有所感，克林特才知道"他的心沉了下去"的确是种具有诗意的表达方式。他张开嘴，瞪大眼睛看着水泥块像雨点似的从监狱 C 区落下，丝毫没意识到自己已经离开了监狱主楼西南角的隐蔽点。他心里只想着有多少女囚在她们裹着的那层膜里被烧毁，被撕成碎片，根本没听见左耳旁传来的一声嗖嗖叫。第二辆推土机后面的米克·纳波利塔诺发射的又一颗子弹撕碎了他的一侧长裤口袋，口袋里的零钱都顺着腿滚到了地上。可这一切克林特丝毫没有察觉到。

　　威利·伯克抓住他的两只肩膀往后拽，威利用力很猛，差点把克林特拽倒。"医生，你疯了吗？你想死吗？"

　　"那里有人，"克林特说，"那里有正在熟睡的女人啊！"他擦了擦被酸性气体和刚才流的泪刺痛的眼睛。"婊子养的吉尔里从那座有墓碑的小山上发射了一枚火箭炮之类的东西过来。"

　　"我们现在什么也做不了。"威利弯下腰抓住膝盖，"无论如何，你已经打中一个浑蛋，这是个很好的开始。我们需要回楼里去。去后门吧，把比利一起带进楼。"

　　威利说得没错。监狱前方已经是个自由交战区了。

　　"威利，你还好吗？"

　　威利·伯克直起腰，勉强地笑了笑。他脸色苍白，前额上满是豆大的汗水。"我刚射中了一个讨厌鬼，也许心脏有些问题。上次去医院检查时，医生让我别再抽烟管。真该听他的话。"

　　哦，不要啊，克林特心想。该死，千万别在这个关口上出状况啊！

　　威利从克林特的表情中看出了他在想什么——威利的眼睛依旧很犀利——他抓住克林特的肩膀说："医生，我还没完呢。我们走吧。"

弗兰克在被炸掉大半的访客室（访客室里的人多半被炸死了）外的阵地潜伏着，他看见防毒面具碎了的杰克·阿尔伯森瘫倒在地，原本是脸的地方全都是血。杰克的母亲都认不出他了，弗兰克心想。

他拿起对讲机。"回话，每个人都给我回话。"

只有八个人回了话，大多数是以推土机为掩护的人。不是所有人都有对讲机，弗兰克最乐观的估计是包括死翘翘的杰克在内他至少已经失去了四个人。但他自己觉得失去的也许有五到六人，另外，还有伤者需要入院治疗。也许和米勒一起留在路障那儿的小伙布拉斯可以开辆小巴把伤者送进圣特雷莎医院，可谁都不知道圣特雷莎医院还有没有人在值班。怎么会到这步田地的呢？看在上帝的分上，他们可是连推土机都带上了啊！他们原本以为推土机能很快结束这一切呢！

约翰尼·李·克朗斯基抓住弗兰克的肩膀。"伙计，我们得用这个进去把他们都了结了。"他的背包仍然没有拉上拉链，他把包炸药的毛巾放到一边，给弗兰克看格里纳兄弟的C4炸药，克朗斯基把炸药做成了玩具橄榄球的形状，在里面嵌入了一部安卓手机。

"是我的手机，"克朗斯基说，"为了实现目标，我把它贡献出来了。不过这本来就是个破烂玩意儿。"

弗兰克问："我们从哪儿进去？"催泪瓦斯已经散掉了，可他觉得满脑子都是催泪瓦斯，所有想法都是朦朦胧胧的。太阳光更猛烈了，一轮火红的太阳高挂在天。

"从那儿直冲进去最为理想。"克林特指着大半部分被压扁的嘉年华房车说。房车斜靠在监狱楼前方，但他们可以从当中的缝隙挤进去，前往被从内部粉碎、合页已经脱落的监狱楼正门。"让斯特拉瑟斯和推土机那里的家伙们为我们掩护，进去以后，我们就去把那个娘儿们给找出来。"

弗兰克不再确定埃薇是这一切的根源，也不知道己方能不能把控住局面，但他还是点了点头。只有硬着头皮继续干了。

"我们得先设定好计时器。"克朗斯基给嵌在 C4 炸药里的手机接上电线。电线一端插在手机的耳机口上，另一端连接在炸药里卡着的电池组上。这一幕使弗兰克想起伊莱恩准备周末聚餐时的情形：把烤肉拿出烤箱后，在上面插上一支食品温度计。

克朗斯基不是很轻地拍了下他的胳膊。"你觉得设置多长时间比较好？这得好好考虑一下，倒计时到个位数时，无论我们在哪儿，我都得把它扔出去。"

"我想……"弗兰克摇着脑袋，试图把思绪理清。他从没来过监狱，原本希望唐·皮特斯能提供监狱的整个布局，但先前他根本没意识到皮特斯是多么无能。不过现在说什么都太晚了，到这时才看清皮特斯的为人无疑是弗兰克的一大疏忽。在其他方面上他还疏忽了多少呢？"你看四分钟行吗？"

克朗斯基问弗兰克："你是在问我还是在命令我啊？"那语气就像臭脾气的高中教师教训榆木脑袋的学生似的。

他们听见周围有零星的枪声，但攻击似乎停了下来。他这边接下来可能会有人选择撤退，这是绝对不能被允许的。

娜娜，弗兰克想到女儿，他对克朗斯基说："就四分钟吧，我确定。"

弗兰克心想，四分钟后如果不死，我就能结束这一切了。

那个女人自然有可能在最后一次攻击中死亡，但他愿意冒这个险。这使弗兰克想到了他笼子里养的流浪狗，那些流浪狗一点都不明白它们的性命已经和这次行动的成败绑在了一起。

克朗斯基打开一个手机软件，点了点屏幕，屏幕上出现四分钟的字样。他又点了一下屏幕，倒计时开始了。弗兰克着迷地看着屏幕上的时间变成三分五十九秒，三分五十八秒，三分五十七秒……

"吉尔里，你准备好了吗？"克朗斯基问，一只金牙在他的狞笑中闪着光。

（"你在干什么呢？"在尤利西斯能源解决方案公司灰色岩七号矿时那个狗娘养的煽动者对克朗斯基大喊，"别拖后腿。"那个煽动者沿着矿道至少领先他二十码。在黑洞洞的井下，克朗斯基看不到那个浑蛋的脸，看不到他印着乡村歌手伍迪·格斯里画像的 T 恤，只能看到他头上的照明灯。权力在工会手里，狗娘养的煽动者说。更大的权力却在钞票里，尤利西斯能源解决方案公司的人给了约翰尼·李·克朗斯基不少崭新的钞票，让他把他们的麻烦解决掉。"你这个该死的妓女，去你妈的！"扔掉炸药的克朗斯基在慌忙逃窜前向那个狗娘养的煽动者叫骂道。）

"我想我们应该……"弗兰克刚说出几个字，小洛就发射了第一颗火箭炮。他们的头顶上方传来咝一声响，弗兰克模模糊糊地瞥见有样东西从头上飞过，应该是某种投射物。

"赶紧卧倒！"克朗斯基尖叫道。但没等弗兰克自己卧倒，他就抓住弗兰克的脖子，把弗兰克按倒在地了。

火箭炮的炮弹击中监狱 C 区，爆炸了。在巨树另一边的世界，十四个前杜林女子监狱的女犯突然消失了。一道亮光闪过，一群飞蛾从她们先前站的地方飞向空中。

4

尽管拿着对讲机，但德鲁·T.巴里和别的几个人一样没有应答弗兰克让他们回应的命令。巴里甚至没有听见弗兰克的命令，因为他已经把对讲机关上了。他在保持隐蔽的同时尽可能爬到最高，并且从身上解下了挎着的韦瑟比步枪。通过步枪的瞄准器，他看见一处表面起皱的金属棚。迪向监狱的后门开着——金属棚反射出一块长方形的光斑——可那个躲在金属棚后面守卫通道的家伙却一直没有现身。巴里看见一个手肘……一只胳膊……头的一部分。但看到埃尔莫尔·珀尔和唐·皮特斯所站的位置，他又立刻收起了枪。德鲁·T.巴里必须击中那家伙，他很想开上一枪——他那只扣动扳机的手指很想开上一枪——但他深知不开枪比子弹打错地方要好。他只能等待。如果珀尔或皮特斯能再扔块石头，金属棚后面的那家伙有可能探出整个头查看发生了什么。但德鲁·T.巴里不指望这种事会发生。

埃尔莫尔·珀尔很谨慎，肥胖的皮特斯则像被挤过的手指一样迟钝。

笨蛋，快动一动，德鲁·T.巴里心想。两步就够了，也许只要一步。

尽管炸药爆炸时比利·韦特莫尔蜷起了身体，但依然坚守着金属棚后面的据点。但格里纳兄弟的火箭炮却让他慌了神。他从金属棚后面的庇护点跑出来，朝声音传来的方向望去，这给德鲁·T.巴里提供了久等的一击致命的机会。

烟雾在监狱上方翻腾。人们大喊大叫，枪支四处开火——无疑是毫无意义的胡乱开火。德鲁·T.巴里无法容忍胡乱开火。他屏住呼吸，按下步枪扳机。结果非常令人满意。通过瞄准器他看到守卫者被子弹打得向前翻滚，身上的衬衫被撕成碎片，一片片飘扬起来。

"老天，我打中他了，"德鲁·T.巴里带着一种夹杂着悲哀的满足感看着比利·韦特莫尔的遗体说，"要我说的话，这一枪可真棒……"

下面的树那里传来一声枪响，之后传来的确定无疑是埃尔莫尔·珀尔的声音："哦，你这个该死的白痴，你在干什么？你在干什么啊？"

德鲁·T.巴里犹豫了一下，一边琢磨着到底发生了什么，一边猫着腰跑回同伴那里。

5

克林特和威利看见比利·韦特莫尔被抛向空中。落地时，比利已经没有气息了。一只鞋从他的脚上飞起，撞到金属棚边缘。克林特正要抬腿朝比利走去，威利·伯克异常用力地把他拉了回来。

"不，不能过去，"威利说，"医生，快退回来。冲动一点好处都没有。"

克林特试着让脑袋正常运转。"我们也许可以从窗户进入我的办公室。那里的玻璃加固了，但没有钉上栏杆。"

"我负责把窗打开。"威利说。但他没能动，而是弯下腰再一次抓住了膝盖。

唐·皮特斯看见埃尔莫尔·珀尔朝他大叫。皮特斯瞪眼看着脚边先前和他一起清点僵尸数量的同伴，埃里克·布拉斯四肢张开躺在地上，鲜血从喉咙底部往外涌。布拉斯朝上看着他，咳出更多的血。

"搭档！"唐大声呼喊。唐的橄榄球头盔的面罩落了下来，挡住了眼睛，他赶忙把面罩用手背拨回去。"搭档，我不是故意的！"

珀尔拉他站了起来。"你这个愚蠢的笨蛋，没人教过你开枪前要看看打的是谁吗？"

埃里克发出沉重的咕嘟声，咳出一大摊血，用手抓住被打烂的喉咙。

唐想跟珀尔解释。首先是炸药的轰隆声，之后又是一声爆炸，接着身后的树丛发出沙沙声。他确信躲在树丛里的是该死的精神病医生，怎么想得到那会是布拉斯？他没有瞄准，不假思索地开了枪。他究竟是哪根筋搭错了，在布拉斯穿过树林来和他们会合时会开上这么一枪呢？

"我……我只是……"

德鲁·T.巴里出现了，他的肩膀上挎着一把韦瑟比步枪。"这里究竟是……"

"这儿的狂人比尔（注：美国西部片中的经典牛仔形象）刚刚射杀了一个我们自己的人。"他重重打了一下唐的肩膀，把唐打倒在埃里克身旁，"我想小鬼应该是过来帮忙的。"

"我以为他在校车那里呢！"唐语无伦次地说，"弗兰克让他留在那儿接应伤员，我听弗兰克是这么说的！"唐的这些话说得没错。

德鲁·T.巴里把唐拉起来。珀尔握起拳，想再次击打面如土色哭泣着的唐，巴里一把拽住他。"结束以后你想怎么打都行，到时候你可以把他像不老实的孩子那样痛扁一顿。但现在我们也许会需要他——他知道这里的地形，但我们不知道。"

"你打中他了吗？"珀尔问，"你打中小棚后面的那家伙了吗？"

"打中了，"德鲁·T.巴里说，"如果这件事会上法庭，记得帮我做证。

现在我们去结束这一切吧。"

他们看见监狱后面的小山上闪过一道明亮的光，紧接着冒出一道白烟，随后监狱的另一面发生了爆炸。

"妈的，谁从山上发射火箭炮过来了啊？"珀尔问。

"不关心也不介意，"巴里说，"我们在监狱后面，离那儿有十万八千里呢。"他指着山后面跑道的另一边问："皮特斯，那扇门后面是哪里？"

"是体育馆。"唐急于补偿刚才那个他渐渐觉得可以原谅、渐渐觉得每个人都会犯的错误。我只是想在保护自己的同时，保护好珀尔，唐心想，珀尔冲动过后一定会认清这点的。珀尔也许会感谢我，替我在车轮酒馆买一杯酒呢！再说，死的是在唐阻止前就把可怜的流浪老太烧死的少年犯布拉斯，这种疯子的死活才没人会管呢！

"那是婊子们打篮排球的地方，我们叫作'百老汇'的主通道走廊在体育馆的另一侧。那女人关在'百老汇'另一头的 A 区，过去并不算远。"

"那我们走吧，"珀尔说，"滥打王，你领头。我拿剪铁丝网用的剪子。"

唐不想领头。"也许我应该留下来和埃里克在一起。他可是我的搭档啊！"

"没必要，"德鲁·T.巴里说，"他已经死了。"

7

奥罗拉病毒暴发的一年之前，当米凯拉还在为美国新闻频道录制重要节目之间填充空白的专题报道时——类似会数数的狗、意外分别的双胞胎五十年后再相见之类的专题报道——曾经做过一个专题，大概是说家里有很多书的人用的暖气费要比不读书的人少，因为书有很好的隔热作用。她想到之前做的这个专题，冲突开始以后，就低着头快步走到监狱的图书馆。不过她在监狱图书馆只看到一架子一架子破破烂烂的平装书，完全起不到她想要的隔热作用。隔壁房间的炸药包爆炸的时候，塌掉的墙让诺拉·罗伯茨和詹姆斯·帕特森[1]的小说不断砸在她身上。

她跑回"百老汇"走廊，这次她没有低头躲避什么，而是停下脚步，惊恐地朝访客室望去。兰德·奎格利炸剩下的躯体东一块西一块地落在地板上，各种体液不断从天花板上滴落。

在极度的恐慌之下，米凯拉完全不知道该往哪里去了。当火箭炮炮弹击中监狱C区、一片灰尘席卷而来（这让她想起了双子塔倒塌后看到的新闻片段）的时候，她转身沿着来时的路往回走。刚勉强地走了三步，一只强壮的胳膊锁住了她的喉咙，米凯拉感到太阳穴周围传来一股冰凉的钢铁寒意。

"嘿，甜心。"安琪尔·菲茨罗伊说。看到米凯拉没有立刻回复她的问候，安琪尔按着凿子的力气更重了，这把凿子是她刚从木工房里借来的。"那里究竟发生了什么？"

"正在进行一场大决战，"米凯拉完全没有了电视上的快乐语调，上气不接下气地说，"别再扼着我的脖子了。"

安琪尔松开手，扳过米凯拉的身子面对她。沿着走廊吹来的浓烟带着刺鼻的催泪瓦斯的味道，两人都咳嗽起来，不过她们仍然看得见彼此。拿着凿子的女人身材细长，情绪紧张，具有非常强的掠夺性，在外面正进行激战的当下这样的安琪尔显得特别可爱。

"你看上去和她们不一样。"米凯拉说。在攻击和威胁之下说傻话可能会被眼前的凿子狠狠地捅一下，可她现在只能说出这句话。"我想说你很清醒，非常清醒。"

"她把我叫醒了，"安琪尔自豪地说，"我是说埃薇。和在你身上发生的一样。因为她交给了我一个任务。"

"她交给你什么任务？"

"把她们身上的膜割开。"安琪尔指着拖着步子沿着走廊走过来的两个雌性生物说，她们看上去似乎完全没有受到烟雾和枪炮声的困扰。在米凯

---

[1] 二人皆为美国畅销小说作家。

拉看来，莫拉·邓巴顿和凯莉·罗林斯身上悬挂的薄膜碎片像恐怖片里的腐烂裹尸布。她们没看见米凯拉和安琪尔，直接从两人身边走了过去。

"她们怎么能……"米凯拉的问题还没说完，第二发火箭炮的炮弹就打在她们的正前方。地板摇动着，更多的黑烟往走廊里冒，黑色的烟雾带来一股柴油的臭味。

"我不知道她们能做什么事，也并不关心，"安琪尔说，"她们有她们的任务，我有我的任务。你可以帮我的忙，不然我就把凿子捅进你的喉咙。你是要帮忙呢，还是要我把凿子捅进你的喉咙呢？"

"我愿意帮忙。"米凯拉说（现在尽可把新闻的客观性放在一边，如果她死了的话，之后就很难对此进行报道了）。她跟着似乎至少知道该往哪里走的安琪尔。"你的任务是什么？"

"保护那个女巫。"安琪尔说，"保护她一直到死。"

米凯拉还没来得及应声，贾里德·诺克罗斯就从两人分别时的厕所旁边的厨房走了出来。安琪尔举起她的凿子，米凯拉抓住她的手腕。"不，他是我们一边的。"

安琪尔凶狠地瞪着贾里德。"你是吗？你是我们这一边的吗？你愿意帮助女巫吗？"

"我原本打算去夜总会嗨一嗨的，"贾里德说，"但我想我可以改变一下计划。"

"我跟克林特保证过我会保护好你的。"米凯拉责备他说。

"如果能帮上爸爸，能让妈妈和玛丽醒过来，"贾里德说，"我就愿意加入。"

"玛丽是你女朋友吗？"安琪尔放下凿子。

"我不知道。应该还不算。"

"什么叫不算？"安琪尔像是琢磨了一阵子，"你对她好吗？没推过她？没打过她？没朝她大叫过是不是？"

"在呛死之前，我们需要从这里出去。"米凯拉说。

"当然没有，我对她很好。"

"这就好,"安琪尔说,"我们走吧。埃薇在 A 区的禁闭牢房,那里挺不错,但被坚固的铁栏封住了。你们去站在她前面。那样的话,任何想找她的人必须通过你们才能找到她。"

米凯拉觉着这个主意烂透了,也许这就是安琪尔说"你们"而不是"我们"的原因吧。

"那你要干什么?"

"我执行突击任务,"安琪尔说,"也许我能在他们进入里面之前干掉几个。"她挥舞着手里的凿子。"别害怕,我很快就和你们会合。"

"弄几把枪就好了,如果你真想要……"贾里德的话被至今为止最响的一声爆炸淹没了。这次炮弹碎片——同墙和天花板的碎片一起——如同雨点一样落在他们身上。当米凯拉和贾里德再次直起腰的时候,安琪尔已经不见了。

8

"他妈的这究竟是怎么回事啊?"在第一颗炮弹击中监狱 C 区不久后,弗兰克问。他站起身,拍掉身上的泥和尘土,抖落混在头发里的几小块水泥。他觉得他并没有耳鸣,他听到的是平时过度服用阿司匹林后尖锐而冰冷的嗡嗡声。

"有人从那边的小山上发圣餐过来了,"克朗斯基说,"也许和炸掉警察局的是同一伙人。代理警长先生,继续往前走,没时间给你浪费了。"克朗斯基又一次露出金牙,看起来不那么真实地狞笑着。植入塑胶炸弹里的手机屏幕正在倒计时——三分零七秒,三分零六秒,三分零五秒。

"好的。"弗兰克说。

"记住,不要犹豫,犹豫的人会受到惩罚。"

两人朝压垮的前门快步走去。弗兰克从眼角的余光里看到,剩下的几个人都在推土机后面望着他们。没有谁想加入这次特别的攻击行动,弗兰克不怪他们。也许他们中还有人在后悔没有早跟特里·库姆斯一起离开呢。

9

当杜林女子监狱的战斗快要达到高潮时，特里把车停在了自家车库。车库很小，门关上了。四号巡逻车的车窗开着，车里巨大的 V8 发动机在不停地转。特里大口吸气，一连吸入了好几口废气。开始的滋味很难受，但他很快就习惯了。

现在改变主意还不晚，丽塔拉着他的手说，丽塔坐在他身边的副驾驶座上，头脑清醒一点，你依然能掌控那里的局面。

"亲爱的，已经太晚了。"特里说。车库里这时满是有毒气体。特里做了个深呼吸，忍住咳嗽，又大大吸了一口气。"我不知道接下来会变成什么样，但能预见的结局都很不妙。像这样就好。"

丽塔同情地捏着他的手。

"我一直在想我在高速公路上处理的每一起纠纷，"特里说，"一直在想制毒者拖车外壁上钻出的那颗头。"

几英里外的监狱方向依稀传来爆炸的声音。

特里重复了一遍："像这样就好。"然后闭上了眼睛。尽管知道四号巡逻车里只有他一个人，但当杜林和其他所有的一切离特里远去的时候，他依然能感觉到妻子在捏着他的手。

10

弗兰克和约翰尼·李·克朗斯基在巴里·霍尔登的房车残骸和监狱墙壁间奋力前行。快到粉碎的前门时，弗兰克和克朗斯基听见第二枚火箭炮炮弹朝他们呼啸而来。

"朝我们飞过来了！"克朗斯基大叫。

弗兰克回过头，看见一件很奇妙的事情：火箭炮炮弹打到停车场的后侧角落，没有爆炸而是弹地飞起，然后俯冲向已故杰克·阿尔伯森开的第一辆推土机。随后的爆炸声震耳欲聋。司机座被炸得顶破了驾驶室顶上薄薄的铁皮，粉碎的踏板向一个个铁制的音符一样飞向空中，一块加固驾驶室门的铁板向外侧倒，像巨人的大锤一样击穿了面前的房车。

弗兰克被一扇只剩下半部分的扭曲的门绊倒，他的命也因此保住了。约翰尼·李·克朗斯基就没那么幸运了，他的头被一块飞起的房车残壁割掉了，胳膊也被截成了两段。但他还是跌跌撞撞地走了两三步，将要停止跳动的心脏向空中喷射出两道绚丽的血柱，然后便瘫倒在地不动了。用C4炸药做成的球状物体从他的双手中掉落，摇摇摆摆地向安全检查站的方向滚去，在检查站前方停下了。弗兰克正好能看见植入在内的安卓手机，一分四十九秒，一分四十八秒，一分四十七秒……

弗兰克朝C4炸药爬去，他用力眨眼挤出眼里的尘屑，然后滚到一侧，躲在坍塌了半边的服务台下面。炮弹的冲击波过后，检查站防弹玻璃后面的蒂格·墨菲站起身，拿着配枪通过访客们上交证件和手机的狭小窗口向外开火。蒂格射击的角度很不好，子弹打得很高。如果一直趴着他会很安全，但如果继续前进，爬到通向监区的门，他估计会变成筛子。伙计，从原路返回吧。

大堂里都是推土机燃烧冒出的油烟。此外还有克朗斯基污血散发出的令人作呕的恶臭——弗兰克往克朗斯基那里看了一眼，克朗斯基流出的血像是有几加仑那么多。弗兰克的身下有条服务台的腿，桌腿的断裂处扎进了弗兰克的两片肩胛骨之间。C4炸药正好在弗兰克够不着的地方。一分二十九秒，一分二十八秒，一分二十七秒……

"监狱周围都是我们的人！"弗兰克大叫，"投降吧，我保你不受伤害。"

"去你的！这是我们的监狱！你是非法闯入！你没这个权力！"说着蒂格又开了一枪。

"那里有包 C4 炸药，会把你炸成碎片的。"

"我还是天行者卢克[1]的化身呢！"

"当心！往地上看！炸药包就在地上！"

"想趁此机会透过窗口给我来上一枪是吗？门都没有！"

弗兰克满心绝望，看着他层层穿过的那几道门，视线还被房车遮住了一部分。"外面的人听好了，"他扯着嗓门喊，"我要你们开枪掩护我。"

然而没有掩护，也没有增援。史蒂夫·皮克林和威尔·维特斯托克正搀扶着鲁普·维特斯托克全速撤离。

大堂的地板上满是垃圾，在蒂格·墨菲守卫的安全检查站旁的地上，嵌入炸药包里的手机倒计时快到头了。

11

看到比利·韦特莫尔死去，唐·皮特斯的感觉好了些。唐曾经跟比利打过一次保龄球，被叫作"小公主"的比利打了个满分，从唐手里赢了二十美元。比利显然用了个校正过的保龄球，但唐没计较这个——就像他没计较其他很多事那样，因为他是那种容易相处的人。世上有时还是存在公义的，这是个事实。少了这么个蠢蛋，他心想，人人都会欢呼的。

唐·皮特斯匆忙向体育馆走去。也许我会是抓到她的那个人，他心想。我会往埃薇·布莱克嘎嘎乱叫的嘴里射入一颗子弹，把这一切都结束掉。人们会忘掉我在那小家伙身上犯的错，以后在车轮酒吧喝酒就不用再自己掏钱了。

他朝监狱门走去，心里想着马上就能看到埃薇·布莱克了，但埃尔莫尔·珀尔却把他推到一边。"快枪手，往后退！"

"嘿！"唐抱怨着，"你根本不知道该往哪儿走。"

_____

[1] 电影《星球大战》中的角色。

唐又开始往前走，但德鲁·T.巴里抓住他的胳膊，对他摇了摇头。巴里无意第一个进去，在不知道前方有什么在等待自己的时候他不愿意打头阵。也许他开枪击中的是对方唯一的守卫，但如果还有守卫在，珀尔击中对方的概率总比早晨刚杀了一个自己人的皮特斯来得要大。

　　走进体育馆的时候，珀尔回过头，狡黠地对唐笑了笑。"放松一些，我来带你们……"

　　话还没说完，莫拉·邓巴顿一双冰冷的手就抓住了他，一只抓着脖子，另一只抓着后脑勺。埃尔莫尔·珀尔瞪着一双无神的眼睛，发出痛苦的尖叫声。他没有尖叫太久，莫拉复活的身体不顾他的牙齿，把手伸进他的嘴，使劲往下一掰。就像鸡腿从感恩节火鸡上被扯下来那样，埃尔莫尔的上颌和下颌被掰成了两半。

12

　　"躲得过去的娘儿们应该没几个了！"梅纳德·格里纳欢快地说，"这颗击中了停车场。再打得远些，死的人会更多。小洛，你看到火箭弹爆炸前弹起的那一下了吗？"

　　"看见了，"小洛说，"像颗从水面上滑过的石头一样从地上反弹，炸掉了一部推土机。干得不坏，但我还能做得更好，替我加上颗炮弹。"

　　下面监狱西墙上的洞口飘起一股浓烟。这一幕很是壮观，让人联想起地雷爆炸时喷发的泥土，但他们炸的不是岩石，而是一处州立监狱，因此更叫人振奋。即便不需要封住基蒂·麦克戴维那张告密的嘴，轰击女子监狱也值得去干。

　　当梅纳德的手伸到装火箭炮炮弹的包里时，他听到一声树枝的咔嚓音。他侧转过身，伸手去拿塞在衣角下腰带里的枪。

　　瓦妮莎拿着弗里茨·梅肖姆想用来杀她的那把枪开了一枪。距离不远，可劳累的瓦妮莎没能打中梅纳德的胸膛，子弹只是擦过他的肩膀，让他四脚朝天摔在快取完火箭炮的那只弹药包上。梅纳德从腰带里抽出的枪掉了出来，扳机环挂在树枝上。"兄弟！"他大声叫，"快打她！她朝我开了一枪。"

小洛放下火箭炮，抓起放在身边的一把步枪。打偏一枪之后，瓦妮莎终于集中起了注意力。她把枪把抵在两只大乳房的当中，扣动了扳机。小洛的嘴被崩裂了，脑浆从头后喷射而出，他随着最后的呼吸吐出一口气。

"小洛！"梅纳德尖叫道，"我的兄弟啊！"

梅纳德抓起挂在树枝上的枪，但还没端稳，他的手腕就被像是铁手铐的一只手抓住了。

"即便对方已经一周没睡了，你也要知道把枪对着掰手腕冠军会有什么后果，"用异常轻柔的声音说完这句话以后，瓦妮莎重重地拧了一下梅纳德的手腕。梅纳德的手腕传出一声树枝折断的声音。他大声尖叫起来，枪从手里掉落，瓦妮莎趁势把枪踢得老远。

"你射到了小洛，"梅纳德口齿不清地说，"杀掉了他。"

"是我杀了他没错。"瓦妮莎的头嗡嗡作响，大腿不断抽搐，她觉得自己站在船的甲板上。她的耐力已经到了极限，这一点她很清楚。但这样做无疑比自杀要强。现在该怎么办呢？

梅纳德似乎有同样的问题。"你准备拿我怎么办？"

我无法把他捆起来，瓦妮莎心想。手头没有把他捆起来的绳索。睡过去就这样把他放了吗？梅纳德会不会在她长膜以后朝她开上两枪？

瓦妮莎看着下面的监狱，监狱门被一辆压碎的房车和一部着火的推土机堵上了。接着她又看到了第一颗火箭炮炮弹在监狱 C 区打出的洞，几十个毫无防备的沉睡在那层膜里的女犯被炸死在那里。这两个千刀万剐的家伙杀了多少人啊？

"你是洛厄尔还是梅纳德？"

"夫人，我是梅纳德。"他试着朝瓦妮莎笑笑。

"梅纳德，你是笨的那个还是聪明的那个？"

他笑得更灿烂了。"肯定是笨的那个了。我八年级就辍学了。洛厄尔叫我做什么我就做什么。"

瓦妮莎回以笑容。"梅纳德，我想我会就这样把你放了，干那些坏事都不是你的主意。那里有辆卡车，钥匙就插在车上，你把车开走离开这儿吧。我会在这儿盯着你的。只要不磨洋工的话，即便一个手开车，你也很快会把车开到县城南边的佩德罗小镇。趁我还没改变主意，还不快点走！"

"谢谢你，夫人。"

梅纳德开始在小墓园的墓碑间往回慢跑。瓦妮莎想了想刚才对他的许诺，可梅纳德依然有可能中途折返，发现躺在哥哥尸体旁边睡着了的她。即便梅纳德不回来，他也很可能在每周的市集上笑谈兄弟俩这次肮脏的伏击。瓦妮莎不敢任由这种事发生，她不再轻易相信自己的打击目标了。

至少他不会知道自己是被什么击中的，瓦妮莎心想。

瓦妮莎拿起梅肖姆的枪——心里没有任何犹豫——对着梅纳德的背开了一枪。"哦。"这是梅纳德朝前栽倒时说出的最后一个字。

瓦妮莎坐在地上，背靠着一块倾斜的墓碑——墓碑老得连上而刻的名字都快掉光了——然后闭上了眼睛。从背后朝人开枪让她感觉很不好，但渐起的困意很快让这种感觉消失了。

哦，屈服是多么棒的一件事啊！

一根根细线开始从她的皮肤旋转冒出，这些细线在清晨的微风中前后摇曳着，阿巴拉契亚山脉的山野地带又将迎来美好的一天。

13

克林特办公室的玻璃应该是防弹的，但威利 M4 冲锋枪近距离的两枪就把玻璃打出了窗框。他攀着窗框钻进窗户，落在书桌上（在书桌后面书写报告对克林特来说似乎是上辈子的事了）。体育馆的方向传来尖叫和大喊的声音，可现在他已经管不了那边的事了。

他转身要把威利拉进办公室，却看见老人垂着头靠在外墙上，呼吸又急促又刺耳。

威利举起双臂。"医生，希望你够强壮，可以把我拉进去。我已经使不上太大的力了。"

"先把你的枪给我。"

威利把他的 M4 冲锋枪递给克林特。克林特把冲锋枪和自己的枪放在一沓"品行良好报告"上，接着他抓住威利的双手往里拉。老人还是有点力气的，他把工作靴抵在窗户下面的墙上，很快钻进了窗户。克林特后仰在桌子上，威利一屁股坐在他身上。

"这简直太亲密了。"威利说。他声音紧绷，看上去比以往任何时候都要糟，不过却在咧着嘴笑。

"既然我们俩这么亲密，那你就叫我克林特好了。"他扶着威利站起来，把 M4 冲锋枪递给他，并抓起了自己的枪，"去埃薇的牢房吧。"

"我们到那儿去干什么？"

"我不知道。"克林特老老实实地说。

14

德鲁·T.巴里无法相信自己看到的这一幕：眼前站着两个僵尸一样的女人，埃尔莫尔·珀尔的上下颌被掰开，嘴看上去像个巨大的洞穴。珀尔的下颌似乎耷拉在胸膛上。

珀尔踉踉跄跄地离开了抓住他的那个生物体。走了十来步以后，他又被莫拉抓住了汗水浸湿的领子。莫拉让珀尔靠在自己身上，拇指按入珀尔的右眼，瞬间传来噗的一声响，像是打开酒瓶的软木塞似的。一股黏黏的液体从珀尔脸颊上滚落，他立刻瘫软在地上。

凯莉像个使用过度的发条玩具似的，一摇一摆地朝唐·皮特斯扑了过来。唐知道自己应该转身就跑，但身上却充满一股不可思议的疲惫感。他觉得自己一定是睡着了，在做世界上最糟糕的一个噩梦。这肯定只是个梦而已，因为他面对的是凯莉·罗林斯。他上个月刚把那娘儿们写在"操守不良"报告上。让她抓住我就好，让她抓住以后我就能醒过来了。

以设想人会遇到的最糟情形为业的德鲁·T.巴里从没想到过"我一定是在做梦"的可能性。尽管眼前这一幕像是电视剧里腐烂尸体复活的桥段，但他决心要在这种危险的境地下求生。"猫下腰！"巴里大喊一声。

如果监狱另一边的塑胶炸弹没爆炸，唐也许不会马上依令而行。他不是猫腰，而是跌倒在地上，但巴里要的效果总算是达到了。凯莉没能抓到唐脸上软绵绵的肉，苍白的手指只是扇掉了他戴着的橄榄球头盔。紧接着一声枪响，近距离平射的韦瑟比步枪发出的枪声因为体育馆空旷巨大而显得特别响亮。凯莉的喉咙爆炸，缓缓向后歪倒下去，接着身体瘫软在地。

莫拉把埃尔莫尔推到一边，蹒跚着朝唐走去，像个有超能力的女巫一样不断打开闭合着双手。

"快朝她开枪啊！"唐尖叫着。他失禁了，温热的小便顺着他的双腿往下流，浸湿了他的袜子。

德鲁·T.巴里考虑着是否别开枪。皮特斯是个白痴，是个我行我素的人，没了他也许会更好。好，巴里心想，现在就暂且开上一枪吧。但在那以后，监狱看守先生就只能自己照顾自己了。

他朝莫拉·邓巴顿的胸口开了枪。莫拉朝体育场中心倒去，躺在死去的埃尔莫尔·珀尔身边。莫拉在那儿躺了一会儿，然后挣扎着站起来，尽管上下两部分身体看上去已经不能协调一致了，她却再次朝唐走了过去。

"朝她的头部开枪！"唐尖叫着（他似乎忘了自己也有枪），"像对付另一个家伙一样朝她的头部开枪！"

"你能闭上你那张臭嘴吗？"德鲁·T.巴里说。他瞄准莫拉·邓巴顿的头部，一枪打穿了莫拉左侧上半边的头颅。

"哦，老天，"唐上气不接下气地说，"老天，老天，我的老天啊！我们快离开这儿！我们快离开这儿回到城里去！"

尽管德鲁·T.巴里不喜欢那位肥胖的前狱警，但很理解皮特斯想要逃跑的冲动，甚至在某种程度上感到同情。可在事情结束之前他绝不会放弃，不然他也成不了三县最成功的保险经纪人。想到这儿，他一把抓住了唐的胳膊。

"德鲁，她们的确死了！但如果还有该怎么办？"

"我没看见还有，你看见了吗？"

"可是……"

"你带路，我们去找要找的那个女人。"德鲁·T.巴里不知从哪儿冒出了高中里学到的一点法语，"找出那个女人。[1]"

"你说什么？"

"别介意。"德鲁·T.巴里挥舞了一下手里的高性能步枪。巴里不是在给皮特斯鼓劲，而是在向他示意。"你走在我前面三英尺，这个距离最好。"

"为什么要我走在前面？"

"因为，"德鲁·T.巴里说，"我相信这样会更保险。"

15

在瓦妮莎·兰普利结果了梅纳德·格里纳的性命、埃尔莫尔·珀尔被莫拉·邓巴顿实施即时口部手术的时候，弗兰克·吉尔里正藏身在半边塌陷的接待台下面，看着手机的倒计时从四十六秒到四十五秒，接着又到了四十四秒。外面没人支援了，现在他很清楚这一点。剩下的人不是畏缩不前就是干脆走了。要想通过该死的检查站，进入监狱里面，弗兰克必须靠自己。不然他只能连滚带爬地逃到监狱楼外面，希望防弹玻璃后面的那个家伙不会拿枪打他。

弗兰克希望这一切都没有发生，希望开着自己的皮卡行驶在杜林一条舒适的道路上，寻找哪家的宠物浣熊。如果找到的浣熊饿了，弗兰克

---

[1] 此处为法语。

会用一根带着网、顶端放有奶酪或汉堡、被他称为"招待棍"的长杆把它网住。这让他想起了戳进自己背部的碎裂的椅子腿。他侧转过身，从背上拽出椅子腿，然后把椅子腿伸向包裹炸药的致命球体。还有机会能活命！

"你在干什么？"蒂格在防弹玻璃后面问他。

弗兰克顾不上回答他的问题。如果达不到目的的话，他就死翘翘了。他用桌腿参差不齐的一端顶起球状的炸药包。约翰尼·李向他保证扔炸药包不会使它爆炸，桌腿自然也不会。他竖起桌腿，把桌腿靠在安全检查站带有开口小槽的窗户下方。十七秒，十六秒，十五秒……蒂格开了枪，弗兰克感到子弹贴着自己的膝关节上方飞了过去。

"不管在那儿的是谁，你最好快点走。"蒂格说，"趁还有机会赶紧走。"

弗兰克也知道得赶快走了，他猫着腰向监狱大楼的前门走去，心想自己肯定会挨上一枪。但蒂格却没有再次开枪。

透过玻璃，蒂格看见桌腿顶端黏着的像大块口香糖一样的白色球状物体。这时，他第一次看到了球里嵌着的手机：手机上的倒计时正从四秒跳到三秒。他很快明白了这是什么，将会发生什么事，他立刻冲向通往监狱主通道的那扇门。手刚触到门球，周围的世界就变成了一片白色。

16

弗兰克站在监狱门外嘉年华房车残骸旁明亮的阳光里——这辆房车再也无法带着巴里·霍尔登和他的家人出去野营了——严重损毁的监狱大楼被刚才的爆炸又震了一震。在先前几次爆炸中因为加固铁丝而没有炸碎的玻璃闪着亮光大块大块地喷涌而出。

"跟我走吧！"弗兰克大声叫，"剩下的几个，跟我走！我们去把她抓住！"

开始没什么动静。接着四个民防团成员——卡森·斯特拉瑟斯、特里特警官、奥德韦警官和巴罗斯警官——从隐蔽处快步走出来，跑向被炸的监狱前门。

四人跟在弗兰克身后，消失在了一片烟雾里。

17

"妈的……真该死……"贾里德·诺克罗斯长长地吐了一口气。

这时米凯拉已经说不出话了，但满心希望能有个摄制组来拍下这一幕。不过即便真有个摄制组也没用，把看到的这些播报出去的话，观众一定会认为摄制时使用了特效。只有看到现场的人才能相信。你必须到场看，才会相信双手拿着手机的裸体女人让自己的一只脚飘浮在铺位上方。你必须到场看，才会相信她黑色的头发里盘旋冒出了绿色的卷须。

"嘿，你好。"埃薇快活地打了个招呼，但并没有四处张望。她的注意力几乎全都集中在手里的手机上。"过会我再和你谈，现在我有件重要的事需要完成。"

她的手指在屏幕上让人眼花缭乱地移动着。

"贾里德，你怎么在这儿啊？"来人是克林特，他的声音既惊奇又恐惧，"你在这干什么？"

18

唐·皮特斯走在德鲁·T.巴里之前（尽管他一点不想走在前面），在快到百老汇走廊的中点时看见诺克罗斯和一个满脸胡子、穿着红色背带裤的老头。诺克罗斯搀扶着同伴，穿着红色背带裤的老头驼着背，艰难地往前走。尽管没看到出血，但唐推测老头一定中了一枪。你们马上就得死，唐想着，举起了枪。

尽管不知道皮特斯看见了什么，但在他三十英尺之后的德鲁·T.巴里也举起了枪。烟太浓，站在前方的皮特斯又把他的视线全给挡住了。紧接着，当诺克罗斯和威利走过岗亭、沿着通向禁闭牢房的那条很短的 A 区走廊向前行走时，医务室里突然伸出了一对又长又白的胳膊，抓住了皮特斯的胳膊。德鲁·T.巴里像看魔术一样看见唐消失在自己眼前。医务室的门砰一声关上了，巴里匆忙赶到医务室门前扭动门把，却发现门已经被锁上了。他通过被铁丝加固的玻璃窗往里瞧，看见一个像是嗑药嗨了的女人正拿着一把凿子抵着皮特斯的喉咙。她扯掉皮特斯那顶荒诞不堪的橄榄球头盔，头盔倒着掉在皮特斯那把枪旁。皮特斯稀疏的黑发被汗水黏在头上。

　　医务室里的女人——是个穿着棕黄色囚服的女人——发现巴里正往里瞧。她举起凿子向巴里示意，她的手势很清楚：离这儿远点。

　　德鲁·T.巴里考虑着是不是要开枪打碎玻璃，但如果还有其他守卫者，枪声一定会吸引他们的注意力。他想起在体育馆射杀第二个女巫后自己起的誓：在那以后，监狱看守先生就自己照顾自己吧。

　　他朝模样古怪的女犯草草敬礼，竖起大拇指表示善意，然后沿着走廊朝前走。他提醒自己，千万小心一点，皮特斯被抓住之前一定看到了什么东西。

19

　　"哦，看看我发现了什么，"安琪尔说，"我竟然抓到了爱抓女孩乳房、捏她们屁股、摸她们大腿，同时把精液射在内裤上的那个家伙。"

　　趁安琪尔抬头驱赶保险经纪人的当口，唐从她的挟制中抽身，和她隔开了一小段距离。"犯人，把凿子放下。现在放下凿子，我就不把你写在'品行不良'的报告里了。"

　　"你的裤子上是不是沾了什么东西，"安琪尔看见了唐裤子上的尿痕，

"即便对你这么个窝囊废来说，这也太丢人了点。你害怕得小便失禁了，对吗？妈妈不会喜欢你这个样子的。"

提到他神圣的母亲，唐把理智抛到一边，朝安琪尔冲了过去。安琪尔用凿子向他猛击，如果唐没有被橄榄球头盔绊倒的话，这一击会割开他的喉咙，要了他的命。被头盔绊了一下以后，凿子在唐的前额割了很深的一道。他跪在地上，鲜血不断地从伤口顺着脸庞往下流。

"哦，哦，快停手，这很痛！"

"痛吗？我就是想看看这把凿子厉不厉害。"说着安琪尔对准他的肚子猛踢了一脚。

唐抓住安琪尔的一条腿，想把流到眼睛里的血甩掉，却顺势把安琪尔掀翻在了地上。安琪尔的手肘撞到地板，凿子从手里掉了出来。唐爬上安琪尔的身体，伸手去抓她的喉咙。"我才不会等你死了以后才去干你呢，"他告诉安琪尔，"那太恶心了。我只会把你掐昏过去。等玩到尽兴，再把你杀掉……"

安琪尔抓住橄榄球头盔，挥动手臂甩向唐，头盔撞到他流血的前额。唐抓着自己的脸，从安琪尔身上滚落在地。

"哦，不，犯人，你不能这么干！"

用头盔撞人在橄榄球比赛里是最严重的犯规，安琪尔心想，可没人会把这一幕放在电视上，没哪个裁判会让我后退几码的。

她又用头盔打了两下，兴许第二下打断了唐的鼻子，他的鼻子扭曲得很厉害。唐设法翻转过身，翘着屁股站了起来。唐像是在叫"犯人，快停下"，但他喘得厉害，在说什么根本听不清楚。他的嘴唇被打裂了，嘴里全是血。每说一句话，鲜血都会从他的口中涌出。安琪尔想起孩提时常听大人们说的一句话：淋浴时别忘带毛巾。

"别再打了，"唐说，"请别再打了，你都快把我的脸打烂了。"

安琪尔把头盔扔在一边，拿起掉在地上的凿子。"皮特斯警官，用这个摸奶子去吧！"

她把凿子捅进唐的两块肩胛骨之间，直到外面只剩木头手柄才停了下来。

"我的老妈啊！"唐大声哭喊。

"好，皮特斯警官，接着这一下是向你老妈致敬！"安琪尔抽出凿子，把它捅进唐的脖子，唐一下子瘫倒在地。

安琪尔踢了他好几下，然后跨在他身上，开始用凿子向他的身体猛刺，一直到再也提不起胳膊才停手。

第十六章

1

德鲁·T.巴里来到岗亭，看到了皮特斯被女人抓住前看到的两个人：其中之一可能是诺克罗斯，那个造成了这般混乱的傲慢家伙。他用胳膊搂着另一个人。这很好。他们也许正要去那个女人那里保护她，不会知道他在这儿。就吉尔里召集的武装力量来看，这简直太疯狂了，但他们这帮家伙却已经造成了莫大的伤害。受伤和死去的好市民已经有很多，为这他们也得死。

接着烟雾中又出现了一个女人和一个年轻人。所有人都背对着德鲁·T.巴里。

这就锦上添花了。

2

"老天，"克林特对儿子说，"你应该躲起来的。"他责备地看着米凯拉。"你应该照顾好他才对。"

米凯拉还没回话，贾里德就开口了。"她照你说的做了，但我不能躲起来。我就是不能躲起来。如果能让妈妈回来，我们就不能错过这个机会，我还要玛丽和莫莉都回来。"他指着走廊尽头禁闭牢房里的女人说，"爸爸，你看看她！她都能浮起来！她到底是什么人啊？她还算是人吗？"

克林特还没回答，希克斯的手机响起一阵音乐声，紧接着是一句微小的电子宣告声："选手埃薇，祝贺你！你通关了！新兴都市是你的了！"

埃薇一屁股坐上床铺，把双脚甩在地上，然后靠近铁栏。克林特原本以为自己已经见怪不怪了，却惊恐地发现她的阴毛大多数都是绿色的。事实上，克林特看见的完全不是阴毛——而是某种植物。

"我赢了！"埃薇高兴地大喊，"一分钟也不能耽搁！手机只有百分之二的电量了。现在我可以快快乐乐地去死了。"

"你不会死。"克林特说，他不再相信埃薇的话了。就算埃薇要死，吉尔里剩余的人手到这儿时——应该快要来了——多半也会和埃薇一起死。弗兰克的手下已经杀了太多的人，不会再收手了。

3

德鲁·T.巴里从岗亭旁边绕过，对自己看到的情景非常满意。除非牢房里藏了些守卫者，诺克罗斯那个小圈子的人已经像保龄球道上的木瓶一样聚集在了走廊尽头。他们没有可以逃走的地方，躲都没处去躲。真是太完美了。

巴里举起韦瑟比步枪……这时，一把凿子突然抵在了他的喉咙上。

"不，不，不，"安琪尔用小学老师欢快的声音说，她的脸、衬衫和长裤上都滴着血，"再动一下，我就把你这个骗子的动脉割断。我的凿子就在你的喉咙口，现在你还没死是因为你刚才让我了结了和皮特斯警官的那点事。把你手上的捕象枪放在地上，别弯腰，松开手就好。"

"夫人，这是把非常昂贵的枪。"德鲁·T.巴里说。

"别跟我废话。"

"扔在地上会走火的。"

"我愿意冒这个风险。"

德鲁·T.巴里扔掉了枪。

"把你肩上挎着的枪交给我。别跟我玩把戏。"

他们的身后传来人声："女士，把抵在他喉咙上的东西放下。"

安琪尔飞快地看了一眼身后，发现四五个人正拿枪指着她。"你们可以杀我，但我会带这个人一起走。我可以发誓。"

弗兰克站着，拿不定主意了。德鲁·T.巴里想活得更长一些，乖乖地把唐的 M4 冲锋枪交给了安琪尔。

"谢谢。"说着安琪尔把枪扛上自己的肩膀。她后退几步，放下凿子，把双手举在脸的两侧，向弗兰克和弗兰克身边其他人表明手上没拿东西。接着她缓缓地往后退，站在仍然用胳膊支撑着的威利的身旁。她的手一直举着没放。

德鲁·T.巴里对仍然还活着感到很吃惊（同时也感到欣慰），重新拿起地上的那杆韦瑟比步枪。他感觉有点头重脚轻，任何被一个疯了的女犯用凿子对准喉咙的人都会感到头重脚轻的吧。她刚才让他放下枪……现在却任由他拿了起来。这是为什么？这样她就能和朋友们一同站在刑场上了是吗？这似乎是唯一的答案，一个疯狂的答案。但她原本就是个疯子。他们全都是疯子。

德鲁·T.巴里觉得应该由弗兰克决定下一步的行动。弗兰克策划了这一幕狂欢，擦屁股的事情也得由他来干。这样会比较好，因为在外面的人看来，他们在过去半小时内所做的事情比较像是一次治安行动。但其中的一部分——比如体育馆里行走的僵尸，又比如诺克罗斯身后几步那个绿色的裸体女人——无论这一切是否和奥罗拉病毒有关，外面的人都不可能相信。德鲁·T.巴里对自己还活着感到非常幸运，希望就此退到幕后。幸运的话，没人会知道他曾经来过这里。

"那是什么玩意儿啊？"看到走廊尽头绿色女人的卡森·斯特拉瑟斯问，"那不是一个正常的人。吉尔里，你想拿她怎么办？"

"捉住她，而且要活捉。"弗兰克说，他这辈子都没觉得这么累过，他一定要渡过这道难关，"如果她真是奥罗拉病毒关键所在的话，就得让医生对她研究一下。我们开车送她到亚特兰大，把她交给疾病控制中心的人。"

威利举起枪，但他好像举着一千磅的重物似的，动作非常慢。Λ区不热，可他的圆脸上却全都是汗。汗水使他的胡子颜色更深了。克林特把枪从他手上抓走。在走廊的另一端，卡森·斯特拉瑟斯、特里特、奥德韦和巴罗斯纷纷举起枪。

"就是这样！"埃薇大叫，"在牢里开始一场枪战吧！邦妮和克莱德！女子监狱里的虎胆龙威！"

但在 A 区那条短短的走廊变成交火区之前，克林特扔掉了威利的枪，把 M4 冲锋枪从安琪尔肩膀上拽走了。他把冲锋枪举在头上，让弗兰克的人看到。带着些不情愿的心情，刚才举起枪的弗兰克手下缓缓地放下枪。

"不，不，"埃薇说，"高潮部分不应该这样被打断，观众肯定会不买账。我们需要重新来一遍。"

克林特没理睬埃薇，他的注意力都在弗兰克身上。"吉尔里先生，我不能让你带走她。"

埃薇惟妙惟肖地学着约翰·韦恩[1]怪诞的长音说："你们这些恶棍，如果伤害了这位小妇人，我会让你们吃不了兜着走。"

弗兰克也没理她。"诺克罗斯，我欣赏你的奉献精神，但我实在不理解你为什么要这么干。"

"兴许你根本没想去理解。"

"哦，我想我明白了，"弗兰克说，"你是唯一看不清楚状况的人。"

"他的脑袋里都是精神科医生的那些古怪想法。"斯特拉瑟斯的话引来了一阵克制的笑声，随后是一阵嘟囔。

弗兰克像在给一个差生讲课那样耐心地宣讲道："就我们现在所知，她是世界上唯一一个睡着以后还能醒来的女人。请你理智一点，我只是想把她带到能对她进行研究的医生那里，也许能找到扭转目前状况的办法。这些男人都想让他们的妻子和女儿们赶快回来。"

入侵者声音低沉地应和着。

"既然这样，就给我滚开，"埃薇仍然想挑起一场纷争，"我觉得你们这些人……"

"快闭嘴。"米凯拉说。埃薇像是出其不意地被人打了个耳光一样，瞪

---

[1] 美国西部牛仔片的大明星。

大了眼睛。米凯拉走向前，用灼热的目光盯着弗兰克。"在你看来，我像是很困吗？"

"我才不在意你是什么样子呢，"弗兰克说，"我们的目标不是你。"他的话又引来了一阵应和声。

"你应该在意。我现在很清醒，安琪尔也是一样。她把我们唤醒了。她朝我们呼气，我们就清醒了。"

"我们希望世上所有女人都能这样。"弗兰克说，他背后发出一阵更响的应和声。聚集在米凯拉面前的这些不耐烦的男人们表情近乎仇恨。"如果你很清醒，那就应该明白这一点。这不像火箭研究那么复杂。"

"吉尔里先生，你还是没明白。她能让我和米凯拉清醒是因为我们还没开始长膜，你们的妻子和女儿已经长了膜。这道理同样没有火箭研究那么复杂。"

一阵沉默。米凯拉终于吸引了他们的注意力，克林特觉得终于有希望让事情向好的一面发展了。卡森·斯特拉瑟斯却肯定地说："全他妈是在胡扯淡。"

米凯拉拼命摇着头。"你这个愚蠢又自以为是的男人！你们这些男人也都是一样。埃薇·布莱克不是女人，她是超自然的存在。发生了这么多事情，你们还没明白吗？你们觉得医生能在超自然的存在身上提取 DNA 样本吗？你们觉得把她放进核磁共振机里面就能检测出她是如何运转的吗？所有死在这儿的人都是白死的。"

皮特·奥德韦举起一把加兰德步枪。"女士，再不闭上嘴，我就开枪了，我真想把你打趴下。"

"皮特，放下枪。"弗兰克觉得局面快要失控了。他们面对的问题不是枪能解决的。对他们而言，最简单的办法自然是猛地开上一阵枪，让一切都灰飞烟灭。弗兰克现在就有这样的冲动，但这样他们什么都得不到。

"诺克罗斯，让你的人靠边站，我想好好看看她。"

克林特往后退了几步，他一只手臂搀住威利·伯克，扶威利起身，另一只手抓住贾里德的手指。米凯拉在另一侧搂住贾里德。安琪尔不服气地在禁闭牢房门口站了一会儿，用身体挡住埃薇，但被米凯拉的手轻轻拉了一下以后，安琪尔从牢房门口离开，站到米凯拉身旁。

"你们最好别伤害她。"安琪尔说。她的声音颤抖，眼中闪烁着泪光。"王八蛋们，你们最好别伤害她，她确确实实是位女神。"

弗兰克朝前走了三大步，不知道也不在意自己的人是不是跟上了。他长久地盯着埃薇，惹得克林特也转身看了起来。

缠绕在她头发里的绿色植物已经不见了。她的裸体很美，但并不特别。她的阴毛呈三角形出现在两条大腿交汇处的上方。

"这是什么鬼情况啊。"卡森·斯特拉瑟斯说，"她——刚才——不还是绿色的吗？"

"夫人，很高兴能认识你。"弗兰克说。

"谢谢你。"埃薇说。尽管赤身裸体，但她的声音却娇羞得像个女学生。"弗兰克，你喜欢把动物关在笼子里吗？"

"我只关那些需要关在笼子里的动物。"弗兰克说，几天来头一次，他真正地笑了。如果有件事他确实知道的话，那就是杜林的流浪动物已经两天没人管了——流浪动物能给人类和家养动物带来危险，人类和家养动物也会给流浪动物带来威胁。大体上，他更希望动物不要受到人类的伤害。"我是来把你从你们中间接出来的。我想把你带到能为你做检查的医生那里。你愿意让我带你去吗？"

"我觉得这根本没用，"埃薇说，"他们什么都发现不了，什么都没法改变。记得下金蛋的鹅的故事吗？当人们把它开膛破肚以后，只发现了一些内脏。"

弗兰克叹了口气，摇了摇头。

弗兰克不相信埃薇的话是因为他压根不想去相信，克林特心想。因为在做了这么一番惊天动地的事情以后，弗兰克承受不了相信她的代价。

"夫人……"

"叫我埃薇吧，"她说，"我不喜欢正式的称谓。弗兰克，我想我们在电话里交谈时达成了一些让人愉快的共识。"她一直低垂着眼睛。克林特很想知道她眼睛里有什么必须隐藏的东西。是她来这儿的任务吗？这也许是他一厢情愿的想法，但很有这个可能——耶稣基督不是祈求天父把杯子从他的嘴唇撤走吗？[1] 克林特觉得，弗兰克一定是希望疾病控制中心的医生能像天父一样把杯子从他这里撤走。这样他们就能检查埃薇的 X 光片，研究她的血管构造和 DNA，并能有所发现。

"你是……"弗兰克说，"据那位女囚说……"他朝正愤怒地看着他的安琪尔歪了歪头。"她说你是位女神，这是真的吗？"

"不。"埃薇说。

威利开始在克林特身旁咳嗽，不断揉着自己的左侧胸膛。

"另一个女人……"这次他偏向米凯拉那一侧，"她说你是超自然的存在。比如说——"弗兰克不喜欢把话说得太响，这样会导致暴怒失控，但他就是控制不住自己。"——你知道有关于我的一些事情，原本你不该知道这些事的。"

"她还能浮起来！"贾里德不假思索地说，"你怎么可能没注意到呢？她浮起来了！我看见了！我们都看见了！"

埃薇看着米凯拉。"小姐，你弄错了。我是个女人，在大多数方面和别的女人都一样。尽管从男人嘴里说出的爱是个危险的字眼，但我和这些男人所爱的女人没有太大不同。男人们所说的爱通常和女人嘴里的爱不是一个意思。有时他们说为了爱他们会去杀人，有时他们这么说没有任何实际意义。当然，女人对这种言不由衷的爱情表达是能渐渐觉察到的。有些女人觉得无所谓，但大多数都会感到悲哀。"

"当一个男人说爱你的时候，他们只是想把阴茎捅进你的私处。"安琪尔添油加醋地说。

埃薇重新把注意力转回弗兰克和站在他身旁的男人身上。"你们想救的女人现在生活在另一个地方。大体来说，她们过得很幸福。尽管大多数人都在思念她们的儿子，其中一些还在想念她们的丈夫和父亲。我不会说

---

[1] 出自《圣经·马太福音》，26：39。

她们都表现很好，她们远非圣人，但大多数人都和谐无间。弗兰克，在那个世界，没人会拉你女儿最喜欢的衬衫，没人会对她大吼，没人会让她难堪，没人会用拳头砸墙让她吓个半死。"

"她们还活着吗？"卡森·斯特拉瑟斯问，"女士，你能发誓吗？你能对上帝发誓吗？"

"是的，"埃薇说，"我能对上帝和你们所有的神发誓。"

"那我们该怎么让她们回来呢？"

"捅我，刺我，取我的血可不能让她们回来。即便我允许了，这些做法也不会奏效。"

"那该怎样做呢？"

埃薇张开双臂。她的目光闪烁着，瞳孔扩大成黑色钻石的形状，虹膜从淡绿色变成琥珀色，像猫眼一样。"杀了我。"她说，"杀了我她们就醒了，地球上所有女人都能醒。我发誓这是真的。"

弗兰克像在做梦似的神情恍惚地举起了枪。

4

克林特挡在埃薇身前。

"不，爸爸，快闪开！"贾里德尖叫道。

克林特不为所动。"吉尔里，她在撒谎，她要你杀了她。她并非完全这么想——她应该改变了部分主意——但她原本就是为此来到这儿的。她就是为此被派到这儿的。"

"接下来你会说她想被吊死在十字架上了，"皮特·奥德韦说，"医生，闪一边去。"

克林特没有移开。"这是个测试。如果能通过，我们就有机会了。如果通不过，我们如她所愿地杀了她，门就关上了。这个世界将全都是男人，直到一个不剩。"

克林特想到成长过程中打的那些架，打架不是为了一杯奶昔，至少不真的是，而是为了求得一点点阳光和空间——一点点能够让他呼吸、能让他成长的地方。他想到了老朋友香农，香农依靠克林特把她救出炼狱，克林特同样也依靠着她。克林特尽自己的最大能力把她拉出炼狱，香农一直记着克林特对她的情义。但香农为何要让女儿用他的姓呢？但无论如何，他仍旧亏欠她很多。作为朋友，他亏欠香农更多。作为朋友、丈夫和儿子的父亲，他亏欠了莉拉很多。这些站在埃薇牢房前的人呢？他们也有各自亏欠着的女人们——甚至安琪尔也有。现在到该做出偿还的时间了。

克林特想要做的斗争已经结束了。克林特已经打出了自己的拳头，可是还没赢得任何东西。

至少现在还没有。

他向两侧伸出双臂，手掌向上，招呼人过来。埃薇最后的守卫者们就这样被召集站成一排挡在她牢房前面，甚至连几乎快昏迷的威利也站在了队伍里。贾里德站在克林特身边，克林特把手放在儿子的脖子上。接着，克林特缓缓地拿起一支 M4 冲锋枪交给母亲包在膜里就睡在不远处的米凯拉。

"弗兰克，听我说。埃薇告诉我们如果你不杀她，你放她走，女人们就有很大的可能回到这个世界上。"

"他在说谎。"埃薇说。但这时看不见埃薇的弗兰克在她的声音里听见了一些让他感到踌躇的声音。弗兰克听到的像是极度的痛苦。

"别废话了，"皮特·奥德韦往地上啐了一口，"我们失去了许多好同伴才找到她。先把她带走，之后怎么办可以再商量。"

克林特举起了威利的枪。他不愿这样做，但还是举起了枪。

米凯拉转身看着埃薇。"把你派到这儿的人觉得问题该是这样解决的，是吗？"

埃薇没有回答。米凯拉觉得牢房里这个非凡生物从树林中的拖车里出现的那一刻，就以一种未曾想到的方式被撕碎了。

她转身看着携带武器、在走廊前进了一半的入侵者们。入侵者的枪口直指着他们。在这个距离，子弹可以把站在奇异女人面前的小团体撕成碎片。

米凯拉举起枪。"不必这样就能做到，让她瞧瞧我们根本不用兵戎相见。"

"你想说我们该做些什么呢？"弗兰克问。

"让她回到她来的地方。"克林特说。

"绝对不行。"德鲁·T.巴里说。这时威利·伯克膝盖一软，瘫坐在地，完全没有了呼吸。

5

弗兰克把枪交给奥德韦。"他需要做心肺复苏。我去年夏天上过课……"

克林特拿枪指着弗兰克的胸膛。"不行。"

弗兰克瞪着他。"嘿，你疯了吗？"

"往后退。"米凯拉把手里的那把枪对准弗兰克。她不知道克林特想做什么，但知道他正在打出手里的最后一张牌。这是我们的最后一张牌，她心想。

"把他们都杀了吧，"卡森·斯特拉瑟斯说，他的声音已经近乎疯狂，"把那个恶魔般的女人也一起杀了。"

"都给我放下枪。"弗兰克说，接着他转身看着克林特，"你就这么看着他死吗？这能证明什么？"

"埃薇能救他，"克林特说，"埃薇，你能救他吗？"

牢房里的女人什么也没说。她的头低垂着，头发遮住了她的眼睛。

"吉尔里……如果她救下他的话，你能放她走吗？"

"那个老浑蛋在装蒜！"卡森·斯特拉瑟斯咆哮道，"这都是他们设计好的。"

弗兰克说："能让我检查一下他……"

"当然能，"克林特说，"但得快一点。三分钟以后脑部就会开始受损，我不知道超自然的存在能否治疗脑部损伤。"

弗兰克匆匆走到威利面前，单腿跪地，把手指放在老人的喉咙上。他抬头看着克林特。"他没心跳了，得采用心肺复苏术。"

"一分钟之前，你还想杀他呢。"里德·巴罗斯嘟囔道。

在阿富汗战场上见证过这类闹剧的特里特警官抱怨着说："现在发生的一切我完全理解不了。只要告诉我怎样才能让我女儿回来就好，我都会照着去做。"但他这番宣告的对象却并不明确。

"不用做心脏复苏术。"克林特转过身，发现埃薇垂着头站了起来。克林特觉得这样很好，至少埃薇忍不住想去看躺在地上的威利了。

"这个威利·伯克，"克林特说，"他的祖国让他去服役，他就去服役了。现在每年春天他都和消防队的志愿者一起扑灭林火，他们没有分文收入。另外，他一直和妇女互助会一起为国家不愿意养的贫困家庭提供晚餐。秋天，他还为少年棒球联盟的小选手们进行训练。"

"他是个好教练。"贾里德说，他的声音因为流泪显得有些沉重。

克林特继续说："自从他姐姐被诊断出老年痴呆症，他照顾了她整整十年。他喂她吃饭，她外出迷路时他把她找回来，他为她换恶心的尿布。他来这儿是因为想保护你们，想凭良心做对的事情。他这辈子从没伤害过任何一个女人。现在他快要死了，也许你们会由着他去死，毕竟他只是另一个男人而已，是不是？"

有人因为从"百老汇走廊"飘来的烟雾咳嗽起来，一时间走廊里只有咳嗽的声音。埃薇·布莱克突然尖叫一声，他们头顶铁笼里的灯亮了起来，锁着的牢房门"砰"一声被打开，然后又哐啷一声关上了。弗兰克手下的一些人尖叫起来，有人的声音尖厉得像六七岁的小女孩。

奥德韦转身就跑，他的脚步声回荡在煤渣砖的走廊里。

"把他抬起来。"埃薇说。禁闭牢房的门和其他牢房的门一起打开了，像是原本就没锁上似的。克林特确信，上周她完全可以在想走的任何时候离开。老鼠只是她导演的这出大戏的一个部分。

克林特·诺克罗斯和贾里德一同抬起威利软绵绵的躯体。威利很重，但埃薇却像拎一袋鹅毛似的把他拎了起来。

"你在跟我耍花招，"埃薇对克林特说，"诺克罗斯先生，这是件十分残忍的事。"她的表情很严肃，但克林特似乎在她眼中察觉到一丝调侃，也许甚至是欣喜。她用左胳膊抱住威利粗壮的腰，右手放在威利后脑勺被汗水浸湿的凌乱头发上，然后把嘴抵在威利的嘴上。

威利的身体哆嗦了一下，他抬起胳膊抱住埃薇的背，一时间老人和埃薇保持着深情相拥的姿势。接着她放下老人，往后退了一步。"威利，你感觉如何？"

"非常好。"威利说着坐了起来。

"老天啊，"里德·巴罗斯说，"他看上去像是年轻了二十岁。"

"从高中以后我就没有这么接吻过了，"威利说，"兴许从来没有过。夫人，我想你救了我一命，我为此而感谢你。但我觉得这个吻比救我的命还棒。"

埃薇露出笑容来。"很高兴你喜欢这个吻。尽管没有打通《新兴都市》那么棒，但我也很享受这个吻。"

克林特没那么兴奋了，疲累和埃薇最新创造的奇迹使他冷静下来。克林特像是看待闯入自家厨房做了一顿丰盛早餐的陌生人一样，他感到悲哀、遗憾，又特别疲惫。他希望回到家里，坐在妻子身旁，静静地与她在一方狭小的空间内独处。

"吉尔里。"克林特说。

弗兰克像是刚刚从发呆的状态中醒了过来，缓缓地看着他。

"让她走，这是唯一的办法。"

"也许吧。但即便让她走也无法保证她们能回来，对吗？"

"对，"克林特表示同意，"这该死的人生究竟算怎么回事啊？"

安琪尔说话了。"有好的时候就一定有坏的时候，"她说，"有坏的时候也一定有好的时候。想要一帆风顺那完全是胡扯。"

"我觉得至少要到周四，不过……"埃薇笑了，她的笑声像银铃一样悦耳，"我忘了男人们就一件事打定主意以后行动会有多快了。"

"是啊，"米凯拉说，"想想曼哈顿计划[1]就知道了。"

6

早晨八点十分，天气很晴朗，六辆车排成一列沿着西拉文路往前开，车队后方，女子监狱像烟灰缸里的烟蒂一样阴燃着。车队很快转到了浑球山山道上。二号巡逻车不紧不慢地闪着转向灯开在最前面。二号巡逻车是弗兰克在开，克林特坐在副驾驶座上。埃薇坐在莉拉逮捕她以后坐的那个位置，那时她半裸着身体。在回程的路上，她穿着件杜林女子监狱的红色囚服。

"我不知道该怎样向州警解释，"弗兰克说，"很多人死了，还有多人受伤。"

"现在所有人都在忙着奥罗拉病毒的事情，"克林特说，"一半的警察也许都不会去上班。只要所有的女人能回来——如果她们能回来的话——没人会计较这些死伤。"

他们身后的埃薇轻声说："母亲们会回来，妻子们会回来，女儿们会回来。你们以为战争结束以后负责清理战场的是谁？"

7

二号巡逻车停在通往特鲁曼·梅威瑟拖车的小道上，拖车前仍然飘动着"犯罪现场"的黄色警戒带。其他车辆——两辆巡逻车、两辆家用车和卡森·斯特拉瑟斯的皮卡——停在后面。"现在该怎么办？"克林特问。

"我们看看吧，"埃薇说，"这些人中如果有哪个没有改变主意，说不

---

[1] 美国研究核武器的计划。

定还会开枪打我呢！"

"不会那样的。"克林特的声音不是那么有底气。

车门关着，三个人坐在原先的车座上。

"埃薇，问你些事情，"弗兰克说，"如果你只是使者的话，那背后的主导者是谁呢？是某种……我不知道该怎么说……非人类的生命力量吗？按下重置按钮的……是所谓的大地母亲吗？"

"你是说天上那个老同性恋吗？"埃薇问，"那个穿着淡紫色套装和舒适鞋子，又矮又胖的女神吗？那不是大多数男人感到被女人操纵命运时首先会想到的形象吗？"

"我不知道。"弗兰克疲惫不堪。他想念女儿，甚至想念伊莱恩。他不知道他的怒气去哪里了。他感觉自己是破了的衣兜，怒气一路从破洞里漏了出去。"自以为是的家伙，一提到男人你首先会想到什么？"

"枪。"她说，"克林特，这里似乎一个门把都没有。"

"别停顿在这种小事上。"克林特说。

埃薇没有被这种事所困扰。一扇后门开了，她下了车。克林特和弗兰克一边 个跟着她下了车，克林特想起他在待过的寄养家庭前前后后被迫上过的那些《圣经》课：耶稣被钉在十字架上，他的一边钉着一个不信主的强盗，另一边钉着 个信主的小偷。在垂死的弥赛亚[1]看来，信主的小偷很快会和他一起进入天堂。克林特记得，他那时觉得可怜的小偷只要能获得假释、再吃上顿鸡肉晚餐就会很满足，才不会计较上不上天堂呢！

"我不知道是什么力量派我来的，"她说，"我只知道自己被召唤了，我……"

"你就来了。"克林特帮她说完了这句话。

"是的，现在我来了。"

"那我们该怎么办？"弗兰克问。

埃薇转身面对弗兰克，这是她脸上已经没有笑容了。"你们要做以往

---

[1] 弥赛亚在此处指耶稣。

让女人做的工作，你们要等她们回来。"说着她深吸了一口气，"哦，这里的空气真是太清新了，比监狱里的味道好多了。"

她视若不见地走过聚集在一起的男人们，抓住安琪尔的肩膀。安琪尔目光闪亮地看着她。"你做得很好，"埃薇说，"我从心底里感谢你。"

安琪尔赶忙向埃薇献媚。"埃薇，我爱你！"

"我也爱你。"说着埃薇吻了吻安琪尔的嘴唇。

埃薇向制毒工棚的废墟走去。废墟前坐着那只狐狸，尾巴缠绕在爪子上，一边喘气一边用明亮的眼睛看着埃薇。埃薇跟着狐狸向前走，男人们跟着埃薇。

8

"爸爸，"贾里德用勉强能听见的声音对克林特说，"看见那个了吗？告诉我你看见了。"

"哦，我的老天。"特里特警官说，"那是啥啊？"

他们盯着一棵枝干缠绕、停着各种奇异鸟类的大树。这棵树很高，站在树下看不到头。克林特感到一股像强电流一样的力量。树旁的孔雀打开尾巴以赢得来人的赞赏，另一边高高的草丛出现了一只白色的老虎，肚子摩擦着草丛，发出嚓嚓的响声。看到老虎，男人们纷纷举起了枪。

"把你们的武器都放下！"弗兰克高声大叫。

白虎蹲坐下来，一对非凡的眼睛透过草丛凝视着他们。男人们纷纷放下枪，只有一把还指着老虎。

"在这儿等着。"埃薇说。

"如果杜林的女人能回来，全世界的女人就都能回来了吗？"克林特问，"是这个理吗？"

"是的。城里的女人代表了所有女人。如果你们的女人能回来，她们都会通过那里回来。"埃薇指着树干上的一个裂口说，"即便只有一个拒绝……"不必把话说完她的意思就很明白了。一群飞蛾以某种冠冕的形状在她的头边飞舞着。

"为什么会有人想留下？"里德·巴罗斯的声音非常困惑。

安琪尔像乌鸦叫一样声音嘶哑地笑了起来。"你的问题很好——但如果像埃薇说的那样，她们建起的地方非常不错，那她们为什么还要离开呢？"

埃薇开始朝大树走去，高高的草丛撞击着她橙色的长裤，但啪一声的上膛声却让她停下脚步，有人给一把韦瑟比步枪上了膛。只有德鲁·T.巴里没听弗兰克的命令放下枪。但他没指着埃薇，他的枪指向了米凯拉。

"你和她一起去。"他说。

"德鲁，放下枪。"弗兰克说。

"不。"

米凯拉看着埃薇。"能和你一起去你要去的那个地方吗？不用包在那层膜里。"

"当然可以。"埃薇说。

米凯拉把注意力转到巴里那里。她看起来不再害怕了，眉毛惊诧地皱了起来。"可这又是为何呢？"

"这是一种保险。"德鲁·T.巴里说，"如果她说的是真的，那你可以劝劝你妈妈，你妈妈又可以劝劝其他那些女人。我是保险的坚定信徒。"

克林特看见弗兰克举起枪。巴里的注意力集中在埃薇和米凯拉身上，打中他很简单，但克林特摇了摇头。他轻声对弗兰克说："已经杀了太多人了。"

此外，克林特心想，双重保险先生说得兴许没错。

埃薇和米凯拉从白虎身边经过，走到狐狸等待她们的大树裂口处。埃薇二话没说走了进去，很快没了踪影，米凯拉犹豫了一会儿，然后跟了进去。

攻击和防备两方剩下的人安心等待着。起先他们四处踱步，但过了一会儿，看到还没任何事发生，他们中的大多数人都在高高的草丛里坐下了。

安琪尔没有坐下。她前前后后地大步行走，像是出了关她的牢房、木工房、岗亭和"百老汇"走廊以后还没发泄完精力似的。老虎正伏卧着打盹，当安琪尔走近老虎时，克林特屏住了呼吸。她是真的疯了。

安琪尔抚摸它的背，老虎抬起了头，但很快它就把头缩回爪子上，闭上了两只令人惊异的眼睛。

"它在打呼噜！"她得意地对男人们喊。

太阳升到天空正中央，似乎停在那儿不动了。

"我觉得她们不会回来了。"弗兰克说，"如果她们回不来的话，这辈子余下的时间我都会想之前要是杀了她该多好。"

克林特说："我想现在应该还没有定论。"

"是吗？你怎么知道？"

贾里德回答了这个问题。他指着眼前的这棵树。"因为它仍然在这儿。如果它不见了，或是变成普通橡树或垂柳的话，那咱们就可以放弃了。"

他们只能继续等。

第十七章

在通常召开会议的古德威尔超市，埃薇对聚集在被称为"我们的地盘本部"的超市前的一大群人发表讲话。她的话不长，可以归结为一点：她们的命运要由她们自己来决定。

"如果从杜林到马拉喀什[1]的每个女人，都选择在这个世界留下，选择在各自入睡的地方留下，她们就可以重写自己的人生，可以以自己想要的方式养育孩子，可以创造出恬淡的生活，我大略是这么觉得的。但你们也可以选择离开。离开的话，每个女人会在男人世界里睡着的地方醒来。但你们都得回去。"

"你是谁？"紧拥着米凯拉的科茨隔着女儿的肩膀向埃薇发问，"谁给你这个权力了？"

埃薇笑了，一圈绿色的光环环绕在她周围。"我只是一个看起来年轻的老人，我没有任何权力。和狐狸一样，我只是一个使者。拥有权力的是你们，是你们所有人。"

"好，"布兰奇·麦金太尔说，"那我们像陪审团一样谈谈这件事吧。我想我们都在扮演陪审员的角色。"

"是啊，"莉拉说，"但不能只是在这里讨论。"

2

下午，新世界的居民们才聚齐。信使被派到县城的每个角落，召集来

---

[1] 摩洛哥第二大城市。

上午没在超市里的人。

　　她们安静地站成一队，从主街出发，爬上浑球山。布兰奇·麦金太尔被脚疾所扰，因此玛丽·帕克开着一辆高尔夫球车带着她。布兰奇抱着包在蓝色毛毯里的遗孤安迪·琼斯，给他讲了个非常简短的故事："曾经有个到处乱跑的小家伙，城里的女人们都很爱他。"

　　绿色植物纷纷开始发芽。天气很冷，但春天马上要到了。女人们马上要面临她们离开旧世界时的那个季节。想到这点，布兰奇吃了一惊。她觉得在这儿度过的时光比一年要长很多。

　　离开浑球山山道，开始沿着两边树枝上密布着飞蛾的林间小道往前走时，狐狸出现了，狐狸将引领她们走完剩余的路。

3

　　把埃薇的话对那些需要了解的人重新解释了一遍以后，米凯拉站上一个奶瓶箱，戴上她的记者帽（也许是最后一次，也许不是），把发生在外面世界的事情告诉了她们。

　　"诺克罗斯医生说服治安维持会的人解除了武装，"她说，"一些人在恢复理智之前丢了性命。"

　　"谁死了？"有个女人大叫，"请告诉我我的迈卡没有死。"

　　"劳伦斯·希克斯呢？"

　　一阵提问的嘈杂声随之而来。

　　莉拉举起双手。"女士们，大家静一静。"

　　"我才不是什么女士呢。"过来之前被囚禁在监狱里的女犯弗里达·埃尔金斯说，"警长，别替我们所有人做主。"

　　"我无法告诉你们死了哪些人，"米凯拉说，"因为战斗的大多数时间我都被困在监狱里。我知道加思·弗利金杰死了，其他……"她想提巴里·霍尔登，但看到霍尔登妻子和剩下几个女儿期待的眼神后她胆怯了。

"……其他的我就不知道了。但我可以告诉你们，杜林所有的男孩和男婴都很好。"米凯拉希望这些话的确是真实的。

听她讲话的女人们爆发出欢呼声和鼓掌声。

米凯拉讲话以后，贾妮丝·科茨站到女人们面前，让所有人依次说出自己的选择。

"就我而言，"她说，"尽管有些遗憾，但我还是选择回去。这个地方比我们离开的地方好得多，而且有无限的发展潜力。没有男人以后，我们可以公平地做出决定，少了很多的烦躁。我们几乎没有纷争地共享资源，暴力在我们住的这里近乎灭绝。我这辈子几乎时时刻刻都在被女人所烦忧，但男人给我带来的烦恼更多。"早就从她的生命中消失的可怜阿彻是个平和、通情达理的人，但她并没向女人们提及这个反例。例外只是例外，贾妮丝说的是通常的情况，是历史所证明的事实。

贾妮丝以前就很瘦，现在更是瘦得皮包骨头。她的一头白发披散在背后，深陷在眼窝里的双眼不再明亮。尽管她站得笔直，说话清晰，但米凯拉却吃惊地发现妈妈病了。妈妈，你需要找个医生好好看看。

"但，"贾妮丝又说，"同时我又觉得，为了诺克罗斯医生我必须回去。他和其他一些人冒着生命危险在救援监狱里的女人，我想很少有其他人能为你们这样做。为此，我想向你们中间之前在监狱里坐牢的人们表明，我将竭尽所能为你们减刑，至少缩短一些时日。如果你们想躲进山里，我会向查尔斯顿和惠灵的上级报告，说我认为你们已经在袭击中遇害了。"

之前的犯人们拥在一起走向前来，犯人的人数比早上少了些，包括基蒂·迈克达维在内的许多犯人消失得无影无踪（伴随着一群腾空而起的飞蛾）。这无疑意味着——意味着她们已经在两个世界都消失了。把她们杀了的是另一个世上的男人。

可所有以前的女囚还是表决要回去。男人也许会觉得吃惊，但熟知一个有效统计事实的贾妮丝·科茨并不觉得惊讶：女们逃狱以后，大多数马上就会被抓获，她们不会像大多数男犯人那样立马躲到山里，她们只想回家。在最后这次会议上发言的前女囚首先想到的还是她们在另一个世上的儿子。

西莉亚·弗罗德就是一例：西莉亚说内尔家的男孩们需要母亲的照顾，即便她必须回到牢里，也可以由丈夫的姐姐去照顾他们。"但内尔家的姐姐也睡着了指望不上了，不是吗？"

克劳迪娅·斯蒂芬森低头轻声说了些什么，与会者纷纷要求她重复一遍自己的想法。"我没有人要看顾的，"她按照大伙的要求重复了一遍自己的想法，"我会遵从大部分人的意见。"

"第一个周四读书俱乐部"的成员也纷纷表决要回去。"这里很好，"盖尔代表读书俱乐部的成员说，"但贾妮丝说得很对，这里并不真正是'我们的地盘'，这里和以往居住的世界完全不同。我在想，我们离开的世界这期间发生的一切说不定会使那边变得更好呢！"

米凯拉觉得盖尔说得也许对，但可能只是短期效应。男人们往往发誓永不对女人和孩子动手，这种话在短期内是有效的，但仅能维持一到两个月。一段时间以后，他们的火气又会像疟疾复发一样再次发作。这次的情况又会有什么不同呢？

剧烈的狂风吹过高高的草丛，一队呈"V"字形飞翔的天鹅从无人居住的南方返回，在人群头顶的蓝色天际飞过。

这像是在参加葬礼，玛丽·帕克心想。无可否认，她们的感觉就像面对死亡一样——亮到能烧焦你的双眼，冷到能穿透外套和线衫，在你皮肤上激起上一层鸡皮疙瘩。

轮到玛丽时，她说："我想知道和一个男孩陷入爱河是种什么感觉。"如果贾里德·诺克罗斯在场的话，这番话一定会让他心碎的。"我知道那个世界对男人更宽容些，这很差劲，也很不公平，但我希望有机会像我想要的那样过段平凡的人生，也许我很自私，但这正是我想要的……我要说的就是这些。"玛丽的最后几句话使女人们泣不成声。走下讲坛时，玛丽把上前试图安慰她的人推到一边。

玛格达·杜布切克说她必须回去。"安东需要我。"玛格达的笑容很真诚，看到玛格达的笑，埃薇心都碎了。

（离会场不远的地方，狐狸靠在一棵针栎上看着安歇在高尔夫球车后部蓝色包裹里的安迪·琼斯。男婴很快睡着了，没有人看着他。这是个梦寐以求的机会。小鸡算什么，鸡窝算什么，以往抢过的再多的鸡窝与之相比又算是什么。没有任何食物比人类的婴儿更美味。但他敢吗？唉，他不敢。他只能凭空想想——但只是想想就已经够美好了！粉嫩，芳香，像块黄油似的。）

有个女人提到了她的丈夫。他是个好人，一个真正的好人，他分担家务，在各方面给了她很多帮助。另一个女人提到了她写歌的搭档。很多人觉得他不怎么好相处，但他们之间却有着一种纽带，工作很合拍。他负责作词，她负责作曲。

有些人只是想家了。

高中的公民学教师卡萝尔·莱顿说她想吃一根没发霉的奇巧巧克力，坐在沙发上看大屏幕电视里的电影，喂她的猫。"以往我和男人们的交往一团糟，但我也不想在新世界从头再来。也许就这点而言我是个懦夫，但我不想在你们面前装样。"剩下的人中和她一样有着普通愿望的女人还有许多。

但让大多数人想回去的理由还是她们的儿子。在新世界重新开始意味着和她们的宝贝儿子说再见，这是她们无法忍受的。这同样使埃薇心碎。儿子们相互杀戮，女儿们被儿子们所杀。一些儿子放下枪支，但另一些儿子却拿起这些枪支，不经意射中别人家的儿子和女儿们。环境保护局的督察们一走，儿子们就开始烧毁树林，往土地里倾倒化学废料。儿子们只喜欢独占，不喜欢分享。儿子们打骂孩子，掐女朋友的脖子。儿子们觉得自己最厉害，并一直秉持着这个信念。儿子们丝毫不顾留给后代的世界是怎样的，但竞选要职时他们会吹嘘早把这些都考虑好了。

红蛇滑下大树，懒洋洋地躺在埃薇面前，和黑暗融为一体。"我看见你做的事了，"埃薇说，"我看见你是怎样让珍妮特分心的，为此我痛恨你。"

蛇什么也没说，它不用向埃薇说明自己为何要那么做。

伊莱恩·努丁站在女儿身旁，但她没有融入会议之中，她的心思不在这里。伊莱恩的脑海里仍然浮现着死去女人润湿的眼睛。那双眼睛几乎是金色的，而且非常幽深。她的眼神中只有急切，没有流露出一丝愤怒。伊莱恩无法否定那双眼睛。儿子，那个女人说，我有个儿子。

"伊莱恩，你呢？"有人在叫她。是时候做出决定了。

"我在那边有许多事要做，"伊莱恩说，她用胳膊抱住娜娜，"我女儿也需要爸爸。"

娜娜拥紧了她。

"莉拉，你呢？"贾妮丝问，"你的决定呢？"

所有人都望向了莉拉，莉拉知道，如果自己愿意，她完全可以说服她们留在这里。她可以说，我喜欢你们所有人，我喜欢我们在这儿创造的一切，别让我们失去这一切。她可以说，无论我丈夫表现得多么英勇，回去后我都将失去我的丈夫，我不想失去我丈夫。她也可以说，你们这些女人永远不会是以前的样子，永远不会是他们想要的样子了，因为你们的一部分将永远留在这里，留在你们真正自由的这里，从现在开始，你们将背负着"我们的地盘"所赋予你们的特质，为此，你们会永远让他们感到困惑。

但男人们何时不对女人感到困惑呢？女人具有男人梦中的魔力，只是有时做的是噩梦。

天空中的蓝色渐渐暗淡下来，最后一缕亮光在山顶上方渐渐隐去了。埃薇看着莉拉，知道一切都取决于她。

"回去吧，"莉拉说，"我们回去，把那些家伙的生活扳回正轨吧！"

女人们欢声雷动。

埃薇哭了。

4

女人们像搁浅在挪亚方舟里的人一样两个两个离开。布兰奇抱着男婴安迪，克劳迪娅和西莉亚，伊莱恩和娜娜，兰塞姆和普拉蒂娜姆·埃尔韦。女人们手牵着手，小心翼翼地跨过盘根错节凸起的树根，走入大树内部的黑暗。在每组人之间有些许的微光，但这点光很快就漫射开来，光源似乎来自某个角落——但是哪儿的角落呢？漫射的光使树中的隧道变得更黑了，女人们几乎什么都看不清。事后回想起来，每个跨越者想到的只是噪声和温暖的感觉。光线微弱的隧道发出一阵爆裂的混响声，女人们感觉皮肤痒痒的，似乎飞蛾的翅膀在她们皮肤上掠过——紧接着，她们就到了树的另一边，在男人的世界里醒来了，她们身上的那层膜也自然消失了……只是女人们醒来的时候没有被飞蛾环绕，这次没有了。

玛格达·杜布切克在病房里坐了起来。警察在杜布切克家的房间里发现她睡在死去的儿子身边，之后把她送进了医院。玛格达擦去眼旁的网状薄膜，吃惊地发现女人们纷纷从病床上坐起，像重生了一般扯去身上的薄膜碎片。

5

光洁的树叶纷纷从大树上脱落下来，在莉拉眼中大树像哭了一般。树叶飘落在地，堆成亮光闪闪的一堆。一行行飞蛾唑唑地从树枝上滑落在地。莉拉看见一只翅膀绿中带银的鹦鹉从大树上腾空而起，飞向空中——拍打着翅膀飞进了黑暗之中，很快就不见了。安东提到的诺克罗斯家荷兰榆树上生长的一圈圈有害斑点飞速在大树根部扩散开来，空气中充溢着一种类似霉菌的腐烂气味。莉拉知道这棵树受到了感染，虽说从外表上看它是一下子死的，但实际上是被从内部吞噬渐渐死去的。

"诺克罗斯女士，回头见。"玛丽·帕克挥着一只手，她的另一只手搀扶着莫莉。

"叫我莉拉就行。"莉拉说，但玛丽已经走进了隧道。

狐狸慢跑尾随着她们。

最后，"我们的地盘"只剩下贾妮丝、米凯拉、莉拉和珍妮特的尸体。贾妮丝从一辆高尔夫球车里拿了把铲子。她们挖的墓只有三英尺深，可莉拉觉得这根本无所谓。她们离开后这边的世界就不存在了，没有动物会打尸体的主意。她们用几件大衣包住珍妮特，用婴儿多余的毯子把珍妮特的脸遮住。

"这只是个意外。"贾妮丝说。

莉拉弯下腰，铲起一些土，把土抛在墓里裹着大衣的尸体上。"警察在射杀可怜的黑人男女和黑人儿童之后总会这么说。"

"她有把枪。"

"她没有想要开枪。她是来救这棵树的。"

"我知道，"贾妮丝说，她拍了拍莉拉的肩膀，"但你想的是救人，记住这一点。"

树上的一根粗树枝咔嚓一声折断了，随着一阵树叶的碎裂声撞在了地上。

"我愿意付出任何代价挽回她的死。"莉拉说。她没有哭。现在，她已经不再哭了。"我愿意拿自己的灵魂去挽回。"

"我想我们该走了，"米凯拉说，"不然就走不了了。"她抓住母亲的手，把她拉进大树。

6

这几分钟，莉拉是"我们的地盘"上最后一个女人。她没有细想这种情况的奇妙之处。她决定现实点，马上着手干。她把注意力集中在地上的泥和铲子上，把墓填平。把墓完全整理好之后她才钻进黑漆漆的大树，穿过隧道。她没有回头看，她觉得回头看上一眼她脆弱的心便会破碎。

第三部分　在早晨

退去吧！
这闺女不是死了，
是睡着了。

——《圣经·马太福音》，9：24

第一章

1

女人们醒来后的几周，对大多数人而言，世界有点像沉闷的二手桌游：游戏缺失了几件道具，尽管不是最重要的几件，却是玩家极其想拥有的那几件。起码你会觉得，可以帮助你获胜的几件道具都不见了。

世界各处都沉浸在悲痛之中。可失去了妻子、女儿或丈夫不就应该悲痛吗？如果不是像特里·库姆斯那样自杀——有些人的确自杀了——那你就得忍受丧失亲人的痛苦，继续活下去。

车轮酒馆店主兼酒保普吉·马龙的身体缺失了一部分，必须带着残缺的身体继续活下去。他的右手拇指从指关节往上都被截断了，用了好一段时间才改掉右手拧啤酒龙头的习惯，但将就了一阵以后，左手也渐渐用熟了。不久，他接受了一个想开星期五美式连锁餐厅的家伙的邀约，去那儿上班了。普吉告诉自己，车轮酒馆无论如何都不可能从奥罗拉病毒的阴影中走出来，拿人工资的日子过过也不错。

有些死去的人——比如唐·皮特斯——根本没有人怀念。他们像是从未存在于这个世界上似的全然被人遗忘。皮特斯家毁坏严重的房子在拍卖会上被出售了。

约翰尼·李·克朗斯基不多的财产和垃圾一起被处理了，但他那套阴森的公寓至今都没有人住。

奥罗拉流感肆虐的最后一天，瓦妮莎在离开弗里茨·梅肖姆家时没锁上门。弗里茨死后没两天，几只土耳其秃鹰飞进梅肖姆家，享用了一顿丰盛的餐点。小鸟们拔去弗里茨坚硬的胡子，用它们来筑巢。最后，一只有胆量的熊把弗里茨残存的尸体从屋里拖了出来。没多久，他头盖骨上的组织就被昆虫吸食干净，工装裤也被太阳晒白了。大自然用她自己的方式把弗里茨变成了一件美丽的工艺品：一件美丽的骨雕。

玛格达·杜布切克知道安东的事情以后——卧室地毯上的血几乎说明了一切——非常后悔当初表决要回来。"我犯下了一个多么大的错误啊，"她无数次沉浸在朗姆酒和可乐里，一遍一遍地忏悔着。对玛格达来说，安东不是三两件道具，而是她的全部。布兰奇·麦金太尔试着让玛格达参加志愿活动——很多孩子失去父母，需要得到帮助——还邀请她参加读书俱乐部，但玛格达一样都不感兴趣。"在这个世界上，我找不到美丽的结局了。"她说。在睡不着的漫漫长夜里，她一边喝酒一边收看《大西洋帝国》，看完《大西洋帝国》以后，她又接着看《黑道家族》，通过观看这种恶人做恶事的连续剧来打发空闲的无聊时光。

2

　　布兰奇却找到了属于自己的美丽结局。

　　布兰奇在几天前睡着的多萝西公寓地板上苏醒，从渐渐消散的那层膜中挣脱。她的朋友们各自醒来，纷纷从膜中探出身子。只有安迪·琼斯例外。男婴不像布兰奇进入大树时那样在她怀里，而是睡在近旁地板上一张由细树枝编成的粗糙婴儿床上。

　　"老天啊，"多萝西说，"看这个孩子！真是太好了！"

　　布兰奇把这看作一个象征。蒂芬妮·琼斯托儿所在奥罗拉病毒流行期间烧毁的一座托儿所旧址上建立起来，创办基金来自布兰奇的退休金，来自她的新男友（威利·伯克从一九七三年开始藏在黄枕头里衬里的钱，这笔攒下的钱没有产生任何利息），来自许多慈善组织的捐献。奥罗拉病毒结束之后，许多人比以前更慷慨了。尽管自己家也有困难，但诺克罗斯一家特别大方。在幼儿园招牌上蒂芬妮的名字下面，是一个细树枝编的婴儿床的图案。

　　不论父母（或单亲）有没有能力付账，只要孩子在一个月到四周岁之间，布兰奇和她的员工都愿意接收。奥罗拉病毒结束之后，这种大多由男人们注资和充当雇员的小型组织促成了全社会共同育儿运动的兴起。许多男人似乎理解了男女间的再平衡是必须的。

毕竟，男人们受到了警告。

布兰奇有一两次想过天翻地覆那天前夜她们聚在一起读的那部小说：一个女孩的谎话改变了许多人命运的故事。布兰奇经常想到重重压在女孩身上的忏悔。布兰奇本人没有这种忏悔，她是个正派人，做事一直正派得体，工作努力，对朋友很贴心，对监狱里的女囚非常友善。托儿所不是补偿，而是一种得体的行为方式。这很自然，也很必要。如果桌游的道具缺失了，人们有时会——甚至经常会——弄套新的来。

布兰奇和威利是托儿所重建时在托儿所门口相遇的，那时威利带了一沓五十美元的纸钞过来。

"你怎么来了？"布兰奇问。

"这是我的一份。"威利说。

但仅仅这些是不够的。仅仅捐些钱还不够。如果威利想帮忙，他还要为托儿所的营运出一份力。

"小孩子经常拉屎撒尿。"约会了一段时间以后，威利对布兰奇说。

布兰奇站在自己那辆丰田普锐斯前，等待威利把塞满的两大袋半透明尿布装进皮卡的后车斗。这些尿布将被送到梅洛克的小娃娃洗衣房进行清洗。布兰奇倾向于用可以循环使用的尿布，不希望把用过的尿不湿扔到垃圾填埋场。威利减了体重，买了条新的背带裤。布兰奇以前只是觉得威利可爱，在剃掉胡子以后（尽管威利的两道眉毛很不讨喜），她觉得威利简直太英俊了。

"威利，如果你死在我前面，"布兰奇说，"我们会给你写条有趣的讣告：'威利·伯克是在做他喜欢的事情时去世的，离世的时候他正运着几包沾满大便的尿布穿过停车场。'"说着布兰奇对威利来了个飞吻。

3

接下来的夏天，贾里德·诺克罗斯主动到蒂芬妮·琼斯托儿所做义工，高中的最后一年在托儿所兼职。孩子们很顽皮——他们把泥土塑成堡垒，用手拍打墙壁，在水塘里打滚，不过这只是他们表达快乐的方式而已——但和在他之前来这儿做义工的许多人一样，贾里德从和孩子们轻松玩乐的过程中得到了无尽的快乐。但之后的男女差别为什么会产生呢？为什么他们会在入学后突然分成两组各自玩耍？这是一种化学作用，还是基因作祟？贾里德不接受任何一种说法。人类远比之复杂，他们有着自己的根源性，外在的根源性中还有内在的根源性。贾里德感觉进入大学后他大概会把儿童行为当作研究方向，之后很可能像他父亲那样当个精神病医生。

这些想法在他需要分心的时候让他分心，给他以安慰。贾里德父母的婚姻破裂了，玛丽正在和莫莉·兰塞姆的表哥——邻县高中的一个曲棍球明星约会。他见过玛丽和她的男朋友一次，他们坐在一家冰激凌店外的野餐桌旁，相互喂着甜筒，如果还上了床的话就更令人讨厌了。

莫莉来找过他一次，她把头伸进诺克罗斯家屋内。"老兄，现在没事吧？玛丽和杰夫来了，要和我们一起出去玩玩吗？"小女孩装上了矫正牙套，看起来长高了七八厘米。现在放学后不愿和她玩的男孩子们很快就会为了仅仅一个吻跟在她屁股后面了。

"真能和你们一起去才好呢。"贾里德说。

"为什么不能和我们一起去？"

"看到他俩我会心碎的，"贾里德眨了眨眼说，"莫莉，你们这些女孩永远不会爱上我这样的人。"

"伙计，别萎靡不振了。"说着莫莉揉了揉眼睛。

有时贾里德会信步走过当时他藏起玛丽、莫莉和妈妈的那幢房子。那时他觉得他和玛丽是甜蜜的一对——但玛丽却把一切全都扔到了过去。"你知道，那是个和现在完全不同的世界。"玛丽似乎觉得这样说能起到安慰作用，能解释所有发生过的事情。贾里德告诉自己，玛丽不知道自己错过了什么，但过了一会儿却忧郁地得出结论，玛丽也许会觉得自己什么都没错过。

4

那层膜可以飘浮。

卷入大西洋飞机失事中的三位女乘客在新斯科舍省[1]的一处岩滩醒来，覆盖在她们身上的膜全湿了，但她们的身体却是干的。她们走到一个没人的救助站，打电话给查号台求助。

这件事被报道出来，但只是登在了报纸和网络杂志的次要版面。在那一年更大奇迹的光环下，这类只是稍微有点不可思议的事情压根无法引来多大的关注。

5

回家以后发现丈夫死在充满废气的车库里是件非常可怕的事情。

发现丈夫死后丽塔经历了一些很糟的时光：绝望，对单身生活的恐惧，许多个感到第二天永不会到来的无眠夜晚。丽塔完全想不通丈夫为何会在可怕的痛苦中越陷越深，以至于结束了自己的性命，她的丈夫，孩子的父亲不该是这样的。她不停地哭，直到以为眼泪哭干才停止哭泣……但很快眼泪又涌了上来。

一天下午，有个名叫吉尔里的家伙找到丽塔表示对特里的哀悼。丽塔知道——尽管有一些相互矛盾的说法，但保护所有人的愿望让人们对事件的细节只字不提——指挥攻击监狱的就是吉尔里，可在丽塔面前，他却举止和蔼，轻声细语。他坚持让丽塔叫他弗兰克。

"弗兰克，我丈夫发生了什么？"

弗兰克·吉尔里说他觉得特里只是不愿再忍了。"一切都失去了掌控，他对这点心知肚明。既然无法阻止失控的局面，能了结的就只剩他自

---

[1] 加拿大的一个省。

己了。"

丽塔鼓起勇气，问了那个在失眠的夜里一直折磨着她的问题。"吉尔里先生……我先生……我先生有点酗酒问题。他……他是不是……"

"他一直都很清醒，"弗兰克说，他举起没戴戒指的左手，"对上帝发誓，我说的是实话。"

6

奥罗拉病毒引发了大规模的暴力事件和财产损失，造成许多女人消失，这导致了全球保险业的全盘重组。德鲁·T. 巴里和德鲁·T. 巴里保险公司的赔付团队和美国别的保险公司一样安然渡过了这一危机，并设法为内特·麦吉的遗孀和埃里克·布拉斯的父母进行了赔付。两人都是在擅自对女子监狱发起的攻击中丧生的，赔付流程并不简单，但德鲁·T. 巴里是个相当专业的保险经纪人。

对奥斯卡·西尔弗、巴里·霍尔登和格尔达·霍尔登、莉妮·马尔斯、维恩·兰格尔警官、加思·弗利金杰医生、兰德·奎格利狱警、蒂格·墨菲狱警和比利·韦特莫尔狱警的近亲或远亲来说，申请保险赔付就不那么难了。他们可以依据各自的情况申请赔付。不过每个申报可能需要相当长的时间，经过非常复杂的过程。这个过程也许需要许多年，直到德鲁·T. 巴里头发变白、皮肤变灰才能告一段落。在从早到晚对电子邮件和文件的处理中，德鲁·T. 巴里失去了打猎的兴趣。把打猎同处理死者保险事务的严肃性相比似乎有些不妥。打猎时站在一个射击位上，看着瞄准器上的十字星对准的穿过迷雾的鹿，他就会想，保险之神到底存不存在。对瞄准镜里的那头鹿来说，保险之神究竟存在吗？鹿总是无法逃脱被射杀的命运，不是吗？鹿的孩子们能得到照顾吗？一头有着巨额保险的死鹿会给幼仔们留下更多的食物吗？当然不会，这种想法太荒诞了。因此他卖了韦瑟比步枪，甚至一度想做个素食主义者，但坚持了没几天就放弃了。有时，在进行了一天劳累的保险业务以后，男人需要吃块猪排填饱肚子。

损失能改变人。有时这是件坏事，有时这是件好事。不论是好事还是坏事，人总得继续吃猪排，继续过日子。

7

因为没人辨认尸体，洛厄尔·格里纳和梅纳德·格里纳被葬到了无名公墓。很久之后，当奥罗拉病毒引发的狂热开始消退（并不是一下子完全消退的），他们的指纹与警方档案库里的指纹匹配上了，被官方宣布死亡。但很多人不相信，尤其是那些住在房车和野外的人。有人说小洛和梅纳德在废矿的竖井里安了家，有人说他们用假名把从阿巴拉契亚山脉挖到的金子卖到南方，有人说他们放着汉克·威廉姆斯的乡村音乐，开着一辆黑色破破烂烂的福特 F-150 小货车驶过群山，车上捆着的烤架上还绑着一个切断的猪头。一个年幼时住在阿巴拉契亚山脉、十八岁以后马上逃离这里的获奖作家从亲戚那里听说了兄弟俩的传奇故事，把他们作为创作绘本《愚蠢的坏兄弟》的原型。在绘本中，他们最后变成了沼泽里可怜的蟾蜍。

8

"光明之子"的狂热信徒在新墨西哥州哈奇聚居地附近筑起的水坝坍塌了，洪水把聚居区的建筑连根拔起。洪水退去以后，那里变成了荒漠，砂石覆盖了少许被联邦特工忽略的武器。几页宣布民兵武装对攫取土地和河流具有所有权、国民可以拥有武器、美国联邦政府无权要求他们缴税的新建国家宪章挂在仙人掌的刺上。一个徒步来这里采集本地植物样本的植物学研究生在仙人掌上找到了几页被针刺穿的宪章。

"上帝，感谢你！"她一边说，一边从仙人掌上取下这几页纸。这位植物学研究生从刚才开始就觉得肚子不大舒服。她匆忙离开山路，解了大便，用这几页宪章把屁股擦了个干净。

9

为了工作满三十年拿到退休金，瓦妮莎·兰普利在杜林女子监狱大多数女犯转移去的科利女子监狱找到一份狱警的工作。西莉亚·弗罗德不久后就在那儿被释放了（假释），克劳迪娅·斯蒂芬森也是一样。

大体来说，瓦妮莎管教的犯人都很难对付——许多是神经质的女孩，还有许多先前犯过重罪的女人——不过瓦妮莎早就习惯了狱警的工作。一天，一个镶着假的金牙、梳了一排玉米辫、额头上文了图案（用血红色文了"一切皆空"这几个字）的白人年轻女犯问瓦妮莎是怎么变瘸的，问的时候女囚阴险地冷笑着。

"那是因为我踢的人比较多。"瓦妮莎说了个无害的谎。她的确踢过很多人的屁股。她卷起袖子，露出强壮的左臂肱二头肌上的文身——"你的骄傲"，这几个字像墓碑石上的铭文一样嵌在她手臂上。她转向另一侧，撸起另一只袖子，同样强壮的右臂肱二头肌上也有一个文身，图案是"你他妈的骄傲"这几个字。

"好吧，"想要跟她作对的女孩不再冷笑了，"算你狠。"

"你还是相信为好，"瓦妮莎说，"现在请继续往前走。"

瓦妮莎有时会和克劳迪娅一起祷告，克劳迪娅刚被委任为斯蒂芬森牧师。她们祈祷上帝饶恕她们所犯的罪，她们为雷和珍妮特的在天之灵祈祷，她们为孩子和妈妈们祈祷，她们为所有需要祈祷的事祈祷。

"克劳迪娅，雷怎么样了？"有次瓦妮莎问克劳迪娅。

"瓦妮莎，重要的不是雷怎么样了，"斯蒂芬森牧师说，"而是我们怎么样了。"

"那我们会怎么样？"

完全不像以前那么软弱的克劳迪娅这时非常坚定。"我们会变得更好，我们会更加坚强，我们要做我们必须去做的那些事情。"

10

生长在贾妮丝·科茨体内的宫颈癌细胞原本会让她送命，但树那边的时间流逝速度减缓了癌细胞的生长。她女儿在树那边时就发现母亲患上了癌症。女人们醒来的两天后，米凯拉带母亲找了个肿瘤科医生。又过了两天，监狱长开始接受化疗。贾妮丝勉强同意了米凯拉的要求，很快辞去了监狱长的职位。贾妮丝让女儿为她做出种种安排，接受女儿的照顾，让女儿给她找医生，让女儿服侍她上床休息，让女儿按时给她服药。米凯拉还督促母亲戒了烟。

在米凯拉看来，癌症什么的都是芝麻绿豆的小事。米凯拉很小的时候就失去了父亲，但仍然承受着父亲之死带来的感情创伤。你可以说这些都是小事，但世界原本就是由这些狗屁不如的小事组成的。如果你是个女人，那你就得整天和这些小事打交道。如果你是上电视的女人，打交道的时间还得翻个倍。对米凯拉来说则是三倍。米凯拉从华盛顿特区开车回家，把邪恶的摩托车手的摩托车撞翻在地，靠吸食加思·弗利金杰的毒品维持了好几天清醒，从一场可怕的武装冲突中幸存，可面对的依然是这些狗屁不如的小事，即便母亲的癌症也不是什么了不得的大事。

化疗结束后的扫描显示，贾妮丝已经渐渐恢复了。这时米凯拉对母亲说："接下来你打算干什么？你需要保持活力。"

贾妮丝说米琪的话很对。治疗完成以后她首先要把米凯拉送回华盛顿特区，米凯拉需要重新开始工作。

"你会试着把发生的这些事呈现在观众面前吗？"贾妮丝问女儿，"做些亲历式报道之类的？"

"我想过这个问题，只是……"

"只是什么？"

报道会碰到许多问题，这就是米凯拉"只是"的意思。首先，大多数人都觉得女人们在树那边世界的经历根本是造谣或炒作。其次，他们否认"埃薇·布莱克"这类超自然生物的存在，认为奥罗拉病毒完全是自然原因（只是还没发现）造成的。最后，如果官方证实米凯拉不是在传播谣言，民众就会向杜林的官员——尤其是前警长莉拉·诺克罗斯——提出许多难以回答的问题。

贾妮丝与女儿在首都一起待了两三天。这时樱花早谢了，天很热，但母女俩一起走了很多路。她们在宾夕法尼亚大道上看到了由闪闪发光的黑色豪华轿车和多功能车组成的总统车队，这些车从她们身边匆匆开过。

"老妈，这是总统车队啊！"

"有啥了不起的，"贾妮丝说，"在我眼里，他只是个招摇过市的虚荣政客而已。"

11

罗伯特·索利和南茜阿姨在俄亥俄州阿克伦居住的公寓开始收到支票。支票的金额不高——前一张二十美元，后一张十六美金——但累积起来也相当可观。这些支票由一个名叫伊莱恩·努丁的女人开具。在和支票一起寄来的明信片和信件里，伊莱恩向博比讲述了他死去母亲珍妮特的事情，告诉他珍妮特希望他成长为一个善良、慷慨、有所成就的人。

尽管博比没有像自己希望的那样了解母亲，尽管因为珍妮特犯了罪，博比在母亲活着的时候从没真正信任过她，但博比深爱着他的母亲。珍妮特给伊莱恩·努丁留下的印象使博比相信，母亲应该是个好人。

伊莱恩的信里有时会夹上女儿娜娜的画。娜娜很会画画，博比请娜娜为他画一座山，让他看着画能想象阿克伦以外的世界。阿克伦尽管不这么坏，但毕竟只是个小地方。

娜娜画了一幅画，这幅画很漂亮——画里有小溪，有半山腰的一所修道院，有盘旋的飞鸟。天上飘着云，一条蜿蜒的小路通向遥不可及的远方。

你写请我画，于是我就画了，娜娜在信中写道。

我当然会说请啦，博比在回信中写道，谁会不说请呢？

娜娜在后一封信中写道，我认识的许多男孩都不说这个请字。不说请字的男孩的名字在这张纸上根本写不下。

博比在回复的信中说，我和那些男孩不一样。

此后两人经常通信，最终筹划着要见上一面。

他们也的确见上了。

12

克林特从没问过莉拉她在树那边时有没有过恋人。作为莉拉的丈夫，克林特体内似乎存在着一个宇宙，一个由若干景观别致、布置得有条不紊的星球组成的小宇宙。这些星球代表种种不同的点子和人。他探索他们，研究他们，进而了解他们。但他们不会移动，不会旋转，不会随着时间的进展进行改变，和普通的星星和其他天体截然不同。莉拉对此有一定程度的理解，她知道克林特一度过着四处奔波和充满未知的生活，但这不意味着莉拉要喜欢这种生活，接受这种生活。

莉拉对失手但的确杀了珍妮特·索利有什么样的感觉？那是克林特永远理解不了的一种感觉。克林特曾经几次试着从妻子的角度去理解，但每当这时，莉拉都会愤恨地捏紧拳头快步走开。莉拉不知道自己想要的是什么，只知道想要的不是被人理解。

醒来的那天下午，莉拉把巡逻车直接从兰塞姆夫人家的车道开到仍然在阴燃的监狱。这时，她的皮肤上仍然沾着正在慢慢融解的那层膜。莉拉让帮忙的人搬走攻击者的尸体，打扫牢房，收集警方的武器装备。莉拉找来帮忙的大多是杜林女子监狱的女犯。这些被法庭定罪、没有了自由的女犯——大多数人狱前就经受着家暴、毒瘾、贫穷和精神疾病的折磨，有一些人甚至同时经历着这四种苦境——已经习惯了令人不快的劳动。她们只是在做她们必须做的事情。埃薇给她们选择，她们做出了决定。

州政府发现杜林女子监狱发生的冲突以后，县城和监狱的人们之间流传起一个经过修饰的说法。有一伙入侵的暴徒——都是些全副武装的喷火党人——包围了女子监狱。诺克罗斯医生带领一些狱警在警察和巴里·霍尔登、埃里克·布拉斯、杰克·阿尔伯森和奈特·麦吉等志愿者的协同下英勇守卫住了阵地。但此时人们还在对奥罗拉病毒无法解释的原因耿耿于怀，加上新斯科舍省海岸冲上来的漂浮人体，人们对这个经过修饰的说法更加没有什么兴趣了。

毕竟，杜林只是阿巴拉契亚山脉中的一座小城。

13

"他叫安迪，他母亲死了。"莉拉说。

莉拉把安迪抱到克林特面前的时候，安迪正在大哭。莉拉从布兰奇·麦金太尔那里抱来了安迪，安迪饿了，小脸涨得通红。"我会对人说他是我的孩子，他是我生的，那会简单些。我的朋友乔莉是个医生，她已经为我准备好了相关文件。"

"亲爱的，所有人都知道你没有怀孕，他们不会信的。"

"大多数人会信，"莉拉说，"因为那儿的时间和这里不同。另外……我根本不在乎别人怎么想。"

发现妻子打定了主意，克林特张开手臂，接过哭泣的婴儿。克林特前后摇晃着安迪，婴儿的哭喊变成了号叫。"我觉得他喜欢我。"克林特说。

莉拉没笑。"他被你吓坏了。"

克林特不想要什么孩子，他需要好好打个盹。他想把一切都忘掉。他想忘掉血腥的杀戮，忘掉惨痛的死亡，忘掉鬼魅的埃薇——尤其是埃薇，改变这个世界、改变了他的埃薇。可克林特的脑子里却像是有卷录像带，他越想忘掉埃薇，那卷录像带就越是循环播放埃薇的身影。

克林特记得莉拉在世界尽毁的那个可怕夜晚对他说，她根本不想要那个游泳池。

"我在孩子的问题上有没有发言权？"克林特问莉拉。

"没有，"莉拉说，"我感到很抱歉。"

"这可不像是向我道歉。"克林特说。

14

有时——经常是晚上躺在床上睡不着的时候，但也会在阳光明媚的下午——莉拉的脑海中会浮现出一个又一个名字。她想到被射杀的黑人平民（比如珍妮特·索利）和射杀他们的白人警察（比如说她自己）的名字。她想到理查德·黑斯特和被理查德在布朗克斯青年公寓的浴室里杀害的十八岁的拉马利·格雷厄姆，她想到贝蒂·谢尔比以及在塔尔萨被她枪杀的特伦斯·克拉彻。但她想到最多的却是艾尔弗雷德·奥兰戈，奥兰戈开玩笑地拿着根电子烟指着理查德·贡萨尔维斯警官，但被贡萨尔维斯警官枪击身亡。[1]

贾妮丝·科茨和"我们的地盘"的其他女人说服莉拉，相信她当时开枪有着充分的理由。她们说的也许是事实，也许不是，但无论是不是事实，这些劝告都没起作用。有个问题恼人地频频在莉拉脑海中浮现：如果面对的是个白人，她会不会给对方多一次机会？她非常担心自己知道这个问题的答案……可莉拉也很明白，答案已经无法知晓了，这个问题将在她余下的人生中一直困扰着她。

---

[1] 以上三起为真实案件，开枪者都是白人警察，死者都是黑人。

克林特经常加班出差到科利。他专注于他的病人，尤其是从杜林女子监狱转送过来的女囚们。能和她们交谈、不把她们在杜林女子监狱的见闻看作发疯的人也只有他了。

"你后悔当初的选择吗？"他问她们中的每一个人。

她们都说不后悔。

她们的无私让克林特感到惊讶，让克林特觉得自己很渺小，昏暗的凌晨他坐在扶手椅上，久久没能睡着。没错，他的确奉献出了自己的生命，可犯人们把她们的新生命都当作礼物奉献出来了。哪类男人会如此一致，做出如此的牺牲啊！没有任何一种男人会这样做，如果认清了这点，那老天，女人们是不是犯下了一个可怕的错误呢？

他每天早晚到汽车餐厅吃饭。春天时他曾担心门廊上的木头会出现软化，但秋天时门廊依然非常完好。贾里德成天魂不守舍，情绪很低落，像鬼魅一样在家里进进出出，时不时会小声和他打个招呼"嘿，爸爸"。克林特想寻找一份安宁，但带有埃薇的春梦总是让他不堪其扰。埃薇在藤蔓中把他捉住，对着他的裸体吹气。埃薇的身体在哪儿呢？克林特本以为能在埃薇的身体上歇息一会儿，但在睡醒之前却一直没能到达那个地方。

和婴儿同处一室的时候，婴儿常常像想和他交朋友似的咧开嘴对他笑。克林特对婴儿回以笑容。开车去上班时，他发现自己不禁在车里哭了起来。

一个无法入睡的晚上，克林特用搜索引擎查找了他患有"性野心"的第二个患者保罗·蒙彼利埃的情况，结果页面跳出了一条讣告。保罗·蒙彼利埃在和癌症做了长期的斗争后，已经在五年前死了。讣告中没有提到他的妻子和孩子。"性野心"使他得到过什么吗？讣告简短而哀伤，克林特也为他哭了。他清楚这是一种叫"移情"的心理现象，并没有太过在意。

读到蒙彼利埃讣告后不久的一个雨夜，在开了好几个会、不断进行诊疗的忙碌一天后，克林特在小城伊格尔的一家汽车旅馆住下了。旅馆里的暖气咯吱作响，电视上的小人都是绿的。三天后，他在旅馆房间里接到莉拉打来的电话，莉拉在电话中问他快要回家了吗。莉拉听上去根本不在意他的答案是什么。

"莉拉，我觉得我很累。"他说。

莉拉明白他的意思，克林特的话里带有巨大的挫败感。

"你是个好人。"莉拉说。现在的莉拉并不是随口说出了这样的话。孩子睡得不多，莉拉也很劳累。"比大多数人都好。"

克林特情不自禁地笑了。"我觉得这样的赞美很牵强。"

"我真的很爱你。"她说，"这对你意味着很多，不是吗？"

是的，对克林特来说莉拉的爱的确意味着很多。

15

科利的监狱长告诉克林特，他一点都不想在感恩节假期里看到克林特的脸。

"医生，好好休养一下，"监狱长说，"吃点汉堡和面包以外的东西。无论如何，多吃点蔬菜吧。"

克林特当即决定开车去库格林见香农，但到了香农家以后却没法进门。透过低矮平房的窗帘克林特观察到女性身体的移动，暖人的灯光似乎在招揽他进屋，雪开始大片大片地落下。他想敲香农家的门，他想对香农说，嘿，香农，你是我错失的那杯奶昔。把奶昔与香农的美腿比较的想法使他笑了起来，开车离开时克林特还一直不停在笑。

最终他在一家名叫奥比恩的酒馆前停下车，酒馆门前的雪正在慢慢消融，酒馆的自动点唱机正在播放都柏林人乐队演唱的歌曲，一个睡眼惺忪的白发老人像是在摆弄放射性物质一样缓慢地在酒杯和啤酒龙头前行走。好客的老人跟克林特打了个招呼："伙计，来杯吉尼斯黑啤酒怎么样，在这样的夜晚很可口。"

"就来杯百威吧。"

电子点唱机这时正在播放都柏林乐队的《老旧的三角铁》。克林特知道这首歌，并身不由己地爱着这首歌。《老旧的三角铁》里包含的爱情韵味是克林特在监狱经历不到的，可歌曲里的和声部分却深深打动了他。克林特觉得需要有人为这首歌再写一个版本，监狱长、狱警和女犯们在歌中应该都有一亮歌喉的机会。新版本的《老旧的三角铁》中会不会为精神科医生专门写上一段呢？

正准备拿着啤酒到暗处的角落一个人待会儿的时候，突然有人用手指点了点他的肩膀。"嘿，克林特。"

16

拥抱解决了一切。

重逢时女儿不仅拥抱了弗兰克，娜娜还用双手紧握住父亲的前臂，使父亲能通过衬衫感受到她的指尖。弗兰克显然要为发生的一切，为他所做的一切进行补救——他也愿意尽其所能进行补救——这个拥抱至少为弗兰克和妻女间关系的弥合开启了第一步。上次见到醒着的女儿时，弗兰克差点从娜娜身上扯下了她最心爱的那件衬衫。可无论如何，娜娜还是爱他的。弗兰克配不上女儿的爱——但他希望自己有朝一日能配得上。

控制怒气的课程每周要上三次。第一次上课时，杜林海外退伍军人协会大楼的地下室只有弗兰克和治疗师两个人。

治疗师的名字叫维斯瓦纳坦，她戴着一副超大圆形镜片的眼镜，看上去很年轻，弗兰克估计她应该没经历过使用录音机卡带的那个时代。维斯瓦纳坦问弗兰克为何要来上这种课。

"因为在吓着孩子的同时我也吓着了自己。同时我还搞砸了我的婚姻，但离婚只是怒气的连带反应。"

弗兰克解释自己的感觉和强迫症时，治疗师一直做着笔记，这让他觉得自己像是在给医生看感染化脓后的伤口。治疗过程比想象中简单。从许多方面来看，这就同与另一个人谈话一样，因为那个愤怒的抓狗人感觉上并不是他本人——愤怒的抓狗人仿佛是让他讨厌的事情发生时或在他无法控制局面时出现的另一个人。他把将动物放进笼子的事告诉诊疗师，并在谈话中不断提到这一点。

"朋友，"戴着酷乐饮料颜色眼镜的二十六岁的年轻姑娘说，"你听说过一种叫左洛复[1]的药吗？"

"你是在糊弄我吗？"弗兰克想通过课程控制自己的感情，不是想被人忽悠。

治疗师摇着头笑了。"不，我只是想帮你控制住脾气。你能来上课已经很勇敢了。"

维斯瓦纳坦给弗兰克介绍了一个精神药理医生，这位精神药理医生给弗兰克开了药。服下医生开的药以后，弗兰克没有感觉到异样，继续上维斯瓦纳坦的课程。弗兰克上课的消息传开以后，不断有男人加入，大楼地下室的一半椅子上都坐了人。他们说"想做出改变"，他们说"应该去努力"，他们说"不想以后一直都那么容易发怒"。

再多的课、再多的药都改变不了弗兰克婚姻触礁的事实（即便不提砸烂厨房墙壁的事情）。弗兰克辜负伊莱恩信任的次数太多了。但也许离异对双方来说反倒是件好事，弗兰克发现自己并不是那么喜欢伊莱恩，最好的选择是放她走。他把监护权让给伊莱恩，告诉他每月有两个周末能探视娜娜就心满意足了。如果探视顺利的话，未来给他的探视时间还能增加一些。

弗兰克对女儿说："我一直想着要给你养条狗。"

17

"你还好吗？"在自动点唱机里都柏林人乐队弹唱的歌声中，弗兰克

———————

[1] 一种抗抑郁的药。

问克林特。

弗兰克正在感恩节假期去弗吉尼亚拜访前岳父岳母家的路上。药物和控制怒气的课程使他克制住了自己的脾气，岳父岳母总归是岳父岳母，弗兰克与他们的女儿离婚以后跟老人家之间的关系反倒更亲密了。把车停在奥比恩酒馆是因为他想在酒馆歇上半个小时。

"我一直在坚持，"克林特揉着眼睛说，"需要减减肥，但还一直在坚持。"

两人在黑暗角落的一个卡座里坐了下来。

弗兰克说："你在感恩节假期喝得醉醺醺的，你觉得你能一直坚持下去吗？"

"我没说我很好。可你不是也在这儿吗？"

弗兰克心想他到底在搞什么，却只是说："我很高兴我们没有互相杀戮。"

克林特举起酒杯。"为此我们得干上一杯。"

两人举杯致意。克林特并不生弗兰克的气，他不会生任何人的气，反倒是对自己很失望。他没料到救了家人以后却永远地失去了他们。这不是他心里的圆满结局，这是一场美式垃圾秀。

克林特和吉尔里谈到了他们的孩子。弗兰克的女儿爱上了一个俄亥俄的男孩，他有点担心自己也许会在四十五岁就当上爷爷，但他假装对此泰然处之。克林特说儿子最近这段安静得可怕，也许迫不及待想离开小城，进入大学深造，看看矿区以外的世界。

"你老婆怎么样了？"

克林特向酒保挥手，示意酒保再上一杯酒。

弗兰克摇摇头说："谢谢你，但我不能再喝了，吃左洛复不能喝酒。我该动身了，岳父岳母等着我呢。"他的脸色突然由阴转晴，"嘿，跟我一起去吧，我可以把你介绍给伊莱恩的家人。你去的话，至少他们会表现出好客的一面，他们会拿出我女儿外祖父和外祖母的样子来。探望他们像是在地狱走上一遭，不过吃得还不错。"

克林特谢了他，但婉拒了他的邀请。

弗兰克本想站起身，但马上又靠回了椅背上。"我们在大树边上的那一天……"

"那天怎么了？"

"你还记得教堂钟声开始响起的时候吗？"

克林特说自己永远不会忘了那一刻。钟声响起的那一刻，女人们纷纷开始醒来。

"是啊，"弗兰克说，"那时我四处寻找着那个疯女孩，但她却不见了。我想她的名字应该叫安琪尔。"

克林特笑了。"她叫安琪尔·菲茨罗伊。"

"知道她怎么样了吗？"

"一点都不知道，我只知道她不在科利。"

"做保险的巴里你认识吗？他告诉我他确定她杀了皮特斯。"

克林特点点头。"巴里也对我说了。"

"是吗？你怎么看？"

"她帮我们摆脱了一个大麻烦，我是这么想的。因为唐·皮特斯到哪儿都会惹麻烦。"他停顿了一会儿又继续说，"麻烦的家伙。这是我对他的看法。尽管惹的麻烦不大，但总让人头痛不已。"

"朋友，我想你应该回家了。"

克林特说："不错的主意，可我的家在哪儿啊？"

18

被誉为"伟大苏醒"的历史性一刻发生的两个月之后，一位蒙大拿的农场工在奇努克人聚居区以东的二号国道看见一个女人招手想搭顺风车，他停下了车。"年轻的女士，上车吧，"他说，"你这是要去哪儿啊？"

"没个准，"她说，"先去爱达荷吧，也许之后会去加利福尼亚走上一遭。"

农场工伸出手。"我叫罗斯·奥尔布赖特。我刚开车走过了两个国家。你叫啥?"

"安琪尔·菲茨罗伊。"放在过去,她会拒绝跟人握手,用个假名,把手放在总是放着一把刀的外套口袋上。但此刻她的口袋里没有刀,也没用假名,她觉得两者都没必要。

"安琪尔这个名字不错,"说着他拉上了三档,"我是个基督徒,永生永世都是个基督徒。"

"很好。"安琪尔的话里不带半点讽刺。

"安琪尔,你从哪里来?"

"一个名叫杜林的小地方。"

"你是在那里醒的吗?"

放在以前,她会撒谎说是,因为这样很省事,而且撒谎是她的天性,她一向很会撒谎。可现在她开始了新的人生,尽管有些麻烦,但她会尽最大努力说出事实。

"我是一直没睡的少数几个女人之一。"她说。

"哦!你一定很幸运!同时还很强壮!"

"我受到了神佑。"安琪尔说。这同样是事实,至少安琪尔是这样认为的。

"仅仅听你这样说就已经是种神佑了,"农场工真心实意地说,"安琪尔,你将来想做什么?如果不介意的话,我想知道你在结束旅行之后想做什么。"

安琪尔望着巍峨的群山和一望无际的天空思考了一会儿。半晌之后他对农场工说:"对的事情,奥尔布赖特先生,接下来我想做对的事情。我想做……对的事情。"

农场工把视线从前方的公路上移开片刻,笑着对安琪尔说:"阿门,姐妹,为对的事情祈祷吧!"

女子监狱被用新围栏围了起来，之后就一直荒废在那里，围栏上贴着警告侵入者的告示。政府把资金用于更紧迫的公共工程，任由女子监狱荒废着，新围栏很牢，底部深植在地里。狐狸花了好几周，用了极大的耐心才在下面挖了条地道。

完成这项巨大的工程以后，他穿过监狱楼墙上的大洞跑进监狱，准备在洞旁的一间牢房里筑起自己的新巢。

老鼠派了个使节过来。"这是我们的城堡，"老鼠说，"狐狸，你想怎么样？"

狐狸很喜欢老鼠的直爽。他是只狐狸，但他正在变老。也许是时候放弃耍诈和冒险，找个配偶过安心的生活了。"我向你保证，我的意图是卑微的。"

"你有哪些意图呢？"老鼠继续施压。

"我不想大声说出来，"狐狸说，"大声嚷嚷让我感觉有点不好意思。"

"你就说吧。"老鼠说。

"好吧。"狐狸说，他胆怯地朝老鼠伸出头，"我会小声地把我的意图告诉你。靠近我，我小声跟你说。"

老鼠把身子凑近狐狸。狐狸完全可以咬下老鼠的头——这是狐狸的天赋，上帝的每个子民至少都拥有一项天赋——但狐狸没咬下老鼠的头。

"我想过上平静的生活。"他说。

感恩节后的早晨，莉拉把车开到浑球山山道的尽头。她匆忙把裹在一件婴儿防雪服里的安迪塞进一辆童车，然后开始远足。

也许他们可以让破损的婚姻复合，莉拉心想，如果她有这个念头的话，兴许克林特可以重新爱她。可她想让克林特回头吗？莉拉的灵魂打下了一个印记，这个印记就是珍妮特·索利，莉拉不知如何才能去除这个印记，不知自己是否想去除这个印记。

走路的时候，安迪轻轻发出顽皮的童声。莉拉为蒂芬妮感到心疼。万事万物都是那么不公平，有时不经意就那么发生了，莉拉觉得敬畏的同时，也感到非常愤恨。结冰的树发出嘎吱嘎吱的响声，走到特鲁曼·梅威瑟的拖车时，莉拉看到拖车上覆盖着一层厚厚的雪。她朝拖车瞥了一眼，然后继续朝前走。目的地就快要到了。

莉拉出现在林间空地中。那棵奇妙的树已经不在了，珍妮特的墓也不见了，举目四周，莉拉只看见霜打的野草和叶子脱光的橡树。野草摇曳着，其间出现了一个橘黄色的形状，但很快就消失了，野草又恢复了刚才的样子。莉拉的呼吸中带着寒气。安迪像是在问她问题一样哼哼着什么。

"埃薇，你在吗？"莉拉绕了个圈子寻找着——这里有树木，有大地，有野草，有空气，有奶白色的阳光——单单没有人在，"埃薇，你在这里吗？"

她期待有什么暗示，任何暗示都好。

一只飞蛾从老橡树的树枝上飞下来，落在了她的手上。

作者附言

要让一部奇幻小说变得可信，支撑其内容的细节部分必须是可信的。撰写这部《睡美人》的时候，我们在这些细节方面得到了许多帮助，我们对此非常感激。在结束本书之前，我们要向那些提供帮助的人表达谢意。

拉斯·多尔是我们的首席调查助理。从旅行车到汽油的挥发快慢，他帮助了我们许多。他还帮我们查到了女性监狱和女犯改造方面的知识。由于写小说的需要，我们要到女性监狱走一走——可以说是实地察看吧——为此我们必须对新罕布什尔州高等法院法官吉莉恩·L.艾布拉姆森致以崇高的谢意，因为正是她安排我们拜访了戈夫斯敦的新罕布什尔州立女子监狱。我们在那儿认识了乔安妮·福捷监狱长、妮科尔·普朗特上校和保罗·卡罗尔中尉。他们带我们在监狱走了一遭，耐心地解答了我们的问题（有时还不止一次）。他们都是很有奉献精神的管教官员，严厉却仁慈。如果换作他们中的一员在杜林女子监狱当管教官的话，监狱的事态一定能平静地得到解决——幸好杜林女子监狱的管教官员是另一些人，我们才能看到这样一出好戏。不论如何，再怎么谢他们都是不够的。

我们同样想对新罕布什尔曼彻斯特山谷街监狱的迈克·缪斯表达谢意，迈克在警局和监狱的入狱流程上给了我们许多有用的信息。已经退休的汤姆·斯特普尔斯警官为我们完整地"装备"了杜林警察局的军械库。

迈克·施纳耶森的编年史报告文学《煤河》为我们对狮头监狱的描述起到了很好的借鉴作用。

小说中正确的地方要归功于这些热心帮助我们的人，错漏的地方就归在我们身上吧……但别太快评价对错。别忘了这是一部小说，为了让故事流畅地进行下去，我们发现不时要改变一些事实。

小说的初稿比现在更长，凯莉·布拉菲特和塔拉·阿尔特布兰多对初稿进行了反复阅读，提出了大量建议，我们同样非常感谢两位。

感谢斯克瑞伯纳出版社的全体员工，尤其是孜孜不倦地编辑本书的纳恩·格雷厄姆和约翰·格林。苏珊·莫尔德给了我们很多精神支持。米娅·克劳利-哈尔德是本书的美编，感谢她的辛勤工作。安杰利娜·克拉恩完美地对内文进行了编辑。我们叫她"凯蒂"的凯瑟琳·莫纳汉不知疲倦地推进着出版过程。斯蒂芬·金的代理查克·维里尔和欧文·金的代理埃米·威廉斯一如既往、费尽心力地支持着两位作家的工作。克里斯·洛茨和珍妮·迈耶把本书的版权卖到了全球，同样感谢他们。

斯蒂芬还想感谢妻子塔比莎、女儿娜奥米和笔名为乔·希尔的另一个儿子[1]。欧文想感谢母亲、哥哥姐姐、妻子凯莉和爱女小Z。所有家人都理解写作这项工作的艰巨，创造出最好的家庭环境，让我们专心致志地创作。

最后，我们要诚挚地感谢你们——我们的读者，我们对你们的感谢难以言表，希望你们阅读愉快。

斯蒂芬·金

欧文·金

二〇一七年四月十二日

---

[1] 本书的合著者欧文·金是斯蒂芬·金的小儿子。